Nadja Schindler

Nephilim

Spread your wings

Die Autorin

Nadja Schindler wurde 1989 in der Oberpfalz geboren. Sie studierte in Nürnberg und Stuttgart Grafikdesign, Illustration und visuelle Kommunikation. Bereits im Studium keimte die Idee für ihren Debütroman Nephilim - Spread your wings. Nach ihrem Master-abschluss lebte und arbeitete sie sechs Jahre in Berlin, bis es sie mit Kind und Kegel zurück in ihre alte Heimat zog.

Instagram-Account: nadja_schindler_novel

Für Marian, mein persönlicher Engel

Herstellung: amazon direct publishing
Selbstverlag: Nadja Schindler, Obere Hauptstraße 49, 92637 Weiden

Nephilim - Spread your wings
© 2022 Nadja Schindler alle Rechte vorbehalten.
1. Auflage 2022

Lektorat: Carolin Kretzinger – Hannover
Cover und Buchsatz: Nadja Schindler Grafikdesign – Weiden
Grafik Cover: Designed by Layerace / Freepik

Bibliografische Information der Deutschen Nationalbibliothek:
Die Deutsche Nationalbibliothek verzeichnet diese Publikation in der Deutschen Nationalbibliografie; detaillierte bibliografische Daten sind im Internet über http://dnb.de abrufbar

ISBN: 9798418116406

Mein Dankeschön geht an:
Marian, der mich ermutigt hat Nephilim zu veröffentlichen,
meine liebe Tochter Leonie, meine Testleser*innen Christina,
Sylvia und Klaus, Annika für Fragen rund um Instagram und BoD,
Carolin für den Feinschliff und die vielen tollen Autor*innen,
Blogger*innen und Leser*innen die ich auf Instagram kennen-
lernen durfte.

Liebe Leser*innen,
„Nephilim - Spread your wings" enthält potenziell
triggernde Inhalte. Deshalb findet ihr hier eine Triggerwarnung.

Die Inhalte sind: Depressionen, Suizidgedanken,
Selbstverletzendes Verhalten, Trauerbewältigung und
körperliche & seelische Gewalt.

Ich ließ meinen Engel lange nicht los,
und er verarmte mir in den Armen
und wurde klein, und ich wurde groß:
und auf einmal war ich das Erbarmen,
und er eine zitternde Bitte bloß.

Da hab ich ihm seine Himmel gegeben, -
und er ließ mir das Nahe, daraus er entschwand;
er lernte das Schweben, ich lernte das Leben,
und wir haben langsam einander erkannt ...

Rainer Maria Rilke

Prolog – Darel

»Hast du ihn jetzt endlich gefunden?« Melioths silberne Aura war blass und kaum noch zu erkennen. Seine Flügel trugen immer weniger Federn. Es machte mich traurig, ihn so heruntergekommen zu sehen.

Ich seufzte. »Natürlich nicht.«

Sein Lachen hallte durch den Himmel. »Wie schwer kann es sein, so einen Nephilim zu finden?«, fragte er mich neckend.

»Du hast gut reden. Schließlich gammelst du ständig auf der Erde ab. Such du ihn doch! Ich habe andere Dinge zu tun.«

Mein trotziger Blick blieb weiterhin auf den Abertausenden toten Seelen haften, die in der Himmelssphäre vor sich hin waberten. Sie strahlten in den prächtigsten Farben.

»Ernsthaft, hilf mir«, flüsterte ich – betrübt über mein Versagen.

Achtzehn Jahre suchte ich diesen einen Nephilim nun schon auf der Erde. Ich hatte geglaubt, es wäre ein Kinderspiel, ihn unter den Menschen zu finden. Schließlich kannte ich seine anmutige Aura sehr gut. Ich liebte das tiefe, beruhigende Blau, das Cassiel einst umgeben hatte. In seiner Nähe fühlte ich mich stets geborgen.

Melioth verließ den Himmel, ohne ein weiteres Wort zu sagen. Er würde mir helfen, meinen Freund zu finden, da war ich mir sicher.

Cassiel, so gern möchte ich mein Versprechen halten. Wo zur Hölle steckst du?

Kapitel 1 — Simon

Klick, Klick, Klack. Der Schlüssel zwischen meinen zittrigen Fingern öffnete langsam das Schloss zu meinem neuen Leben. Mein Herz schlug so laut wie ein Presslufthammer. Einmal noch. Ein letztes Mal musste ich den Schlüssel herumdrehen. Dann würde sich endlich ein neues Kapitel öffnen. Und ich hoffte so inständig, dass diesmal alles anders werden würde!

Schon einmal hatte ich diese Hoffnung gehabt. Ich konnte mich noch gut an den Moment erinnern; an die blauen Lichter und das Sirenengeheul. Ein Mann hatte mir eine warme Wolldecke um meinen nackten dreckigen Körper gelegt. Ein unglaubliches Gefühl von Wärme und Geborgenheit durchfuhr mich. Und dazu duftete diese Decke so gut … noch nie hatte ich so etwas Himmlisches gerochen.

Mir kam wieder der Blick des Polizisten in den Sinn, der mich in meiner Kellerzelle fand. Damals hatte ich diesen Blick nicht deuten können; heute wusste ich, dass es Mitleid und zugleich Scham gewesen war.

Die Polizisten brachten mich mit dem Streifenwagen in ein Krankenhaus. Wirres Gewusel, grelle weiße Lichter, chemische Gerüche. Unzählige neue Eindrücke prasselten auf mich ein. Sie fixierten mich an ein Bett, da ich aus Angst nicht stillhielt; wie ein wildes Tier. Ich wollte instinktiv fliehen – vor den fremden Gesichtern, vor ihren grapschenden Händen, vor den lauten Geräuschen.

Von der Minute meiner Freilassung an versprachen mir ständig alle möglichen Menschen, dass jetzt alles gut werden würde. Anfangs verstand ich gar nicht genau, was sie meinten. War mein bisheriges Leben so falsch gewesen? Doch als die Ärzte und Psychologen anfingen, mir alles zu erklären, schämte ich mich. Nein, ich ekelte mich vor mir selbst.

Jetzt wird alles gut, Simon!

Wie oft musste ich diesen Satz seitdem hören? Im Streifenwagen, im Krankenhaus, in der Psychiatrie, im Waisenhaus.

Ich schwor mir, sobald es ging, ein neues Leben anzufangen und meine Vergangenheit komplett hinter mir zu lassen. Das war mein einziger Hoffnungsschimmer.

Ich wollte Freunde und Familie. Ich wollte einen tollen Job. Ich wollte die Welt entdecken. Ich wollte im Schatten eines Baumes ein Buch lesen können, ohne dass mein Körper anfing, blau zu leuchten.

Nun saß ich hier in diesem riesigen leeren Raum und lauschte der Stille. Das hier war meine Wohnung! Meine EIGENEN vier Wände. Es fiel mir schwer, zu realisieren, dass für mich endlich ein neuer Lebensabschnitt begann.

Vor fünf Jahren hatte ich noch in einer verdreckten Kellerzelle gesessen, nicht in der Lage, selbstständige Entscheidungen zu treffen.

Ab heute war ich richtig frei, konnte tun, was ich wollte, durfte bald auf eine richtige Schule gehen und mein Abitur machen.

Ich war fertig mit dem alten Simon Blessing. Den alle bemitleideten. Den alle mieden.

Es war Zeit für ein richtig tolles Leben. Ohne Schmerz, Kummer und Leid. Und um ehrlich zu sein, machte mir diese Vorstellung riesige Angst.

Kapitel 2 – Alisa

Normalerweise standen wir bis zum ersten Gong vor der Schule, damit Jana noch eine Zigarette rauchen konnte. Heute war das wegen des starken Regens unmöglich.

Die Aula bestand lediglich aus einem großen quadratischen Raum. Die Decke war für meinen Geschmack zu niedrig; hier drinnen bekam ich psychische Zustände. Das lag auch an den widerlich nikotingelben Wänden.

Genervt kaute ich auf einer meiner dunkelroten Haarsträhnen herum. Jana und Sandra standen dicht neben mir. Sie waren meine letzten und somit besten Freundinnen. Jana wollte als Einzige unseres kleinen Dreiergespanns »trendy« wirken. Sie trug stets hippe Kleidung und schminkte sich jeden Tag. Dabei ließ sie sich gern von ihren Abertausenden abonnierten Influencerinnen inspirieren. Ihr dunkelbraunes Haar wurde heute von zwei plüschigen Wuschel-Haargummis fixiert.

Mir persönlich war es scheißegal, wie mich andere wahrnahmen. Sollten sie alle denken, was sie wollten. Ich trug meistens schwarze Kleidung und meine geliebten Boots. Im Sommer waren diese Panzer an meinen Füßen eher ungeeignet, aber ich hasste offene Schuhe. Und Turnschuhe hasste ich auch.

Viele dachten, ich sei ein Goth, doch das war ich nicht. Dämliche Jugendsubkulturen interessierten mich kein bisschen.

Die Schule hatte zwar erst vor zwei Wochen begonnen, trotzdem füllten die Lehrer unsere Kalender schon mit Prüfungsterminen.

Nicht einmal den ersten Monat im vorletzten Schuljahr durfte ich chillen. Nächstes Jahr würden wir endlich unseren Abschluss machen und müssten dieses muffige alte Schulgebäude nie wieder betreten. Jana riss mich aus meinen mürrischen Gedanken und packte mich an der linken Schulter.

»Sieh mal, Alisa, da ist ein Neuer«, piepste sie aufgeregt in mein Ohr und deutete auf den Haupteingang. Eher aus Schreck als aus Interesse drehte ich den Kopf in die Richtung. Ich brauchte nicht lange zu suchen, denn alle Augen im Raum ruhten bereits auf ihm. Ein neuer Schüler fiel in so einer popeligen Kleinstadt wie unserer sofort auf. Neustadt am Arsch – dieses Kaff verdiente das Wort Stadt im Namen nicht. Und dann wohnten wir auch noch am Ortsrand. Manchmal war hier so wenig los wie nach einer Zombieapokalypse. Ein perfektes Einfamilienhaus reihte sich ans nächste. Welch monotones Idyll – würg.

Ein großgewachsener dünner junger Mann, der verlegen durch die Aula lächelte. Seine lederne Umhängetasche hatte er lässig geschultert. Er passte perfekt in diese scheiß Gegend. Sein blondes Haar strahlte förmlich im Licht der penetrant summenden Neonröhren. Genauere Details konnte ich aus der Entfernung nicht erkennen. Er würde es hier bestimmt nicht schwer haben, bei den Mädels zu punkten – außer er hatte fiese Pickel im Gesicht.

Ich verdrehte die Augen und wollte gerade einen dummen Kommentar zu ihm abgeben, als der Typ in meine Richtung sah und sich unsere Blicke trafen. Ich war ihm wahrscheinlich gar nicht aufgefallen, doch mich durchfuhr sofort eine Gänsehaut.

Es war, als erlebe ich innerhalb einer Sekunde all die schönen Momente mit ihm noch einmal. Ich konnte seinen Atem schmecken. Ich konnte seine wunderschönen grünen Augen sehen. Ich hörte seine raue Stimme, die »Ich liebe dich« in mein Ohr flüsterte. Mein Herz tat einen schmerzlichen Ruck und ich spürte, wie mein Körper eine Menge Adrenalin ausstieß.

»Flashback« nannten die Ärzte so etwas. Normalerweise bekam ich solche Anfälle nicht mehr. Zumindest nicht in der Öffentlichkeit. Meine Trauer über Dereks Tod war durch nichts zu besänftigen. Nach außen gab ich mich als taffes Mädchen – obwohl es schwerfiel. Wie von selbst wanderte meine Hand in Richtung Mund und ich malträtierte die bereits heruntergekauten Fingernägel noch weiter.

»Alisa?«, schrie Jana und wedelte mit den Händen vor meinem Gesicht herum. Als ich in ihre total überschminkten Augen sah, grinste sie mich an und meinte zu mir: »Na? Findest du den neuen Typen so umwerfend, dass er dich sprachlos macht?«

»Nicht jeder ist so notgeil wie du.«

»Ich checke nur den Markt ab. Bis jetzt hattest ausschließlich du von uns Sex, also halte den Ball flach.«

Mein Augenlid zitterte, während ich sie von der Seite anknurrte. Doch bevor es zu einer verbalen Auseinandersetzung zwischen uns kommen konnte, ging Sandra dazwischen: »Kommt jetzt endlich, ihr Zicken. Ihr wollt doch noch fix die Mathehausaufgabe von mir abschreiben, oder nicht?«

Kapitel 3 – Simon

Ich stand hier in dem Pulk von Schülern und fühlte mich so frei und zugleich so unsicher wie noch nie. In meinem Bauch kribbelte es wie in einem Ameisenhaufen. Ich war furchtbar nervös. Merkte man es mir an, dass ich nicht normal war? Starrten mich deswegen alle an?

Plötzlich bauten sich drei Mädchen vor mir auf. Die eine trug blondes langes Haar und stellte sich als Antonia vor. Ihr Outfit war von Kopf bis Fuß aufeinander abgestimmt und ihre anbiedernde Körperhaltung sagte:»Ich sehe gut aus und ich weiß das.«

Die anderen beiden kamen nicht zu Wort, grinsten mich aber an. Neben Antonia mit ihrer präsenten Ausstrahlung fielen sie kaum auf; sie fungierten mehr als ihre Schatten.

Netterweise halfen sie mir, mein Klassenzimmer zu finden. Ich hatte mir notdürftig die Raumnummer notiert. Den zerknüllten Zettel gab ich Antonia. Sie hängte sich an meinen Arm und zerrte mich eng umschlungen zu meinem Klassenzimmer. Ich spürte die Hitze in meinem Gesicht. Wahrscheinlich war ich knallrot. Verlegen bedankte ich mich bei den Mädchen, woraufhin mir Antonia einen Luftkuss zuwarf. Ich war mir nicht sicher ob es Absicht war, aber als sie von dannen zog, streifte ihre Hand meinen Po.

Mit dem Gong betrat ich hektisch den Klassenraum. Gerade noch rechtzeitig! Der Lehrer war bereits da – sein dichter Schnauzer mitten im Gesicht irritierte mich ein wenig.

Alle starrten mich skeptisch an, keiner sagte ein Wort. Man hätte eine Nadel fallen hören können, so still war es. Mein Puls raste. Der Boden unter meinen Füßen fühlte sich an wie Wackelpudding. Ich hasste es, im Mittelpunkt zu stehen.

Zum Glück hielt es der Lehrer kurz mit meiner Vorstellung. Er nannte nur meinen Namen, »Simon Blessing«, und mein Alter, »achtzehn Jahre«. Dann meinte er mit einem Augenzwinkern: »Den Rest müsst ihr selbst herausfinden.«

Während seiner Ansprache musste ich unentwegt seinen Schnauzer anstarren, der sich rhythmisch zu seinen Lippen bewegte. Der Mann versuchte, locker und lässig zu wirken, doch das gelang ihm nicht. Ich kannte sein Problem; bei mir funktionierte das auch nie.

Ich setzte mich in die zweite Reihe neben einen Jungen, der sich als Armin vorstellte. Ein südländisch aussehender Typ mit dunklen Knopfaugen und weitem Achselshirt. Sein durchtrainierter Körper ließ darauf schließen, dass er gern Sport trieb. Trotz seiner Jugend hatte er bereits tiefe dunkle Furchen unter den glasigen Augen. Armin schlief wohl nicht gut. Er schüttelte mir kurz die Hand und nahm dann wieder seine leicht schiefe Sitzposition ein. Erst später sollte ich von ihm erfahren, dass er an diesem Tag total bekifft gewesen war.

Als der Lehrer sich zur Tafel umdrehte und mit dem Unterricht begann, ging das Tratschen und Kichern der Schüler los. Alle in der Klasse starrten mich an oder tuschelten mit ihren Banknachbarn über mich.

Vier Jahre zuvor hatte ich weder lesen noch schreiben können. Ich bekam Einzelunterricht, um den verpassten Stoff aufzuholen. Ein Schulpsychologe stufte mich deswegen drei Jahre unter meinem Altersdurchschnitt ein. So war ich volljährig in der zehnten Klasse gelandet.

In meinem Alter wäre ich normalerweise gerade mit dem Abitur fertig. Nun saß ich mit lauter Kindern in der Klasse. Die meisten von ihnen waren nicht älter als fünfzehn. Wahrscheinlich stellten sich meine Mitschüler bereits die Frage, was mit mir nicht stimmte. Ich war es leid, wenn über mich spekuliert wurde.

Kapitel 4 – Alisa

In der Pause regnete es noch wie aus Eimern. Doch Jana wollte unbedingt verbotenerweise hinter der Schule eine Zigarette rauchen gehen.

»Ich halte das nicht noch einmal so lange durch ohne Nikotin«, quengelte sie und hüpfte vor Sandra und mir mit gefalteten Händen herum. Bis Sandra nachgab und sie mit einem Stöhnen begleitete. Jana wollte unbedingt lässig wirken. Darum hatte sie mit nur dreizehn Jahren zu rauchen angefangen. Weder Sandra noch mich störte ihre egozentrische, laute Art.

Sandra hingegen war das absolute Gegenteil zu Jana. Sie schien äußerlich eher unscheinbar und introvertiert. Ihre hellbraunen schulterlangen Haare trug sie stets zu einem schlichten Pferdeschwanz zurückgebunden. Auch ihre Kleidung war zurückhaltend und betonte so gut wie nie ihre wenigen Rundungen. Ihr schlichtes ungeschminktes Gesicht passte zu ihrem »Graue-Maus-Look«.

Da ich wenig Lust verspürte, die letzten Stunden wie ein nasser Hund auf der Schulbank zu lungern, blieb ich allein in der Aula zurück. Ich setzte mich auf eine Bank, abseits des Getümmels.

Der Geruch von Essen stieg mir in die Nase. Angewidert verzog ich das Gesicht. Ich aß meist nichts in der Pause. Überhaupt hatte ich mir das Essen mehr oder weniger abgewöhnt, seit sich mein Leben so verändert hatte. Mir war nach der ganzen Scheiße einfach der Appetit vergangen.

Ich steckte mir einen Ohrstöpsel ins rechte Ohr und hörte ein wenig Musik. Melancholischer Postrock drang in meinen Kopf. Plötzlich kam der Neue aus dem Seitengang neben mir heraus. Er trug unbeholfen einen riesigen Stapel Bücher auf dem Arm, der gleich zu kippen drohte, und setzte sich ans andere Ende meiner Bank.

Warum denn ausgerechnet auf meine Bank? Ich konnte mir ein Augenrollen nicht verkneifen.

Er stellte den Stoß neben sich ab und stopfte ein Buch nach dem anderen in seine Umhängetasche. Ich schielte in seine Richtung, da der Sound aus meinem Smartphone irgendwie zu dem Jungen passte. Er sah auf eine inspirierende Art gut aus. Nicht so aalglatt und langweilig, sondern trotz oder gerade wegen kleinerer Macken interessant.

Seine blonden Haare waren strubbelig und folgten den vorgegebenen Bahnen seiner Wirbel. Seine Nase zeichnete einen leichten Hügel ab. Kurz gesagt: Er hatte keine langweilige Pferdefresse so wie viele andere Jungs in dem Alter. Außerdem war er groß und schlank, jedoch nicht schlaksig und irgendwie strahlte er etwas Naives und überschwänglich Freundliches aus. Wie ein treudoofer Hundewelpe. Als lebte er in seinem eigenen kleinen Universum, wirkte er heiter und zugleich unbeholfen.

Langsam war das Volumen seiner Tasche ausgeschöpft und er fing an, die Sachen ein wenig umzuschichten, damit noch mehr hineinpasste. Offensichtlich kam er von der Bücherausgabe im Keller. Er versuchte vergeblich, den Riemen seiner überfüllten Tasche zu schließen. Seufzend nahm er wieder einige Bücher heraus. Trotzdem war sie viel zu voll. Mir wären Zweifel daran gekommen, ob der Träger das Gewicht aushalten würde, aber er schien das mit Gottvertrauen in Kauf nehmen zu wollen.

Als er endlich mit dem Bepacken fertig war, widmete er sich wieder seiner Umwelt und entdeckte mich. Ich machte keine Anstalten, etwas zu sagen oder anderweitig auf seinen Blickkontakt zu reagieren. Seine blaugrünen Augen passten perfekt in sein wohlgeformtes Gesicht.

Diese wahnsinnig strahlenden Augen, verdammt! Jana würde sich ranhalten müssen, wenn sie bei ihm landen wollte. Er lächelte verlegen in meine Richtung und fuhr sich durchs strubbelige Haar. Offensichtlich war er im Begriff, aufzustehen und zu gehen, als Sandra und Jana auf mich zugestürmt kamen und er in seiner Bewegung erstarrte. Jana, die ein Geruch von Zigarettenrauch umgab, fokussierte sofort den Neuling und quatschte ihn an. Ihre ungestüme Art verwirrte ihn merklich.

»Entschuldige, was?«, fragte er, da es ihm offenbar so wie mir ging und er Janas Worte gar nicht mitbekommen hatte.

»Ich hab dich nach deinem Namen gefragt«, wiederholte sie in einem lauten schrillen Ton. Dabei gestikulierte sie übertrieben mit ihren Händen, als könnte er sie dann besser verstehen. Jana war kein einfacher Mensch. Es war schwer, sie zu bändigen oder sie dazu zu bringen, einfach mal ihre Klappe zu halten. Wie ein Chihuahua auf Speed.

Jetzt lächelte der Junge wieder.

»Simon, ich heiße Simon Blessing«, antwortete er ruhig und hielt ihr höflich die Hand hin. Erst nach ein paar Sekunden begriff sie, was er von ihr wollte, und nahm irritiert seine Hand. Welcher Junge seines Alters gab Gleichaltrigen zur Begrüßung die Hand? Ich musste schmunzeln. Jetzt sah er wieder zu mir herüber, was ich mit einem gleichgültigen Gesichtsausdruck erwiderte. Wenn ich etwas beherrschte, dann passive Unfreundlichkeit.

Dann stand er auf und verabschiedete sich, indem er die Hand hob und uns einen schönen Tag wünschte.

»Er ist vor dir geflohen, Jana«, meinte Sandra. Ihre blaugrauen Augen blitzten und sie lächelte verschmitzt.

»Ich glaube eher, dass er Alisas negative Aura der Dunkelheit nicht länger ertragen hat. Da wird ja die Milch sauer bei dem Anblick«, konterte Jana. Beide sahen mich mit zugekniffenen Augen an und waren sich einig. Ich war schuld!

Kapitel 5 – Simon

Auf dem Nachhauseweg schlenderte ich die Straße entlang und genoss die Sonnenstrahlen, die sich aus dem dunklen Wolkenmeer herauskämpften. Intuitiv schloss ich dabei die Augen. Mich überkam, wie so oft in den letzten Tagen, dieses überschwängliche Glücksgefühl.

Meine Umhängetasche und die Bücher auf meinem Arm, die nicht mehr hineinpassten, waren sehr schwer, doch ich hatte es nicht eilig, nach Hause zu kommen. Die Gegend hier war so ruhig und grün; das war einfach fantastisch. Hier würde ich mich sicher bald heimisch fühlen.

Als ich mein Bewusstsein wieder schärfte und die Umgebung um mich herum genauer wahrnahm, sah ich das Mädchen aus der Pause vor mir laufen. Ich hatte sie in der Schule nur kurz gesehen; kaum ein Wort mit ihr gesprochen. Doch ich erkannte sie sofort. Sie war klein und eher zierlich. Die dunkelroten Haare und ihr blasser Teint waren unverwechselbar. Heute war sie der einzige Mensch gewesen, der mich nicht angelächelt hatte. Im Gegenteil, sie wirkte auf mich ziemlich traurig. Ich überlegte kurz, ob ich zu ihr laufen sollte. Ich schweifte dabei mit den Gedanken erneut total ab und blieb letztlich zufällig neben ihr an einer roten Fußgängerampel stehen.

Als ich bemerkte, dass ich neben ihr stand, brachte ich ein schüchternes »Hallo« hervor. Sie bewegte nicht einmal den Kopf in meine Richtung, sondern schielte nur kurz zu mir.

Mehrere Sekunden verstrichen, ohne dass sie reagierte. »Hey«, sagte sie schließlich monoton. Ich fragte mich, ob sie nur schlecht gelaunt war oder ob sie mich nicht mochte. Mir war es nämlich schon oft passiert, dass mich Menschen von vornherein nicht leiden konnten.

»Recht gesprächig bist du nicht, was?« Ihre Stimme riss mich wieder aus meinen Gedanken. Die Ampel war mittlerweile grün und alle anderen Leute um uns herum überquerten die Straße, während wir noch an demselben Fleck standen. Sie starrte mich mit ihren zusammengekniffenen Augen an, als würde sie sich fragen, ob ich noch alle Tassen im Schrank hatte.

»Tut mir leid, ich war abgelenkt.« Aus Verlegenheit rückte ich meine Umhängetasche zurecht und starrte auf die Ampel.

Das Signallicht wechselte auf Rot.

»Hm.«

»Du aber auch nicht«, erwiderte ich nach einer Weile des Schweigens.

»Scheint so.«

Wir überquerten bei der nächsten Grünphase die Ampel und liefen nebeneinander her, ohne noch ein Wort zu sagen. Ich bereute es, sie angesprochen zu haben, denn ich fühlte mich auf einmal sehr unwohl.

So ging es mir meistens, wenn ich Kontakt zu Menschen suchte; ein unbehaglich beklemmendes Gefühl überkam mich. Entweder machte ich etwas grundlegend falsch oder es lag an der Wahl meiner Gesprächspartner.

Wir gingen schweigend weiter. Ich hielt in der Umgebung nach etwas Ausschau, das mich von ihr ablenkte. Mein Blick fiel auf den Eingang eines Kinderspielplatzes. Nur ein heruntergekommenes Eingangsschild ließ erahnen, dass hinter dem zugewucherten Dickicht ein Spielplatz lag. Ich war noch nie auf einem gewesen. Im Heim hatte es eine kaputte Schaukel gegeben und einen von Katzen vollgepissten Sandkasten, sonst nichts.

Kapitel 6 – Alisa

Simon machte mich nervös. Im Gegensatz zu mir strahlte er so etwas Fröhliches und Unbeschwertes aus. Seine positive Aura brannte sich förmlich durch meinen dunklen Schutzschild. In seiner Nähe spürte ich mehr denn je, wie erbärmlich mein Leben war.

Warum musste er ausgerechnet mich ansprechen? Und warum zum Teufel mussten wir den gleichen Schulweg haben?

Das Schicksal hasste mich!

Ich schenkte ihm so wenig Aufmerksamkeit wie möglich und zog mich in mein Schneckenhaus zurück. Wahrscheinlich bereute er es schon, mich zufällig getroffen zu haben.

Als ich das Haus sah, in dem ich wohnte, freute ich mich schon auf mein Zimmer. Das war der einzige Ort, an dem ich mich richtig wohlfühlte, denn dort herrschte mausoleumartige Ruhe.

»Bye«, verabschiedete ich mich knapp von ihm. Doch so leicht ließ er sich nicht abwimmeln.

»Du wohnst hier? Ich wohne in einer der Mietwohnungen am Ende der Straße. Gleich da drüben am äußersten Stadtrand, gegenüber von dem Teich bei der kleinen Waldlichtung.« Er zeigte in die Richtung. Dabei wären ihm beinahe die Bücher heruntergefallen. Geschickt balancierte er den Stapel wieder aus.

Glaubte er etwa, dass es mich interessieren würde, dass er nur einen Katzensprung von mir entfernt wohnte?

»Aha«, antwortete ich knapp und wollte endlich die Straßenseite wechseln und in mein Zimmer verschwinden.

»Wenn du willst, können wir öfter zusammen zur Schule gehen.«

Meinte er das wirklich ernst? Wie unfreundlich und abweisend musste ich denn noch sein, um mein Desinteresse zu signalisieren? Ich konnte ein genervtes Augenrollen nicht weiter unterdrücken.

»Ich komm morgens schlecht aus den Federn. Du würdest also immer auf mich warten müssen und dann zu spät zur Schule kommen.« Mit diesen Worten überquerte ich entschlossen die Straße, ohne eine weitere Reaktion von Simon abzuwarten.

Aus irgendeinem Grund drehte ich mich jedoch noch einmal um, als ich den Schlüssel in die Haustür steckte. Für den Bruchteil einer Sekunde erwartete ich, dort jemand anderen zu sehen. Jemand Besonderen. Derek. Ich hatte das Gefühl, er würde direkt hinter mir stehen; kurz davor, mich zu umarmen. Dieser Moment fühlte sich so unbeschwert und rein an und verflog so flüchtig und schnell, wie er gekommen war.

Sofort war ich zurück in der Realität und erblickte Simon, der mir zuwinkte, als er sah, dass ich mich noch mal zu ihm umgedreht hatte. Das ärgerte mich total. Ohne zurückzuwinken verschwand ich im Haus.

Schon der zweite Flashback heute.

Normalerweise bekam ich keine mehr; dachte ich zumindest. Lag das an Simon? Hoffentlich würde es nicht wieder schlimmer werden. Sonst brachten mich meine Helikoptereltern womöglich doch noch in die Klapse.

Kapitel 7 – Simon

Drei kleine Kartons gefüllt mit Klamotten, Waschzeug und wichtigen Unterlagen waren mein einziges Hab und Gut. Nicht zu vergessen die Matratze und die Wolldecke, die mir das Heim freundlicherweise überlassen hatte.

Mehr besaß ich nicht, doch das störte mich nicht. Das waren meine eigenen vier Wände und ich würde mich hier wohlfühlen. Trotzdem musste ich endlich lernen, mich um gewisse Dinge zu kümmern. Zum Beispiel um Essen, Schulutensilien und bestimmt tausend andere … Klopapier und Zahnpasta.

Ich musste dringend herausfinden, wo man hier in der Nähe einkaufen gehen konnte.

Doch statt sofort alles anzupacken und ins nächste Geschäft zu laufen, setzte ich mich auf meine Matratze und machte das, was ich früher schon immer getan hatte:

Ich starrte die Wand an.

Tagträumerei – das konnte ich. Für mich war das wie fernsehen. Oft machte ich das stundenlang.

Warum nur fiel es mir so schwer, mein Leben auf die Reihe zu kriegen? Warum konnte ich nicht einfach normal sein? Und warum stellte ich mir am laufenden Band diese dummen Fragen? Wusste ich doch die Antwort darauf:

Ich war verrückt!

In meinem wirren Kopf herrschte permanentes Chaos.

Da war diese Stimme, die ich immerzu hörte wie einen Tinnitus; mal laut und schrill, mal unterbewusst und dumpf. Im Laufe der Jahre hatte ich gelernt, sie mehr oder weniger zu ignorieren. Doch wenn ich allein und ungestört war, schlich sie sich in meine Gedanken. Das Schlimmste war, dass ich diese Stimme gar nicht verstehen konnte. Sie säuselte in mich hinein ohne Punkt und Komma; ohne jeglichen Kontext. Wenn ich ihr nicht genug Platz ließ, in mir zu rumoren, bekam ich unsagbar schreckliche Kopfschmerzen.

Das war definitiv nicht normal!
Darum erzählte ich keiner Menschenseele davon.

Langsam wurde es dunkel im Zimmer. Da fiel mir wieder ein, dass ich noch Glühbirnen besorgen musste. Das bedeutete, dass ich eine weitere Nacht in Finsternis verbringen würde. Ich hasste die Dunkelheit. Sie erinnerte mich an kalte, feuchte Tage in einer modrigen Zelle ohne Essen.

Plötzlich saß ich wieder in meinem dreckigen Loch und roch das Moos, das sich unter dem winzigen Fenster weit über mir bildete. Ich konnte die Schritte und wirren Schreie meiner Mutter hören, die näher kamen. Die Erinnerungen ließen mich zusammenzucken. Gänsehaut machte sich auf meinem Körper breit. Noch nie in meinem Leben fühlte ich mich so einsam wie jetzt in diesem Augenblick.

Ein zarter bläulicher Schimmer umgab mich. Das Licht breitete sich von meinen Armen bis zu meinen Schultern aus. Die schrille Stimme in mir wurde lauter, wollte die Kontrolle über mich gewinnen. Schon lange hatte ich dieses blaue Licht an mir nicht mehr wahrgenommen. Ich hatte gelernt, es zu unterdrücken. Denn ich hasste es. Es war schuld an meinem desaströsen Leben. Es machte mich zu einem Freak; einem Monster. Warum war es plötzlich wieder da?

Deprimiert schloss ich meine Augen und sagte innerlich: »Geh weg! Du machst es nur schlimmer!«

Die Stimme in meinem Kopf wurde noch penetranter und schriller. Etwas Grauenhaftes in mir wehrte sich, wollte endlich wieder an die Oberfläche kommen.

Ich kämpfte dagegen an, unterdrückte es mit aller Kraft. Mein Körper krampfte sich zusammen, mir wurde schlecht.

Es dauerte einige Augenblicke, dann verschwand die leuchtend blaue Aura.

Die Kopfschmerzen waren dafür unerträglich; wie ein Hammer, der gegen meine Schläfen pochte. Mir drehte sich der Magen um.

Nur durch Körperbeherrschung konnte ich verhindern, mich zu übergeben.

Genervt rollte ich mich auf meiner Matratze hin und her. Seit Langem hatte mich dieses zweite Ich nicht mehr so gepeinigt.

Kapitel 8 – Alisa

Ich wartete mit Absicht zehn Minuten länger als sonst, bevor ich mich auf den Schulweg machte, damit ich Simon nicht über den Weg lief. Wahrscheinlich begriff er, dass ich kein Interesse an weiteren sozialen Kontakten hatte. Aber ich wollte auf Nummer sicher gehen. Darum kam ich zu spät zum Unterricht – was mich nicht störte. Ich platzte in die Geschichtsstunde von Herrn Braun, was ihn wiederum ziemlich störte. Mürrisch sah er mich an. Ich murmelte ein nicht ernst gemeintes »Entschuldigung". Dann schlich ich auf meinen Platz.

»Wo bleibst du denn?«, flüsterte mir Sandra zu. Ich zuckte nur mit den Schultern, was so viel heißen sollte wie *Geht dich nichts an*, während ich in Zeitlupe meine Schulsachen aus meinem Rucksack kramte.

Jana und Sandra beschlossen, heute zum Schwimmen zu gehen. Jana wollte Simon mitnehmen, um sich vor ihm im Bikini zu räkeln. Sie hatte sich in den Kopf gesetzt, sein Herz zu erobern.

Ich ertrug die Gesellschaft meiner Freundinnen schon kaum, der Typ fehlte mir da gerade noch. Ein guter Grund für mich, zu Hause zu bleiben.

Jana war unausstehlich, wenn sie sich in einen Jungen verguckt hatte. Ihr Balzverhalten war nervtötend. Sie sprach mit Jungs, die sie gut fand, drei Oktaven höher, wobei sie gleichzeitig die Schultern durchdrückte und den Bauch einzog, um auf ihre Oberweite aufmerksam zu machen. Ich fragte mich oft, ob sie nicht genau deshalb Single blieb. Sandra wollte genau wie ich verhindern, dass Simon mit zum Schwimmen kam.

Es gab zwei Gründe, warum Sandra und ich nicht wollten, dass er uns begleitete.

Erstens: Bis jetzt hatten alle Dates von Jana in einer Katastrophe geendet. Natürlich mussten wir sie dann tagelang trösten und Händchen halten.

Der zweite Grund: Antonia hatte laut Hörensagen ebenfalls ein Auge auf den neuen Mitschüler geworfen. Wenn sie mitbekam, dass Jana eine ernstzunehmende Konkurrentin darstellte, konnten wir die ruhige Zeit ohne Streit und Intrigen hier an der Schule vergessen. Sie war nämlich ein furchterregendes sexy Biest und würde uns die Zeit an der Schule zur Hölle machen.

Wir liefen also Jana hinterher, die sich nicht davon abbringen ließ, Simon anzusprechen, und versuchten mit verbaler Kraft, sie an ihrem Vorhaben zu hindern. Jana ignorierte uns und zog mithilfe eines kleinen Handspiegels ihren rosafarbenen Lippenstift nach. Schließlich wollte sie verführerisch aussehen.

Simon saß neben ein paar Zehntklässlern, deren Namen ich nicht kannte. An unserer Schule galt dieselbe Regel wie an allen anderen Schulen dieser Welt: Alle Schüler aus niedrigeren Klassen waren nicht beachtenswert.

Konnte es wirklich sein, dass er erst fünfzehn war? Das wäre lustig. Antonia und Jana würden im Boden versinken vor Scham.

Simon nahm uns wahr und lächelte schüchtern in unsere Richtung. Ich hoffte nur, dass er unser gestriges Gespräch auf dem Nachhauseweg nicht erwähnen würde.

Und dann passierte es wieder. Seine blaugrünen Augen blickten in die meinen. Erneut überkam mich dieses seltsame Gefühl. Als hätten seine Augen magische Kräfte.

Ein Zucken machte sich in meinem Körper bemerkbar. Es fühlte sich seltsam angenehm an, aber hinterließ gleichzeitig unendlichen Schmerz. Denn es erinnerte mich an Derek. Obwohl Simon ein komplett anderer Typ war, musste ich bei ihm an Derek denken.

Kapitel 9 – Simon

Ich sah in die Augen des rothaarigen Mädchens und bemerkte wieder diese Melancholie und Trauer. Sie sah so unglücklich aus, dass dieses Gefühl bis in mein Innerstes vordrang und mich frösteln ließ. Ihre Traurigkeit wurde von ihren trostlosen schwarzen Klamotten untermalt. Schon gestern hatte sie ein schwarzes Kleid und Springerstiefel getragen; eine seltsame Kombination. Ich schenkte ihr ein Lächeln in der Hoffnung, es könnte in ihr etwas bewegen.

»Hallo Simon, also wir haben ja gestern schon mal miteinander gequatscht, ich bin übrigens Jana, das habe ich ganz vergessen, dir zu sagen«, redete mich das dunkelhaarige Mädchen mit schriller Stimme an. Die Brünette stellte sich beiläufig mit Sandra vor, nur von der Dritten kam kein Wort.

»Hallo, freut mich«, begrüßte ich sie leicht irritiert. Meine Klassenkameraden hatten sofort mit ihrer Unterhaltung aufgehört, als Jana mich ansprach.

»Du Simon, bestimmt kennst du hier in der Stadt noch nicht besonders viel. Da wir heute schwimmen gehen wollten, dachte ich, fragst du mal den Neuen, ob er gerne mit möchte«, lud mich Jana lächelnd ein. Ihre Mimik und Gestik wirkten aufgesetzt, genau wie ihr Make-up.

Als sich meine Augen an Janas Erscheinung gewöhnten, überlegte ich kurz, wie sich schwimmen wohl anfühlte. Ich konnte es nämlich nicht.

»Also, willst du heute Nachmittag mitkommen?«

Mein Blick wanderte von Jana zu dem Mädchen mit dem feurigen Haar und den traurigen grünen Augen, dessen Namen ich noch nicht kannte. Sie sah genervt zu ihrer Freundin und schien nicht erfreut, dass ich mitsollte.

Langsam musste ich mir eine Antwort einfallen lassen, denn die Stille wurde spürbar unerträglich. Armin und die anderen Klassenkameraden kicherten schon leise vor sich hin.

»Ich habe noch nicht einmal alles ausgepackt daheim«, schwurbelte ich herum.

Ein grundloses Ablehnen wollte ich vermeiden. Laut auszusprechen, dass ich Nichtschwimmer war, wollte ich auch nicht. Leider war das nicht mein einziges Problem. Ich trug viel zu viele Geheimnisse mit mir herum.

»Ich habs dir gesagt, Jana«, keifte die Rothaarige mit einem Augenrollen.

»Ach komm schon, Simon, nur, um dieser mies gelaunten Pute eins auszuwischen«, flehte Jana mich an und zeigte mit ihrem Finger auf ihre Freundin, deren Augen sie böse anfunkelten.

Ich wollte nicht unfreundlich sein. Ich wollte endlich soziale Kontakte knüpfen, aber da war immer die Angst, enttarnt zu werden. Und schlimmer als die Einsamkeit wäre der Spott gewesen, der mir entgegengebracht worden wäre, wenn irgendjemand herausfand, dass ich anders war.

Ein Freak!

So nannten mich alle im Heim. Ich hasste dieses Wort.

»Ich habe keine Ahnung, in welcher Kiste mein Badezeug steckt. Ein ander...« Jana ließ mich gar nicht erst aussprechen und unterbrach meinen Satz mit einem triumphierenden Lachen.

»Das ist gar kein Problem, denn im Schwimmbad gibt es einen Laden, wo man alles kaufen kann, was man zum Schwimmen benötigt. Badehosen, Handtücher, sogar Schwimmflügel.«

Sie meinte den letzten Punkt ihrer Aufzählung wahrscheinlich als Scherz, es brachte mich dennoch nervös zum Schlucken.

Sollte ich ihnen einfach sagen, dass ich nicht schwimmen konnte? »Jana, merkst du nicht, dass er händeringend nach Ausreden sucht, damit er nicht mit muss? Jetzt lass uns gehen, die Pause ist eh gleich vorbei«, pflaumte das Mädchen mit dem roten Haar Jana von der Seite an. Diese sah mich jedoch erwartungsvoll an. Der Druck in mir erhöhte sich. Mir blieb keine andere Wahl.

»Also gut, dann treffen wir uns eben dort.«

Meine Tonlage hörte sich nicht unbedingt jubelnd an.

Ich würde einfach nicht kommen, mit der Ausrede, dass ich es nicht gefunden hätte oder dass mir etwas Wichtiges dazwischengekommen sei. Ich hasste es, zu lügen. Wenn man einmal damit anfing, verstrickte man sich in ihnen.

Jana klatschte in die Hände, als hätte sie einen Wettstreit gewonnen, und richtete ihren Blick nun auf ihre Freundinnen. Ihre dunkelbraunen Augen funkelten bei ihren Worten: »Hab ich's dir nicht gesagt, Alisa?«

Alisa hieß also das Mädchen mit dem dunkelroten Haar und den grünen Augen. Die niedlichen Sommersprossen auf ihrer Nase passten nicht zu ihrer mürrischen Art.

Bevor Jana ihre Aufmerksamkeit wieder auf mich richten konnte, klingelte es und die Pause war zu Ende. Vor lauter Euphorie über meine Zusage vergaß sie, mir den genauen Treffpunkt und die Uhrzeit zu nennen.

Als die drei Mädchen weg waren, fing Armin an zu kichern: »Du gehst ja schnell ran. Auch noch eine über deinem Jahrgang. Nicht schlecht.«

Die anderen Mitschüler brachen in Gelächter aus. Es war mir peinlich, dermaßen im Mittelpunkt zu stehen. Wenigstens gewann ich dadurch ein wenig an Ansehen.

Das Ganze wurde noch intensiviert, als mich Antonia zu ihrer Party am Wochenende einlud. Sie drückte mir einen Zettel mit ihrer Handynummer in die Hand und hauchte mir einen Handkuss zu. Sie fragte mich nicht einmal, ob ich wirklich kommen würde.

Armin erklärte mir, dass Antonia eines der beliebtesten und hübschesten Mädchen auf der Schule war. Es sei eine Ehre, eingeladen zu werden. Laut Armin waren Antonias Partys legendär. Jeder wünschte sich, eingeladen zu werden.

»Würdest du mich begleiten, Armin? Ich denke, ich fühle mich unwohl allein.«

»Vergiss es! Die machen mich fertig, wenn ich ungeladen auf einer Party der Abschlussschüler auftauche. Das kannst du knicken«, keifte mich Armin an. Auch wenn wir grundverschieden waren, so konnte ich ihn gut leiden. Er behandelte mich wie jeden anderen, obwohl ich der Neue war.

Der Schultag nahm sein Ende und ich wollte so schnell wie möglich nach Hause. Erst seit zwei Tagen versuchte ich, ein normales Leben zu führen, und musste mich jetzt schon in Ausreden flüchten.

Ich hasste Lügen!

»Simon!«

Ich drehte mich reflexartig in die Richtung, aus der mein Name gerufen worden war, und erkannte Alisa. Sie lehnte lässig an der Schulmauer. Ihre beiden Freundinnen waren nirgends zu sehen.

»Was machst du hier?« Mein Unterton hörte sich ungewollt unfreundlich an.

»Ich dachte, wir gehen zusammen nach Hause? Das hast du doch vorgeschlagen?« Sie ignorierte meine ruppige Art und grinste mich ironisch an.

Ich war verunsichert. Gestern schien Alisa nicht wirklich Lust auf meine Gesellschaft gehabt zu haben.

Nach einigen Metern meinte sie plötzlich zu mir: »Du kommst heute nicht mit, habe ich recht?«

Bei ihren Worten lief es mir eiskalt den Rücken hinunter. Ich konnte mich nicht herausreden, das war mir bewusst.

»Eigentlich dachte ich, du lässt dir jetzt schnell tausend Ausreden einfallen, warum du plötzlich doch nicht kommen kannst. Also raus damit, was ist die Ausrede?«

»Erwischt!«, gestand ich ihr schmunzelnd, während ich mir mit meiner Hand verlegen durchs Haar fuhr.

»Weißt du, wenn du nur mich nicht leiden kannst, dann kann ich dich jetzt beruhigen, denn ich komme eh nicht mit.«

»Warum denkst du, dass ich dich nicht leiden kann?«

»Ich war nicht sehr nett zu dir. Nimm es nicht persönlich, ich bin zu jedem so«, antwortete Alisa mürrisch.

Ihr Blick wanderte abrupt zu mir. Sie schien heute gesprächiger als gestern, dennoch war sie abweisend und seltsam. Ich konnte sie nicht wirklich einschätzen. Da Alisa nicht gerade vor Fröhlichkeit strotzte, gingen ihr die meisten Menschen wahrscheinlich wirklich schnell aus dem Weg. Wieso wollte man absichtlich unbeliebt sein?

»Jana würde sich wirklich freuen, wenn du kommst. Ich will euch den Spaß nicht verderben. Geh einfach hin. Wenn du willst, erkläre ich dir, wie du hinkommst ...« Alisa redete weiter, erklärte mir offensichtlich den Weg, doch ich hörte nicht zu. Sie dachte, ich wollte nur ihretwegen nicht mitgehen. Dabei war dem gar nicht so.

Nicht das Schwimmen an sich war mein Problem, sondern mein entstellter Körper, der die Spuren meiner wirren Mutter ein Leben lang abbilden würde.

Mein Rücken war übersät mit Narben. Wenn einer der Schüler das sah, wäre es Gesprächsstoff für die nächsten Jahrhunderte. Irgendwann wären tausende Gerüchte über mich in der Welt. Darauf hatte ich keine Lust.

Alisas Gedanken waren schlichtweg falsch und das musste ich ihr unbedingt klarmachen. Sie erklärte mir noch den Weg, ohne zu merken, dass ich ihr gar nicht zuhörte. Kurz bevor wir ihr Haus erreichten, unterbrach ich sie einfach: »Ich kann nicht schwimmen.«

Sie brach ihren Satz abrupt ab und runzelte verständnislos

die Stirn.

Ich seufzte. »Viele Menschen können das nicht. Meiner Mutter war das eben nicht wichtig.«

Sie starrte mich einfach nur an. Ich wich beschämt ihrem Blick aus und sah wie gestern zu dem Eingang des Spielplatzes gegenüber ihres Hauses.

»Sag es den anderen bitte nicht, es ist mir peinlich«, bat ich Alisa. Sie nickte nur.

Kapitel 10 – Alisa

Heute war ein beschissener Tag. In Biologie ließ der Sadist von Lehrer uns in der letzten Schulstunde einen unangekündigten Test schreiben. Natürlich hatte ich null dafür gelernt. Das Schuljahr ging wirklich prickelnd los.

Meine Laune war auf einem Tiefpunkt. Darum ging ich heute definitiv nicht mit Jana und Sandra schwimmen. Ich wollte ihnen den Spaß nicht verderben.

Jana würde sowieso total ausflippen, wenn Simon nicht zum Treffen kam. Wenn sie mit etwas nicht klarkam, dann mit Ablehnung; vor allem von Jungs. Dass ich mich nicht blicken ließ, war mittlerweile zur Gewohnheit geworden. Aber Simon ... Jana setzte alle Hoffnung in dieses Treffen, um mit ihm zusammenzukommen. Dabei kannte sie ihn doch gar nicht.

Ich dachte an das Haus, in dem er wohnte. Es war ein neu gebauter Komplex am Ende der Straße. Die Wohnungen darin waren nicht besonders groß, soviel ich wusste. Eher für Pendler und Singles gedacht. Wie konnten Simon und seine Eltern dermaßen beengt leben? Waren sie arm und konnten sich nichts Größeres leisten?

Wie alt war er überhaupt? Er sah schon älter aus, wirkte aber gleichzeitig unbeholfen und naiv wie ein Kind.

Irgendwas stimmte auf alle Fälle nicht mit ihm, das hatte ich im Gefühl. Seine strahlenden Augen waren abnormal; das machte mich voll fertig. Sie versuchten förmlich, die Traurigkeit aus meiner Seele zu saugen. Das konnte nicht normal sein.

Simon interessierte mich nicht. Zumindest redete ich mir das stur ein. Denn ehrlich gesagt dachte ich den ganzen verfluchten Tag über ihn nach.

Ich war eingedöst, doch mein penetrant klingelndes Smartphone riss mich aus meinem Schlaf. Meine Augen sahen noch verschwommen – es dauerte einige Sekunden, bis ich den Namen lesen konnte. Jana rief mich an. Ich wusste genau, was jetzt kam. Schmunzelnd nahm ich den Anruf entgegen: »Ja?«

»Tu nicht so, wo warst du heute?«

Die rhetorische Frage von Jana ließ ich unbeantwortet.

»Ich mein, nicht dass es normal wäre, dass du dich nicht blicken lässt, aber du könntest vorher wenigstens Bescheid sagen. Sandra und ich haben eine Stunde vor dem Schwimmbad gewartet.«

Ich sah kurz auf mein Display; vierzehn Nachrichten und fünf verpasste Anrufe von Jana.

»Und wie war es mit Simon? Wann steigt die Hochzeit?«, fragte ich sie mit ironischem Unterton.

»Der ist gestorben für mich! Der hat sich nämlich auch nicht blicken lassen. So was Eingebildetes.«

»Vielleicht hat er es nicht gefunden. Hast du ihm denn die Uhrzeit gesagt, und wie er hinkommt?«

»Weiß ich gar nicht mehr, trotzdem ist er für mich gestorben. Soll ihn Antonia nehmen, zu der passt er besser«, keifte Jana laut.

Ich stellte mir Antonia und Simon vor, das Bild passte nicht zusammen.

»Ich werd morgen nicht kommen. Hab keine Lust auf Mathe und Englisch. Bring Simon nicht gleich morgen um. Ich will dabei sein.«

»Machs gut, du bist echt 'ne miese Freundin! Unterstütze mich mal«, verabschiedete sich Jana in ihrer gewohnt direkten Art.

So kannte ich sie, sie würde Simon morgen definitiv eine Szene machen. Er tat mir jetzt schon leid.

Es klingelte an der Haustür, ich sah verschlafen auf die Uhr meines Smartphones, es war bereits früher Nachmittag. Ich hatte den ganzen Tag gepennt. Blaumachen war einfach klasse. Es klingelte noch einmal. War meine Mutter nicht zu Hause? Sonst wartete sie nur darauf, dass jemand kam, um wieder mal eine perfekte Gastgeberin, Hausfrau und Mutter spielen zu können. Ich quälte mich aus dem Bett, rieb mir den Schlaf aus den Augen und versuchte, ein wenig die Orientierung zu gewinnen. Tatsächlich fühlte ich mich wirklich ein wenig krank.

Es klingelte noch einmal, langsam wurde ich sauer. Ich zog meine Hausschuhe an und schlurfte langsam nach unten, um zu sehen, wer dort vor der Tür stand. Als ich durch den Spion guckte und Jana erkannte, konnte ich mir ein Augenrollen nicht verkneifen. Hoffentlich zwang sie nur irgendein Lehrer, mir die Schulsachen vorbeizubringen, und sie haute gleich wieder ab.

Als ich die Tür einen Spalt öffnete, quasselte Jana drauf los: »Boa, du siehst echt fertig aus. Ich dachte, du machst nur blau? Ich muss dir unbedingt erzählen, was heute passiert ist, lass mich rein.«

Sie schien das dringende Bedürfnis zu haben, mich mit Updates bezüglich Simon zu versorgen. Dabei war es mir echt total egal.

Ich öffnete die Tür nur ein paar Zentimeter weiter, um ihr zu symbolisieren, dass ich sie widerwillig hereinließ.

Sie ging mit einer Selbstverständlichkeit ins Haus, lief zum Kühlschrank und holte sich einen Joghurt heraus. Jana kam in letzter Zeit nicht oft zu Besuch, aber wenn sie einmal da war, fühlte sie sich wie zu Hause.

Früher waren Sandra und Jana beinahe jeden Tag hier gewesen. Seit Dereks Tod kamen sie nur noch selten.

»Ich habe dir doch gesagt, du sollst bis morgen warten, Simon umzubringen.«

»Ich? Ich habe gar nichts gemacht. Aber Antonia!«

Antonia. Sie war einer der unangenehmsten Menschen, die ich kannte – reich, schön, durchtrieben und hinterlistig. Alle versuchten, weit oben auf ihrer Liste zu stehen oder ihr aus dem Weg zu gehen.

»Hat sie ihn an den Pranger gestellt und faules Gemüse verteilt?«

»Pass auf, ich war voll wütend und überlegte mir schon 'ne Standpauke für ihn. Doch als ich ihn dann auf einer Bank neben Antonia entdeckt habe, ließ ich es lieber bleiben«, erklärte Jana. »Schließlich ging das Antonia nichts an und so – ist auch egal. Auf jeden Fall blieben Sandra und ich in der Nähe, um Simon abzufangen, und Antonia hat sich voll an ihn rangemacht – hat ihn befummelt und so.«

Ich bekam große Augen. Antonia befummelte Simon? Das ging null in meinen Kopf.

»Und er hat sie abgewiesen und dann ist sie total ausgefreakt. Sie kreischte ihn an, dass niemand so mit ihr umgehen dürfe und er sein blaues Wunder erleben würde«, erzählte Jana hektisch weiter. »Sie hat ihm auch eine Ohrfeige verpasst und herumposaunt, dass er der totale Loser sei und mit achtzehn noch in der zehnten Klasse abhing.«

Simon war eine Klasse unter uns? Da war ich einmal nicht in der Schule und dann passierten so aufregende Dinge. Unfassbar.

»Na ja, nach der Aktion habe ich mir meine Ansage verkniffen, er hat genug gelitten. Danach hat keiner mehr mit ihm geredet, weil alle Angst vor Antonia haben. Weißt ja, wie das ist. Die Gerüchteküche brodelt«, beendete Jana ihren Monolog.

»Hmm.«

Was sollte ich dazu großartig sagen?

»Ist deine Mutter nicht da?«, fragte sie. »Die kann doch so gut kochen und ich hab ja solchen Hunger.«

Ich verdrehte die Augen und stellte ihr die Müslipackung mit einer Schale vor die Nase.

»Jetzt iss und verschwinde, ich habe nämlich Kopfschmerzen und will zurück in mein Bett«, maulte ich Jana an.

Vom Fenster aus konnte ich den verwachsenen Eingang des

Spielplatzes sehen. Ein verblichenes Schild wies die Besucher auf die Platzregeln hin. Ich hatte bis jetzt geglaubt, dass kein Mensch auf der Welt jemals so ein blödes Schild las. Doch Simon stand dort und starrte darauf. Ich musste laut loslachen.

»Was hast du, Alisa? Seit wann lachst du wieder?«, fragte mich Jana schmatzend. Ein paar Krümel flogen aus ihrem Mund und landeten auf der Küchenablage; Milch tropfte ihr Kinn herunter. Tischmanieren besaß sie keine.

»Da kannst du sehen, wie schlecht es mir geht«, gab ich ihr ironisch zur Antwort und reichte ihr augenrollend eine Serviette.

Sie versuchte, mich in einen Small Talk zu verwickeln, doch das funktionierte bei mir nicht. Ich beobachtete weiterhin Simon, der ein paar Schritte die Böschung Richtung Spielplatz hinabgegangen war und nun einfach nur dastand und hineinglotzte. Das zugewachsene Dickicht um den Spielplatz herum versperrte mir nun die Sicht auf ihn. Ich streckte meinen Kopf leicht in die Höhe, um ihn besser beobachten zu können. Was interessierte ihn dort bloß?

»Heute ist Mathe ausgefallen und in der Freistunde mussten wir irgendwelche Zeitungsartikel lesen. Total dämlich.«

Ich zog mich an der Ablage hoch und setzte mich darauf. Auf dem Fensterbrett standen lauter Kräuter. Ich schnappte mir das Basilikum und hielt meine Nase ganz dicht hinein. Intensiver Duft stieg mir in die Nase. Als ich noch einmal aus dem Fenster sah, war Simon verschwunden.

»Hörst du mir überhaupt zu?«

»Hast du fertiggegessen?«

»Ich habe dir gerade erzählt, dass ich es noch einmal bei Simon probieren möchte und du fragst mich, ob ich fertiggegessen habe?«

Ich zuckte gelangweilt mit den Schultern. Jana knallte die Schüssel auf die Arbeitsplatte und nahm eine schmollende Position ein.

»Hör zu, mir gehts wirklich nicht gut«, maulte ich. »Mach mit Simon, was du willst, deine Konkurrentin ist nun abgesprungen.

Ich geh jetzt wieder ins Bett, mach es dir von mir aus hier gemütlich. Du weißt ja, wo alles steht.«

Ich sprang von der Ablage und schlurfte die Treppen hinauf in mein Zimmer. Es dauerte keine fünf Minuten, bis ich die Haustür zuschlagen hörte. Das ganze Haus vibrierte.

Am nächsten Tag waren die Kopfschmerzen ein wenig besser und ich schleppte mich in die Schule.

Dort angekommen sah ich Jana und Sandra neben Simon stehen. Wahrscheinlich startete Jana ihren neuen Versuch, bei ihm zu punkten.

Alle begrüßten mich, als ich wortlos in die Runde trat.

»Wie geht es dir denn heute?«, meinte Jana reumütig zu mir.

»Sahst gestern echt fertig aus.«

Sie stand verdächtig nahe bei Simon. Außerdem trug sie ein Top mit auffallend großem Ausschnitt. Sie versuchte, ihre Vorzüge in Szene zu setzen. Ich war zugegebenermaßen ein bisschen neidisch auf ihre großen Brüste.

»Geht schon.«

»Wir drei wollen nach der Schule Eis essen gehen. Wenn es dir wieder gut geht, kannst du ja mit«, verkündete Jana freudestrahlend.

Ich zuckte mit den Schultern, da ich noch nicht wusste, wie meine Stimmung nach der Schule sein würde. Es war ein schöner warmer Tag, wahrscheinlich einer der letzten des Jahres. Ich hasste zwar den Sommer, da alle Menschen um mich herum unheimlich aktiv und fröhlich waren und mir meistens auf den Wecker gingen, aber Regen und Kälte mochte ich genauso wenig.

In der Biostunde bekam ich meine Probe zurück. Ich ahnte bereits, dass es keine Glanzleistung gewesen war.

Eine Fünfminus!

Wie konnte man in Bio eine verdammte Fünfminus schreiben?

Seufzend packte ich die verhaute Klausur in meinen Ordner,

um sie zu Hause von meinen Eltern unterschreiben zu lassen. Auf keinen Fall wollte ich meiner Mutter die schlechte Note präsentieren. Sie würde deswegen nicht mit mir schimpfen oder mich gar bestrafen. Das wäre viel zu schön gewesen.

Nein, sie quälte mich mit emotionalem Psychogelaber und penetranter Aufmerksamkeit. Es ging mir auf den Zeiger, wenn sie tagelang versuchte, mich zu therapieren. Fürsorgliche Eltern nervten tierisch. Jetzt ging ich definitiv mit meinen Freunden zum Eisessen.

In der Pause setzte sich Simon neben mich auf die Bank und strahlte mich wieder mit seinen wunderschönen Augen an. Seine Heiterkeit machte mich irre.

»Und, hat dir Antonia einen Einlauf verpasst?«, fragte ich ihn provokant. Er sah ausgehungert aus, darum bot ich ihm mein Käsebrot an. Meine Mutter machte mir täglich ein Pausenbrot, doch ich aß es so gut wie nie.

»Ja, Antonia war echt seltsam. Zuerst lud sie mich für das kommende Wochenende zu ihrer Party ein und betatschte mich, und als ich ihr dann höflich ihre Hand von meinem Bein nahm, ist sie total ausgerastet.«

Antonia konnte einem das Leben zur Hölle machen. Dabei war sie nur ein verzogenes Gör.

»Meine Klassenkameraden wollen jetzt auch nichts mehr mit mir zu tun haben«, raunte Simon. »Das geht gut los.« Verlegen rieb er sich durch sein strubbeliges Haar.

»Mach dir nichts draus. Ich würde an deiner Stelle jetzt einfach ein wenig untertauchen, bis Gras über die Sache gewachsen ist. Bei uns bist du bestens aufgehoben, wir gelten eh als Freaks«, erklärte ich ihm. Dabei riss ich meine Arme übertrieben freudig in die Luft.

»Wobei es noch ein Stückchen weiter runtergeht in der Schülerhierarchie«, sprach ich weiter. »Da wären zum Beispiel die Schachspieler da drüben zu deiner Linken. Wenn du ein

Streber bist, gern Schach spielst und deine Mutter dir deine Klamotten aussucht, dann bist du dort sicherlich willkommen.«

»Jetzt rede nicht so einen Unsinn. Simon bleibt bei uns, stimmts? Schließlich sieht er viel zu gut für diese Idioten aus«, mischte sich Jana in unseren Dialog ein. Sie stellte sich vor uns und himmelte ihn mit Wimpernklimpern an. Hoffentlich kam ihr Hormonhaushalt bald wieder ins Gleichgewicht. Simon konnte einem leid tun.

»Ich kann kein Schach und eine Mutter habe ich nicht mehr, aber ich lerne gern. Kleidung ist mir total egal, keine Ahnung, wie meine aussieht«, brummte er leise.

Nachdem er vom Verlust seiner Mutter erzählt hatte, traute sich keine, ein Wort zu sagen. Sogar ich biss mir auf die Unterlippe und verkniff mir einen dummen Kommentar. Obwohl mir einer bereits auf der Zunge lag.

Antonia ging an uns vorbei und ließ ihren Müll vor unsere Füße fallen. Wir wussten, dass es ihm galt. Jana nahm das Ereignis sofort zum Anlass, das Schweigen in der Runde zu brechen: »Das ist so eine arrogante Tussi!«

Dann kickte sie das Zeug in Antonias Richtung. Zum Glück blieb die provokante Geste unbemerkt.

Nach der Schule gingen wir allesamt durch den Park in Richtung Eisdiele. Die schwüle Luft kratzte mir vor lauter Pollen im Hals. Eine Bande Schüler rannte an uns vorbei und tuschelte wild, während sie Simon anstarrten. Er sah sichtlich geknickt aus. War er so ein Typ, dem es wichtig war, beliebt zu sein? Ein Mitläufer? Ein Normalo?

Bei der Eisdiele las er sich alle Geschmacksrichtungen aufmerksam durch, als hätte er noch nie Eis bestellt.

Dann setzten wir uns mit unseren Portionen im Park in den Schatten einer Trauerweide mitten auf einer Wiese. Der Boden gab bereits eine feuchte Kühle ab, wenn man länger saß.

Jana wich nicht von Simons Seite und quetschte ihn förmlich

aus. Doch er gab ihr nur uninteressiert die nötigsten Antworten und kümmerte sich lieber um sein schmelzendes Eis.

Keine von uns traute sich, ihn weiter über seine Familie auszufragen. Demnach hatte er es geschickt angestellt. Ich konnte noch was von ihm lernen. Schließlich wurde ich nie in Ruhe gelassen – eher wie eine Zitrone ausgequetscht.

Mein Eis schmeckte so unheimlich süß, dass mein ganzer Mund klebte. Bäh. Ich legte es neben mich in die Wiese. Es würde einen langsamen Hitzetod sterben müssen.

Gelangweilt rupfte ich ein Gänseblümchen aus und drehte es in meinen Fingern. Dann steckte ich es in die geschmolzene Eispfütze. Ameisen machten sich bereits an der Glibberpampe zu schaffen. Langsam bildete sich eine Ameisenstraße, die ich genauestens beobachtete.

Nach zwei Stunden hielt ich das Gelaber von Jana einfach nicht mehr aus und verabschiedete mich abrupt von allen.

»Warte, ich komm mit!«, rief mir Simon hinterher.

Er stand rasch auf und riss sich aus dem Gespräch mit Jana. Wahrscheinlich ertrug er das Gefasel auch nicht länger. Sie sah irritiert aus, als wir uns zusammen aus dem Staub machten. Morgen durfte ich mir bestimmt von ihr eine Standpauke anhören, dass sie nur wegen mir mit ihm noch kein Liebespaar sei.

»Bluten deine Ohren von Janas Gequassel?«, fragte ich ihn, nachdem uns schon einige Meter von ihr trennten. Er musste loslachen. Ich hatte wohl ins Schwarze getroffen.

»Sie redet gern. Irgendwie erinnert sie mich ein wenig an Antonia. Nur ist sie nicht so fies und arrogant.«

»Wenn ich ihr das sage, hätte dein letztes Stündlein geschlagen. Ich dachte schon, dass du den gestrigen Tag nicht überlebst«, erklärte ich. »Jana war richtig sauer auf dich, weil du sie versetzt hast, und mit Antonia hast du dir es ebenfalls verscherzt. Wenn du so weitermachst, hast du bald einen persönlichen Lynchmob hinter dir her.«

41

»Ich kenne beide gar nicht richtig und sie mich auch nicht, ich weiß nicht, was die von mir wollen.«

»Das kann ich dir genau sagen. Du bist Frischfleisch und siehst nicht unbedingt schlecht aus. Wer dich als Erste erobert, ist sozusagen die Siegerin. Wobei, jetzt wo du Antonia ›abgeschossen‹ hast, vermindert sich dein Wert auf dem Singlemarkt drastisch. Du bist jetzt eher ein Sonderposten«, scherzte ich und zeigte den Daumen nach unten.

Er schüttelte verständnislos den Kopf. Ich konnte mir gar nicht vorstellen, dass er solche Probleme mit Mädchen nicht kannte. Schließlich waren Mädchen in dem Alter alle gleich. Zuerst wollten sie einen, dann wieder nicht, dann wieder schon.

Zu Hause angekommen erkannte ich sofort das Auto meines Vaters – er war bereits da. So ein Mist! Ich hatte keinen Bock auf Diskussionen bezüglich meiner schlechten Note. Kurz malte ich mir ein Leben als Vagabund aus: bunt gefärbte Haare, Nasenring, Joint in der linken, Wodkaflasche in der rechten Hand.

»Warum starrst du ständig auf den Eingang zum Spielplatz?«, fragte ich Simon, der seine Nase schon wieder in die Richtung streckte.

Er sah mich verlegen an und schwieg.

»Gestern habe ich dich vom Fenster aus beobachtet, wie du das alte Ding gelesen hast«, merkte ich an und deutete dabei auf das ausgeblichene Metallschild.

»Ich war noch nie auf einem.«

Meine Augen wurden groß. Wie konnte ein Junge seines Alters noch nie in seinem Leben auf einem Spielplatz gewesen sein? Was stimmte nicht mit ihm?

Ich packte Simon am Handgelenk und schleifte ihn den verwilderten Pfad hinab auf den verlassenen Spielplatz.

Alles war zugewachsen und in die Jahre gekommen. Dichtes ungepflegtes Gestrüpp umrandete ihn und eroberte Jahr für Jahr ein Stück mehr Fläche. Der Sand im Sandkasten war übersät mit

Unkraut und Katzenkot; das ausgeblichene Holz der Spielgeräte tausendfach mit Graffiti besprüht. Ehrlich gesagt waren ein, zwei von mir und Derek.

Außer einer Wippe, einer kleinen Rutsche, einem Sandkasten und zwei Schaukeln gab es hier nichts.

»So, jetzt bist du auf einem.« Nach meinen Worten drehte ich mich zu ihm und ließ sein Handgelenk los. Als er sich umsah, konnte ich das Staunen in seinen Augen erkennen. Spätestens jetzt wusste ich, dass er mich nicht belogen hatte. So einen Blick konnte man nicht spielen.

Ich ging zu den abgenutzten Schaukeln und deutete ihm, dass er herkommen solle. Er setzte sich und stupste sich leicht mit den Beinen ab. Simon war viel zu groß für die Schaukel. Er musste die Knie anziehen, damit seine Füße nicht am Boden schleiften.

»Ich kann mir gar nicht vorstellen, wie eine Kindheit aussieht ohne Spielplatz oder Schwimmen. Ich mein, wo bist du groß geworden? Auf dem Mars?«

»Meine Mutter mochte Ausflüge nie besonders«, murmelte er leise. Sein trauriger Blick suchte die Leere.

»Und dein Vater? Bei dem wohnst du ja offensichtlich jetzt.«

Er lächelte. Das traurigste Lächeln, das ich jemals gesehen hatte.

»Ich wohne allein.«

Stille trat ein.

Er wohnte also allein.

Seine Familiengeschichte schien den Namen Fiasko zu verdienen. Ich wollte gar nicht weiter nachbohren. Es fühlte sich beschissen an, wenn man ständig über etwas Unangenehmes ausgefragt wurde. Das kannte ich nur zu gut.

»Du musst mit den Beinen hin und her schwingen«, sagte ich nüchtern; als hätte die Unterhaltung eben nie stattgefunden.

Er sah mich verwundert an.

»Und mit der Hüfte musst du ein wenig arbeiten«, ergänzte ich meine Worte, »dann gehts besser.«

Ich schaukelte immer schneller und höher. Seine Gesichtszüge wurden wieder weicher, als er es mir gleichtat.

In meinem Bauch kribbelte es. Mein wehendes Haar versperrte mir die Sicht. Es fühlte sich wie Fliegen an.

Ich musste laut loslachen. Schon lange hatte ich nicht mehr so einen Spaß gehabt.

Wir schaukelten ziemlich lange und sprachen kaum miteinander. Er wollte nichts über mich wissen und ich nichts mehr über ihn. Ich glaube, wir waren beide froh darüber.

»Es wird langsam spät, musst du nicht nach Hause?«, fragte er mich, als die Sonne bereits unterging.

Er hatte recht, meine Mutter machte sich bestimmt schon Sorgen. Früher war es meinen Eltern egal gewesen, wie lange ich wegblieb. Jedes Wochenende war ich bis spät nachts auf Partys. Doch seitdem es mir seelisch so mies ging, waren sie stets besorgt.

Ich bremste mit meinen schmuddeligen Boots im Sand, blieb aber auf der Schaukel sitzen. Die untergehende Sonne tauchte alles in ein rötliches Licht.

»Der Tag heute war schön«, gestand er gedankenverloren in den Himmel starrend.

»Ja, irgendwie schon.«

Es war komisch, Simon fühlte sich für mich überhaupt nicht fremd an. So, als ob ich ihn schon ewig kannte. Ich wollte gar niemanden um mich haben und erst recht keine neuen Menschen kennenlernen. Bei ihm schien mir das alles vollkommen in Ordnung.

Wir gingen den Weg bis zur Straße vor und verabschiedeten uns voneinander. Er berührte mich zu keinem Zeitpunkt, dennoch fühlte es sich kurz auf meiner Haut so an, als hätte er mich umarmt. Ich schämte mich für dieses Gefühl und lief so schnell ich konnte zur Haustür. Dieses Mal drehte ich mich nicht um, obwohl ich das dringende Bedürfnis verspürte, noch einmal in seine Richtung zu sehen.

Kapitel 11 – Simon

Zu Hause starrte ich, auf dem Fußboden kauernd, den Brief vom Anwalt meiner Mutter an. Bis jetzt hatte ich es noch nicht gewagt, ihn zu öffnen. Er lag bedrohlich in der Mitte des Raumes auf dem Boden wie eine scharfe Sprengfalle. Wenn ich das Kuvert nur anfasste, würde sie hochgehen und mit mir explodieren. Zumindest fühlte es sich gerade so an.

Meine Vergangenheit schien mich einfach nicht in Ruhe lassen zu wollen. Ich seufzte tief in den Raum. Der Brief brachte mich total aus der Fassung. Er erinnerte mich an meine jämmerliche Kindheit; an all das, was ich gerne vergessen würde.

Mein Blick wanderte zu meiner leuchtenden Hand. Das bläuliche Licht breitete sich bereits bis zu meinem Oberkörper aus.

Wenn die Stimme in mir unerträglich gegen meinen Kopf hämmerte und ich mich schutzlos, traurig oder allein fühlte, dann bahnte sich diese blau schimmernde Energie einen Weg an die Oberfläche und übermannte mich.

Sie verwandelte mich in einen Dämon, in ein Monster, das sich selbst unendliche Schmerzen zufügte.

So wollte ich nicht sein! Nie wieder! Ich wollte das einfach nicht.

Schließlich hatte meine Verwandlung Schuld an dem Wahnsinn meiner Mutter; davon war ich überzeugt.

Seit der Rettung aus dem Keller meiner Mutter ließ ich mein zweites Ich in mir nicht mehr zu; unterdrückte es permanent. In der Einsamkeit meiner vier Wände kämpfte es sich nun wieder an die Oberfläche. Ich konnte es in mir spüren, wie es pulsierte.

Ich wollte mich nicht verwandeln.

Ich hasste es, mich zu verwandeln!

Um mich etwas zu beruhigen, schloss ich meine Augen und dachte an den heutigen Tag. Nicht unbedingt das Mobbing in der Schule und der daraus resultierende sofortige soziale Abstieg, sondern die Stunden mit Alisa auf dem Spielplatz berührten mein Herz.

Sie gab sich zwar wie ein menschenverachtender Griesgram, das war sie aber in Wahrheit gar nicht.

Heute beim Schaukeln lachte sie sogar einige Male und ihre Augen sahen nicht mehr so traurig aus. Sie so fröhlich zu sehen, machte mich unheimlich glücklich.

Auf dieses herzerwärmende Gefühl versuchte ich mich nun zu konzentrieren, um mein aufgebrachtes zweites Ich in mir zu beruhigen.

Wieder wanderte mein Blick in Richtung Briefumschlag. Ich wollte nichts von meiner Mutter wissen. Warum schrieb mir ausgerechnet jetzt ihr Anwalt?

War sie gestorben?

Würde mich ihr Tod freuen?

Würde ich auf ihre Beerdigung gehen?

Würde ich auf ihren Sarg spucken?

Sofort schämte ich mich für meine Gedanken.

Als ich am nächsten Morgen total verschlafen zur Schule gehen wollte, schüttete es abermals wie aus Eimern. Die Sicht war durch den starken Regen sehr eingeschränkt. Ich besaß keinen Schirm, darum lief ich rasch durch den strömenden Regen. Meinen linken Arm hielt ich dabei schützend vor meine Stirn, um keine Tropfen in die Augen zu bekommen. Währenddessen stellte ich mir vor, wie alles Böse vom Regen davongetragen würde – samt den Erinnerungen an meine Mutter und dem Brief ihres Anwalts.

Meine ganze miese Vergangenheit sollte Tropfen für Tropfen von mir gewaschen und als Rinnsal in den Abfluss gespült werden. Ein mutmachender Gedanke.

Neben dem Eingang zum Spielplatz konnte ich von Weitem einen roten Regenschirm mit weißen Punkten erkennen. Er sah aus wie ein zu groß geratener Fliegenpilz, der sich im Regen drehte. Als ich etwas näher kam, erkannte ich die Person darunter. Es war Alisa, die dort stand. Sie trug ein schwarzes Leinenkleid mit einer schwarzen löchrigen Strumpfhose. Das Kleid war ihr mindestens zwei Nummern zu groß und hing bis zu ihren Knien wie ein Sack herab.

Alisa drehte sich in meine Richtung und winkte mir flüchtig. Wartete sie etwa auf mich? Ich konnte es mir kaum vorstellen.

»Hey«, begrüßte sie mich nüchtern, als ich sie erreichte. Sie kaute gerade an einem ihrer Fingernägel herum.

»Guten Morgen.«

»Ich dachte mir schon, dass du keinen Regenschirm besitzt.« Sie hielt ihren Schirm über uns. Das Prasseln auf meinen Kopf hörte abrupt auf. Als wir uns auf den Weg machten, nahm ich ihr den Regenschirm ab, da ich der deutlich Größere von uns beiden war. Ich ließ es mir nicht anmerken, aber ich war unglaublich glücklich, dass Alisa im Regen auf mich gewartet hatte. Eine angenehme Wärme breitete sich in meinem Körper aus.

»Meine Mutter ist voll am Ausrasten, weil ich eine Fünf in Bio habe. Jetzt kann ich mir wieder tagelang anhören, dass mit mir was nicht stimmt«, schimpfte Alisa. »Ich kann es nicht mehr hören! Immerzu die gleiche Leier: ›Sprich doch mit mir, wenn es dir nicht gut geht, Kind. Ich sehe doch, dass was nicht stimmt.‹ Blablabla. Darum habe ich so früh wie möglich das Haus verlassen und im strömenden Regen lieber auf dich gewartet.«

Ich fragte mich, wie es sich wohl anfühlte, eine liebenswerte und besorgte Mutter zu haben.

»Hast du Ärger bekommen? Hausarrest oder so was?«

»Schön wärs, ich werde jetzt mit Fürsorge bestraft. Dass mich die Welt nicht einfach in Ruhe lassen kann.« Bei ihren Worten gestikulierte sie wild mit ihren Händen herum.

Alisa trug wieder ihre schwarzen Boots, mit denen sie aus Wut in jede Wasserpfütze patschte, die sie auf dem Weg finden konnte. Die Glöckchen an ihrer Tasche klingelten leise vor sich hin, während sie auf und ab stampfte wie ein kleines zorniges Mädchen. Irgendwie mochte ich, wie sie sich kleidete. Bis jetzt versuchten alle Mädchen, die ich kannte, hübsch auszusehen, schminkten sich und stylten ihre Haare. Alisa schien das alles komplett egal zu sein.

Wir kamen an der Schule an, Jana und Sandra warteten bereits auf uns. Jana zog an ihrer Zigarette und beäugte uns argwöhnisch. Stück für Stück drängte sie sich zwischen Alisa und mich. Unser Abstand wurde immer größer. Darum gab ich Alisa den Regenschirm zurück und stellte mich leicht geduckt unter Janas. Sie redete ununterbrochen. Doch ich verstand kein Wort. Sie plapperte viel zu schnell und benutzte neumodische Wörter, die ich nicht kannte. Ich vermutete, es ging um Musik. Alisa stand nur daneben in ihrer versteinerten Pose und steckte sich ihre Ohrstöpsel ins Ohr.

Ich war etwas traurig, nicht mit den dreien in einer Klasse zu sein. Sie waren so nett zu mir. Hoffentlich würden mich meine Klassenkameraden heute nicht wieder ignorieren.

Mein erster Werkunterricht stand nachmittags an. Wir hatten uns für das Schuljahr ein kreatives Wahlfach aussuchen müssen. Vom Werken hatte ich keine Ahnung, aber alle anderen Fächer hörten sich noch schrecklicher an.

Hämmern, Sägen, Löten, das wollte ich gern lernen. Unsere erste Aufgabe bestand allerdings darin, einen Traumfänger zu gestalten. Ich war leicht irritiert über unsere Aufgabe. Auch die anderen Jungs schienen nicht sonderlich begeistert. Armin motzte herum: »Ich bin doch kein Mädchen, Alter.«

Die schlechte Laune konnte man im kompletten Raum förmlich spüren. Zumal sich vornehmlich die Jungs für den Werkunterricht gemeldet hatten.

Die Lehrerin, Frau Dörr, war eine kleine schmächtige Frau Ende fünfzig mit strenger Kurzhaarfrisur und großer Brille. Sie ignorierte die murrende Meute einfach und erklärte mit ihrer leisen, kratzigen Stimme die Bedeutung eines Traumfängers. Da ihr sowieso niemand zuhörte, fasste sie sich kurz: »Der Brauch stammt von den Indianern, die mit ihm gute Träume einfangen wollten. Typischerweise ist er mit Federn und Perlen geschmückt. Man kann ihn jedoch auch mit persönlichen Gegenständen dekorieren. Eurer Kreativität sind keine Grenzen gesetzt.«

Ihren letzten Satz nuschelte sie so demotiviert, dass selbst bei mir die totale Unlust aufkam. Durch die Klasse ging ein lautes Raunen. Dann fingen wir gezwungenermaßen an, die Weidenzweige zusammenzubinden.

Armin erzählte mir dabei von seinem tollen Abend mit irgendwelchen Leuten, die ich nicht kannte. Ich war froh, dass wenigstens er normal mit mir redete im Gegensatz zu meinen restlichen Mitschülern.

Nachdem ich die Zweige gebunden hatte, ging ich zum Lehrerpult, um die verschiedenen Utensilien zu begutachten, die wir verwenden konnten. Ich entdeckte die braunen Federn auf dem Tisch.

Plötzlich überkamen mich höllische Kopfschmerzen. Erschrocken zuckte ich zusammen. In mir pulsierte auf einmal wieder diese Energie. Mein zweites Ich meldete sich in mir lautstark. Alisas traurige Augen drängten sich in meine Gedanken.

Alisa?

Was war denn jetzt auf einmal in mich gefahren? Meine Gefühle und Gedanken waren mir total peinlich. Mein Gesicht wurde heiß. Wahrscheinlich färbte ich mich gerade knallrot wie eine

Tomate. Ich ließ meinen Blick kurz im Raum umherschweifen, ob mich jemand beobachtete. Alle meine Schulkollegen waren mit Quatschmachen und Tratschen beschäftigt. Frau Dörr versuchte resigniert, etwas Ruhe einkehren zu lassen; erfolglos.

Warum war meinem zweiten Ich dieser Traumfänger so wichtig, dass es sich jetzt spontan meldete? Und warum musste ich dabei an Alisa denken?

Normalerweise quälte mich dieses seltsame Etwas in mir nur, wenn ich alleine war; mich einsam oder unwohl fühlte. Als ich meine Hand leicht bläulich aufleuchten sah, erschrak ich und schaute panisch nochmals genau um mich herum, ob irgendjemand etwas bemerkte.

Das durfte nicht wahr sein! Warum passierte das ausgerechnet jetzt? Eigentlich konnte ich mein zweites Ich im Zaun halten; dachte ich zumindest. In der Öffentlichkeit war mir das noch nie passiert. Seit meinem Umzug schien ich rein gar nichts unter Kontrolle zu haben.

Ich vergrub meine Hand in der Hosentasche und eilte blitzschnell aus dem Unterrichtsraum. Die Stimme in meinem Kopf klingelte wie ein Tinnitus in den Ohren.

Ich überlegte, wo ich zügig hingehen konnte. Spontan entschied ich mich für den Keller, für die Bücherausgabe. Hier war keine Menschenseele. Der Raum mit den gelagerten Schulbüchern war unverschlossen. Schnell schlich ich mich hinein; ließ das Licht ausgeschaltet. Erleichtert darüber, unentdeckt geblieben zu sein, atmete ich tief ein und wieder aus. Dann zog ich meine Hand aus meiner Hosentasche, sie leuchtete noch. Das blaue Licht zog sich bereits bis zu meinem Ellenbogen. Offensichtlich hatte sich mein zweites Ich in den Kopf gesetzt, an die Oberfläche zu treten.

Warum nur?

Warum ausgerechnet jetzt?

Ich wusste genau, was die Stimme gerade von mir verlangte. Sie wollte, dass ich mich in die – von mir so verhasste – Gestalt verwandelte. Jahrelang hatte ich es unterdrücken können, doch das schien jetzt vorbei.

Frustriert schloss ich meine Augen.

Warum? Ich verstand es einfach nicht.

Die Energie pulsierte so stark in mir, ich wusste, dass sie nicht einfach wieder verschwinden würde. Sie überrollte mich fast. Mein Körper zitterte. Die Stimme in meinem Kopf hämmerte schrill gegen meine Schädeldecke. Mir war kotzübel. Ich wollte dagegen ankämpfen, doch spürte ich mehr und mehr, dass es zwecklos war.

Widerwillig zog ich mein Shirt aus und schmiss es wütend auf einen Bücherstapel neben mir.

»Ich hasse dich«, flüsterte ich hilflos.

Dann tat ich endlich das, was man von mir verlangte.

Höllische Schmerzen brachen über mich herein. Ein bläuliches, gleißendes Licht hüllte meinen kompletten Körper ein. Meine Schulterblätter knacksten wie Äste. Abertausende Stimmen schrien durcheinander auf mich ein in meinem Kopf. Es war kaum auszuhalten. Mein Herz schlug rasend schnell vor Anstrengung. In jeder einzelnen Vene meines Körpers konnte ich meinen hektischen Puls spüren. Der Druck war unerträglich. Gequält öffnete ich die Augen und sah auf meinen linken Flügel. Mit zittriger Hand riss ich ein paar weiße Federn heraus. Sie wuchsen in Sekundenschnelle nach. Ich war umhüllt von einer blauen, leuchtenden Aura. Sie ließ den kompletten Raum erstrahlen.

Diese Schreie in meinem Kopf waren schier nicht mehr ertragbar. Schmerzerfüllt schlossen sich meine Augenlider. Als ich mich zurückverwandelte, hielt ich die ausgerissenen Federn fest umklammert.

Erschöpft sank ich zu Boden. Meine Ohren dröhnten. Die Kopfschmerzen waren unerträglich. Meine Übelkeit ließ mich würgen. Ich machte Atemübungen, um mich zu beruhigen und nicht ohnmächtig zu werden.

Nach einigen Minuten schien ich mich wieder einigermaßen im Griff zu haben. Deprimiert schlug ich meinen Kopf gegen die Wand.

Was war nur mit mir los?

Mit letzter Kraft zog ich mein Shirt über den Kopf und schleppte mich auf die Toilette, um mich dort frisch zu machen und im Spiegel zu betrachten. Mein Gesicht wirkte fahl und blass wie das eines Toten. Ich spritzte mir kaltes Wasser ins Gesicht; sah den Tropfen dabei zu, wie sie von mir abperlten und im Ausguss des Waschbeckens verschwanden. Ein lautes Seufzen entwich meinen Lippen.

Wie ich es hasste, nicht normal zu sein. Ich schlug einmal kräftig mit meiner Faust gegen das Waschbecken. Ein kleiner Riss bildete sich darauf. Resigniert öffnete ich meine Faust und starrte auf das Büschel Federn in meiner Hand.

Kapitel 12 – Alisa

Ich hasste die Schule, ich hasste die Menschen um mich herum, ich hasste mein Leben.

Diesen Satz rief ich mir immer wieder in Erinnerung, um es nicht zu vergessen. Denn jedes Mal, wenn ich es kurzzeitig tat, ging es mir nur noch beschissener.

Ein schlechtes Gewissen überkam mich, wenn ich glücklich war. Wie konnte ich nach Dereks Tod nur den leisesten Hauch von Glück verspüren? Das war verdammt noch mal falsch.

Momentan hatte ich andauernd ein schlechtes Gewissen. Und all diese Momente, die in mir ein Schuldgefühl auslösten, standen in Verbindung mit Simon. Ich musste dem Kerl aus dem Weg gehen.

Die Pause verbrachte ich drinnen, weil es noch leicht regnete, was Jana nicht daran hinderte, trotzdem zum Rauchen zu gehen. Da Sandra sie begleitete, setzte ich mich wieder einmal allein auf eine Bank in der Aula und lauschte dem rauschenden Gemurmel der Schüler. Ich suchte extra eine andere Bank aus, damit man mich nicht so leicht finden konnte.

Leider war es in dieser Aula beinahe unmöglich, sich zu verstecken. Ich fühlte mich wie ein Reh auf offenem Felde; ungeschützt und gut zu beobachten. In geduckter Haltung kramte ich nach meinen Kopfhörern.

»Hi.«

Ich sah nach oben und erblickte Simons Gesicht. Nicht einmal drei Minuten hatte ich es geschafft, allein zu sein. Automatisch rollte ich genervt mit meinen Augen und seufzte leise in mich hinein.

»Hi«, antwortete ich ihm monoton, während er sich neben mich setzte. Er sah krank aus; ganz blass und wackelig auf den Beinen. Ich gab ihm meine Brotdose gefüllt mit einem Schinkenbrötchen. Er bedankte sich freundlich bei mir und sah mich mit seinen blaugrünen Augen an. Sie wirkten verändert; nicht so intensiv wie sonst. Simon packte gierig das Brötchen aus und biss genüsslich hinein.

»Jana und Sandra sind beim Rauchen. Kommen bestimmt gleich.«

»Darf ich dich etwas fragen?« Er wandte sich von seinem Snack ab und sah mir tief in die Augen. Sein Blick war mir unangenehm. Ich wollte ihm am liebsten mit Nein antworten. Als ich jedoch gar nichts sagte, stellte er die Frage einfach: »Kann ich heute für kurze Zeit dein Telefon benutzen? Ich habe nämlich keins und eine Telefonzelle habe ich bis jetzt nicht gefunden. Ich muss ein wichtiges Gespräch führen und mir dabei ein paar Notizen machen. Geht heute nach der Schule?«

Ich war verdutzt, da ich mit jeder Frage gerechnet hatte, außer mit dieser.

Telefonzelle? Gab es so etwas überhaupt noch?

»Das wäre wirklich nett, ich kann dir auch Geld dafür geben«, ergänzte Simon seine Worte, als ich nicht antwortete.

»Heutzutage hat doch jeder Penner ein Smartphone«, antwortete ich mürrisch. »Sogar in der Dritten Welt haben sie solche Dinger. Du willst mir ehrlich sagen, dass du kein Smartphone besitzt?«

Als er mich auf meine Antwort hin beschämt ansah, zog ich meinen Zynismus zurück: »Klar kannst du telefonieren.«

»Danke, das ist wirklich freundlich.«

Nach der Schule gingen wir zu mir nach Hause. Simon erklärte mir, dass es ein längeres und vertrauliches Gespräch werden würde. Er wollte nicht, dass ich dabei anwesend war. Darum beschloss ich, ihn das Telefonat lieber mit dem Festnetzapparat meiner Eltern machen zu lassen.

Ehrlich gesagt wollte ich nicht, dass er ohne meine Anwesenheit mein Smartphone benutzte. Ich vertraute Simon nicht genug, schließlich kannte ich ihn kaum.

Er sah etwas schüchtern aus, als er vor meiner Haustür stand. Ich sperrte auf und bat ihn herein. Meine Mutter, die perfekte Hausfrau, war nicht da. Mir konnte es recht sein, da die Geschichte mit der Fünf in Bio noch nicht ausgestanden war.

Ich schmiss meine Schulsachen in eine Ecke der Küche und zeigte Simon das Telefon nebenan. Er bedankte sich noch einmal und kramte einen zerknitterten Brief aus seiner Tasche. Dann wartete er, bis ich das Wohnzimmer verließ.

Planlos ging ich zurück in die Küche und überlegte, was ich jetzt machen sollte. Schließlich wusste ich nicht, wie lange sein Telefonat dauern würde. Irgendwann beschloss ich, zu kochen. Bis jetzt war er ein dankbarer Esser gewesen. Darum konnte ich mir gut vorstellen, dass er sich über ein warmes Gericht freuen würde. Ich setzte Wasser auf und fing an, ein paar Champignons und Zwiebeln zu schneiden. Früher hatte ich gern gekocht.

Für Derek.

Bei den Gedanken an ihn ließ ich sofort erschrocken den Kochlöffel fallen. Genervt von mir selbst, hob ich ihn wieder auf und spülte ihn unter kaltem Wasser ab.

»Alisa, reiß dich endlich zusammen!«, sprach ich zu mir selbst.

Simon telefonierte ziemlich lange. Als ich die Gemüsebrühe und die Sahne zu den Champignons hinzufügte und die Nudeln abgießen musste, war er noch nicht fertig. Ich ließ die Soße etwas köcheln und gab einen kleinen Klecks Butter zu den abgegossenen Nudeln, damit sie nicht zusammenklebten.

Irgendwann sah ich dann doch nach ihm, da er schon über eine halbe Stunde verschwunden war. Leise und behutsam öffnete ich die Wohnzimmertür und lugte hinein. Er telefonierte jedoch gar nicht mehr, sondern saß aufgelöst auf dem Sofa und starrte seinen zerknitterten Zettel an.

»Was ist los?«, wollte ich wissen. Sein Blick wanderte erschrocken zu mir. Dort, wo normalerweise so viel Heiterkeit herrschte, lag ein trauriger Schleier über seinen leuchtenden Augen.

Ich setzte mich neben ihn, ohne zu wissen, wie ich mich verhalten sollte. Simon seufzte und rieb sich mit beiden Händen das Gesicht, bevor er die Handflächen auf seinen Knien ruhen ließ und seine Muskeln wieder etwas entspannte.

»Das willst du gar nicht wissen«, flüsterte er zerknirscht. Instinktiv griff ich nach seiner Hand. Keine Ahnung, was mit mir los war. Ich wollte ihm zeigen, dass er es mir ruhig erzählen konnte, wenn er das wollte. Meine Hilfsbereitschaft und Empathie überraschten mich.

Ein paar Minuten saßen wir so da, sein Blick ruhend auf meiner Hand.

»Meine Mutter, sie ist in einer Anstalt.«

»Fuck!« Für eine richtige Antwort war ich zu überrumpelt.

»Meinetwegen ist sie in einer Anstalt«, korrigierte er sich leise. Ich musste schlucken. Kurz stieg ein Funken Angst in mir auf. Es hieß ja oft, dass man es den meisten Menschen nicht ansehen konnte, wenn sie zu Gewalt neigten.

Hatte Simon seiner Mutter etwas angetan?

Gleich darauf schämte ich mich, den Gedanken für den Bruchteil einer Sekunde in Erwägung gezogen zu haben.

Er zog seine Hand unter meiner weg. Sofort stieg mir die Röte ins Gesicht; hatte ich meine Gedanken laut ausgesprochen? Doch er griff nur nach dem zerknüllten Zettel und hielt ihn mir hin.

»Ihr Anwalt hat mich angeschrieben.« Er überreichte mir das Papier.

Ich nahm den zerknitterten Brief in die Hand und überflog das

Schreiben, während ich mir an meiner anderen Hand die Fingernägel blutig biss: »Schlechter psychischer Verfassung ... bittet um Treffen zur Versöhnung ... möchte Ihnen etwas Wichtiges mitteilen ...«

Ich konnte nur erahnen, was das alles bedeutete. Es schien mir eine große Familientragödie dahinterzustecken.

»Selbst, wenn sie meine Mutter entlassen würden, was Gott bewahre, niemals passieren wird, dürfte sie sich mir nicht nähern. Da ich seit geraumer Zeit volljährig bin und ich das nun selbst entscheiden kann, dem richterlichen Beschluss entgegenzuwirken, dachte sie offensichtlich, sie probiert es einmal.«

»Und, du hast gerade den Anwalt deiner Mutter angerufen?«

»Ja, ich wollte den Grund wissen.«

Er schmunzelte leicht sarkastisch.

»Angeblich ist sie in einer extrem schlechten Verfassung«, sprach Simon weiter, »drohe, dass sie sich umbringen wird, wenn sie mich nicht sehen darf.«

Ich schwieg. Das hörte sich wirklich extrem an.

»Er meinte auch, dass sie andauernd davon rede, dass sie mir etwas unheimlich Wichtiges zu sagen habe und sie es nur mir sagen dürfe«, ergänzte er seine Worte und fuhr sich dabei durch sein wirres Haar. »Ehrlich gesagt habe ich nur deswegen angerufen, da er es in seinem Brief erwähnt hat.«

»Und was willst du jetzt tun?«

»Nichts, ich will meine Ruhe haben.«

Scheiße! Die Geschichte traf mich schwer in meinem Innersten. Simon schien ziemlich allein auf der Welt zu sein. Eigentlich war er das, was ich sein wollte: einsam. Und ich erkannte an seiner Geschichte, dass selbst wenn man einsam war, nicht in Ruhe gelassen wurde von den Erinnerungen, die man am liebsten aus seinen Gedanken verbannen wollte.

»Ich habe Nudeln gemacht, wenn wir uns beeilen, sind sie sogar noch lauwarm«, wechselte ich abrupt das Thema.

Verwirrt sah mich Simon an. Ich lächelte leicht. Er lächelte zurück.

Der Ausdruck in seinen Augen veränderte sich und bekam wieder ein erwartungsfreudiges Strahlen. Er folgte mir in das Esszimmer und setzte sich hin. Ohne dass er es wusste, setzte er sich auf den früheren Platz von Derek. Mein Herz pochte ganz laut. Mein Gehirn formte die Konturen von Simon zu denen von Derek. Jedoch wusste ich, dass es nur wieder ein Spiel meiner Sinne war, und so drehte ich mich um und ging die Teller holen.

Als ich ihm so beim Essen zusah, musste ich schmunzeln. Er aß unheimlich schnell und kaute kaum. Wie konnte man bloß so dünn sein und gleichzeitig so viel essen?

Plötzlich tauchte meine Mutter mit einem Einkaufskorb bewaffnet auf und ließ ihn unvermittelt fallen, als sie Simon sah. Ihr Mund stand weit offen und ihre Augen waren starr auf ihn gerichtet – als hätte sie einen Geist gesehen.

»Hey, Mum.« Ich konnte mir meine Belustigung in meiner Begrüßung nicht verkneifen. Es sah wirklich zu komisch aus, wie sie so dastand, ganz verstört, als säße dort anstatt Simon ein Gespenst.

Meine Mutter schaute kurz zu mir und richtete ihren Blick gleich wieder auf Simon.

Als er realisierte, dass meine Mutter seinetwegen so durch den Wind war, stand er ein wenig unbeholfen auf und hielt ihr die Hand hin.

»Ich bin Simon, Simon Blessing.« Bei seiner Vorstellung musste ich wieder mit den Augen rollen. Er war schon ein seltsamer Vogel.

Es dauerte einige Sekunden, bis meine Mutter reagierte. Dann nahm sie perplex seine Hand entgegen mit einem verwirrten Lächeln in ihrem Gesicht.

»Marie Kober?«

Ihr Blick wanderte zu mir, da sie offensichtlich einige Fragen hatte, deren Antwort sie in meinen Augen suchte. Ich zuckte nur gelangweilt mit den Achseln.

Seit Derek nicht mehr hier war, bekam ich nur noch selten Besuch. Männliche Wesen hatten es nicht mal bis ins Haus geschafft. Alle ehemaligen Freunde von ihm und mir hatte ich aus meinem Leben gelöscht. Und nun saß auf dem einstigen Platz von Derek plötzlich Simon und aß mit mir zu Mittag.

Kein Wunder, dass meine Mutter so reagierte. Sie hob ihren Korb und die auf dem Boden verteilten Einkäufe auf und verließ mit einem verwirrten Gesichtsausdruck den Raum. Als sie außer Sichtweite war, drehte Simon sich zu mir und sah mich total verunsichert an.

»Keine Angst. Normalerweise ist sie nicht so schräg. Ich bekomme in letzter Zeit nur nicht so oft Besuch, weißt du?«

Er nickte, auch wenn die Denkfalte zwischen seinen Augen noch nicht verschwunden war.

»Wenn ich gehen soll, dann sag es ruhig. Das Telefonat und eine warme Mahlzeit sind schon mehr, als ich erwarten konnte.«

Ich musterte ihn eindringlich. Er sah so einsam aus. Ich war gern allein, wollte mich am liebsten in meinem Zimmer einsperren und nie wieder einer Menschenseele begegnen. Aber Simon ... Simon konnte ich aus irgendeinem Grund ertragen. Er störte mich nicht, stellte keine nervigen Fragen über meine Vergangenheit, erzählte mir keinen unwichtigen Kram.

»Magst du noch ein wenig mit in mein Zimmer?«, fragte ich ihn spontan. Er sah mich verwundert an.

Als er nichts darauf erwiderte, spürte ich die Hitze in meinem Gesicht aufsteigen. »Wenn du eh allein zu Hause bist, kannst du auch bei mir abhängen«, sprach ich weiter. »Wenn du artig bist, helfe ich dir bei den Hausaufgaben, Mr. Zehnteklasse.« Ich holte meinen Rucksack aus der Küche und schlich dicht an Simon vorbei, in Richtung Treppe.

»Ich kann dir auch bei den Hausaufgaben helfen.«

»Das ist eher unwahrscheinlich.«

Er schmunzelte. Über seinen Lippen bildeten sich kleine Grübchen. Ein kurzes Kribbeln durchfuhr meinen Körper bei seinem Anblick. Beschämt über mich selbst stiefelte ich die Stufen nach oben. Er folgte mir. Ich wusste gar nicht, wann ich das letzte Mal ein Lebewesen in mein Zimmer gelassen hatte. Es schien mir eine Ewigkeit her zu sein. Nicht einmal meine Eltern durften mein Reich betreten.

Ich setzte mich lässig auf mein Sofa und schmiss meine Schulsachen achtlos auf den Tisch. Simon machte es mir mit weniger Elan nach. Nachdem sein Blick einmal durch den Raum gewandert war, meinte er: »Schönes Zimmer.«

»Na ja, bei dir ist es bestimmt schöner. Schließlich hast du eine eigene Wohnung.«

Er lächelte ironisch bei meinen Worten. »Du hast keine Ahnung, wie es bei mir aussieht, es ist alles andere als wohnlich.«

Ich holte meine Hausaufgaben heraus und klatschte die Hefte auf den Tisch. Simon tat es mir gleich.

Mathe – mein absolutes Hassfach. Aktuell kapierte ich absolut gar nichts.

Irgendwann pfefferte ich entnervt meinen Stift weg und lümmelte mich auf die Couch. Das Schuljahr ging wirklich beschissen los. In der Matheprüfung würde ich wahrscheinlich keinen Deut besser abschneiden als in Biologie. Wie sollte ich nächstes Jahr die verdammte Abiturprüfung bestehen? So eine Scheiße.

»Gib mal her«, forderte er mich schmunzelnd auf.

Ich gab Simon misslaunig mein Heft. Er würde den Stoff eh nicht verstehen. Doch nach kurzer Zeit fing er wie wild an, auf die Seiten zu schmieren – war total fokussiert auf die Aufgabe.

»Schau mal.«

Ich rückte dichter an ihn heran, um in mein Heft sehen zu können. Es war voll mit seinem Gekritzel. Seine schreckliche Sauklaue konnte ich kaum lesen. Doch er hatte die Funktionsgleichung gelöst.

Wie machte der Kerl das? Mit ungläubigen Augen starrte ich ihn verdutzt an.

»Das ist nur logisch.« Er fuhr mit dem Stift über seine Teilergebnisse und erklärte es mir. Bei ihm klang das alles wirklich ganz logisch.

»Simon, wie machst du das?«, wollte ich fasziniert von ihm wissen. Er zuckte mit den Schultern und blickte verlegen auf das Heft.

»Dafür kann ich viele andere Dinge nicht wie beispielsweise Kochen.«

»Aber Kochen ist doch einfach. Ich meine, das kannst du doch nicht mit Mathe gleichsetzen.«

»Für dich ist Kochen einfach, für mich eben Mathe.«

Ich guckte ihn weiter mit großen Augen an. Er meinte das wirklich ernst. Was sollte man darauf noch erwidern? Ich nahm mein Heft in die Hand. Simon war offensichtlich ein Genie oder so etwas in der Art. Was es mir noch unbegreiflicher machte, dass er eine Klasse unter mir war.

»Wenn du willst, kannst du öfter vorbeikommen, aber sage es auf gar keinen Fall Jana oder Sandra, die rasten sonst aus«, schlug ich ihm von meinen Worten selbst erstaunt vor. Er sah mich freudig an und lächelte.

Da waren sie wieder: seine Grübchen. Und diese strahlenden Augen erst. Sie machten mich fertig. Sein direkter und offener Blick ließ all meine Nervenbahnen Alarm schlagen und gleichzeitig fühlte ich mich leicht und unbeschwert. Gefühle, die ich schon lange aus meinem Leben verbannt hatte. Beschämt wich ich ihm aus und kaute nervös an meinen Fingernägeln.

»Alisa?«

Ich legte den Kopf leicht schief und wartete ab, was er mir mitteilen wollte. Doch er sagte nichts; wartete auf meine Gegenfrage.

»Ja?«

»Danke.« Das Wort sprach er so aufrichtig aus, dass es mir

durch Mark und Bein ging. Ich konnte seine Dankbarkeit förmlich spüren. Es verpasste mir eine Gänsehaut.

Darum ließ ich keinen dummen Spruch ab, so, wie ich es normalerweise in so einer Situation getan hätte.

Er packte seine Schulsachen in seine Tasche und hängte sie sich um. Dann verabschiedete er sich von mir und ging. Wieder fühlte es sich so an, als hätte er mich umarmt. Dabei berührten wir uns kein einziges Mal.

Als er fort war, fühlte ich mich plötzlich schrecklich leer. Die Einsamkeit brach über mich herein und verschlang mich. Was zum Teufel war los mit mir?

Kapitel 13 — Simon

Alisa und ich gingen seit meinem Besuch bei ihr gemeinsam zur Schule; wenn es sich anbot, auch wieder heim. Jana und Sandra erzählten wir beide nicht, dass wir gelegentlich die Nachmittage zusammen verbrachten, denn es war Alisa unangenehm. Für mich war das okay.

Auch heute schlenderten wir wieder gemeinsam von der Schule nach Hause. Gerade war ich jedoch ziemlich nervös.

»Machs gut, Simon. Bis morgen.«

Alisa wollte schon die Straße überqueren, als ich sie an der Hand packte und zurückzog. Ich war selbst erstaunt über meine enthusiastische Geste. Sie sah mich verwirrt an und wartete auf eine Erklärung. Ihre Wangen färbten sich augenblicklich rot.

»Ich habe etwas für dich.«

Ich kramte den Traumfänger aus meiner Umhängetasche. Als ich ihn in den Händen hielt, musste ich unmittelbar an meine Verwandlung in der Schule denken. Ein kurzer Schauer überkam mich.

Ihr verwirrter Blick wanderte von mir zu dem Traumfänger, dessen Federn leicht im Wind wehten.

»Gefällt er dir nicht? Den habe ich im Werkunterricht gemacht.«

Leichte Zweifel überkamen mich.

»So was müsst ihr in Werken machen?«, fragte sie skeptisch. Dann nahm sie den Traumfänger am Aufhänger und ließ ihn zwischen zwei Fingern hin und her pendeln.

Was machte ich, wenn er ihr nicht gefiel; wenn sie ihn nicht wollte?

Musste ich mich dann entschuldigen? Ich wusste nicht, wie ich mich verhalten sollte. Meine Hände wurden zittrig. Sofort bereute ich es, ihr das Ding geschenkt zu haben. Was hatte ich mir nur dabei gedacht?

»Hast du gut gemacht, sieht hübsch aus«, bewertete Alisa mein Geschenk. Dann hielt sie ihn direkt vor ihr Gesicht. Die Federn bewegten sich sanft in der spätsommerlichen Brise. Sie lächelte mich verlegen an. Ihre Wangen waren noch gerötet. Offensichtlich war ihr die Situation genauso peinlich wie mir.

»Warum schenkst du ihn ausgerechnet mir?«

Verlegen vergrub ich meine Hand in meinem Haar. »Wem sollte ich ihn denn sonst schenken?«

Sie überlegte kurz. Ihre Augen füllten sich wieder ein wenig mit Trauer. Ich fragte mich, wie sie es aushielt, immer so traurig zu sein.

Dann tat sie etwas, mit dem ich nie gerechnet hätte. Sie umarmte mich.

Es war keine besondere Umarmung, nur eine kurze nette Geste für mein Geschenk, doch für mich bedeutete es mehr. Es war die erste aufrichtige Umarmung, die ich in meinem Leben bekam. Da ich viel zu verblüfft war, erwiderte ich sie erst einige Augenblicke später.

Sie wich schließlich wieder ein Stück zurück, ihre Hände noch auf meinen Schultern ruhend. »Danke.«

Dann lief sie über die Straße und ließ mich alleine stehen. Den ganzen Tag wiederholte ich dieses eine Wort in meinen Gedanken.

Ich konnte wieder die seltsame Energie in mir spüren. Sie pulsierte extrem in mir. Mein zweites Ich schien offensichtlich zufrieden. Ich konnte die Stimme nicht verstehen, jedoch deutete ich die Reaktion so. Ein Schmunzeln machte sich in meinem Gesicht breit. Zum ersten Mal waren wir uns in etwas einig.

Ich nickte mir innerlich zu. »Ich hasse dich trotzdem«, flüsterte ich.

Alisa war nach meinem Geschenk wie ausgewechselt. Vielleicht funktionierte der Traumfänger wirklich?

Ihre Freundinnen erfuhren nichts davon. Doch Jana starrte uns skeptisch in der Pause an, als Alisa mir wieder ihr Pausenbrot anbot. Dabei fragte sie mich nicht einmal, ob ich es wolle, sondern hielt mir nur kommentarlos ihre Brotdose hin.

Meine Klassenkameraden behandelten mich nach ein paar Wochen endlich nicht mehr wie einen Aussätzigen. Als die Jungs bemerkten, dass ich richtig gut in Sport war, wurde ich nicht stets als Letzter bei Gruppenspielen ausgewählt. Sport strengte mich überhaupt nicht an. Während die anderen nach Schweiß mieften, verlor ich nicht einmal einen Tropfen. In der Umkleidekabine wurden von allen die Deodosen gezückt, bis keinerlei Sauerstoff mehr im Raum war. Es stank bestialisch nach Moschus, Testosteron und alter Socke.

Bis jetzt war es noch keinem aufgefallen, dass ich mich nie oberkörperfrei zeigte. Im Sportunterricht trug ich ein Achselshirt. Danach zog ich einfach mein normales T-Shirt wieder darüber. Mein vernarbter Rücken war mir unangenehm. Gerade jetzt, wo die meisten wieder mit mir redeten, wollte ich keinen neuen »Skandal« riskieren.

»Magst du mit zu mir? Ich koche uns was.« Alisa sah mich fragend an, als wir von der Schule nach Hause gingen. Ich nickte ihr verlegen zu.

Frau Kober war auch da, nur verfiel sie nicht wieder in eine Schockstarre, als sie mich sah.

»Hallo Simon, habt ihr Hunger?"

So kam es, dass nicht Alisa für mich kochte, sondern ihre Mutter. Und die kochte wie eine Göttin!

Für Sonntag bekam ich von ihr zudem eine Einladung zum Mittagessen.

Alisa verdrehte nur die Augen, als ihre Mutter mir so viel

Aufmerksamkeit entgegenbrachte. Nach dem unglaublich leckeren Essen zerrte sie mich direkt mit in ihr Zimmer.

»Alisa?«

Sie schmiss sich auf ihr Sofa, mit Abstand nahm ich neben ihr Platz.

»Was gibts, Zottelkopf?«

»Würdest du mit mir eventuell zum Einkaufen gehen?«, fragte ich.

Sie spielte mit dem kleinen Traumfänger von mir. »Bin ich deine Mami?« Ein kindisch Lachen von ihr folgte.

»Ich habe keine Ahnung, wo ich hier Kleidung kaufen kann, aber um deine Frage zu beantworten: Du bist gewiss nicht meine Mutter!« Mein Tonfall fiel ungewohnt schroff aus.

»Tut mir leid, ich habe nicht nachgedacht. Der Spruch mit deiner Mutter war echt mies.«

»Ich brauche nur ein paar Pullover und Schuhe, damit ich nicht erfriere, wenn es jetzt dann kälter wird«, sagte ich total unterkühlt. »Von mir aus erklärst du mir nur den Weg dorthin.«

Ihr Spruch hatte mich tatsächlich gekränkt.

»Jetzt sei nicht böse. Ich habe mich doch entschuldigt.« Sie boxte mich sanft gegen den Oberarm.

»In zwei Wochen fahren wir doch in das Freilandmuseum, bis dahin brauche ich wenigstens ordentliche Schuhe.«

Ich zeigte ihr, wie sich die Sohle von meinem Schuh löste. Erneut lachte sie laut drauflos. Ich fand es nicht wirklich komisch. Nachdem Alisa endlich aufhören konnte, zu lachen, stand sie auf, packte mich am Handgelenk und zog mich vom Sofa hoch.

»Na dann komm, lass uns dir ein Paar Schuhe besorgen. Und danach musst du unbedingt zum Friseur. Sonst flechte ich dir bald kleine Zöpfchen in die Haare.« Während ihrer Worte wuschelte sie mir durch meine Mähne.

»Wie viel Geld willst du denn ausgeben?«, fragte sie mich auf dem Weg ins Einkaufscenter. Da fiel mir ein, dass ich endlich Geld abheben musste. Hoffentlich ging sie nicht mit in die Bank und sah mir dabei zu, wie ich mich blamierte. Ich hatte die letzten Wochen von nur 200 Euro gelebt, doch langsam ging es mir aus. »Keine Ahnung«, gab ich als kurze Antwort. Ich kannte mich null mit Finanzen aus. Erst recht nicht mit meinen eigenen. Als wir endlich in die Nähe der Innenstadt kamen, entdeckte ich gleich eine Geldbank. Ich hoffte mit jedem Schritt, dass sie nicht mit hineinging. Ich hoffte ebenfalls, dass ein Bankschalter besetzt war und ich nicht den Automaten bedienen musste. Doch meine Hoffnung blieb unerfüllt und so stand ich vor dem Geldautomaten mit den Blicken von Alisa im Nacken und zückte meine Karte. Als ich zwei Minuten lang die Öffnung für den Karteneinzug nicht fand und sie dann noch mit meinen zittrigen Händen verkehrt herum hineinsteckte, stupste sie mich an. Ich brachte ein gequältes Lächeln hervor, das meine Nervosität verbergen sollte.

»Du hebst nicht oft Geld ab, was?« Sie zog eine Augenbraue hoch und sah mich skeptisch an.

Ohne nachzufragen, ob ich Hilfe bräuchte, nahm sie mir die Karte aus der Hand und steckte sie auf Anhieb richtig in den Kartenschlitz. Dann drückte sie auf ein paar Tasten herum, bevor sie mich wieder ansah.

»Du musst jetzt deine Pinnummer eingeben, ich hoffe, die kennst du«, forderte mich Alisa auf, »dabei kann ich dir nämlich nicht helfen.«

Sie trat wieder ein paar Schritte von mir weg und ließ mich in Ruhe meine Kennnummer eingeben. Sie musste wirklich denken, dass ich ein Vollidiot war. Nichts bekam ich auf die Reihe. Das Komische war nur, dass sie nie fragte, warum ich so banale Dinge nicht konnte.

Irgendwann ratterte der Automat und spuckte meine Karte wieder aus, dann folgten die Scheine. Gott sei Dank.

»Weißt du, wie viel Geld du auf deinem Konto hast? Wäre gut, mal nachzusehen, meinst du nicht?« An ihrem Blick merkte ich, wie unangenehm es ihr war, mich darauf hinzuweisen, doch sie hatte recht. Also schob ich abermals meine Karte in den Automaten und gab meine Geheimnummer ein, dann drückte Alisa den Knopf für Kontostand und bekam große Augen.

»Du bist reich, Simon!«

Ich sah ebenfalls auf die Zahl, doch konnte ich nicht sagen, ob ich wirklich vermögend war. Schließlich musste das Geld einige Zeit reichen und die Miete musste ich auch bezahlen.

»Ein wenig gespart.« Mein Scherz kam nicht gut an.

Um es ihr besser erklären zu können, lud ich sie auf ein Eis ein; wahrscheinlich das letzte dieses Jahres. Wir setzten uns in die Eisdiele hinein, da uns der Wind zu stark um die Ohren wehte.

»Meine Mutter, sie wurde damals enteignet und ich bekam alles mit meiner Volljährigkeit«, erzählte ich Alisa. »Außerdem bekomme ich noch monatlich Geld von ihr, beziehungsweise weiß ich nicht, von wem, da sie keine Vollmacht hat. Ich glaube, es hat etwas mit Waisenrente zu tun, aber frage mich nicht. Und ein Stipendium bekomme ich, das hat damals mein Betreuer für mich beantragt. Und Kindergeld? So was bekomme ich auch monatlich. Glaub ich.« Während meiner Erklärung merkte ich, wie wenig Ahnung ich hatte.

»Was war deine Mutter von Beruf?«

»Ehrlich gesagt weiß ich es nicht, ich glaube nichts? Wir besaßen ein großes Haus auf dem Land mit viel Grund, das verkauft wurde, nachdem …«

Ich wollte jetzt nicht darüber sprechen. Es hätte nur noch weitere Fragen aufgeworfen. Ich starrte in meinen Eiskaffee, in dem sich gerade langsam das Eis zersetzte, und rührte ein wenig mit dem Strohhalm herum. Seit heute wusste ich, dass ich Kaffee nicht mochte. Er schmeckte total bitter.

»Tut mir leid«, flüsterte sie traurig; konnte dabei meinem Blick nicht standhalten und sah in ihr vor sich stehendes Glas. Sie führte ihre Finger in Richtung Mund und fing an, ihre angeknabberten Nägel mit den Zähnen zu bearbeiten. Ich sah zu Alisa und konnte wieder diese Trauer in ihr erkennen. Ich wollte das nicht. Sie war so schon traurig genug, da musste sie es nicht noch meinetwegen sein. Heute war sie fröhlich und gut gelaunt und ich Idiot hatte es nun kaputt gemacht.

Alisa wusste so viele Dinge nicht über mich; es stand wie eine riesige Mauer zwischen uns. Je länger ich sie kannte, desto dringlicher war es mir, ihr einfach alles zu erzählen.

Aber ich durfte nicht!

Ich konnte einfach niemandem meine scheußlichen Geheimnisse anvertrauen.

Kapitel 14 – Alisa

Schritt für Schritt kam ein neues Stück Vergangenheit von Simon ans Tageslicht. Ich merkte, dass er nicht darüber sprechen wollte, doch gleichzeitig bräuchte er jemanden, mit dem er das konnte.

»Komm, du wolltest doch Schuhe kaufen«, kommandierte ich ihn spielerisch.

Wir gingen in ein großes Shoppingcenter, wo er alles unter einem Dach einkaufen konnte. Schuhe, eine dickere Jacke und ein paar Pullover wanderten nacheinander in den Einkaufskorb.

Simon war es egal, was gerade Mode war. Er nahm das, was ihm gut gefiel, und ging damit zur Umkleide. Er zeigte sich mir kein einziges Mal mit seinen anprobierten Sachen.

Neckisch zog ich an dem Vorhang, als ob ich ihn gleich aufziehen würde. Ihm war das total unangenehm. Ich musste lauthals lachen, weil er sich so zierte.

Danach zwang ich ihn noch zum Friseur. Simon war etwas nervös – rutschte auf seinem Stuhl herum, fuhr sich ständig durch die Haare, bis er drankam. Die Friseurin war sehr freundlich und ging einfühlsam auf Simon ein. Darum taute er wieder ein bisschen auf. Sie schnitt die Haare genau so, wie er ihr es beschrieb. Er wollte wieder die Länge haben, wie er sie am ersten Tag unseres Kennenlernens getragen hatte. Trotzdem war ihm die neue Frisur unangenehm. Er pustete sich andauernd die Strähnen aus dem Gesicht oder zupfte mit seinen Fingern an seinen Haarbüscheln herum.

Wir schleppten seine Armee an Einkaufstüten bis vor seine Haustür.

»Danke dir für deine Hilfe«, verabschiedete er sich von mir. Ich wollte endlich wissen, wie es in seiner Wohnung aussah. Wir kannten uns nun schon viele Wochen und er war mehrmals bei mir zu Hause gewesen. Simon hatte mich bis jetzt noch kein einziges Mal zu sich eingeladen.

Ich blieb vor seiner Tür stehen, die Tüten fest in der Hand, während er seine abstellte und mich skeptisch ansah.

»Ist noch was?«, wollte er wissen. Er zog seine Augenbrauen fragend nach oben.

»Es ist mir egal, falls es unordentlich ist. Schließlich wohnst du allein und bist ein Kerl. Ein ziemlich verpeilter noch dazu.«

Ich konnte sofort die Panik in seinen Augen erkennen. Die Sekunden schienen viel zu langsam zu vergehen und das Schweigen nahm eine unangenehme Länge an.

»Weißt du ...«, stammelte er nervös und rieb sich dabei durch seine frisch geschnittenen Haare.

»Schon gut, dann bis morgen.«

Ich stellte die Tüten mit seinen Klamotten neben ihn an die Hauswand und drehte mich um. Da griff er plötzlich nach meiner Hand.

»Warte!«

Er sah mich an; mit Zweifeln in seinem Blick. »Verrate es aber keinem, okay?«, flüsterte er kaum hörbar. Eine Gänsehaut bildete sich auf meinem Körper.

Ohne ein weiteres Wort zu sagen, nahm er alle Tüten gleichzeitig in die Hand und sperrte die Haustür auf.

Ich war irrsinnig aufgeregt. Was war ihm so unangenehm? War er so eine Art Messi?

Er drehte sich wieder zu mir und hielt mit leiderfülltem Blick die Tür für mich auf. Der Hausgang wirkte völlig normal. Alles war neu und modern. Simon steuerte gleich zu der ersten Wohnungstür im Erdgeschoss und sperrte auf. Er ging hinein; ich folgte ihm. Ein schmaler Flur war das Erste, was ich erblicken konnte. Hier wäre Platz für eine Garderobe und einen kleinen Schuhschrank. Doch er war komplett leer. Ohne dass eine weitere Tür mir die Sicht versperrte, konnte ich in sein Wohnzimmer sehen. Doch auch hier waren nicht wirklich viele Gegenstände oder gar eine richtige Einrichtung. Eine Matratze lag in der linken hinteren Ecke, daneben eine umgedrehte Schachtel mit einem Wecker darauf. In der anderen Ecke standen weitere Kartons und riesige Bücherstapel. Mehr gab es in dem Raum nicht. Schöne Scheiße. Ich konnte nichts weiter tun, als dazustehen und entsetzt auf eine Erklärung zu warten. Wo waren seine Sachen?

»Ich habe dir ja gesagt, dass es nicht sehr wohnlich bei mir ist.«

Ohne ein Wort darauf zu sagen, ging ich in den nächsten Raum. Hier hätte eine Küche stehen sollen, doch zu finden waren nur die Anschlüsse. Auf dem Fensterbrett lagen ein paar tote Fliegen. Alles war eingestaubt, als hätte Simon noch nie diesen Raum betreten. Ich betätigte einen Lichtschalter, da es langsam finster wurde, doch es blieb dunkel. Er hatte in keinem Zimmer eine Lampe angebracht.

Das Bad war mit einer Dusche, einem Waschbecken und einer Toilette ausgestattet. Die einzigen weiteren Utensilien waren ein Wäscheberg und ein Handtuch. Nachdem ich mit der »Besichtigung« fertig war, gingen wir zurück ins Wohnzimmer.

»Wo sind deine Sachen?« Meine Stimme hallte in dem leeren Raum.

Er hob die Tüten in die Luft und lächelte ironisch. Wie konnte ein Mensch nichts besitzen? Wie konnte er so leben?

Simon legte die Einkaufstaschen zu den anderen wenigen Dingen, die in der Ecke lagen. Danach setzte er sich auf die Matratze.

Er zuckte mit den Schultern. »Ich habe eben nicht viel. Ich brauche nicht viel zum Leben.«

»Du machst mich fertig.«

»Als hättest du eine normal eingerichtete Wohnung erwartet«, konterte er. Ich hatte ihm tatsächlich keinen ordentlichen

Haushalt zugetraut.

»Soll ich ehrlich sein?«

Simon schwieg und würdigte mich keines Blickes.

»Ich dachte, hier herrscht Chaos.«

»Na ja, dann hattest du doch fast recht, oder nicht?«, meinte er mit einem strahlenden Lächeln.

Minimalismus war das eine, aber einfach nichts zu besitzen, etwas anderes. Er kannte so viele Dinge nicht – ich merkte es ständig an seinem Blick, wenn er etwas Neues entdeckte. Es kam mir so vor, als wäre er erst vor Kurzem neu geboren worden und lernte nun das Leben kennen.

Ich setzte mich zu ihm und sah mich verwirrt um. Spinnweben hingen von der Decke herunter. Es fühlte sich seltsam an, in einem so leeren dunklen Raum zu sitzen.

»Sag es keinem, okay?«, bat er mich noch einmal. Er sah mich mit einem unglaublich ehrlichen Blick an, dass ich gar nicht anders konnte, als ihm mein Versprechen zu geben.

»Ich würde dir gerne etwas zum Trinken anbieten, aber ich habe nur Leitungswasser und keine Gläser.«

Plötzlich musste ich lachen. Ich wusste nicht genau, warum, aber ich musste einfach drauflos lachen. Simon stimmte mit ein, als ich mich nicht einkriegen konnte. Wir lagen beide dicht nebeneinander und lachten uns die Seele aus dem Leib.

Das war das erste Mal seit Langem, dass ich so einen Lachanfall bekam, und es tat unheimlich gut.

Ich konnte es schwer beschreiben, aber bei ihm fühlte ich mich mehr und mehr geborgen. Gerade jetzt in diesem Moment fiel es mir ganz bewusst auf. Simon umgab diese angenehme Aura. Von Anfang an hatte sie mich in ihren Bann gezogen. Meine kranke Seele suchte seine Nähe, schon bevor ich ihn richtig kannte.

Nach unserem Lachanfall kramte er in seiner Hosentasche. Er holte seinen Schlüsselbund heraus und fingerte daran herum. Ich sah ihm verwundert zu. Dann hielt er mir einen Schlüssel dicht vor meine Nase und lächelte.

»Mein Ersatzschlüssel.«

Ich sah ihn mit großen fragenden Augen an.

»Du kannst ihn haben.«

Sofort wurden meine Wangen heiß. »Bist du dir sicher?«

Simon nickte. »Du bist die Einzige, die je in meiner Wohnung war«, sagte er sanft. »Außerdem weißt du, was ich für ein Chaot bin. Die Wahrscheinlichkeit ist hoch, dass ich irgendwann einmal meinen Schlüssel verliere.« Bei seinen Worten bildeten sich wieder seine süßen Grübchen. Ich musste meinen Blick von ihm abwenden, um nicht noch röter im Gesicht zu werden.

»Jetzt nimm schon.« Er wedelte provokant mit dem Schlüssel vor meinem Gesicht herum, bis ich ihn rabiat packte und in meiner Faust verschwinden ließ.

Jana und Sandra erzählten wir nichts von unserer Shoppingtour. Und natürlich erst recht nichts von Simons Wohnung. Sie würden bei so was total ausrasten; vor allem Jana.

Überhaupt verhielt sich Jana in letzter Zeit auffällig. Je mehr sich herauskristallisierte, dass Simon und ich uns gut verstanden, desto weniger machte sie sich an ihn ran – distanzierte sich gar von uns beiden. Wahrscheinlich dachte sie, ich wollte ihn für mich haben; dass ich verliebt in ihn sei.

Die vergangenen zwei Wochen hatte Simon jeden Tag bei mir verbracht. Meine Mutter lud ihn häufig zum Essen ein. Sie freute sich, dass ihre Kochkunst von ihm nicht als selbstverständlich angesehen wurde. Er machte ihr stets Komplimente und half ihr hinterher, den Tisch abzuräumen. Die beiden waren wie ein altes, verliebtes Ehepaar aus einer Billigsoap. Würg.

Bei meinen Eltern vermutete ich ebenfalls, dass sie dachten, zwischen Simon und mir wäre mehr. Doch zwischen uns lief nichts.

Null, nada, niente.

Nicht mal ein leiser Hauch von nichts.

Kein einziges Mal wagte er einen Annäherungsversuch. Er schien keinerlei Interesse an Liebesbeziehungen zu haben. Darum funktionierte unsere Freundschaft so gut. Denn wenn ich für eines nicht bereit war, dann für Liebeskram.

»Alisa?«

Ich hörte auf, mit dem Traumfänger zu spielen, und drehte mich zu Simon um. Er saß auf meinem Sofa und las ein Buch. Genauer gesagt las er »Per Anhalter durch die Galaxis«, was ihm erhebliche Schwierigkeiten bereitete. Er kam mit Ironie einfach nicht klar und so musste ich ihm viele Gags, die jeden zum Schmunzeln brachten, erklären. Er hasste das Buch ganz offensichtlich. Ich verstand nicht, warum er es unbedingt zu Ende lesen wollte.

»Frage mich jetzt bitte nicht wieder, warum ein Wal vom Himmel fliegt oder warum die Antwort auf alle Fragen 42 ist, das hatten wir schon.«

»Was denkst du über mich?« Er stellte seine Frage, ohne seine Augen von dem Buch abzuwenden – als ob solche Fragen selbstverständlich wären. Ich war total perplex, mit der Sorte Fragen konnte ich nicht umgehen. Was wollte er von mir hören? Als ich nach einigen Minuten noch keine Antwort herausbrachte, wanderte sein Blick zu mir.

»Bin ich ein Freak?«

»Hm.« Das war wohl eine richtig miese Antwort.

»Also bin ich ein Freak!«, seufzte er niedergeschlagen. Meine Antwort stimmte ihn nicht gerade glücklicher: »Weißt du, du bist eben anders. Aber anders zu sein ist doch nicht unbedingt schlecht. Im Gegenteil. Deine Art macht dich eher sympathisch.« Meine Stimme hörte sich nervös und zittrig an. Simon sah gedankenverloren aus dem Fenster. Ihm schien diese Unterhaltung offensichtlich nichts auszumachen; im Gegensatz zu mir; mein Puls lief aktuell auf Hochtouren und ich fing an zu schwitzen.

»Mein Leben lang wollte ich nichts sehnlicher, als normal zu sein.«
»Warum willst du denn normal sein?«, fragte ich entsetzt. »Es gibt doch nichts Schrecklicheres als die ganzen Mitläuferzombies da draußen!«
»Wenn du dein Leben lang anders warst, wünschst du dir eben, normal zu sein.«
»Alle sehen sie gleich aus, alle haben dieselben Träume und Ziele. Das ist doch ätzend!«
»Was ist dein Ziel?«, fragte er mich eindringlich. »Was wünschst du dir vom Leben?« Seine Augen verschmolzen bei seiner Frage mit den meinen.
»Ich habe keine Ziele.«
Ihn schien meine Antwort nicht zufriedenzustellen. Er wollte mehr hören.
Ich gab ihm mehr: »Wenn du unbedingt mein persönliches Ziel wissen willst: Es lautet: überleben.«
»Überleben?«
»Ja, überleben. Die ganze Scheiße hier überleben.«
Wir kamen bei dem Thema nicht auf einen Nenner.
Er sah so traurig aus, dass mir meine Worte sofort wieder leid taten. Warum war ich oft so ruppig zu ihm?
»Jetzt grüble nicht so viel«, sprach ich versöhnlich. »Du bist ein toller Mensch, Simon Blessing.«
Er sah zu mir und lächelte wieder sanft.
Danach steckte er seine Nase in sein Buch, als wäre nichts gewesen. Es schien so, als könnte er einfach nicht lange bedrückt sein. Das war ebenfalls eine Eigenschaft, die uns beide unterschied.

Kapitel 15 – Simon

Der Schulausflug stand endlich vor der Tür. Ich war extrem nervös. Bis jetzt war ich noch nicht weit herumgekommen. Im Heim hatten wir nicht wirklich große Exkursionen gemacht. Bei zwei größeren Unternehmungen ließ mich der Heimleiter nicht mit. Er hasste mich!

Ein kurzer Blick auf den Wecker verriet mir, dass ich endlich losmusste, da sonst Alisa wahrscheinlich ohne mich zur Schule laufen würde. Also zog ich meine neuen Schuhe an – die ein wenig an der Seite drückten, obwohl sie mir versichert hatte, dass sich das mit der Zeit geben würde – und trat vor die Tür.

Es wehte ein eiskalter Wind und es war noch düster. Ich zog meine neue Jacke bis zu den Ohren hoch. Was war ich froh, neue Kleidung besorgt zu haben!

»Hey, guten Morgen.« Als ich Alisa freudig begrüßte, konnte man meinen Atem sehen.

»Morgen.«

Sie sah alles andere als begeistert aus. Ich wusste, dass sie sich nicht auf den Ausflug freute. Eigentlich wollte sie heute krank machen. Jana, Sandra und ich hatten sie gestern doch noch überredet, mitzukommen.

»Und, denkst du weiterhin, der Ausflug wird öde?«

Alisa gab mir keine Antwort.

»Hat dir deine Mutter viel Proviant mitgegeben?«

Wieder keine Antwort.

Wenn sie so extrem schlecht gelaunt war, fühlte ich mich sofort schuldig. Auch wenn ich wusste, dass ich nichts Unrechtes getan hatte, fühlte ich mich dafür verantwortlich.

Vor dem Schuleingang stand bereits eine Horde Schüler, die wartete, in die Busse zu dürfen. Es war ein riesiges Chaos. Die Schüler aus anderen Klassen, die nicht am Ausflug teilnehmen durften, quetschten sich durch die Masse. Sofort ging mein Puls durch die Decke. Solche Menschenansammlungen waren für mich purer Stress. Instinktiv versuchte ich, mich ein wenig hinter Alisa zu verstecken.

Jana und Sandra traten aus der Wand wartender Schüler und begrüßten uns.

»Na, ihr Turteltäubchen? Fit für heute?«, triezte uns Jana und zog genüsslich an ihrer Zigarette. Normalerweise würde von Alisa, wie aus der Pistole geschossen, ein fieser Kommentar folgen. Doch heute kam nichts.

Sie schwieg.

Ich rieb mir verlegen durchs Haar, traute mich dazu aber auch nichts zu sagen.

Plötzlich wurde ich an meiner Schulter angestupst. Ich zuckte innerlich sofort zusammen, versuchte aber, den Schrecken, der meinen Körper durchfuhr, äußerlich zu verbergen. Durch die vielen Menschen um mich herum war ich total angespannt.

»Hi, Simon.«

Es war Jasmin aus meiner Klasse. Sie lächelte mich gutgelaunt an und spielte verlegen an ihrem Schal herum.

»Oh, hey«, begrüßte ich sie verdutzt. Normalerweise redeten wir nur das Nötigste miteinander. Ehrlich gesagt konnte ich mich gar nicht wirklich erinnern, mit ihr schon einmal gesprochen zu haben.

»Magst du mit zu uns kommen?«, fragte sie mich. Alisa und die anderen beiden ignorierte sie einfach.

Als ich verdattert keine Antwort gab, ergänzte sie: »Unsere

Klasse hat sich schon beim Bus gesammelt.«

»Ähm.«

Jasmin schien nervös zu werden, tänzelte hin und her. »Kommst du jetzt mit?«, hakte sie noch einmal nach. Ich sah zu Alisa. Sie starrte griesgrämig ins Leere. Jana und Sandra sahen mich neugierig an und warteten auf eine Antwort. Jana vergaß sogar, ihre erloschene Zigarette wegzuwerfen. »Okay?«, meinte ich zu Jasmin, eher als Frage an Alisa formuliert. Jasmin nahm mich prompt an der Hand und zerrte mich davon. Ihre Hand war heiß und schwitzig. Ich ließ mich davonschleifen, sah dabei überfordert zu den anderen drei Mädels nach hinten. Mit meiner anderen Hand winkte ich ihnen zum Abschied. Jana und Sandra winkten skeptisch zurück. Alisa bewegte sich keinen Millimeter.

Ich fand noch eine leere Reihe in der Mitte des Busses und setzte mich an den Fensterplatz. Armin gesellte sich neben mich. Er war mal wieder total zugedröhnt. Das konnte ich an seinen kleinen roten Augen und seinem breiten Grinsen erkennen.

Meine Anspannung löste sich erst, als der Bus langsam losfuhr. Ich fragte mich, in welchem Bus Alisa gerade saß und vor allem wer neben ihr sitzen musste. Bei ihrer heutigen Laune tat mir die Person ein wenig leid.

Mir fiel auf, dass sie schon wieder meine Gedanken ausfüllte.

Ob sie wohl wusste, wie wichtig sie mir war?

Ob ich ihr ebenfalls wichtig war?

Ich seufzte in mich hinein. Wie befreiend es sich anfühlen musste, Alisa all meine Geheimnisse zu erzählen ...

Armin riss mich abrupt aus meinen Gedanken, als er mir sein Smartphone unter die Nase hielt. Ein nacktes Mädchen war auf dem Display zu sehen.

Armin wackelte mit den Augenbrauen. »Hot«, kicherte er.

Ich strich mir verlegen durchs Haar und nickte – wollte mir nicht anmerken lassen, dass es mir peinlich war, solche Bilder anzusehen. Er zeigte mir des Öfteren anzügliche Fotos von Mädchen. Manchmal brachte er sogar Erotikmagazine mit in die Schule. Ich konnte nicht einmal sagen, ob mich die nackten Mädels erregten. Sexualität war mir nicht wichtig.

Wir waren endlich angekommen. Die Busse hielten auf einem großflächigen Parkplatz. Es brach abermals ein riesiges Chaos aus, da alle Schüler gleichzeitig ausstiegen und herumliefen wie aufgescheuchte Hühner.

Ich ließ meinen Blick schweifen und suchte bekannte Gesichter – nach wenigen Sekunden fand ich sie. Jana winkte mir zu und schrie meinen Namen quer über den Parkplatz. Neben ihr stand Alisa. Ich lächelte sie an, doch sie starrte nur ausdruckslos in meine Richtung, so als ob sie durch mich hindurchsehen würde. Ich wollte mir meinen Tag heute nicht verderben lassen und ignorierte es einfach.

Armin stellte sich neben ein paar Jungs aus unserer Klasse. Ich gesellte mich zu ihnen und versuchte, interessiert zu wirken. In Wirklichkeit hatte ich keine Ahnung, von was sie gerade sprachen. Jasmin kam ebenfalls dazu und strahlte mich an. Ich lächelte verlegen zurück.

Das Freilandmuseum entpuppte sich als ein riesiges Areal. Es war ein fünf Kilometer langer Rundgang mit unzähligen Stationen. Die Massen an Schülern verliefen sich. Man traf nur hin und wieder eine andere Klasse. Alte Häuser mit alter Einrichtung und Erklärungstafeln. Leider interessierte es die meisten überhaupt nicht. Sogar mir reichte es nach einer Stunde und ich schlurfte träge hinter der Gruppe her.

»Alles in Ordnung?«

Ich hob meinen Blick und sah Jasmin, die neben mir herlief. Es war wirklich seltsam, wie präsent sie heute war.

»Klar«, gab ich ihr kurz als Antwort.

Sie spielte mit ihrem roten Schal herum und versuchte, mit mir Schritt zu halten. Wie ein Kaugummi, der an mir klebte, verfolgte mich Jasmin überall hin.

Nach drei Stunden waren wir mit unserem Rundgang durch und wir konnten die restliche Zeit frei nutzen. Ich war enttäuscht von dem heutigen Ausflug. Irgendwie hatte ich mir mehr davon versprochen. Ich folgte Armin zu einer großen Wiese neben einer alten Mühle. Die idyllische Landschaft gefiel mir. Die kreischende Schülermeute hingegen weniger.

Wir setzten uns wie viele andere ins leicht feuchte Gras und unterhielten uns über belanglose Dinge. Alisa und die anderen konnte ich nicht entdecken. Wahrscheinlich waren sie noch nicht fertig mit ihrem Durchgang.

Ein paar Schüler fanden einen Fußball und fingen an, auf der großen ebenen Wiese zu spielen. Armin und die Jungs aus unserer Klasse gesellten sich sofort dazu. Sie schossen ununterbrochen in die Richtung einer Mädchengruppe.

»Du hast so wenig gegessen, magst du mein zweites Brötchen haben?«, fragte mich Jasmin und riss mich aus meinen Gedanken. Sie saß plötzlich neben mir, ihre Brotdose in meine Richtung haltend.

Dankbar nahm ich das Brötchen heraus. Ich schaffte es permanent, mir mein Essen zu schnorren, ohne betteln zu müssen. Das Brötchen von Jasmin war spärlicher belegt als die von Alisa, schmeckte aber trotzdem passabel.

»Sag mal, sonst unterhalten wir uns nicht so viel. Ist alles in Ordnung bei dir?«, fragte ich Jasmin, noch an dem Brötchen kauend.

»Tatjana und ich, wir reden gerade nicht miteinander.«

Ich nickte ihr verständnisvoll zu, obwohl ich keine Ahnung hatte, wer Tatjana war.

»Wir kennen uns schon seit dem Kindergarten, aber momentan

verstehen wir uns nicht so besonders.«

Ich schluckte den letzten Bissen herunter und spülte mit meinem Wasser nach. Jasmins Teenieprobleme interessierten mich nicht wirklich.

»Sie glaubt, ich könnte bei dir nicht landen, sie sagt, du bist mit der Rothaarigen zusammen.«

Keuchend spuckte ich meinen Schluck wieder aus. Meine Jacke war voller Wasserspritzer.

Ich war total überrumpelt. »Was?«

»Na, mit der du immer abhängst. Die da drüben.« Jasmin zeigte auf Alisa, die sich mit ihren Freundinnen gerade ein paar Meter weiter auf die Wiese setzte.

Meine Augen wanderten sofort in Alisas Richtung. Unsere Blicke trafen sich. Sie funkelte mich zornig an und drehte trotzig ihren Kopf von mir weg. Ich fühlte mich plötzlich total mies.

Kapitel 16 – Alisa

Ich fror, ich langweilte mich, ich saß auf einer feuchten Wiese und der Akku meines Smartphones war gleich leer. Dieser Tag war einer der beschissensten in meinem Leben! Außerdem plagte mich noch etwas anderes. Etwas Unaussprechliches. Bisher hatten Sandra und Jana gewusst, welcher Tag heute war. Doch sie hatten es offensichtlich vergessen.

Dabei war heute das schrecklichste Datum im ganzen Jahr!

Heute war Dereks Todestag!

Ich vermisste ihn so sehr, doch merkte ich, dass sich etwas verändert hatte. Es war nicht mehr akut; nicht mehr Gegenwart. Ich war nicht mehr Gegenwart. Es fühlte sich an, als würde mir jemand in Slowmotion eine traurige Geschichte erzählen; immer und immer wieder. Ich war eine Gefangene meiner eigenen Vergangenheit. Doch es war mir egal, ich war zu ausgelaugt und konnte nicht weiter dagegen ankämpfen. Wahrscheinlich würde ich nie wieder ein richtiges Leben führen können.

»Komm, lass uns mal zu Simon rübergehen. Diese Barbie hängt schon wieder an ihm dran«, konnte ich plötzlich aus dem andauernden Geplapper von Jana heraushören. Sie verlor darüber kein Wort mehr, aber ich wusste, dass sie richtig in ihn verknallt war.

Normalerweise genoss ich seine Anwesenheit. Doch heute wollte ich nicht mal ihn sehen. Absolut niemanden wollte ich sehen, außer Derek.

Ich hätte gar nicht erst mitfahren sollen. Ich wusste, in was für einem Desaster es für mich enden würde.

Warum, zum Teufel, war ich bloß mitgekommen? Ich war manchmal so dämlich.

»Kommst du, Alisa?«, fragte mich Sandra. Sie war schon aufgestanden, wartete aber, anders als Jana, auf meine Reaktion und lief nicht einfach voraus.

Eigentlich wäre ich gern hingegangen. Allein schon wegen dieser blonden Nervtussi, die an Simon plötzlich klebte wie eine penetrante Schmeißfliege.

Doch ich wollte ihm nicht seinen Tag vermiesen. Also schüttelte ich verneinend den Kopf – senkte meinen Blick wieder Richtung Boden, um die Tautropfen an den Grashalmen zu beäugen.

»Bist du auf die Blonde eifersüchtig oder was ist mit dir?«, fragte mich Sandra kühl. Sie ließ sich nicht einfach so abwimmeln. Als ich ihr keine Antwort gab, sondern gedankenverloren an meinen Fingernägeln knabberte, ließ mich auch Sandra irgendwann allein.

Ich versank in Erinnerungen an Derek. Vor allem jene, die in der schrecklichen Katastrophe endete, durchlebte ich heute wieder wie in einer Endlosschleife.

Sein blutüberströmtes Gesicht, das gegen das Lenkrad gelehnt war, Augen, die leer in meine Richtung starrten. Das Bild würde ich wohl nie vergessen. Das waren die Szenen kurz vor meiner Ohnmacht. Dieses blutüberströmte deformierte Gesicht war eine der letzten Erinnerung an meinen liebsten Derek.

Plötzlich berührten mich viele kleine pelzige Objekte im Gesicht. Es fühlte sich unangenehm an. Instinktiv schüttelte ich meinen Kopf, um mich davon zu befreien.

»So war das nicht geplant, entschuldige«, hörte ich in meinem rechten Ohr. Ich drehte mich in die Richtung und sah Simon neben mir kniend mit einer Pusteblume in der Hand. Die meisten Schirmchen waren jedoch nicht mehr an seiner Blume, sondern über meinen Körper verteilt.

»Ich wollte sie nur in deine Blickrichtung pusten«, gestand er und entfernte nebenbei Reste aus meinem Haar. Dann setzte er sich mit einem schüchternen Lächeln dicht neben mich.

Es war seltsam, aber ich war froh und traurig zugleich, dass Simon nun bei mir war. Am liebsten hätte ich mein Gesicht in seiner Brust vergraben und losgeheult wie ein Schlosshund.

»Ist alles okay bei dir?«, fragte er mich sanft. Ich konnte anhand seiner Stimmlage erkennen, dass er sich Sorgen um mich machte. Warum tat sich dieser nette Kerl so etwas wie mich an?

Er stupste mit seiner Schulter sanft gegen meine. Simon wollte meine Aufmerksamkeit auf sich lenken. Ich sah ihm in sein Gesicht, seine Augen trafen meine und blickten sofort ernst. Er begriff, dass es heute schlimmer war als sonst. Wenigstens heute wollte ich ihn vor meiner depressiven Verfassung verschonen, doch er ließ sich nicht abwimmeln.

»Du musst mir keine Gesellschaft leisten. Warum gehst du nicht einfach wieder zu den anderen und genießt den heutigen Tag?«

Sein Blick wich keinen Moment von mir ab. »Weil du in den letzten Wochen für mich zu einer Freundin geworden bist«, sagte er leise, aber bestimmt. »Weil ich mich für deine Probleme interessiere.«

Ich konnte seinem Blick nicht mehr standhalten und richtete meine Augen wieder auf die Blume, die er noch in der Hand hielt. Ich liebte Pusteblumen. Für die meisten Menschen waren sie nur Unkraut – für mich jedoch die schönsten Pflanzen der Welt. Oft stellte ich mir vor, wie ich all meine Erinnerungen in die Samen einschloss, die allesamt vom Wind fortgetragen wurden.

»Alisa?«

Erschrocken drehte ich mein Gesicht wieder in Simons Richtung. Offensichtlich sprach er mit mir, während ich gedankenverloren über Löwenzahn sinnierte.

»Bist du nur wegen des Ausflugs so schlecht gelaunt?«

»Natürlich nicht«, gab ich ihm endlich als Antwort, »was denkst du denn bitte von mir?«

Nun war es Simon, der seinen Blick abwandte. Dachte er wirklich, ich wäre so egozentrisch und würde wegen eines blöden Schulausfluges die depressive Dramaqueen spielen? Nahmen mich meine Mitmenschen wirklich so wahr?

»Ich würde dir unglaublich gern helfen«, seufzte er nach einigen Minuten der Stille.

Es klang so ehrlich und aufrichtig, dass ich eine Gänsehaut bekam. Am liebsten hätte ich ihn umarmt und ihm alles erzählt. Doch ich konnte einfach nicht. Es ging nicht. Meine Vergangenheit saß wie ein Kloß in meiner Kehle fest und hinderte mich daran zu sprechen.

»Das tust du doch schon die ganze Zeit, Simon.«

Kapitel 17 – Simon

Plötzlich prasselten dicke Regentropfen auf uns herab gefolgt von einem lauten Donnerknall. Alle kramten panisch ihre Sachen zusammen, um schnellstmöglich zu den Bussen zu laufen. Einige der Mädchen kreischten lautstark herum, als müssten sie einen grausamen Tod sterben, wenn sie nass würden. Alisa und ich verfielen als Einzige nicht in Hektik.

Instinktiv zog ich meine Jacke aus und hielt sie über ihren Kopf. Sie sah mich gerührt an. Dann liefen auch wir zu den Bussen, um in dem Durcheinander nicht vergessen zu werden.

Wir profitierten sogar noch von dem schlechten Wetter. Denn keiner achtete mehr darauf, den richtigen Bus zu erwischen. Alle wollten panisch so schnell wie möglich ins Trockene. So kam es, dass wir auf der Rückfahrt im selben landeten.

Die Lehrer überprüften nur noch, ob die Schülerzahl vollständig war. Danach setzten sich die Busse in Bewegung und wir fuhren nach Hause.

Verlegen gab mir Alisa meine triefende Jacke zurück. Ich verstaute sie in der Ablage und ließ mich in den Sitz fallen. Ich war von oben bis unten durchnässt. Den Drang, mich zu schütteln wie ein Hund, unterdrückte ich widerwillig.

Ich starrte aus dem Fenster und beobachtete die Landschaft. Es schüttete wie aus Eimern, der Himmel war komplett mit einem grauen Schleier bedeckt. Die meisten Menschen hassten Regen. Ich hatte Regen zum ersten Mal mit dreizehn gesehen. Davor konnte ich ihn nur von meiner Kellerzelle aus hören. Es war neben Vogelgezwitscher der schönste Klang, den ich bis zu meiner Freilassung jemals hörte.

Auf einmal spürte ich etwas. Ich drehte meinen Kopf erstaunt in die Richtung. Alisa war eingeschlafen und lehnte ihren Kopf gegen meinen rechten Oberarm. Das Gefühl, sie an mir zu spüren, war erstaunlich angenehm. Ein leichtes Kribbeln durchfuhr mich. Normalerweise mochte ich langen Körperkontakt nicht. Es erinnerte mich an meine Mutter, die ihre schizophrenen Zustände an mir ausgelebt hatte.

Alisa sah so friedlich aus. Ganz anders als normalerweise. Hoffentlich war sie wenigstens in ihren Träumen glücklich.

»Derek«, flüsterte sie im Schlaf. Ihre Lippen formten dabei ein zartes Lächeln.

Jetzt wusste ich, an wen sie gerade dachte. Ich hatte keine Ahnung, wer Derek war, doch kränkte es mich irgendwie. Es gefiel mir nicht, dass sie von jemandem anders träumte. So gern wäre ich die Person in ihren Träumen, die ihr ein Lächeln ins Gesicht zauberte.

Alisa war für mich zu einem wichtigen Menschen geworden. Eigentlich gab es nicht viel in meinem Leben, das mir wichtig war.

Ich löste meinen Blick von ihr und starrte wieder aus dem Fenster.

Eigentlich gab es nichts in meinem Leben, das mir so wichtig war wie sie, korrigierte ich meinen Gedanken.

Mein Dasein war zwar ein absolutes Chaos, trotzdem verspürte ich den starken Drang, mich um sie zu kümmern.

Mehr als um mich selbst.

Gern hätte ich gewusst, warum sie immer so traurig war.

Doch es brachte nichts, sie zu drängen. Wenn sie nicht darüber reden wollte, konnte ich sie nicht zwingen. Hatte Alisas Traurigkeit mit diesem Derek zu tun?

Egal, welches Szenario ich mit ihr und diesem Typen durchspielte, es fühlte sich alles falsch an und machte mich aus einem mir unbekannten Grund schrecklich wütend.

Die Busse blieben in einer Reihe vor der Schule stehen. Zu dem starken Regen gesellte sich die Dunkelheit und ein peitschender Wind. Der Nachhauseweg würde nicht angenehm werden. Alisa schlief noch an meine Schulter gelehnt. Mir würde nichts anderes übrig bleiben, als ihre selige Ruhe zu stören und sie aufzuwecken. Am liebsten hätte ich die Zeit angehalten und sie schlafen lassen.

»Alisa?« Sie reagierte nicht.

Ich berührte sie sanft mit meiner Hand an ihrem Knie und wiederholte ihren Namen.

Endlich zuckte sie leicht zusammen und öffnete langsam ihre Augen. Verschlafen sah sie mich an. Ich konnte genau erkennen, wie lange sie brauchte, um die Situation zu realisieren. Sie zwinkerte dreimal, dann wurde sie langsam wach, sah mich mit großen, entsetzten Augen an und flüsterte ein schockiertes »Oh«.

Sie wandte sich, so schnell sie konnte, von mir ab, schnappte sich ihre Tasche und verließ hastig den Bus. Ich hatte mir schon gedacht, dass Alisa ihre Schlafposition peinlich sein würde. Leicht schmunzelnd stieg ich ebenfalls aus. Ein eiskalter Wind gepaart mit prasselnden Regentropfen, die sich wie Nadelstiche anfühlten, trafen auf mein Gesicht. Durch das Gewitter war es bereits stockdunkel. Der Spätsommer war definitiv passé.

Vor der Schule brach ein schlimmeres Gedränge als heute Morgen aus. Alle versuchten, so schnell wie möglich nach Hause zu kommen oder in die wartenden Autos zu steigen.

Alisa wartete nicht vor dem Bus auf mich. Ich überlegte, ob es besser wäre, sie einfach gehen zu lassen. Andererseits wollte ich sie einholen, um ihr zu zeigen, dass alles in Ordnung war und sie sich für nichts schämen musste. Das Bedürfnis war so stark, dass ich anfing loszurennen.

Sie war schon kurz vor der Fußgängerampel, an der wir uns das erste Mal unterhalten hatten. Als ich sie einholte, minimierte ich meine Geschwindigkeit auf ihre und ging wortlos neben ihr her. Sie hatte ein zügiges Tempo drauf. Ich wusste genau, dass sie nicht wegen des Wetters so schnell heim wollte. Kurz bevor wir bei ihrem Haus angelangt waren, fasste ich sie sanft an ihrem Handgelenk. Sie blieb stehen, sah mir jedoch nicht ins Gesicht.

»Hey, alles in Ordnung bei dir?«

Alisa zeigte keine Regung. Mit dem Körper abgewandt stand sie vor mir, ohne ein Wort zu sagen.

»Es ist okay. Wirklich.«

Sie drehte sich zu mir. »Nichts ist okay. Absolut nichts ist okay! Warum kannst du mich nicht einfach in Ruhe lassen!«

»Weil ich dir helfen möchte.«

Sie riss sich aus meinem Griff und lief bei anhaltend strömendem Regen auf den verlassenen Spielplatz. Ich folgte ihr über den schmalen Pfad, die zugewachsene Böschung hinunter. Hier gab es keinerlei Lichtquellen, wir waren umgeben von dichtem Gehölz. Es dauerte einige Zeit, bis sich meine Augen an die Dunkelheit gewöhnt hatten. Als ich Alisa abermals einholte, blieb ich vor ihr stehen und wartete auf ihre Reaktion. Mehrere Strähnen ihrer klatschnassen Haare hingen ihr ins Gesicht. Ich kam noch näher an sie heran, bis sie ihre Hände zu Fäusten ballte und mich wütend ansah.

»Ich will deine Hilfe nicht, Simon! Halt dich einfach aus meinen Angelegenheiten heraus!« Ihre Stimme brach bei den letzten Worten ab.

Ich konnte trotz Regen erkennen, dass sie weinte. Die roten Flecken auf ihren Wangen, ihr Schluchzen und Beben verrieten es. Ich überwand den letzten Abstand, der uns trennte, und nahm sie fest in den Arm. Sie war steif wie ein Brett. Trotzdem ließ ich sie nicht los, in der Hoffnung, etwas in ihr zu bewegen. Ich hatte nie gelernt, mit Gefühlen umzugehen, war nie getröstet worden. Ich wusste, wie schwer es war, allein zu sein; mit niemandem über seine Probleme reden zu können. Aus diesem Grund hielt ich sie weiter fest umschlungen. Ich wollte genau so eine Person für sie sein – ihr zeigen, dass ich für sie da war.

Nach einiger Zeit löste Alisa sich langsam aus meiner Umarmung. Sie blickte mir ernst in die Augen. Ob es Tränen oder Regentropfen waren, die ihre Wangen hinunterliefen, wusste ich nicht genau, doch sie sah etwas gefasster aus. Dann holte sie aus und verpasste mir eine schallende Ohrfeige.

Batsch!

Dabei verzog sie keine Miene. Ich drehte mich von ihr weg, vor lauter Schreck – und Scham.

»Du kannst mir nicht helfen!«, schrie sie mich an. »Versuch es einfach nicht mehr. Keiner kann das, verstehst du? Du machst alles nur noch schlimmer!«

Alisa sprach noch weiter, doch ich konnte sie nur noch unterschwellig hören.

Es kamen Erinnerungen an meine Mutter in mir hoch. Wie sie mir ebenfalls eine klatschte. Ich konnte ihre Schreie hören; spüren, wie sie mich schlug.

Jedes Mal ein bisschen härter.

Bis ich nachgab und sie ihren Willen bekam.

Alisa wollte ich aber von mir aus helfen. Trotz ihrer Ablehnung wollte ich ihr Leid lindern. Warum sollte ich also nicht bei ihr versuchen, was meiner Mutter stets half?

Noch halb in Erinnerungen gefangen machte ich den Reißverschluss meiner Jacke auf. Ihre Worte schlugen immer noch auf mich ein. Ich konnte nur die Bewegung ihrer Lippen und Gesten wahrnehmen.

Die schrille Stimme in meinen Kopf dröhnte zu sehr, als dass ich Alisa hätte hören können. Ich überlegte, ob es wirklich der richtige Weg war, ihr diese tiefsitzende Qual zu nehmen. Mein zweites Ich gab mir zu verstehen, dass ich das Richtige tat; sie wurde lauter und lauter. Sie schrie mich regelrecht an. In mir stieg wieder diese unangenehme Energie auf, sie ließ mich förmlich glühen. Zitternd sah ich auf meine Handfläche. Sie leuchtete blau. Dieses Ding in mir wollte ebenso wie ich, dass ich mich verwandelte, um Alisas seelische Schmerzen zu lindern. Ich sah mich flüchtig um, ob wir allein waren.

Meine Jacke schmiss ich einfach achtlos neben mich in den nassen Dreck. Alisa schien das Leuchten an mir gar nicht zu bemerken. Sie schimpfte weiter auf mich ein. Ich atmete tief ein, dachte an das dünne Metallrohr, mit dem meine Mutter in den letzten Tagen vor meiner Rettung auf mich eingeschlagen hatte, konnte hören, wie sie kreischte:»Tu es endlich, hilf mir, du Bastard!«

Ich konnte das metallene Blut schmecken, das ich nach ihren harten Schlägen ausspuckte.

Als ich meinen Oberkörper komplett frei machte und halbnackt im Regen stand, hörte Alisa abrupt auf zu schreien und starrte mich verwirrt an. Ich ging zwei Schritte zurück, den Blick auf Alisa gerichtet und machte mich innerlich auf die bald eintretenden Schmerzen bereit.

Dann spannte ich meinen Körper an und zwang mein anderes Ich, zum Vorschein zu kommen. Meine Schulterblätter knacksten erneut wie Äste, die man zerbrach. Ich spürte, wie die Energie meinen kompletten Körper durchflutete. Trotz geschlossener Augen konnte ich das blaue Licht wahrnehmen, das mich umgab. Und dann kamen sie, die Schmerzen. Eine unerträgliche Last, als könnte ich das Klagen der kompletten Welt auf einmal hören. Wie sie alle nach mir riefen, mich anflehten ...

Es war ein unerträgliches und hämmerndes Durcheinander in meinem Kopf; als würde er jeden Moment explodieren.

Und dann konnte ich Alisas erstaunte Stimme hören.

Kapitel 18 – Alisa

»Simon, du bist ein Engel!«, wisperte ich fassungslos.

Ein helles blaues Licht umgab ihn und er …

Ich konnte es gar nicht glauben. Es konnte einfach nicht real sein. Ich war wie gelähmt – vor Angst, vor Faszination. Er hatte Flügel! Richtige, echte Engelsflügel mit weißen Federn. Die von Simon ausgehende Energie, fühlte sich unglaublich angenehm an; als würde sie meine Seele in den Arm nehmen. Die Trauer, die ich permanent in mir trug, war plötzlich verschwunden – ersetzt durch ein warmes angenehmes Prickeln.

Und Simon – er stand da mit einem schmerzerfüllten Gesicht und hielt sich seine Hände an die Schläfen. Trotzdem konnte ich nicht anders, als glücklich zu sein. Er war wunderschön mit seinen Flügeln und dem hellen bläulichen Licht, das ihn umgab. War er wirklich ein Engel? Verlor ich jetzt endlich komplett den Verstand? Ich hatte mich noch nie in meinem gesamten Leben so gut gefühlt wie jetzt gerade.

Wenn ich verrückt würde, war es mir egal; dürfte ich nur immer so glücklich bleiben. Wie bei einem Drogenkick strömte mein kochendes Blut rasant durch meine Adern. Mir wurde heiß und ich fühlte mich euphorisch. Alle traurigen Gedanken waren auf einmal verflogen. Sein bläuliches Licht umgab mich, hüllte mich ein und wärmte meine Seele und meinen Körper.

»Du bist wunderschön!«, sprach ich frei heraus, ohne dabei rot zu werden.

Simon öffnete leicht seine Augen und lächelte mich an. Dann

ging er auf die Knie und kippte vornüber gegen den verwitterten Holzrahmen des Sandkastens. Er fiel einfach um wie ein nasser Sack. Das helle Licht und seine engelsgleichen Flügel verschwanden so schnell, wie sie gekommen waren.

Trotzdem fühlte ich mich so gut wie nie zuvor. Erst Augenblicke später kam ich wieder zu klarem Verstand und erfasste die Situation.

Es bildete sich langsam eine Blutlache um seinen Kopf. Als ich mich zu ihm kniete, um ihm zu helfen, zuckte ich erschrocken zusammen.

Sein gesamter Rücken war von grässlichen Narben übersät.

»Scheiße«, stieß ich erschrocken aus.

Ein umgedrehtes Kreuz und andere diabolische Zeichen, die ich nur flüchtig kannte, waren in seine Haut eingeritzt. Es sah so aus, als wären ihm teilweise ganze Hautfetzen herausgerissen worden, die unbehandelt geblieben und einfach zugewuchert waren. Meine Hände zitterten. Was war mit ihm passiert? Wer hatte ihm das angetan? Vorsichtig strich ich mit meinem Zeigefinger über die malträtierten Stellen. Ich bildete mir das nicht ein, die Narben waren echt. Als der Schreck über seinen entstellten Körper allmählich nachließ, kam mir Simons blutendes Gesicht wieder in den Sinn.

Ich drehte ihn behutsam um und legte seinen Kopf auf meinen Schoß. Seine Nase blutete stark, seine Stirn war immens lädiert. Die Regentropfen vermischten sich mit seinem Blut und flossen wie ein rotes Rinnsal an ihm hinab. Was sollte ich nur machen? Ich entdeckte Simons Pullover am Boden, griff ihn mir und säuberte vorsichtig sein Gesicht. Erst als ich sein klebriges, warmes Blut an meinen Händen spürte, begriff ich, dass das hier alles kein Traum war.

»Simon?«, wimmerte ich leise.

Er reagierte nicht. War er tot? Die Angst um ihn überkam mich. Was hatte er nur getan?

»Simon.« Mit zittrigen Fingern fuhr ich ihm durch sein nasses Haar.

Er verzog schmerzvoll seinen Mund und fasste sich mit der rechten Hand an seine blutige Stirn. Ein leises Stöhnen entwich seinen Lippen.

»Gott sei Dank.«

Ich strich ein paar verklebte Haarsträhnen aus seinem Gesicht. Simon öffnete gequält seine Augen und sah zu mir hoch. Er lächelte mich an. Wie konnte er jetzt nur lächeln?

»Geht es dir jetzt besser?«, wollte er kaum hörbar von mir wissen. War das sein Ernst? Tat er sich das an, nur um mir zu helfen? Ich fing erneut an, zu weinen. Eine meiner Tränen tropfte auf seine Wange. Dabei schloss er wieder seine Lider.

»Weine jetzt nicht mehr. Sonst war es doch umsonst«, bat er mich leise. Wie hatte ich denn nur so böse zu ihm sein können? Er war so ein absolut guter Mensch. Ich zwang mich, mit dem Weinen aufzuhören. Es war schwer für mich – ein unterdrücktes Schluchzen entwich meinen Lippen.

Als ich mich etwas beruhigt hatte, flüsterte ich zu ihm: »Komm Simon, gehen wir zu mir und verarzten dich. Du bist schon ganz unterkühlt.«

Er nickte leicht zur Bestätigung. Ich half ihm auf und stützte ihn. Er war schwach auf den Beinen. Seine Jacke hängte ich ihm um die Schultern. Dann gingen wir langsam zu mir nach Hause. Vor der Tür fiel mir ein, dass meine Eltern bestimmt schon auf mich warteten und es komisch aussehen würde, wenn er so mit nacktem Oberkörper die Wohnung betrat. Darum half ich ihm, den mit Blut beschmierten und durchnässten Pullover und seine Jacke anzuziehen, bevor ich die Tür öffnete.

Meine Mutter sah uns verstört an, als wir das Haus betraten.

»Um Himmelswillen, was ist denn mit dir passiert?«, stieß sie entsetzt aus. Sie hielt sich vor Schreck die Hand vor den Mund.

Simon drehte verlegen seinen Kopf weg. Ich musste kurz überlegen, was ich ihr sagen sollte. Die Wahrheit konnte ich ihr auf alle Fälle nicht erzählen.

»Wir sind sehr schnell gerannt wegen des Unwetters«, erklärte ich meiner Mutter. »Da ist er ausgerutscht und hingefallen.« In meinen Augen war es eine plausible Ausrede.

»Mama, ich bringe ihn hoch in mein Zimmer zum Verarzten. Simon kann sich doch bestimmt Klamotten von Dad leihen, oder?« Mitfühlend nickte sie und verschwand sofort im unteren Badezimmer. Vermutlich holte sie den Verbandskasten. Als ich Simon die Treppe hinaufführte, kam meine Mutter schon, um mir die Box mit den Erste-Hilfe-Utensilien zu reichen.

»Kann ich noch etwas helfen?«, fragte sie mich verunsichert. Sie wirkte etwas hilflos, darum bat ich sie, Simon und mir einen Tee zu kochen, damit wir uns aufwärmen konnten. Sie nickte abermals und huschte wieder die Treppe hinunter. Ich half ihm aufs Sofa und kniete mich vor ihm hin, damit ich besser die Wunden säubern konnte. Als das mit Desinfektionsmittel durchtränkte Tuch Simons offene Verletzungen berührte, zuckte er zusammen und stöhnte auf.

»Entschuldige, aber das muss jetzt sein.«

Es klopfte an der Tür, dann traten meine Eltern ins Zimmer. Mein Vater sah ziemlich verwirrt aus und legte eines seiner T-Shirts und eine Jogginghose auf meinen Tisch.

»Das sieht aber nicht gut aus. Sollen wir ihn ins Krankenhaus bringen?«, fragte er ernst.

Meine Mutter stellte währenddessen den dampfenden Tee neben Simons Wechselkleidung.

»Bitte nicht ins Krankenhaus, das sieht bestimmt schlimmer aus, als es ist.« Seine Kräfte schienen aus dem Nichts zurückgekehrt zu sein. In seinem Blick jedoch lag eine leichte Panik.

Mein Vater runzelte nur die Stirn, kniete sich dann neben mich und begutachtete Simons Blessuren im Gesicht. Der stöhnte durch die eher grobere Berührung meines Dads abermals auf. Ich zuckte zusammen, konnte die Schmerzen förmlich spüren. Er tat mir schrecklich leid.

»Du könntest eine Gehirnerschütterung haben«, spekulierte mein Vater. »Zumindest scheint nichts gebrochen zu sein, aber wenn dir in nächster Zeit schwindelig oder schlecht wird oder deine Nase stark anschwillt, fahren wir dich auf jeden Fall ins Krankenhaus, einverstanden?«

Dann richtete er sich an mich: »Er kann heute hier schlafen zur Beobachtung, wenn es schlimmer wird, ruf uns bitte unverzüglich.«

Ich nickte ernst und übte mich dann weiter darin, Simons Wunden zu reinigen.

Nachdem die Blutung gestoppt war, reichte ich ihm seine Tasse Tee. Wortlos starrte er in die dampfende Tasse, während ich seine Haare mit einem Handtuch sanft trocken rieb. Wir saßen uns im Schneidersitz gegenüber auf meinem Sofa.

Verlegen nippte er an seinem Tee. »Danke, Alisa, mir geht es schon besser.«

Es schien ihm wirklich besser zu gehen, er hatte wieder Farbe im Gesicht bekommen und erstaunlicherweise ging die Schwellung an seinem Nasenrücken schon leicht zurück. Bis jetzt hatten wir beide noch kein Wort darüber verloren, was dort am Spielplatz geschehen war. Einige Male versuchte ich, darauf zu sprechen zu kommen, aber mir kam das alles so surreal vor, dass ich es einfach nicht über meine Lippen hatte bringen können. Ich konnte ihn doch nicht fragen, ob er ein Engel war!

Oder?

Das war mir einfach zu suspekt. Ich glaubte doch nicht einmal an Engel, ganz zu schweigen an den Himmel oder Gott. Seit Dereks Tod hatte ich mir viele Gedanken darüber gemacht und war zu dem Schluss gekommen: Es konnte keinen Gott geben und wenn doch, dann wäre er ein Mistkerl. Mein bisheriges Weltbild stand nun durch Simon innerhalb von Sekunden komplett auf dem Kopf. »Geht es dir auch besser?«, wollte er wissen. Mit seinen hoffnungsvollen, blaugrünen Augen sah er mich an.

Ja, es ging mir besser. Ich hatte noch gar nicht wirklich darüber nachdenken können, doch der seelische Schmerz in mir schien wirklich um einiges erträglicher. Dennoch war er da. Als Simon sich verwandelt hatte, war ich kurzzeitig vollkommen glücklich gewesen. So, als ob er die gesamte Last von meiner Seele genommen und mit Liebe gefüllt hätte. Es war mir unbegreiflich, was heute passiert war. Allein bei dem Gedanken daran bekam ich eine Gänsehaut.

»Simon Blessing, du bist ein Dummkopf!«

Erstaunt guckte er mich an.

»Du bringst dich halb um, nur damit es mir ein bisschen besser geht?«, ergänzte ich meine Worte.

»Es war auch nicht geplant, dass ich mit meinem Kopf auf dem Holz aufschlage«, verteidigte er sich. »Ich habe einfach keine Übung mehr darin. Normalerweise vermeide ich es, mich zu verwandeln.«

Sofort wandte er sein Gesicht von mir ab und sah verletzt zu Boden. Schon wieder hatte ich ihn verbal angegriffen. Ich war noch nie gut im Zeigen von Gefühlen gewesen. Eigentlich war ich ihm dankbar und von seiner Selbstlosigkeit gerührt. Er hatte meine ekelhafte Art wirklich nicht verdient.

»Idiot!«, flüsterte ich mit Tränen in den Augen. Dann schmiss ich mich in seine Arme. Simon war zu perplex, als dass er die Umarmung erwiderte. Das war okay für mich. Als ich allmählich meine Fassung zurückgewann, löste ich mich von ihm. Verlegen wuschelte er sich durch seine klammen Haare und meinte: »Keine Sorge, ich habe eine gute Regeneration. Morgen bin ich wieder fit.«

»Das habe ich auf deinem Rücken gesehen, wie schnell du dich körperlich erholst.«

Sein fröhliches Wesen war aus seinem Gesicht plötzlich wie

ausradiert. Er starrte traurig in seine halb leere Teetasse und sagte dazu kein Wort.

Warum konnte ich meine vorlaute Klappe nicht halten? Jetzt hatte ich ihn schon wieder verletzt. Ich hasste mich für meine Worte.

»Simon, ich ...«

»Das war meine Mutter. Ich würde das gerne vergessen.«

»Simon ...«

Scheiße, warum hatte ich ihn nur darauf ansprechen müssen? Es gab so viel Wichtigeres zu bereden als seinen entstellten Rücken. Ich spürte, wie meine Hände zitterten vor lauter Wut auf mich selbst.

Nach einigen Augenblicken hatte er sich wieder gefasst. Er nahm meine schwitzige Hand und meinte mit sanfter Stimme: »Ich bin dir nicht böse, Alisa.«

»Ich bin so ein Trampel!«, versuchte ich, mich zu entschuldigen. Aber darin war ich eine totale Niete.

»Wir haben alle eine Last zu tragen, nicht wahr?«

Ich nickte gedankenverloren. Es machte mich unsagbar traurig, dass Simon so misshandelt worden war und das auch noch von seiner eigenen Mutter. Wenn die ganze Welt gegen einen zu sein schien, eine Mutter war normalerweise für ihr Kind da. Eine Mutter sollte Geborgenheit geben und ihr Kind beschützen. Er war wohl noch nie liebevoll behandelt worden. Niemand hatte ihm je gesagt, was für ein toller Mensch er war. Und trotzdem wirkte er meist positiv und lebensfroh.

Nach einiger Zeit löste ich meine Hand aus seiner. Ich musste ihn einfach danach fragen, es brannte mir förmlich auf der Zunge. Mein Verstand verlangte nach einer Antwort, wollte von ihm persönlich hören, was für ein Wesen er war. Vor allem wollte ich hören, dass ich mir seine Engelsgestalt nicht eingebildet hatte. Ich nahm eine aufrechte Haltung ein und fragte mutig heraus: »Und du bist ein Engel, oder so was?«

Resigniert zuckte Simon mit den Achseln. »Keine Ahnung«,

antwortete er eintönig.

»Wie bitte? Also, da kamen Flügel aus deinem Rücken heraus und da war überall Licht. Du willst mir verdammt noch mal sagen, du weißt es nicht? Was bist du denn dann? Ein Alien?« Ich gestikulierte bei meinen Worten wild mit den Händen.

»Ich weiß es nicht.«

»Du raubst mir wirklich noch den Verstand. Sei froh, dass ich nach der Aktion nicht ...«

»Nicht verrückt geworden bist, ja«, beendete er meinen Satz. Er stand abrupt auf und ging ans Fenster. »So wie meine Mutter. Sie wurde meinetwegen verrückt, da bin ich mir sicher. Ich bin schuld an ihrem Leid. Menschen sind einfach nicht dafür geschaffen, so ein Monster wie mich zu sehen.«

Warum sprach er auf einmal von Monstern? Er sah nicht aus wie eines; definitiv nicht!

»Alles, was ich weiß, ist, dass ich mich von Geburt an verwandle«, sprach er weiter. »Früher war es unbeherrscht. Später lernte ich, es zu kontrollieren. Ich kann meine Engelsgestalt meist unterdrücken. Doch je länger ich mich nicht verwandle, desto schrecklicher sind die Schmerzen, die ich dabei erleide.«

Zu einer angewiderten Fratze verzog sich sein Gesicht. »Meine Mutter wollte mich immerzu in meiner anderen Gestalt sehen. Oft kam sie zu mir und bettelte danach. Sie weinte, sie schrie, sie misshandelte mich, damit ich mich in dieses Monster verwandelte.«

Ein verächtliches Lachen zischte aus ihm. »Sie sperrte mich in einen Keller, weil sie dachte, ich fliege sonst davon. Sie befürchtete, sie würden mich holen kommen. Ich weiß nicht einmal, wen genau sie damit meinte. Sie war total wirr.«

Simon sah richtig mitgenommen aus. Er hielt seine Arme um sich geschlungen; schloss während seiner Erklärung bedrückt die Augen. Ich wollte ihn so gern trösten, aber war viel zu erschüttert von seiner Geschichte.

Dann öffnete er wieder die Augen und sah mich traurig an. »In einem klaren Moment, erklärte mir meine Mutter einmal, dass sie sich unbeschreiblich gut fühlt, wenn sie mich verwandelt sieht«, fuhr er fort. »Meine Hoffnung war, dass es dir hilft, wenn ich mich kurz verwandle – dass du nicht mehr so traurig bist. Ich wollte dir nichts Böses, ich war nur so überfordert mit deinem Gefühlsausbruch.«

»Was redest du da für dummes Zeug?«, widersprach ich. »Mir geht es gut, wirklich. Das mit dem Verrücktwerden ist nur so eine Redensart und war nicht ernst gemeint. Du warst nicht schuld am Zustand deiner Mutter. Rede dir so einen Schwachsinn doch nicht ein.«

»Ich wollte ihr helfen. Als ich merkte, dass die Wirkung nie lange anhielt und sie danach wütend wurde, wollte ich mich nicht mehr verwandeln. Aber sie hat mich gezwungen!«

Ich stand auf und ging zu Simon, um ihn zu beruhigen. Zögernd legte ich meine Hand auf seine Schulter. Ruckartig sprang er erschrocken auf.

»Ich bin kein Engel, sondern ein Monster. Dabei will ich doch einfach nur normal sein«, gestand er erschöpft. Mit gesenktem Kopf und schlaffen Schultern stand er da und zitterte am ganzen Körper.

So aufgelöst erlebte ich ihn zum ersten Mal. Sein heiteres Wesen war komplett verschwunden. Man sah ihm deutlich an, wie sehr ihn seine schreckliche Vergangenheit belastete. Er gab sich für alles die Schuld.

Wie konnte ich ihm nur helfen? Ich wollte ihm zeigen, was für ein toller Mensch er war. Kein Monster, sondern ein Engel war er; durch und durch!

»Simon, egal was ein Kind tut«, sprach ich mit zitternder Stimme, »eine richtige Mutter würde ihrem Kind niemals etwas antun. Du hast nichts falsch gemacht, glaube mir.«

Kapitel 19 – Simon

Die Tatsache, dass ich durch meine Verwandlung wahrscheinlich an dem Wahnsinn meiner Mutter schuld war, und ich trotzdem versucht hatte, Alisa auf die gleiche Weise zu helfen, entsetzte mich.

Was hatte ich mir nur dabei gedacht?

Es war solch ein starkes inneres Verlangen gewesen. Der Schmerz in ihren Augen hatte mich förmlich dazu getrieben. Und mein zweites Ich zwang mich regelrecht dazu.

Warum musste ich sie nur in den Sumpf meiner Vergangenheit mit hineinziehen?

Plötzlich umarmte mich Alisa von hinten. Sie wollte mich unbedingt trösten. Ich schloss instinktiv meine Augen, als die Wärme ihres Körpers den meinen durchdrang. Ihre Berührung fühlte sich so gut an. Wie egoistisch ich doch war!

»Heute ist der Todestag eines Menschen, der mir unbeschreiblich wichtig war. Darum war ich so durch den Wind«, gab Alisa preis. Sie hielt mich weiter fest im Arm.

Ich musste schlucken. War das dieser Derek?

Ich traute mich nicht, zu fragen.

»Simon, hör jetzt auf, zu grübeln. Wir sollten langsam schlafen gehen«, meinte sie und löste ihre Umarmung.

Ich drehte mich zu ihr um. Sie stand verlegen da, knabberte schon wieder auf ihren Fingernägeln herum und sah mich mit großen Augen an. Ihre Gesichtszüge waren anders als sonst; weicher und entspannter. Es besänftigte meine Selbstzweifel, als ich in ihren Augen sehen konnte, dass es ihr besser als sonst ging.

»Der Tag heute war für uns beide beschissen. Wollen wir morgen schwänzen?« Bei ihren Worten funkelte ihr Blick.

Ich hatte noch nie geschwänzt.

»Sei froh, dass du in die Schule gehen darfst!«, versuchte ich, sie zu necken. Meine zittrige Stimme klang jedoch unsicher.

»Du verwandelst dich vor meinen Augen verdammt noch mal in einen superkrass leuchtenden Engel und willst mich am nächsten Tag in die Schule schicken? Mein Gehirn ist gerade wie Wackelpudding!«

»Du willst mich als Ausrede fürs Schwänzen missbrauchen?« Sie hatte offenbar auf eine andere Antwort gehofft und sah etwas enttäuscht drein.

»Es fällt auf, wenn wir beide gleichzeitig fehlen. Das kommt komisch, oder nicht?«, gab ich zu bedenken. Mir kam Jasmin in den Sinn, die dachte, ich sei mit Alisa zusammen. Das Gespräch würde ich wohl besser für mich behalten.

»Mir doch egal, was die denken!«, maulte Alisa pampig, wandte sich abrupt von mir ab und lief aus ihrem Zimmer. Ihr Verhalten verwirrte mich. War sie nun wieder schlecht gelaunt?

Doch nach einigen Minuten kam sie mit einem verschmitzten Lächeln zurück. In einem viel zu großen dunkelblauen Schlafanzug stand sie vor mir. Ihre Haare sahen frisch gekämmt wie rote Seide aus. Sie war wunderschön. Sofort spürte ich die Hitze in meinem Gesicht. Alisa riss mich aus meinen Gedanken, als sie mir eine verpackte Zahnbürste in die Hand drückte.

»Ein Engel mit fauligen Zähnen geht gar nicht!« Sie lachte laut los. Gerade schien sie mir viel lebensfroher zu sein als sonst. Mein Plan war offensichtlich doch aufgegangen und ich konnte sie ein wenig von ihrem Leid befreien. Trotzdem war meine Tat unaussprechlich dumm gewesen. Was hatte ich mir nur dabei gedacht? Schließlich war meine Mutter das beste Beispiel dafür, dass meine Engelsgestalt nicht nur positive Auswirkungen haben konnte. Sie musste der Grund für den Wahnsinn meiner Mutter sein.

Neben meinem schlechten Gewissen fühlte ich aber noch etwas anderes. Es fühlte sich so an, als hätte jemand eine unglaubliche Last von mir genommen.

Endlich konnte ich mein Geheimnis mit jemandem teilen. Endlich musste ich mich wenigstens vor einer Person nicht mehr verstellen. Es fühlte sich unheimlich befreiend an.

Als ich vom Zähneputzen zurückkam, lag Alisa schon in ihrem Bett mit dem Smartphone in der Hand. Nur noch die kleine Lampe auf ihrem Nachttisch brannte und tauchte den Raum in ein warmes, mattes Licht. Auf ihrem Sofa lagen eine Decke und ein Kissen für mich bereit. So einen Luxus war ich gar nicht gewohnt. Erst als ich mich hingelegt und meinen Körper zugedeckt hatte, schaltete sie das Licht aus und packte ihr Smartphone beiseite. Einige Minuten lagen wir einfach stumm da. Mein Herz pochte unnatürlich laut. So konnte ich niemals einschlafen!

»Du, Simon?«, flüsterte sie plötzlich leise. Ich war froh, in der heutigen Nacht noch einmal ihre Stimme hören zu dürfen.

»Hmm?« Meine Stimme klang angeschlagen und kratzig. Ich war wohl müder als gedacht.

»Wie fühlt sich das an, wenn du dich verwandelst?«

»Es ist nicht gerade angenehm«, gab ich ihr als ehrliche Antwort. »Jeder Zentimeter meines Körpers schmerzt und mein Kopf fühlt sich dann an, als würde er gleich platzen.«

Meine Antwort brachte sie zum Seufzen. Nach einiger Zeit fragte sie weiter: »Und du hast wirklich keine Ahnung von alldem? Ich meine, kennst du andere, die so sind wie du? Oder war deine Mutter ...?« Alisa sprach nicht weiter, doch ich wusste, was sie meinte.

»Nein«, war meine knappe Antwort. Ich musste heute schon viel zu oft an meine Mutter denken. Jede Erinnerung an meine Vergangenheit schmerzte in meiner Brust.

Sie schwieg. Meine Reaktion war wohl etwas zu ruppig gewesen.

»Meine Mutter war definitiv ein normaler Mensch.« Ich

musste traurig schmunzeln, nachdem ich das Wort »normal« in Verbindung mit ihr verwendete.

»Das Einzige, was ich mir vorstellen kann«, erklärte ich weiter, »ist, dass es mit meinem Vater zu tun hat. Den kenne ich aber nicht. Meine Mutter sprach nie über ihn, darum habe ich keine weiteren Informationen.«

»Also könnte es theoretisch möglich sein, dass dein Vater auch ein Engel ist? Ich habe mich bis jetzt noch nie mit so einem Thema befasst, vielleicht sind die Eigenschaften der Engel vererbbar? Willst du ihn nicht suchen?«, meinte sie mit müder Stimme.

Über meinen Vater hatte ich mir noch nie wirklich Gedanken gemacht. Es war mir egal, was er war und wie er aussah. Ehrlich gesagt hasste ich ihn, weil er meine Mutter und mich im Stich gelassen hatte.

Als ich die trüben Gedanken endlich ruhen lassen konnte, bemerkte ich, dass sie eingeschlafen war; sie atmete tief und gleichmäßig. Ich konzentrierte mich auf den Rhythmus ihres Atems; stellte mir ihren Herzschlag dazu vor. Es war unheimlich beruhigend. Erschöpft von den Ereignissen des heutigen Tages schlief schließlich auch ich zügig ein.

Langsam nahm ich eine sitzende Position ein, während ich mir die Nacht aus den Augen rieb und mit den Händen durch mein zerzaustes Haar fuhr.

»Guten Morgen«, sagte ich mit noch müder Stimme. Ich blickte zu Alisa, sie saß im Schneidersitz auf ihrem Bett und tippte auf ihrem Laptop herum.

»Ich weiß nun mit ziemlich großer Wahrscheinlichkeit, was du bist!«, triumphierte sie freudestrahlend. Ihre hellere Laune war noch nicht verflogen. Es schien so, als hätte ich ihr gestern wirklich geholfen.

»Also, ich hab ein wenig recherchiert und die einzige Erklärung ist …«, Alisa machte eine lange Pause und strahlte mich an.

Dann hob sie ihre Hände in die Luft und schrie:»DU BIST EIN NEPHILIM!«Sie starrte mich erwartungsvoll an. Was sollte ich ihrer Meinung nach darauf erwidern? Langsam ließ ihre Euphorie nach, als ich keinerlei Reaktion zeigte.

»Wie viel Uhr haben wir?«, fragte ich stattdessen plump.

»Es ist Mittag, ich dachte schon, dass du gar nicht mehr aufwachst.«Sie erhob sich aus ihrem Bett und setzte sich dicht neben mich.

»Mittag? Verdammt, die Schule!«, keuchte ich entsetzt und wollte mich gerade in die Hektik stürzen, mich fertig zu machen, da hielt Alisa mich an meinen Armen fest und rückte noch näher an mich heran.

»Hey, jetzt spinn nicht herum«, bremste sie mich.»Einmal Schule schwänzen wird dich nicht umbringen, du Streber. Auch Nephilim dürfen mal krank sein.«Sie starrte in mein Gesicht und strich über meine Nase und meine Stirn. Intuitiv schloss ich bei ihrer Berührung die Augen. Ich verspürte keine Schmerzen, meine Wunden waren offensichtlich wieder verheilt. Dann ergänzte sie grübelnd ihre Worte:»Wenn auch nicht lange.«

Alisa war mir ungewohnt nahe. Der süße Himbeerduft ihrer Haare stieg mir mal wieder in die Nase. Mein Herz schlug um ein Vielfaches schneller als gewohnt.

Sie plapperte wie ein Wasserfall und wollte mir ihre Theorie meiner Existenzform genauer erklären, doch wirklich zuhören konnte ich nicht. Ich starrte sie einfach nur an; erstaunt über ihre Nähe und ihr ausgewechseltes, heiteres Wesen. Eigentlich interessierte mich ihre Theorie gar nicht. Ich wollte nicht wissen, warum ich anders war. Schließlich verleugnete ich mein zweites Ich so gut ich konnte und wollte ein normaler Mensch sein.

»Simon?«sie riss mich aus meinen Gedanken und schaute mich erwartungsvoll an.

Ich seufzte nur und ließ meinen Oberkörper gegen die Lehne der Couch sinken – auch um ihrer Nähe etwas zu entfliehen und meinen Herzschlag zu normalisieren.

»Interessiert dich das gar nicht?«

»Es ist doch egal, warum ich so bin, wie ich bin. Ich kann es eh nicht ändern«, murmelte ich leise.

»Was ist das denn bitte für eine beschissene Einstellung?«

»Was bringt es denn, wenn ich mein Leben damit verplämpere, herauszufinden, was ich bin, wenn ich am Ende doch keine Antwort bekomme?«, stellte ich ihr als Gegenfrage.

Sofort lag eine gewisse Anspannung in der Luft. Ich wusste, dass wir bald streiten würden, wenn ich meinen Standpunkt nicht änderte. Sie war stur wie ein Esel.

Es klopfte an der Tür und die fröhliche Stimme von Frau Kober drang ins Zimmer. »Ich habe euch Essen gemacht, kommt runter.«

Am nächsten Tag schien Alisa immer noch gute Laune zu haben. Als ich sie zu Hause abholte, kniff sie mir in die Seite und lief kichernd ein paar Schritte vor. Ich war gespannt, wie lange ihre positive Gemütslage anhielt. Jana und Sandra fiel sofort auf, dass ihre sonst mürrische Freundin heute verändert war. Beide glotzten uns erstaunt an, als Alisa sie lächelnd begrüßte.

»Wo wart ihr gestern bitte? Steckst du jetzt Simon mit deiner Schwänzerei an?«, wollte Jana wissen, als wir uns zu ihr gesellten. Sie sah verärgert aus.

Binnen weniger Sekunden stieg die Schamesröte in mir auf. Verlegen strich ich durch mein Haar und wandte meinen Blick zu Boden.

»Wir haben gestern Noten in Sport gemacht«, meinte Sandra. »Es war schrecklich, Jana und ich haben beide nur eine Vier in Sprinten bekommen.« Sie deeskalierte die angespannte Situation ein wenig. Die bösen Blicke, die sich Jana und Alisa zuwarfen, blieben mir nicht verborgen.

Im Unterricht hatte ich nicht viel verpasst. Allmählich langweilte mich die Schule. Der gleiche demotivierte Trott wie bei den anderen Schülern schlich sich bei mir ein. Ich bekam eine Prüfung in Mathe zurück; eine Einsminus. Ein kleiner Zahlendreher hatte mir die Maximalpunktzahl zunichte gemacht. Armin boxte mich gegen meinen Oberarm: »Du Streber!« Auf seiner Arbeit prangte eine rote Vier. Er schien sich aber nicht sonderlich daran zu stören.

Ich wusste nicht, welche Worte während der Schulstunden zwischen den drei Freundinnen gefallen waren, doch in der Pause war Jana ziemlich in sich gekehrt und Alisa weiter gut gelaunt. Es wirkte so, als hätten sie die Rollen getauscht. Sandra lud mich zu ihrem Geburtstag für das kommende Wochenende ein. Sie wollte zuerst ins Kino und anschließend in eine Bar. Beides war Neuland für mich.

Seit heute schien mir die Schule eine andere zu sein. Ich war endlich kein fremdes Fragment mehr an diesem Ort. Es fühlte sich unheimlich gut an.

»Simon?« Ich drehte mich zu Jana, die plötzlich vor mir stand. Sie wirkte verunsichert.

»Hast du nach der Schule kurz Zeit?«, fragte sie mich schüchtern. Als sie Sandra und Alisa verwirrt anglotzten, ergänzte sie: »Allein!«

Sofort wanderte mein Blick zu Alisa – so, als ob ich erst ihre Erlaubnis dafür bräuchte. Sie sah mich nur fragend an. Als sie nichts erwiderte und mir kein Grund einfiel, um dem Dialog mit Jana zu entfliehen, willigte ich mit einem unguten Gefühl ein. Die restlichen Schulstunden verbrachte ich damit, mir Gedanken darüber zu machen, was Jana von mir wollte. Sie war so anders als sonst; das machte mir etwas Angst. Hatte ich womöglich etwas Falsches gesagt? Konnte gar nicht sein. Ich wechselte schließlich kaum ein Wort mit ihr. Allgemein hielt ich mich bei Jana und Sandra in Konversationen eher bedeckt; warum, wusste ich nicht. Sie waren genauso freundlich zu mir wie Alisa – oft sogar netter. Aus irgendeinem Grund interessierten mich die beiden aber nicht wirklich.

Da fiel mir Jasmin wieder ein. Ich hatte seit dem Ausflug kaum einen Gedanken mehr an sie verschwendet. Mein Blick schweifte umher, bis sich ihr Augenpaar mit dem meinen kreuzte. Sie lächelte mich an, streifte verlegen eine Haarsträhne hinter ihr Ohr. Ich lächelte zurück, wandte meinen Blick so schnell ich konnte wieder ab und steckte meine Nase in ein Schulbuch. Wie peinlich. Jasmin hatte mich vorgestern auf der Wiese nach einem Date gefragt und ich lehnte höflich ab. Ich hätte niemals im Leben gedacht, dass ich einmal in so eine Situation geraten würde.

Ich! Der Freak!

Wenn ich wollte, könnte ich wahrscheinlich wirklich beliebt sein. Warum wollte ich das nicht? Warum schenkte ich meine Aufmerksamkeit lieber der traurigen Alisa?

Die Schulstunden vergingen heute viel zu schnell. Das hieß, das unangenehme Gespräch mit Jana rückte näher und näher.

Wir gingen zusammen in den nahe gelegenen Park. Jana setzte sich auf die Lehne einer Parkbank, obwohl es kalt und feucht war und sich schon etwas Moos auf dem Holz gebildet hatte. Ich überlegte kurz, ob ich mich neben sie setzen sollte; beschloss dann aber, lieber stehen zu bleiben. Sie zündete sich eine Zigarette an und pustete den Rauch des ersten Zugs in meine Richtung.

»Und, was gibts?«, fragte ich sie gequält. Mit eingezogenen Schultern stand ich vor ihr; meine Hände tief in den Hosentaschen vergraben. Ich fühlte mich gerade total unwohl.

»Läuft da was zwischen dir und Alisa?«

»Wir sind nur Freunde, falls du das meinst.« Mein Gesicht glühte.

Jana verschränkte die Arme und rümpfte ihre Nase. »Ach, komm schon. Du verbringst so viel Zeit mit ihr und lässt sonst keinen an dich heran. Da ist doch mehr.«

Warum interessierte sie sich so dafür? Es konnte Jana doch

egal sein, ob ich mit Alisa zusammen war oder nicht.

»Sie ist, denke ich, nicht bereit für eine Beziehung, egal, mit wem«, gab ich ehrlich zurück.

»Also hast du Interesse an ihr, aber sie erwidert es nicht?« Wollte sie wissen, ob ich in Alisa verliebt war? Darüber hatte ich vorher noch gar nicht nachgedacht. Solche Gefühle kannte ich doch überhaupt nicht. Mein Herz machte einen aufgeregten Sprung bei dem Gedanken daran.

Als ich ihr nicht antwortete, sprach sie weiter:»Simon, ich meine es nur gut mit dir. Ich will nicht, dass es dir wegen Alisa schlecht geht und du dich in etwas verrennst. Sie wird niemanden an ihrer Seite glücklich machen, solange sie den Tod von Derek nicht überwunden hat.«

Derek, da war der Name wieder. Offensichtlich kannte Jana diesen Typen ebenfalls. Langsam fing ich an, zu begreifen. Derek war offenbar wirklich die von Alisa erwähnte wichtige Person. Er war der Grund, weshalb sie vorgestern so wütend und traurig gewesen war.

»Die beiden kannten sich seit Kindertagen«, sprach Jana weiter.»Sie wohnten in der gleichen Straße, gingen in den gleichen Kindergarten, das volle Programm eben. Als Alisa zwölf Jahre war, wurden sie schon ein Paar – so ein richtiges kitschiges Teenietraumpärchen. Und sie ist schuld, dass er gestorben ist.«

Mein Atem setzte aus.»Was hat Alisa denn getan, dass sie Schuld an dem Tod eines Menschen hat?«, fragte ich Jana total entsetzt.

Sie lachte verächtlich. Ihre Mimik und Gestik sprachen Bände.

»Derek und Alisa haben heftig auf einer Party gestritten. Sie bestand darauf, dass er sie mit dem Auto heimfuhr, obwohl er erst seit kurzer Zeit seinen Führerschein hatte und leicht angetrunken war. Er durfte ja eigentlich noch nicht einmal ohne Begleitperson fahren. Auf der Fahrt ging der Streit wohl weiter. Darum übersah Derek eine rote Ampel und ein Lastwagen raste in sie hinein. Derek war sofort tot und Alisa lag einen Monat im

Krankenhaus«, erklärte Jana mit einem fiesen Grinsen im Gesicht. »Wie kannst du einfach behaupten, dass Alisa Schuld an dem Tod ihres Freundes hat? Sie hat weder das Auto noch den Lastwagen gefahren.« Ich war stinksauer auf Jana. Wie konnte sie nur über die schreckliche Vergangenheit von Alisa sprechen, als sei es ein Kaffeeklatsch?

»Aber sie hat Derek doch abgelenkt! Nur ihretwegen waren sie überhaupt auf der Straße unterwegs! Er war Fahranfänger und dazu noch betrunken und sie hat ihn gezwungen, ins Auto zu steigen!« Jana gestikulierte wild mit den Händen. Ihr ganzer Schmuck klimperte durch ihre Bewegungen.

»Erstens hast du absolut kein Recht, mir so etwas über Alisa zu erzählen«, kritisierte ich sie, »und zweitens kann ich nicht die Verantwortung dafür bei ihr erkennen. Sie redet sich bestimmt ein, dass sie Schuld daran hat; das erklärt auch ihre psychische Verfassung. Aber sie kann doch nichts dafür! Es wäre Dereks Pflicht gewesen, aufzupassen. Er hätte erst gar nicht fahren dürfen, im Gegenteil, er hat sie in Gefahr gebracht.« Ich spürte, wie mich sein Name zunehmend wütender machte.

»Wie kannst du denn die Fakten jetzt so verdrehen? Du warst ja wohl nicht dabei.«

»Du ja wohl auch nicht, oder?«

Ich drehte mich um und ging.

»Simon, warte, ich ...« Jana lief mir hinterher und packte mich an meinem Ärmel. »Ich will doch nur, dass du dich nicht falsch entscheidest. Ich will, dass du glücklich bist.« Irgendwann ließ sie mich los, da sie meinem schnellen Schritt nicht folgen konnte. Sie rief reumütig meinen Namen, folgte mir aber nicht mehr.

Ich war wütend auf Jana und ihre Worte. Wenn ich nicht gegangen wäre, hätte ich wahrscheinlich die Fassung verloren und etwas gesagt, was ich später bereut hätte.

Zu Hause warf ich mich auf meine Matratze und versuchte,

ein Buch über Quantenmechanik zu lesen, um mich abzulenken. Leider konnte ich mich einfach nicht darauf konzentrieren. Also legte ich es genervt beiseite und starrte die Decke an.

Wie sollte ich mich jetzt bei Alisa verhalten? Sollte ich ihr sagen, dass ich von Derek wusste? Warum hatte mir Jana das alles erzählt? Der Grund, mich warnen zu wollen, kam mir nur vorgeschoben vor.

Doch die wichtigste aller Fragen, die mich quälte: Hegte ich wirklich derartige Gefühle für Alisa? War ich in sie verliebt?

Frustriert starrte ich auf meinen blau leuchtenden Arm.

»Lass mich in Ruhe«, flüsterte ich in mich hinein. Wenn ich eines jetzt nicht gebrauchen konnte, dann der Kampf mit meinem zweiten Ich.

Genervt richtete ich meinen Blick an die Decke. Mein Gesicht brannte. Sie würde solche Gefühle sowieso nicht tolerieren. Wahrscheinlich würde sie mich einfach auslachen.

Der schrille Klang meiner Türklingel ließ mich hochschrecken. Ich war wohl eingeschlafen.

Das war bestimmt Alisa. Normalerweise würde ich mich über ihren Besuch freuen, doch in diesem Moment war das anders. Ich wollte nicht mit ihr über das Gespräch mit Jana reden. Doch noch weniger wollte ich sie belügen.

Ich öffnete die Tür, ohne durch den Lautsprecher nachzufragen, wer draußen vor der Haustür stand.

»Hey.«

Natürlich war es Alisa. Sie begrüßte mich schüchtern. Eigentlich besuchte sie mich nie. Wir trafen uns schließlich meistens bei ihr. Meine spartanische Wohnungseinrichtung war bestimmt ein Grund dafür.

»Hey«, erwiderte ich, während ich ihr die Tür aufhielt. Ihre gute Laune hielt noch immer an.

Sie sah mich mit großen Augen an. »Und? Was wollte Jana von dir?«

Ich war kein bisschen auf dieses Gespräch vorbereitet. Sofort bekam ich einen Kloß im Hals. Der Dialog mit Alisa konnte kein gutes Ende nehmen.

Ich setzte mich mit ihr auf meine Matratze und starrte duckmäuserisch auf den Boden. Als ich ihr minutenlang keine Antwort gab, stellte sie Mutmaßungen auf:»Hat sie dir ihre Liebe gestanden?« Ich musste schmunzeln, schüttelte verneinend den Kopf.

»Hat sie dich über mich ausgefragt? Peinlichkeiten?«

Nach weiteren fünf Spekulationen ihrerseits nannte ich einfach nur Dereks Namen, ohne sie dabei anzusehen. Alisa verstummte schlagartig.

Dann erzählte ich ihr alles, entschloss mich aber spontan dafür, die eindringliche Schuldzuweisung von Jana wegzulassen und die Geschichte eher objektiv wiederzugeben. Ich wollte ihre Freundschaft nicht zerstören.

Nachdem ich mit meiner Version des heutigen Treffens mit Jana fertig war, sagte Alisa kein Wort. Gerade wollte ich ansetzen, alles noch weiter herunterzuspielen, da flüsterte sie traurig:

»Hat Jana dir nicht erzählt, dass ich Schuld an dem Unfall habe?« Eine Träne lief ihre rechte Wange herunter. Sie war von einem Moment auf den anderen total blass geworden.

»Alisa, du hast keine Schuld daran!«, widersprach ich sofort eindringlich.

»Woher willst du Idiot das denn wissen?«, schrie sie mich wütend an. Dann warf sie sich in meine Arme und fing bitterlich an zu weinen. Für jede Träne, die Alisa in diesem Augenblick vergoss, verabscheute ich Jana mehr. Sie war schuld an ihrem heutigen Kummer.

Alisa weinte eine halbe Ewigkeit in meinen Armen. Mein Shirt war von ihren Tränen an der Schulter komplett durchnässt. Mir fiel kein Wort ein, das ihren Schmerz hätte lindern können.

Kurz regte sich in mir wieder die Stimme meines zweiten Ichs. Sie wollte, dass ich mich verwandelte. Doch ich wusste, dass das nicht der richtige Zeitpunkt war. Ich konnte ihr nicht immer nur damit helfen, indem ich meine Engelsgestalt annahm. Allein der Wahnsinn meiner Mutter musste mir Grund genug sein, die Transformation so gut es ging zu vermeiden. Darum unterdrückte ich die innere Stimme. Ich erntete dafür elendige Kopfschmerzen.

Als die Sonne schon unterging und mein Zimmer in ein sattes Pink färbte, löste Alisa sich plötzlich von mir und flüsterte: »Wir haben alle eine Last mit uns zu tragen, nicht wahr?« Ich erinnerte mich. Das waren meine gestrigen Worte zu ihr gewesen. Auf einmal fiel mir auf, dass sich unsere Probleme gar nicht so unähnlich waren.

»Wir denken beide, dass wir ein Menschenleben zerstört haben«, sprach ich meinen Gedanken aus. Auf einmal ergab es Sinn, dass wir uns so gut verstanden. Wir waren in dem wichtigsten Punkt unseres Lebens derselben Überzeugung:

Wir waren schuld.

»Und beide denken wir vom jeweils anderen, dass er gar nicht schuldig ist«, ergänzte sie meine ausgesprochene Erkenntnis. Genau so war es. Wir sahen uns beide ernst an.

Dann hielt mir Alisa ihren kleinen gekrümmten Finger vor die Nase und meinte: »Beste Freunde?«

Ich verstand nicht, was ihre Geste bedeuten sollte.

»Du musst deinen kleinen Finger in meinen einhaken«, erklärte sie mir, da ich nicht reagierte.

Ihrer Anleitung folgend, legte ich meinen kleinen Finger um den ihren. Alisa lachte, ließ meinen Finger aber dennoch nicht los.

»Wir sind schon zwei schräge Vögel, was?«, kicherte sie und sah mich dabei belustigt an. Ihre Augen waren noch knallrot vom Weinen. »So richtige Freaks!« Sie wischte sich weiter gackernd die letzten Tränen aus ihrem Gesicht.

Ich nickte ihr lächelnd zu.

In der Nacht konnte ich einfach nicht einschlafen. Viel zu viele

Gedanken gingen mir durch den Kopf.

Wir sind also Freunde ...
Wir sind beste Freunde!

Eigentlich hätte ich mich darüber freuen sollen. Dennoch fühlte es sich komisch an. Ich drehte mich auf meiner Matratze hin und her und dachte an Alisa. Ich dachte an ihr rotes duftendes Haar, an ihre blasse Haut, an ihre grünen Augen, an ihre niedlichen Sommersprossen.

Wir sind beste Freunde, sagte ich mir wieder in Gedanken. Mein Herz klopfte laut. Es fühlte sich total falsch an.

Kapitel 20 – Alisa

Jana hatte mich also verraten. Dennoch war ich ihr auf eine seltsame Art dankbar. Denn nun kannte Simon mein schwärzestes Geheimnis und ich war erleichtert, dass es nicht mehr zwischen uns stand. Schließlich war es nur fair, da ich ja auch sein Mysterium kannte.

Immer wieder musste ich an das schöne Gefühl denken, das mich bei seiner Verwandlung durchströmt hatte. Den ganzen Tag hatte ich mir nichts sehnlicher als mehr von diesem warmen Gefühl gewünscht. Ich konnte mir gut vorstellen, dass es für seine Mutter wie eine Droge gewirkt haben musste. Trotzdem legitimierte es keineswegs ihr Verhalten gegenüber ihrem Sohn. Simon traf definitiv keine Schuld an dem Irrsinn seiner Mutter.

Niemals würde ich ihn darum bitten, sich noch einmal für mich zu verwandeln, damit ich mich wieder besser fühlte – allein schon aus dem Grund, dass Simon große Schmerzen dabei erlitt.

Am nächsten Tag führten Jana und ich nach der Schule ein kurzes, klärendes Gespräch. Sie war reumütig und entschuldigte sich tausendfach. Ich wusste, dass sie in Simon verliebt war. Ihre Unterhaltung mit ihm war ein reiner Akt der Eifersucht gewesen. Es machte sie wahnsinnig, dass Simon und ich uns dermaßen nahestanden. Jana konnte nicht wissen, dass sie mir in gewisser Weise sogar geholfen hatte, ohne es zu wollen.

Er dachte sowieso nicht an Liebesbeziehungen – weder mit Jana noch mit sonst irgendjemandem. Und selbst wenn er auf der Suche nach einer festen Freundin gewesen wäre, so hätte er etwas Besseres verdient als Jana. Er war viel zu gutmütig und liebenswert und intelligent für sie. Das würde ich Jana so knallhart jedoch niemals sagen.

An Sandras Geburtstag waren zwischen Jana und mir die Wogen wieder geglättet und wir taten beide so, als sei der Vertrauensbruch nie passiert.

Es kamen noch weitere Bekannte von Sandra, die ich aber selten gesehen hatte. Es waren ihre Cousine, eine Freundin aus Grundschultagen und ein Nachbar, der etwa in Simons Alter war. Simon merkte man an, wie unsicher er heute war. Er zupfte permanent verlegen in seinen Haaren herum und sprach kaum ein Wort. Zuvor hatte er mir verraten, dass er bis jetzt weder im Kino noch je in einer Bar gewesen war.

Wenn Sandra, Jana und mich etwas verband, war es die Leidenschaft für blutige Splattermovies. Darum sahen wir uns heute einen Zombiefilm an. Simon schien dieser stark zuzusetzen. Er saß neben mir und zuckte oft bei brutalen Szenen zusammen. Das war wohl nicht der richtige Film für seinen ersten Kinobesuch. Am Höhepunkt der Handlung, als der Protagonist mit einer Kettensäge durch eine Zombiemenge lief, senkte Simon seinen Kopf und schloss gequält die Augen. Ich musste kichern.

Nach der Vorführung gingen wir gemeinsam in Sandras Lieblingsbar. Es war eine kleine alternativ eingerichtete Kneipe; bunt, chaotisch und etwas verlebt, aber gemütlich. An den Wänden hingen unzählige Fotos in ganz unterschiedlichen Bilderrahmen. Überall stand seltsamer, teils kitschiger Kram und allerlei Musikinstrumente herum. Wir tranken einen Cocktail nach dem anderen; Simon wählte alkoholfreie. Es war ein feuchtfröhlicher Abend. Sogar ich vergnügte mich ein klein wenig und vergaß meine trüben Gedanken.

Der Nachbar von Sandra verwickelte Simon immer wieder in Gespräche, wahrscheinlich hauptsächlich, um Janas penetranter Art auszuweichen. Wenn sie Alkohol trank, waren alle männlichen Objekte in ihrer Nähe in Gefahr. Zu später Stunde schlang sich Jana schließlich auch um Simons Hals und wollte ihn zum Tanzen auffordern. Aber er lehnte verlegen ab. Die beiden Jungs taten mir wirklich leid.

Weit nach Mitternacht machten Simon und ich uns auf den Heimweg. Nachts war es mittlerweile richtig kalt. Als wir nach draußen gingen, stellten sich sofort alle meine Härchen auf. Man konnte unseren Atem sehen. Darum gab er mir wieder einmal seine Jacke. Sie roch unheimlich gut nach ihm.

Alles drehte sich um mich herum. Torkelnd hielt ich mich an ihm fest. Verdammt, ich war betrunken.

»Rieechscht voll nach Sonnä, weischte dasss?«, lallte ich ihn von der Seite an, während ich mich in seine Schulter krallte. Simon schmunzelte nur.

»Yoou a my sunshiiine, my oounly sunshiiine ...«, sang ich lauthals. Zum Glück hatte ich vor lauter Alkohol den weiteren Text vergessen.

Im Nachhinein war mir das total peinlich. Schließlich brachte er mich, tugendhaft, wie er war, bis zur Haustür und ertrug schweigsam meinen Auftritt. Zum Abschied umarmte ich ihn viel zu überschwänglich und knallte ihm versehentlich meinen Schlüsselbund an den Kopf. Fast wäre ich in der Umarmung eingeschlafen.

»Nachti, Sonnä. Moorgen geht die Sonnä wieda auf. Du weischt ja, der ewige Kreislauuuf.«

Als ich anfing, »The circle of life« zu singen, nahm Simon mir meinen Haustürschlüssel ab, sperrte die Tür auf und schob mich kommentarlos hinein. Wir erwähnten den Abend zum Glück nie wieder.

Die Vorweihnachtszeit verging wie im Fluge. Wir schrieben zu meinem Leidwesen hunderte Tests. Simon half mir glücklicherweise in Mathe. Er freute sich, dass er im Gegenzug eine warme Mahlzeit von meiner Mutter bekam. Ich ließ ihn auch seine Wäsche bei uns waschen.

Meine Eltern freuten sich über meine Freundschaft mit Simon. Sie mochten ihn, darum durfte er auch kommen und gehen, wann er wollte. Eines Abends, als er wie so oft bei uns aß, boten sie ihm das Du an. Man konnte Simon ansehen, wie schwer er sich anfangs tat, meinen Vater David und meine Mutter Marie zu nennen.

Sogar für Weihnachten luden sie ihn ein.

Was für eine Ironie: Ich glaubte weder an Gott noch an den Himmel – Weihnachten betrachtete ich als ein Fest des Konsums – und dieses Jahr feierte ich es mit einem echten Engel. Zumindest war ich davon überzeugt, dass er einer war.

Gerade zur Adventszeit wurden die Menschen von christlichen Motiven überflutet. Überall waren kitschige Figuren aufgestellt und an jeder Ecke konnte man Weihnachtslieder hören. Simon wollte nichts von alldem wissen. Manchmal blieb ich vor einer kitschigen Engelsfigur stehen, deutete auf sie und kicherte los, wenn er die Augen verdrehte.

Von Religion wollte er ebenfalls nichts wissen. Trotzdem wurde er ganz andächtig an Heiligabend; sein erstes richtiges Weihnachtsfest mit einer Familie. Simon unterstützte engagiert meine Mutter bei den Vorbereitungen; half beim Kochen und Tischdecken, schmückte den Baum. Beim Aufhängen der Kugeln strahlte er wie ein kleines Kind. Normalerweise hasste ich Weihnachten, aber dieses Jahr konnte ich der Feierlichkeit in der Tat auch etwas abgewinnen. Simon war einfach zu drollig und aufgedreht. Seine Euphorie färbte wohl auf mich ab.

Ich schenkte ihm eine lustige Version der Bibel im Jugendslang. Simon fand mein Geschenk gar nicht witzig. Natürlich gab es dazu noch ein »anständiges« Geschenk: eine kleine Nachttischlampe. Wenn er etwas in seiner Wohnung brauchte, dann war das Licht.

Meine Eltern hatten ihm auf mein Anraten einen Wasserkocher und einen großen Vorrat an Fertignudelgerichten gekauft.

Mir überreichte er eine kleine Holzkiste. Auf ihr stand eingraviert: Wenn du einmal traurig bist!

Ich musste ihm aber fest versprechen, die Schatulle erst zu öffnen, wenn es mir richtig schlecht ging und ich weder ein noch aus wüsste. Ihm war sein Geschenk an mich etwas unangenehm, denn er wuschelte sich verlegen durch sein Haar und konnte weder mir noch meinen Eltern in die Augen sehen.

Am Abend, bevor unsere Weihnachtsferien endeten, Simon saß auf dem Sofa, während ich schon in meinem Bett mit meiner Decke kuschelte, quatschten wir über Gott und die Welt.

»Warum magst du eigentlich kein Hühnchen?«, fragte ich ihn spontan, als er bereits seine Tasche packte, um nach Hause zu gehen.

Er sah mich fragend an.

»Na, sonst haust du immer so richtig rein beim Essen. Aber heute hast du nur die Beilagen angerührt. Das Grillhähnchen kaum.«

Sein Blick senkte sich. »Es schmeckt mir eben nicht.«

»Alles okay bei dir?«, hakte ich nach. Simon schien plötzlich wie ausgewechselt zu sein. So mürrisch schaute er nur selten drein.

Seufzend schmiss er seine Umhängetasche wieder neben sich und sah mich traurig an.

»Es erinnert mich an meine Mutter.«

Meine Augen wurden groß. Grillhähnchen erinnerte ihn an seine Mutter? Ich spürte, wie sich ein Lachen in mir aufstaute. *Tu es nicht*, sprach ich innerlich zu mir selbst.

»Sie hat mir manchmal abgenagte Hühnerknochen vor die Füße geschmissen. Und weil ich solchen Hunger hatte, habe ich noch die kleinsten Fleischreste abgeknabbert«, murmelte er vor sich hin. Wenn es um seine Mutter ging, kam kranke Scheiße dabei heraus. Die Frau war komplett wahnsinnig.

»Darum wird mir jetzt immer schlecht beim Anblick von

Hähnchenfleisch. Weißt du, was das Schlimmste daran ist? Es war für mich damals einem Festmahl gleichzusetzen. Normalerweise bekam ich Kartoffelschalen oder undefinierbare Pampe.«

Ich musste schlucken. »Sag mal, hilft es dir, darüber zu reden?«

»Ich weiß nicht, es steckt meist wie ein Kloß in meinem Hals. Irgendwie kann ich nicht richtig darüber sprechen.«

»Wenn du reden willst, probiere es einfach. Über eine bestimmte Begebenheit oder ein kleines Detail.«

Er überlegte, sein Mund stand leicht geöffnet. Dann sah er sich seine Handflächen an und rieb seine Finger.

»Einmal, da hat sie mir kleine Nägel ... Ich kann das nicht. Tut mir leid.« Enttäuschung machte sich in seinem Gesicht breit.

»Nein, das braucht es doch nicht. Mir tut es leid. Ich hätte dich nicht drängen dürfen.« Meine Gedanken kreisten um die erwähnten Nägel. Was hatte sie mit ihnen gemacht? Erneut musste ich schlucken.

Als ich mir vorstellte, wie Simon jahrelang Verwahrlosung und Folter ausgesetzt war, wurde ich traurig und wütend zugleich.

Ich kam mir so dumm vor, denn in seinen Augen mussten meine Probleme allzu nichtig sein. Trotzdem war Simon dem Leben gegenüber positiver eingestellt als ich. Er besaß den Willen, weiterzuleben und glücklich zu werden. Wie ungerecht konnte das Schicksal nur sein, um einem solch lieben Menschen etwas derart Schlimmes widerfahren zu lassen?

Wollte er sich deshalb nicht mit Engeln und Gott beschäftigen? Wenn es einen Gott gab, warum hatte er Simon durch solch eine Hölle gehen lassen?

»Ich sollte nach Hause gehen, es ist schon spät«, meinte er und wollte gerade los.

»Warte!«

Er blieb abrupt stehen und starrte mich überrascht an.

»Ich kann jetzt bestimmt nicht schlafen.«

»Tut mir leid«, flüsterte er geknickt. Seine gekrümmte Körperhaltung sprach Bände.

»Nein, mir tuts leid. Ich hätte dich nicht dazu ermutigen dürfen. Ich dachte, es hilft dir, darüber zu reden.«

»Ich will meinen Müll nicht bei dir abladen. Mit meiner Vergangenheit muss ich allein fertigwerden«, seufzte er. So niedergeschlagen konnte ich ihn nicht nach Hause lassen. Er musste wieder auf andere Gedanken kommen.

»Erzähl mir doch noch zum Schluss eine schöne Geschichte. Genau, erzähle von deinem schönsten Erlebnis! Das fällt dir bestimmt leichter. Deal?«

Er war schon aufgestanden und bereit, zu gehen, doch nach meinen Worten kniete er sich ergeben vor mein Bett. Der Trageriemen seiner Ledertasche glitt langsam an seiner Schulter hinab.

»Das schönste Erlebnis, das ich je hatte?«, wiederholte er mich fragend.

Ich nickte und wartete auf seine Geschichte.

»Es war ein schwüler Sommertag, da lernte ich ein Mädchen kennen.«

Ein Mädchen war sein schönstes Erlebnis? Das überraschte mich tatsächlich. Er kam mir in zwischenmenschlichen Dingen eher unbeholfen vor.

»Zuerst dachte ich, sie mag mich nicht. Doch dann ...«, Simon legte eine Redepause ein, verschränkte die Arme auf meinem Bett und legte seinen Kopf seitlich darauf; sodass wir keinen Augenkontakt mehr hatten. Ich konnte nur noch seine wuscheligen Haare sehen, die halb über sein Gesicht fielen.

»Ein paar Tage nach unserer ersten Begegnung stürmte und regnete es«, sprach er weiter. »Ich war schon pitschnass, da sah ich in der Ferne jemanden stehen, mit einem Regenschirm. Als ich näher kam, bestätigte sich meine Vermutung. Es war das Mädchen, das auf mich wartete. Seitdem sind wir die besten Freunde; dafür bin ich sehr dankbar.«

Er meinte mich! Ich konnte mich noch genau an den Tag erinnern. Also war unsere Freundschaft sein schönstes Erlebnis?

Meine Wangen glühten förmlich. Ich streichelte ihm sanft übers Haar. Er drehte den Kopf zu mir und lächelte mich sanftmütig an.

»Kannst du jetzt schlafen?«

Ich nickte lächelnd.

Also stand er auf und verließ ohne ein weiteres Wort leise mein Zimmer.

Mein Herz raste, mein Puls stieg mir in die Ohren. Wieso konnte er so etwas einfach sagen, ohne dabei rot zu werden? Wie konnte er so etwas zu mir sagen und dann einfach nach Hause gehen? Ich lag in meinem Bett und starrte die Decke an. Simon hatte es wirklich geschafft, mich in Verlegenheit zu bringen. Warum brachten mich seine Worte so durcheinander? Tausende Fragen gingen mir durch den Kopf.

Ich stellte mir vor, dass er nicht zu sich heimgegangen war. Dass er noch hier vor meinem Bett kniete und mich anlächelte, während ich ihm durch sein blondes Haar streichelte. Und dann stellte ich mir vor, wie er sich über mich beugte und ...

Die Scham stieg in mir auf. Mir wurde total heiß. Meine Gedanken waren mir schrecklich peinlich und unangenehm, gleichzeitig zeichnete sich ein breites Grinsen in meinem Gesicht ab. Ich steckte meinen Kopf tief in mein Kissen, bis ich kaum noch Luft bekam, um mich zu beruhigen. Meine Beine schlugen wild auf meine Matratze ein.

Plötzlich blieben meine Gedanken stehen. Mein Körper war wie zu Stein erstarrt. Ich riss meine Augen weit auf.

DEREK!

Den ganzen verfluchten Tag hatte ich nicht ein einziges Mal an ihn gedacht. Seit seinem Tod war mir das noch nie passiert. Mich überkam die Reue. Wie konnte ich nur so viele idiotische Gedanken an Simon verschwenden und kein einziges Mal an meinen liebsten Derek denken?

Kapitel 21 – Simon

In letzter Zeit konnte ich nur schlecht einschlafen. Die Stimme in meinem Kopf säuselte unentwegt auf mich ein. Sie wurde von Tag zu Tag präsenter und nervte mich. Darum hatte ich auch seit Tagen höllische Kopfschmerzen und konnte mich auf nichts konzentrieren. Oft hing ich über der Kloschüssel und übergab mich von der permanenten Migräne. Ich fühlte mich richtig elend.

»Du kriegst wohl einfach nicht genug, was?«, wisperte ich in mich hinein. Das Dröhnen in meinem Kopf wurde schlagartig schriller.

Dabei hatte ich doch endlich alles, was ich mir je gewünscht hatte; eine eigene Wohnung, ein geregeltes Schulleben, richtige Freunde, eine kleine Ersatzfamilie … Mein Leben schien für meine Verhältnisse nahezu perfekt. Doch ich war ohne ersichtlichen Grund unzufrieden. Ich wollte mehr; war innerlich angespannt und aggressiv. So kannte ich mich gar nicht.

Mir gingen die Worte von Jana durch den Kopf. Dass mich Alisa niemals würde glücklich machen können. Ihre Worte bohrten sich in mich wie ein spitzer Stachel.

Sie kann mich niemals glücklich machen, wiederholte ich gedanklich immer und immer wieder.

Egal, wie viel Zeit wir miteinander verbrachten, ich wollte mehr. Es passierte mir immer öfter, dass ich an nichts anderes denken konnte als an Alisa. Und wenn sie mir nahe war, spürte ich mein rasant pochendes Herz bis zum Hals. Wenn sie wüsste, was ich fühlte, würde sie mich wahrscheinlich auslachen.

Es wurde Frühling und Alisa traf sich mit ihren Freundinnen und mir im Park zum Picknick. Sie brachten Decken mit, da der Boden noch kalt und feucht war.

Es war ein schöner Tag, den viele andere Menschen ebenfalls in der Natur genießen wollten. Im Park herrschte daher reger Betrieb.

Als die Mädchen so vor sich hin plapperten, entdeckte ich einen Löwenzahn. Den ersten in diesem Jahr. Ich stand unbemerkt auf und pflückte ihn. Dann legte ich das vermeintliche Unkraut auf Alisas Schoß und lächelte sie an. Ich wusste, dass sie Löwenzahn mochte. Schweigen trat zwischen den dreien ein. Sie lächelte zurück. Ich setzte mich wieder neben sie und schnappte mir ein Stück von Sandras Marmorkuchen. Er schmeckte köstlich.

Erst nachdem ich den Kuchen verputzte hatte, merkte ich, dass Sandra und Jana mich perplex anstarrten. War es denn wirklich so schlimm, dass ich ihr einen Löwenzahn gepflückt hatte? Es war schließlich nichts derart Kitschiges wie eine rote Rose. Ich wusste nicht, wie ich auf ihr Schweigen reagieren sollte.

Als Alisa gerade das Gespräch mit ihren Freundinnen wieder aufnehmen wollte, meinte Jana forsch:»Entschuldige, wenn ich das jetzt frage, aber war das nicht Dereks und deine Blume? Ich kann mich da an schmalzige Szenen zwischen dir, Derek und diesem hässlichen Gewächs erinnern. Ist das nur Zufall oder was hat das zu bedeuten?«

»Simon wusste das doch gar nicht«, entgegnete Alisa.»Er weiß nur, dass ich Löwenzahn und Pusteblumen mag. Das ist alles!«

»Wundert mich ja, dass du da so gechillt bleibst.«

»Simon kann doch machen, was er will. Da musst du dich nicht einmischen, Jana«, rügte Sandra ihre Freundin.

Es verwunderte mich, dass Sandra für mich Partei ergriff.

Jana sagte nichts mehr und schmollte die restliche Zeit.

Ich hatte bis jetzt tatsächlich nicht gewusst, dass Alisa die Blume mit Derek verband. Ein schlechtes Gewissen machte sich in mir breit. Und wieder lag dieser Name über allem. Er zerstörte fast jedes Mal einen schönen Moment.

Nach unserem Ausflug lud mich Alisa noch von ihren Eltern aus zum Grillen ein. Es freute mich, den Abend nicht allein verbringen zu müssen. Außerdem zeigte es mir, dass sie wegen des Löwenzahns nicht böse auf mich war. Normalerweise schlug ihre Laune schlagartig um, wenn ihre Gedanken zu Derek wanderten.

»Es tut mir leid, ich habe wirklich nicht gewusst, dass dich Löwenzahn an ihn erinnert.«

»Ist schon gut. Lass uns einfach zu mir gehen und nicht mehr darüber reden. Mein Paps macht super Steaks. Heute wird die Grillsaison eröffnet!«

Sofort lief mir das Wasser im Mund zusammen. »Klingt gut. Ich bin dabei.«

»Weiß ich doch. Wenn es Essen gibt, bist du immer dabei«, meinte Alisa kichernd. »Du hast gerade den halben Kuchen allein verdrückt. Spätestens mit dreißig wirst du kugelrund sein.«

Wo war ihre Melancholie? Normalerweise reichten Kleinigkeiten aus, um ihre Stimmung zu trüben. Sie trug den Löwenzahn mit zu sich nach Hause und stellte ihn dort in eine kleine Keramikvase. Dann half sie ihrer Mutter bei den Vorbereitungen für das Grillen, während sie mich in den Garten zu ihrem Vater schickte. Ich fühlte mich unwohl, wenn ich allein mit David war. Ich wusste nie, was ich mit ihm reden sollte. Ein klein wenig Angst hatte ich sogar vor ihm. Er war so ein richtiger typischer Kerl; also ganz anders als ich.

»Na Simon, alles klar?«, begrüßte er mich. Ich nickte verlegen und setzte mich auf die Terrasse. Er war gerade dabei, den Grill anzuzünden, und trank ein Bier. David sah entspannt aus.

»Und, wie läuft es in der Schule?«

»Gut. Ich bin Klassenbester.«

»Wenn das Alisa nur auch von sich behaupten könnte. Sie

sollte sich ruhig eine Scheibe von dir abschneiden.«

Dann klopfte er mir hart auf die Schultern und widmete sich wieder seinem Grill. Wir redeten nie viel miteinander. Überwiegend oberflächliches Geplänkel. Darüber war ich sehr froh. Bis wir essen konnten, hatte David schon zwei Bier intus und war sicher auch deswegen bester Laune. Das gegrillte Fleisch und die Würstchen rochen himmlisch. Ich musste mich wieder einmal zusammenreißen, um nicht alles einfach gleich hinunterzuschlingen.

»Sag mal, Simon, wir machen bald unsere alljährliche Tour an die Nordsee. Normalerweise nimmt Alisa immer Jana mit, um unsere Besichtigungsrunde zu entkommen. Aber wenn du möchtest, nehmen wir dieses Jahr dich mit. Vorausgesetzt sie ist damit einverstanden.« David sah seine Tochter neckisch an. Sie rollte nur genervt mit den Augen, willigte aber ein.

»Wir fahren ans Meer in ein kleines Örtchen. Aus der Gegend stammen David und ich ursprünglich, musst du wissen. Jedes Jahr an Davids Geburtstag fahren wir dorthin und lassen alte Zeiten Revue passieren«, erklärte mir Marie, während sie mit einem Lächeln ihrem Mann eine weitere Portion Salat auf den Teller schaufelte.

Ich konnte mein Glück kaum fassen. Endlich durfte ich das Meer sehen! Die Kobers waren die beste Familie, die es gab.

Kapitel 22 – Alisa

Wir fuhren in ein sechs Stunden entferntes Dorf in der Nähe von Cuxhaven, was so ziemlich der langweiligste Ort der Welt war. Früher besuchten wir hier meine Großeltern. Leider starb mein Großvater vor sechs Jahren und ein Jahr später folgte ihm meine Großmutter. Am Geburtstag meines Vaters fuhren wir trotzdem in dieses Nest und meine Eltern zwangen mich, mitzukommen. Einziger Kompromiss: Ich musste nicht an dieser immer gleichen öden Dorfbegehung mitmachen, sondern durfte bis zum Abendessen meiner Wege gehen, wenn ich jemanden mitnahm.

Simon sagte natürlich sofort zu. Er war Feuer und Flamme. Irgendwie gefiel es mir, dass er sich wie ein kleines Kind auf den Ausflug freute. Es war schön, zu sehen, wie leicht man ihn glücklich machen konnte.

Sandra nahmen wir auch jedes Jahr mit, da Verwandte von ihr nördlich von Bremen wohnten. Sie fuhr mit Bus und Bahn weiter zu ihrer Tante.

Zu einer unmenschlich frühen Uhrzeit trudelten unsere Mitfahrer ein und gratulierten meinem Vater ausgiebig zum Geburtstag. Simon schenkte ihm seine Lieblingszigarren und eine Flasche seines geliebten Portweins. Mein Vater rauchte jeden Samstag nach dem Abendessen eine Zigarre und trank dabei ein Glas. Er war ein richtiges Gewohnheitstier. Simon merkte sich nicht nur das Ritual, sondern zusätzlich die Lieblingsmarken – sein Präsent kam sehr gut an. Im Schenken war er wirklich spitze.

Für die Fahrt nahm meine Mutter Unmengen belegter Brötchen und Tee in Thermoskannen mit. Wir konnten also theoretisch bis zur Ankunft durchgehend essen und trinken.

Ich quetschte mich hinten in die Mitte des Wagens zwischen Simon und Sandra. Hoffentlich musste ich mich bei der langen Fahrt nicht übergeben. In der Mitte zu sitzen, war einfach nur mies.

Er glotzte die ganze Fahrt über aus dem Fenster und hielt seine lederne Umhängetasche fest umschlungen. Sie war ein Gegenstand, ohne den man sich Simon nicht vorstellen konnte. Stets trug er sie bei sich und immer sah sie vollgestopft aus. Was schleppte der Kerl nur immer mit sich herum?

Kapitel 23 – Simon

Da saß ich dicht gedrängt neben Alisa und konnte mich nicht konzentrieren. Ihre Nähe raubte mir immer mehr den Atem und den Verstand. Selbst die anfänglich faszinierende vorbeifliegende Landschaft schien mir nun nicht mehr interessant im Vergleich zu ihr.

Ein Kopfhörerstöpsel tauchte auf einmal in meinem Blickwinkel auf und beendete meine wirren Gedanken. Meine Augen wanderten weiter zu ihren angeknabberten Fingernägeln. Ich dachte an all die Situationen, in denen ich sie schon einmal Fingernägelkauen gesehen hatte.

Ich nahm ihr den Stöpsel aus der Hand und steckte ihn ins Ohr. Ein Schwall von Postrock drang in meinen Schädel.

Ich rutschte etwas nach unten, damit der Abstand zwischen unseren Köpfen geringer wurde, um die Spannung vom Kabel des Kopfhörers zu nehmen. Mein Herz pochte wieder einmal extrem laut in ihrer Nähe. Manchmal fühlten sich die banalsten Dinge unglaublich intensiv an.

Sandra saß neben Alisa und starrte auf ihr Smartphone. Sie wischte in einer unglaublichen Geschwindigkeit über das Display. Ich war wahrscheinlich der Einzige auf unserer Schule, der kein Smartphone besaß. Die Jugendlichen dort verbrachten unheimlich viel Zeit damit. Alisa hingegen benutzte ihres nicht ansatzweise so oft.

»Und du besuchst Verwandte?«, fragte ich Sandra gespielt interessiert. Im Small Talk war ich echt mies.

Irritiert wanderte ihr Blick vom Smartphone zu mir. »Jap, meinen Bruder, er wohnt bei meiner Tante.« Dann senkte sie wieder ihren Kopf und widmete sich dem leuchtenden Display vor ihrer Nase.

Ich wartete noch einige Sekunden ab, ob noch mehr Informationen von ihrer Seite kamen, doch sie schien wieder völlig in ihr Smartphone vertieft zu sein. Gerade wollte ich nachfragen, warum ihr Bruder bei ihrer Tante lebte. Doch Alisa ahnte offensichtlich schon, was mir durch den Kopf ging, und pikste mir gegen das Knie. Ich sah unmittelbar zu ihr hinab, sie schüttelte verneinend mit dem Kopf, hob dabei ermahnend den Zeigefinger. Sofort verstand ich, dass ich nun die Klappe zu halten hatte.

Kapitel 24 – Alisa

Endlich waren wir da. Hier hatte sich nichts verändert. Derselbe kleine Parkplatz mit den roten Pflastersteinen, daneben die beschauliche Grünanlage mit der Informationstafel für Touristen. Gegenüber des Parkplatzes waren dieselben altbackenen Cafés und Geschäfte. Öde, langweilig, bieder.

Nach der langen Fahrt musste ich erst einmal meinen Körper wieder in Gang bringen. Ich dehnte und streckte mich, bis ich wieder einigermaßen rund lief. Bis auf Simon taten es mir alle gleich.

Er wollte unbedingt das Meer sehen und sah sichtlich enttäuscht aus. Denn davon war weit und breit keine Spur – nur ein ödes Kaff. Ich wusste, dass wir nur zehn Minuten gehen mussten, um an den Strand zu gelangen. Doch das verriet ich ihm noch nicht. Sandra verabschiedete sich gleich nach der Ankunft von uns, um ihren Bus nicht zu verpassen. Meine Eltern machten sich ebenfalls auf zu ihrem kitschigen Tag voller liebestoller Erinnerungen an die Jugend. Sie würden wir heute Abend beim Essen erst wiedersehen.

Als meine Eltern aus dem Sichtfeld waren, wendete ich mich zu Simon, der sich in alle Himmelsrichtungen umsah.

»Na komm, lass uns endlich losgehen!«, forderte ich ihn auf. »Schließlich willst du das Meer anstarren.«

»Ist es denn weit?«

»Nein, wir sind gleich da. Du kannst es nur nicht sehen, weil wir noch über den Deich da drüben müssen.«

Ich zeigte auf den vor uns liegenden saftig grünen Hügel. Wir hatten gutes Wetter, was Anfang April oft nicht der Fall war. Simon nahm kurz »Kontakt« mit einem Schaf auf. Es verfolgte uns mähend einige Meter bis zum Höhepunkt des Deichs, nachdem er es mit einem Büschel Gras gefüttert hatte. Hier oben konnten wir endlich den Strand und das Meer sehen. Sofort wechselte Simons Aufmerksamkeit vom Schaf zum Meer.

Trotz starker Windböen blieben wir beharrlich stehen und starrten auf das dunkelblaue Wasser. Die Sonnenstrahlen funkelten wie Sterne auf dessen Oberfläche.

Ich fragte mich, wie es wohl sein musste, das allererste Mal das Meer zu sehen, da ich mich an mein erstes Mal gar nicht erinnern konnte. Es gab Fotos von mir, auf denen ich als kleines Baby im Wasser planschte und mein Vater mit mir eine Sandburg baute. Ich hatte die perfekte Bilderbuchkindheit erlebt.

»So, jetzt bist du wieder ein Stück schlauer, was?«

Simon schwieg. Er sah einfach nur auf das grenzenlose Blau hinaus und rührte sich nicht. Seine Augen verrieten mir, dass er gerade der glücklichste Mensch auf der Welt war.

Ohne ein Wort zu sagen, lief ich den Deich hinunter. Dann zog ich meine Boots aus, stopfte meine Socken hinein und band sie mit den Schnürsenkeln zusammen. Simon stand noch oben und schaute weiter zum Horizont. Seine Haare waren mittlerweile total zerzaust vom Wind. Er sah wunderschön aus mit seiner chaotischen Frisur und seinem andächtigen Blick. Beinahe wie sein zweites Ich mit Flügeln, nur heute einfach noch schöner.

»Jetzt komm endlich oder willst du da oben festwachsen?«

Kapitel 25 – Simon

Der Sand war puderweich und blieb an meinen Fußsohlen kleben. Das Gehen war ungewohnt auf dem nachgebenden Untergrund. Es fühlte sich wunderbar an; noch schöner als feuchtes Gras. Ich lief zu Alisa, die sich in den Sand gesetzt hatte und nun aufs Meer hinaussah. Ihre Stöpsel steckten noch in ihren Ohren, obwohl man doch jetzt die schönste Melodie, die es auf diesem Planeten gab, hier draußen hören konnte. Das Meeresrauschen wurde nur von singenden Möwen begleitet, die in Scharen die Küste abflogen. Alisa zog an meinem knielangen Hosenbein.

»Jetzt komm mal wieder runter und setz dich. Ist ja nicht auszuhalten, deine Faszination.«

Ich setzte mich neben sie und starrte auf ihre vom Sand bedeckten Füße. Sie bemerkte meinen Blick, wackelte leicht mit den Zehen und meinte zu mir: »Als ich noch ein kleines Mädchen war, hat mich mein Vater im Sand eingegraben. Nur noch der Kopf schaute heraus.«

Ein Lächeln machte sich in meinem Gesicht breit, als ich sie mir vorstellte, wie sie ein kleines glückliches Kind war und mit ihrem Vater am Strand spielte. Es waren bestimmt schöne Stunden, die sie hier hat verbringen dürfen. Alisa ließ ihren Oberkörper nach hinten sinken und lag mit ausgebreiteten Armen neben mir im Sand. Sie atmete die kühle Meeresbrise tief ein und wieder aus.

»Schau mal, normalerweise macht man das im Schnee, aber im Sand geht es auch.«

Sie bewegte ihre Arme ebenerdig rauf und runter. Die Abdrücke im Sand sahen nun aus wie Flügel. Ein Sandengel.

Sie kicherte. »Du bist eben doch nichts Besonderes.«

»Wollte ich auch nie sein«, entgegnete ich ihr.

Ich musste an den Abend denken, als ich ihr meine Flügel gezeigt hatte. Sie sagte damals zu mir, dass ich wunderschön sei. Ich fand sie ebenfalls wunderschön. Wahrscheinlich hatten Engel das so an sich.

»Mach deine Musik aus«, forderte ich Alisa auf, »du hörst das Meer doch gar nicht.«

Sie nahm die Stöpsel aus dem Ohr und sah gedankenverloren hinauf in den Himmel. Ich legte mich ebenfalls mit dem Rücken in den Sand und folgte ihrem Blick. Die Wolken zogen über uns hinweg und das Rauschen des Meers füllte unsere Ohren. Wir schwiegen; genossen beide den Moment.

Nur mein Herz war lauter als das Meer. Es pochte unentwegt. Es wollte mir etwas sagen und ich wusste, was es war, aber ich versuchte, es zu ignorieren. Ein normaler Junge hätte sich wahrscheinlich zu Alisa gedreht und sie geküsst. Aber ich war nicht normal.

»Simon.«

Ich machte die Augen auf, doch schaute ich lediglich in einen großen dunklen Kreis, der dicht über mir schwebte.

Knips.

Ich konnte ihr Lachen hören. Sie stand über mir mit einer Kamera in der Hand. Offensichtlich war ich durch das sanfte Geräusch des Meers kurz eingenickt.

»Heute ist ein besonderer Tag für dich, das müssen wir doch festhalten«, meinte sie und drückte nochmals auf den Auslöser.

Ein besonderer Tag, wiederholte ich in meinen Gedanken. Das war jeder Tag für mich, seit ich nicht mehr bei meiner Mutter oder im Kinderheim leben musste.

Ich richtete meinen Oberkörper auf, sah zu ihr hoch. Wieder knipste sie ein Bild von mir.

»Gib mir mal die Kamera, bitte.«

»Wehe, du lässt sie fallen!«

»Ich bin chaotisch, nicht dumm.«

»Du bist vor allem ein Tollpatsch. Also, mach sie nicht kaputt«, mahnte mich Alisa neckend und reichte mir ihre Spiegelreflexkamera.

Ich zoomte eine Möwe heran und drückte ab. Alisa stand dicht neben mir. Ich suchte sie mit der Linse, da das Objektiv noch auf das Maximum herausgezoomt war. Ich fand ihr rot-schwarz gestreiftes T-Shirt und wanderte nach oben. Bald gelangte ich an ihr Schlüsselbein, eine Haarsträhne wurde vom Wind ins Bild geweht. Als ich ein Auge von ihr fand, drückte ich erneut ab.

»Heh!«, beschwerte sie sich mürrisch. Ich sah durch die Linse nur noch schwarz, dann nahm sie mir die Kamera wieder weg.

»Du sollst deinen besonderen Tag festhalten und nicht mich.«

»Ohne dich wäre er nicht besonders«, gestand ich ihr. Sie warf mir mit erröteten Wangen die Kamera in den Schoß und ging ein Stück auf das Wasser zu. Ich fotografierte sie von hinten mit dem Meer im Hintergrund. Es erinnerte mich an ein Bild aus der Romantik: »Der Mönch am Meer« von Caspar David Friedrich.

Als sie merkte, dass ich sie schon wieder geknipst hatte, drehte sie sich abrupt zu mir. Ich fotografierte sie einfach weiter. Mit unglaublichem Elan und gespielter Wut kam sie auf mich zu. Ich stand flink auf und lief weg. Schimpfend folgte sie mir, doch ich war schneller. In ihrer Stimme hörte ich das pure Vergnügen. Irgendwann gab sie auf. Sie war vollkommen außer Puste, stützte ihre Arme an ihren Knien ab. Ich ging zu ihr und lachte über ihre schlechte Kondition, doch sie bekam nicht genug Luft für weitere Beschimpfungen. Abermals fotografierte ich sie. Nach Luft schnappend, ließ sie es notgedrungen über sich ergehen. Dann gab ich ihr mit einem breiten Grinsen die Kamera zurück.

Alisa wirkte überrascht. »Willst du keine Bilder mehr machen?«, fragte sie.

»Ich habe alles drauf, was wichtig ist.«
Sie schwieg.

Wir aßen von ihrem mitgebrachten Obst und sahen dem Meer dabei zu, wie es sich immer weiter entfernte. Die Ebbe setzte ein. Ich fand es schade, dass das Wasser verschwand, denn zurück blieb eine schlammige Pampe. Das Rauschen des Meeres war weg. »Als Kind machte es mir großen Spaß, Sandburgen zu bauen. Wollen wir eine versuchen?«, lenkte sie mich von dem schwindenden Meer ab. Noch nie hatte ich eine Sandburg gebaut. Mit ihr probierte ich so viele neue Dinge aus. Ich fragte mich, ob es Alisa bewusst war, wie sie mein Leben bereicherte. Gedankenverloren merkte ich gar nicht, wie sie bereits anfing zu werkeln.

Es machte uns beiden einen Heidenspaß. Ich sah Alisa zum ersten Mal, wie sie über beide Ohren strahlte. Sie war so unbeschwert und frei – die Trauer, der Schmerz waren aus ihren Augen verschwunden. Wir bewarfen uns mit Sand, sammelten Muscheln und Algen, um die Burg zu verschönern; beschmissen uns wieder mit Sand. Irgendwann kamen Wattwanderer an uns vorbei, die Alisa bat, Fotos von uns und der Burg zu machen. Sie zog Grimassen, rekelte sich gekünstelt wie ein Model vor der Kamera – ich erkannte sie gar nicht wieder.

Die Sonne ging langsam unter. Es wurde kühl, sie war schon bis auf die Knochen durchgefroren. Sie bibberte am ganzen Körper. Darum gab ich ihr mal wieder meine Jacke. Natürlich ließ ich es mir nicht anmerken, dass mir selbst bitterkalt war. Wir lagen dicht nebeneinander im Sand, die Sandburg vor unseren Füßen. Beide waren wir total fertig. Aber glücklich.

»Schade, dass der Tag schon vorbei ist«, gab ich zu.

Sie nickte. »Ja.«

»Ich will wieder einmal ans Meer fahren, wenn es irgendwie geht.«

»Es ist keine Weltreise bis hierher. Du kannst nächstes Jahr wieder mitkommen«, antwortete sie.

Noch ein ganzes Jahr bis zum nächsten Besuch. Es schien eine Ewigkeit zu sein. Ich drehte meinen Kopf in Alisas Richtung und sah auf ihre niedlichen Sommersprossen. Ob wir in einem Jahr noch so befreundet wären wie jetzt?

Der Himmel verfärbte sich rosa. Gern hätte ich einen Sonnenuntergang über dem Meer gesehen, aber leider war das Wasser noch relativ weit weg. Es änderte jedoch nichts an dem Tag, denn er war trotzdem wundervoll.

»Simon, ich hab da noch etwas für dich.«

Sie wühlte aus ihrer Tasche eine Schatulle hervor und gab sie mir in die Hand.

»Ich hab gewusst, dass es hier keine großen Muscheln gibt«, erklärte sie, »darum schenke ich dir meine. Die ist aus Griechenland.«

Ich nahm die Muschel heraus, die genau in meine Handfläche passte. Sie war weiß mit braunen Tupfern. Eine Schneckenmuschel.

»Damit kannst du das Meer hören«, erklärte mir Alisa mit freudigem Blick.

Sie sah mich erwartungsvoll an, doch ich verstand nicht, was ich mit der Muschel jetzt anstellen sollte. Als ich nicht die gewünschte Reaktion auf ihre Worte zeigte, nahm sie mir die Muschel aus der Hand und presste sie gegen mein Ohr. Ein seltsames Rauschen zog durch mein Gehör.

»Siehst du? Da ist Meersound drinnen.«

Sie lächelte mich an. Ihre Hand nah an meinem Gesicht, ihr Lächeln, die Sandkrümel in ihrem Haar, ihr Körper dicht über meinen gebeugt, das Rauschen aus der Muschel, das rosafarbene Licht der untergehenden Sonne; all das war so wunderschön – so unvergesslich – dass ich beinahe meinen Verstand verlor.

Ich war in Alisa verliebt.

Mein Gesicht errötete spürbar, mein Puls ging schneller denn je. Was sollte ich mit dieser Erkenntnis bloß anstellen? Verträumt starrte ich auf ihren leicht geöffneten Mund. Ihre Lippen sahen so zart aus. Wie gern hätte ich Alisa einfach in den Arm genommen und geküsst. Doch meine innere Stimme rief: »Wage es nicht, es macht alles kaputt!«

Und so tat ich es nicht. Obwohl mir mein Herz etwas ganz anderes zuflüsterte. Ich sah ihr in die Augen und ich wusste, dass sie es wusste. Dieser kurze Moment fühlte sich für mich wie eine Ewigkeit an.

Kapitel 26 – Alisa

Wir kamen kurz vor 19:00 Uhr an dem Restaurant an. Simon und ich rochen beide nach Strand, Algen und Meer; überall klebte Sand. Sogar aus meiner Nase rieselten vereinzelt Sandkrümel. Meine Eltern warteten schon vor dem Restaurant »Laroma«. Es war die einzige Pizzeria in dem Kaff. Früher hatten wir hier alle Familienfeste gefeiert. Doch meine Großeltern waren vor einiger Zeit gestorben, der Rest war weggezogen. Alle lebten irgendwo verstreut. Darum besuchten wir die das Lokal nur noch am Geburtstag meines Dads.

Simon versuchte vergeblich, sich unauffällig von dem Sand zu befreien, was etwas komisch aussah. Bei jeder Bewegung rieselte es von ihm herab.

Mein Vater sah uns beide skeptisch an. Simon war es spürbar peinlich, vor meinen Eltern so »verdreckt« zu dem feierlichen Geburtstagsessen aufzutauchen. Mir war es total egal. Ein Stück Alge klebte noch in meinem Haar, doch ließ ich sie bewusst dort. Es hatte etwas Rebellisches.

Als wir in das Restaurant gingen, wurden wir freudig von dem Besitzer begrüßt. Er kannte unsere Familie schon so lange, wie es sein Restaurant gab. Darum schenkte er mir auch nach wie vor einen Lolli nach dem Essen, obwohl das normalerweise nur kleine Kinder bekamen. Mir war das schon jahrelang peinlich, doch er hörte einfach nicht auf damit.

Wir setzten uns an unseren Stammplatz, Simon nahm unwissend den früheren Platz von Derek ein. Ich musste schlucken.

»Sag mal, weißt du schon, was du nach dem Abschluss machst?«, begann meine Mutter ihren Small Talk, nachdem wir unser Essen bestellt hatten. Meine Eltern wussten nicht, dass Simon eine Klasse unter mir war. Ihm ging es so wie mir, er wollte so wenig wie möglich erklären müssen. Doch offensichtlich störte ihn die Frage nicht und er hatte sich wirklich bereits Gedanken darüber gemacht.

»Entweder ein Mathematik- oder Physikstudium. Quantenmechanik ist sehr interessant, ich lese gerade ein Buch über Dekohärenz und die Ensembletheorie, allerdings finde ich Numerik und Topologie auch interessant. Cambridge wäre meine utopische erste Wahl. Die Wahrscheinlichkeit, dort hinzukommen, ist aber sehr gering. Sie nehmen nur die Besten.«

Beinahe ließ ich mein Pizzastück fallen. Dass er schon so konkrete Pläne forcierte, hatte ich gar nicht gewusst. Noch nicht einmal, dass er sich in seiner Freizeit mit Mathe und Physik beschäftigte. Wir unterhielten uns bis jetzt nie über die Zukunft. Ehrlich gesagt war ich schon froh, die Gegenwart zu bewältigen.

»Sehr löblich«, sprach mein Vater, »daran könnte sich Alisa einmal ein Beispiel nehmen.«

»Ich glaube, man sollte sich gar nicht so viele Pläne machen. Es enttäuscht nur, wenn man sie dann nicht realisieren kann«, warf ich in die Runde. Alle sahen mich an. Keiner wusste darauf eine Antwort.

Simon lächelte. »Ja, da hast du recht. Keiner kann sein Leben durchplanen. Aber man darf ein wenig träumen.«

Träumen konnte er gut. Er war ein waschechter Träumer.

Meine Eltern waren mit seiner Reaktion wohl zufrieden und begannen wieder ein typisches Gespräch zwischen Ehepartnern. Wir sahen uns beide grimmig an. Ich wusste, was er dachte – er wollte mich mit seiner Träumerei anstecken. Er wollte, dass auch ich mir Gedanken über meine Zukunft machte und nicht mein Leben lang nur dahinvegetierte. Doch ich fühlte in mir, dass ich nicht bereit war, mir ein schönes Leben ohne Derek auszumalen. Und ich wusste, dass es für Simon irgendwann besser war, wenn er mich einfach zurückließ und seine Träume verwirklichte.

Wirt Luigi kam zu uns und trällerte ein italienisches Lied. Alle am Tisch mussten lachen. Alle außer mir, ich verdrehte nur die Augen. Der Typ hieß bestimmt in Wirklichkeit Rüdiger oder Thomas und zog diese »Italiennummer« nur fürs Trinkgeld ab. Alle waren mit dem Essen fertig. Ich jedoch hatte nicht einmal die Hälfte geschafft. Normalerweise war es die Aufgabe meines Vaters, meinen Teller leerzuessen. Doch für Simon war es schon so normal geworden, meine Reste zu vertilgen, dass er sich einfach meine Pizza schnappte, ohne zu fragen. Mein Dad guckte nur kurz verblüfft, nahm es aber dann mit einem stillen Schulterzucken hin.

Luigi brachte uns summend die Rechnung. Mein Vater versuchte sich in seinem schlechten Italienisch und gab ein großzügiges Trinkgeld.

Und da war er! Der Lolli! Luigi legte ihn auf den Tisch und tätschelte mir den Kopf. Dabei fiel die Alge aus meinem Haar. Wahrscheinlich würde er mir in zehn Jahren noch einen blöden Lutscher zum Abschied schenken. Simon bekam wie meine Eltern einen Likör zum Abschied. Skeptisch roch er daran. Ich wusste, dass er keinen Alkohol mochte. Darum nahm ich ihm sein Gläschen einfach aus der Hand und exte es.

Als wir das Restaurant verließen, drückte ich ihm den Lolli in die Hand. Simon drehte ihn in seiner Hand hin und her und bedankte sich bei mir mit einem Lächeln.

»Willst du ihn denn nicht essen?«, fragte ich, als wir in Richtung Unterkunft spazierten.

»Nö, den hebe ich mir für die Fahrt morgen auf.«

Wie jedes Jahr verbrachten wir die Nacht in einem kleinen Ferienhaus am Rande dieses Kuhkaffs. Ich bezog mit Simon den großräumigen Dachboden. Dort standen vier Einzelbetten zusammen mit dem üblichen Mobiliar wie Stühle, Sofa und Tisch. Mein Vater hatte meinen Koffer bereits in das Zimmer getragen. Simon reiste nur mit seiner Umhängetasche, die er mit Wechselkleidung und Zahnbürste vollgestopft hatte. Er nahm sich das Bett direkt neben meinem; nur ein Nachttischkästchen anno Sechzigerjahre trennte uns voneinander.

»Und, wie hat es dir gefallen?«, fragte ich ihn, als wir beide bettfertig unter unseren Decken lagen.

»Es war wunderschön. Wenn ich älter bin, möchte ich ein Haus am Meer haben.«

»Aber doch nicht hier in diesem öden Kaff, oder?«

»Warum nicht?«

Ich verdrehte die Augen. »Weil es sterbenslangweilig hier ist?«

»Wo willst du mal leben?«, fragte er mich mit seiner sanften Stimme.

»Weiß nicht. Mir egal.«

»Dann kannst du auch in dieses Kaff ziehen.«

Ich stöhnte genervt auf und beließ es dabei. Wir lagen eine Weile schweigend da.

»Wenn es dir wirklich egal ist, kannst du doch auch mit mir kommen«, flüsterte er.

Mein Herz machte einen Ruck. Meinte Simon das ernst?

»Nach Cambridge? Meine Noten sind echt nicht so doll.«

»Dann eben woanders. Berlin? Da kann man vieles studieren.«

Er wollte mich schon wieder mit seiner Pläneschmiederei anstecken. Aber es berührte mich, dass er gern mit mir zusammen seine Zukunft planen wollte. Wenn das Licht noch an gewesen wäre, hätte man mein knallrotes Gesicht sehen können.

»Simon?«

»Hm?«

»Ich denke darüber nach, okay?«, flüsterte ich zurück. »Schlaf gut und träum vom Meer.«

»Du auch, bis morgen.«

In der Nacht tat ich kein Auge zu. Ich war viel zu aufgewühlt von unserem abendlichen Gespräch. Das zeigte sich am nächsten Morgen, ich war hundemüde; tiefe Augenringe zeichneten mein Gesicht. Simon hatte sich nachts permanent hin und her gewälzt. Er bekam wohl auch wenig Schlaf ab.

»Und wie war eure Nacht?«, fragte mein Vater uns beim Frühstücken mit einem breiten Grinsen. Ich verdrehte genervt die Augen. Simon wurde schlagartig rot im Gesicht und schwieg mit gesenktem Blick. Meine Eltern kicherten wie kleine Kinder vor sich hin.

Seit geraumer Zeit versuchten sie, mir Simon schmackhaft zu machen. Sie mochten ihn und wussten, dass er mir guttat. Aber ich wollte keine Beziehung, egal, wie großartig er war. Nicht, dass ich ihn nicht attraktiv oder nett oder gar atemberaubend fand. Ich wollte ihm einfach nicht wehtun. Simon verdiente auf jeden Fall etwas Besseres als mich.

Kapitel 27 – Simon

Ich wollte nicht nach Hause in meine trostlosen vier Wände. Viel lieber wollte ich hier nahe dem Meer bleiben.

Bis jetzt hatte es nur wenige schöne Erlebnisse in meinem Leben gegeben. Doch es wurden stetig mehr und alle machte ich zusammen mit Alisa. Sie bereicherte mein Leben, ohne dass ihr das wahrscheinlich bewusst war.

Keiner im Auto sagte ein Wort. Alle schienen müde und erschöpft von den Eindrücken. Sandra hielt eine große Keks-dose fest umschlungen und starrte auf ihr Smartphone. Über ihren Familienbesuch verlor sie kein einziges Wort.

Ich schloss die Augen und dachte ans Meer. Jeder Mensch mit Sorgen und Ängsten sollte unbedingt ans Meer fahren. Es hatte heilende Kräfte. Zumindest mir ging es so. Die frische, salzige Brise, der wundervolle Anblick des Wassers und das stetige Rauschen der Wellen hatten meine Seele ein klein wenig leichter gemacht. Ich dachte an die Muschel, die mir Alisa geschenkt hatte mit den Worten: »Da ist Meersound drinnen.« Dann war sie mir so nahe gekommen, dass ich in diesem Moment beinahe vergaß, zu atmen.

In ihren Ohren steckten wieder ihre Stöpsel. Nach einiger Zeit bot sie mir an mitzuhören, doch ich lehnte ab. Ich wollte das Meeresrauschen in Erinnerung behalten. Ihre Musik war mir jetzt zu laut und zu aggressiv.

Ich hörte gern mit ihr Musik, da es etwas war, das wir in diesem Augenblick miteinander teilten. Nur sie und ich. Ich sah zu ihr hinüber. Ihre Augen waren geschlossen. Sie wirkte zu meiner Freude entspannt. Bei einer Bodenunebenheit schüttelte es uns alle ein wenig durch, was sie erschrocken hochfahren ließ. Ich musste innerlich lachen, da es komisch aussah, wie orientierungslos sie nach vorne fuhr. Sie blickte zu mir und wusste sofort, warum ich so amüsiert war. Da boxte sie mich kess gegen den Oberarm.

Nur wenige Augenblicke danach lehnte sie sich jedoch plötzlich zu mir und kuschelte sich an mich. Mein Herz blieb kurz stehen. Ich wusste nicht wirklich, wie ich darauf reagieren sollte. Schließlich wollte ich den schönen Moment nicht kaputtmachen. Darum rührte ich mich nicht einen Millimeter. Falls sie eingeschlafen war, wollte ich sie auf keinen Fall aufwecken. Die Situation überforderte mich ein wenig. Solche Gesten der Innigkeit kannte ich nicht. Am schlimmsten jedoch war die Tatsache, dass wir dabei nicht allein waren und ihre Eltern mit im Auto saßen. Das machte mich völlig fertig.

Sollte das vielleicht sogar Alisas Antwort sein? Wusste sie etwa, dass ich mich in sie verliebt hatte, und wollte mir damit sagen, dass es okay war?

Es verging eine Stunde, in der sich keiner von uns auch nur ein Stückchen bewegte. Wie Steinstatuen verharrten wir in unserer Position. Ob es ihr genauso ging wie mir und sie nicht wollte, dass eine winzige Bewegung den Moment zerstörte? Ob sie meinen rasenden Puls hören konnte? Ich hätte so viele Fragen gehabt, aber ich traute mich nicht einmal, richtig zu atmen. Sie fühlte sich eiskalt an, offensichtlich fror sie.

Ein Stöpsel war ihr aus dem Ohr gefallen. Sie beugte ihren Kopf nach vorn, um ihn besser fassen zu können. Da ergriff ich die Chance und hob meinen Arm. Als sie wieder ihre vorherige Position einnahm, lehnte ihr Kopf nicht auf meinem Oberarm, sondern an meiner Brust. Meinen Arm legte ich sanft um Alias Schulter. Das Pochen meines Herzens kam mir so laut wie ein

Schlagbohrer vor. Um meine Geste verständlich zu machen, rubbelte ich mit meiner Hand leicht gegen ihren Oberarm, um sie zu wärmen. Dafür drückte sie ihren Kopf etwas fester gegen meine Brust und ich konnte sie tief aus- und einatmen hören. So entspannt kannte ich Alisa gar nicht. Ich hingegen war alles andere als das.

Wir fuhren Sandra heim, die ein paar Kilometer weit weg von Alisa wohnte. Da es bereits dunkel war, bestand David darauf, sie bis vor die Haustür zu bringen.

Seitdem Alisa sich an mich kuschelte, hatte ich mich kaum mehr bewegt. Wie versteinert saß ich da, doch so langsam bekam ich Schmerzen in all meinen Gliedern. Meine Beine fühlten sich schon ganz taub an.

Obwohl Sandra ausgestiegen war und wir nun hinten im Auto mehr Platz hatten, blieb Alisa in meiner Umarmung ruhen.

Erst kurz bevor wir bei den Kobers ankamen, löste sie sich aus meinem Arm und setzte sich aufrecht hin, so, als wäre das gerade das Normalste der Welt gewesen. Der Wagen blieb stehen und die Realität holte mich wieder ein.

»Du schaffst die paar Meter doch allein nach Hause, oder?«, fragte mich Alisas Vater.

Ich nickte. »Natürlich, ich bin froh über ein wenig Bewegung an der frischen Luft nach der langen Fahrt.«

Ich verabschiedete mich von den Kobers und wollte mich auf den Weg machen, da rief mir Marie zu: »Komm morgen zum Abendessen, ich mach Braten und es bleibt sonst so viel übrig.«

Die Einladung freute mich. Ich liebte das Essen bei den Kobers. Es schmeckte nach heiler Welt und Familie.

Alisa sagte nichts mehr zu mir. Sie schlurfte ins Haus, ohne mich zu verabschieden.

Kapitel 28 – Alisa

Obwohl es schon spät war, konnte ich nicht einschlafen. Zu viele Gedanken gingen mir durch den Kopf. Ich war innerlich total zappelig. So beschloss ich, die gemachten Bilder auf meinen Laptop zu laden und mir anzusehen.

Simon hatte fast nur mich fotografiert. Obwohl ich mich nicht besonders hübsch fand, gelangen ihm ein paar interessante Schnappschüsse. Die Bilder wirkten alle irgendwie unwirklich.

Eigentlich dachte ich, dass Simon ein fröhlicher Mensch war, weil er meistens vor sich hin lächelte, doch er sah auf den meisten Fotos eher gedankenverloren aus. Seine Augen wirkten darauf unglaublich traurig, als spürte er den Schmerz der kompletten Welt. Mein Herz pochte ganz laut, als ich in diese traurige Augen sah.

Ich wollte ihm ein paar Bilder ausdrucken und schenken. Er würde sich bestimmt darüber freuen. Aber welche?

Verträumt sah ich auf eines der Fotos von Simon. Das Licht, das Meer im Hintergrund, seine Haare, die im Wind wehten, seine Augen, die er wegen der Sonne leicht zukniff … Das Bild war einfach perfekt. Komisch, dass nicht alle Mädchen bei ihm Schlange standen, er war wirklich ein hübscher Kerl. Seine verfluchten Augen brachten mich so oft um den Verstand.

Ich starrte die ausgedruckten Fotos an und wusste nicht, was ich fühlen sollte. Der Ausflug mit ihm war einer der schönsten Momente in meinem Leben. Sogar schöner als die Tage der »alten« Alisa. Ich wollte es mir aber nicht eingestehen. Es verkomplizierte alles nur unnötig. Wie sollte ich Simon nur erklären, wie es in mir drin aussah? Wie konnte ich ihm offenbaren, wie wichtig er mir war, ohne Derek zu verraten? Ich hatte mir einst geschworen, dass Derek der wichtigste Mensch in meinem Leben bleiben würde. Und jetzt ersetzte ich Stück für Stück die Erinnerungen an ihn mit Simon. Ich hätte mich schlecht fühlen müssen, doch da war dieses wunderbare Gefühl, das ich nicht ignorieren konnte. Das dabei war, den Hass aus meinem Herzen zu brennen – das mein Blut erwärmte und mich so hibbelig machte. Ich wusste, was es bedeutete, doch ich wollte es nicht zulassen.

Es sollte verflucht noch mal weggehen!

Wie könnte ich mir jemals verzeihen, Derek durch jemand anderen zu ersetzen? Ich trug Schuld an seinem Tod. Ich konnte mir das niemals vergeben. Es fühlte sich falsch an, dem Glück hinterherrennen zu wollen.

Es ging nicht, ich konnte Derek nicht loslassen. Es gab Momente mit Simon, da vergaß ich alles für einen kurzen Augenblick. Ich vergaß meine Trauer, meine Wut, ich vergaß sogar Derek. Ich liebte diese Momente, doch danach plagte mich stets ein furchtbar schlechtes Gewissen.

Ich hatte mich im Auto dazu hinreißen lassen, Simon nahe zu sein, und er hatte es erwidert. Und nun spürte ich die Wärme, die Simon mir gegeben, und gleichzeitig die Kälte, die Derek in mir hinterlassen hatte.

So gern hätte ich in den Armen von Simon gelegen.

Ich wollte ihn spüren und riechen und schmecken. Es fühlte sich richtig an.

Am Ende siegten die Tränen. Sie rannen meine Wangen hinunter und landeten auf dem Foto, das ich in der Hand hielt. Die Tropfen lösten die Farbe vom Papier, sammelten sich und liefen dann als schwarzes Rinnsal über den Rand.

Der nächste Morgen fühlte sich surreal an. Als ich die Augen öffnete, spürte ich noch den seelischen Schmerz der vergangenen Nacht und gleichzeitig sah ich die warmen Sonnenstrahlen, die in mein Fenster schienen, und hörte die Vögel zwitschern.

Ich lag teilweise auf den Fotos, die allesamt zerknittert und durch die Tränen verschwommen waren. Die Tinte war total verschmiert, so konnte ich die Fotos nicht Simon schenken. Schnell druckte ich sie nochmals aus und machte mich dann auf die Suche nach Bilderrahmen. Ich wusste, wenn ich sie ihm ohne Rahmen schenkte, würde er sich niemals eigene besorgen. Seine Wohnung war noch so kahl wie am Anfang. Er besaß noch nicht einmal ein Sofa. So leer wie seine Räume war sein komplettes Leben. Er hatte nichts und niemanden.

Seine Vergangenheit bestand nur aus einer beschissenen Kellerzelle, seiner durchgeknallten Mutter und dem Jugendheim. Dabei kam er mir immer so unbeschwert und fröhlich vor. Doch nun, da ich die Fotos ansah, fragte ich mich, ob das wirklich stimmte.

Ich beschloss, auf den Dachboden zu klettern, um drei passende Bilderrahmen zu suchen. In geduckter Haltung stieg ich die schmale Holzleiter nach oben. Sofort stieg mir der staubige Geruch in die Nase. Ich musste zweimal husten. Hier oben lagerten gefühlt mehrere Tonnen altes Spielzeug von mir. Meine Spieluhr, die aussah wie ein Karussell, fiel mir als Erstes ins Auge. Ich zog sie auf, ein leicht scheppernder Klang ertönte. Die Melodie war noch genauso schön wie damals. Ein Pferdchen war abgebrochen und der Goldrand an vielen Stellen nicht mehr vorhanden. Ich sah dem Karussell zu, wie es sich drehte, erinnerte mich an meine Kindheit – die so sorglos und fröhlich gewesen war, dass es mir im Herzen wehtat. Simon hatte nie solche schönen Momente erleben dürfen – wie ungerecht.

Ich wühlte mich zu den alten Fotoalben. Keinesfalls wollte ich sie ansehen, denn in einigen waren Bilder mit Derek. Schließlich kannte ich ihn, seit ich zwei Jahre alt gewesen war. Wir tobten früher zusammen auf dem gegenüberliegenden Spielplatz. Damals war er noch nicht so verwachsen und heruntergekommen gewesen. Dort küsste mich Derek an meinem zwölften Geburtstag zum ersten Mal. Das hatte ich Simon natürlich verschwiegen.

Kurz schloss ich meine Augen und erinnerte mich an meinen allerersten Kuss. Derek war ungestüm, beinahe grob gewesen. Doch als er merkte, dass ich ihm nicht abgeneigt war, da küsste er mich erneut - diesmal viel länger und sanfter. Und dann küssten wir uns wieder und wieder, bis die Sonne bereits unterging und ich nach Hause musste. Bei der Erinnerung kribbelten meine Lippen. Meine Hand legte ich auf meine Brust, um mein wie verrückt schlagendes Herz zu beruhigen.

Konzentriere dich Alisa! Bilderrahmen!

Ich schob den Stoß mit all den schönen Erinnerungen zur Seite und entdeckte endlich Rahmen, die einigermaßen passten. Man sah ihnen ihr Alter an, aber das störte nicht; machte sie eher schöner, authentischer.

Kapitel 29 – Simon

Es dauerte keine fünf Sekunden, bis die Tür aufging und mich Marie lächelnd begrüßte. Ich mochte diese Frau, sie war der Inbegriff einer perfekten Hausfrau und Mutter. Und das Beste war ihr Essen, davon bekam ich einfach nicht genug.

Sofort machte ich mich auf den Weg in Alisas Zimmer. Ich klopfte einmal kurz und ging hinein. Sie saß auf der Couch und kritzelte etwas auf einen Block.

Normalerweise war ich mittlerweile entspannt, wenn ich sie besuchte. Aber gerade fühlte ich mich wegen gestern ziemlich unwohl in ihrer Gegenwart. Ich hatte keine Ahnung, wie ich mich jetzt verhalten sollte. War zwischen uns alles normal?

Alisa reagierte kaum auf meine Anwesenheit. Als ich ihr ein fröhliches Hallo entgegenwarf, hob sie nur ihre Hand zum Gruß. Ich ließ mich neben ihr auf die Couch fallen und sah zu ihr hinüber. Sie beachtete mich nicht, kritzelte weiter herum.

Mein Blick schweifte gelangweilt umher. Den Traumfänger hatte sie über ihrem Bett aufgehängt, er tanzte langsam im Windzug des geöffneten Fensters. Ich war froh, dass er ihr so gut gefiel. Neben ihrem Kleiderschrank baumelten nun lauter pastellfarbene Origamikraniche von der Decke. Sie brachten Abwechslung in ihr Zimmer. Sonst verzichtete sie auf derartige Farbakzente. Selbst die Poster an der Wand waren monochrom und schlicht.

Irgendwann entdeckte ich gerahmte Fotos auf ihrem Schreibtisch. Ich stand wortlos auf und beugte mich darüber. Die Fotos ließen den Ausflug in mir aufleben. Es war seltsam, diese Erinnerung,

152

die noch so frisch war, in Bilderrahmen eingesperrt zu sehen. Alisa kam neben mich. »Die hab ich für dich ausgedruckt, damit du dich immer an den Tag am Meer erinnern kannst. Du hast schließlich noch viel Platz an deinen kargen Wänden«, flüsterte sie. Als ob ich diesen Tag jemals vergessen könnte. Auch ohne Bilder. Ich sah mir alle Fotos genau an, denn sie wirkten so surreal auf mich. Das Bild von Alisa gefiel mir am besten.

»Ich dachte, du wärst ein fröhlicher Mensch«, sagte sie plötzlich zu mir.

»Was meinst du?«

Ich sah zu ihr hinüber, ihr Blick ruhte weiterhin auf den Aufnahmen.

»Wenn ich dich ansehe«, murmelte sie, »dann tust du immer so fröhlich. Als könnte dich nichts erschüttern. Aber ich habe alle Fotos durchgesehen und beinahe auf jedem wirkst du plötzlich so traurig oder geistesabwesend, als würdest du ...« Sie brach ihren Satz ab und sah mir tief in die Augen. Ich verstand, was Alisa meinte.

»Warum sagst du mir nicht, wenn es dir schlecht geht?«, wollte sie von mir wissen. Ihre Stimme klang ernst und traurig.

»Mir geht es nicht schlecht«, wiegelte ich ab.

»Doch, schau doch mal hin!«

Sie klappte ihren Laptop auf und zeigte mir alle Aufnahmen.

»Da, obwohl du dich so auf das Meer gefreut hast, wirken deine Augen traurig. Als ob du ...«, ihre Stimme brach, sie rang nach Worten, »als ob du gleich weinen würdest. Mir ist das noch nie so aufgefallen, aber du kannst das doch jetzt nicht leugnen.«

Alisa sah mit ernster Miene zu mir und deutete mit ihrem Zeigefinger auf den Bildschirm.

»Ich habe noch nie geweint«, grummelte ich.

»So ein Quatsch. Jeder weint irgendwann einmal!«

Ich hatte wirklich noch nie geweint. Zumindest erinnerte ich mich an keine Situation. Egal, was meine Mutter mir antat, egal, wie schmerzhaft oder grausam es gewesen war, ich hatte nie eine Träne vergossen. Egal, wie einsam ich mich fühlte oder wie sehr mich die Jugendlichen im Heim mobbten, ich weinte kein einziges Mal.

»Simon?«

Es gab Momente, in denen ich den Tränen nahe war. Aber mein zweites Ich hielt es in mir zurück. Wenn ich traurig oder einsam war, kam diese Stimme heraus und schrie in meinem Kopf herum. So, als ob sie mir das Weinen verbieten würde. Und ich wusste auch, warum.

»Wenn ich anfangen würde, zu weinen«, raunte ich mehr für mich als für ihre Ohren bestimmt, »dann könnte ich nie wieder aufhören.«

Alisa schwieg, sah mich einfach nur an.

»Danke für die Fotos, dein Geschenk bedeutet mir viel«, versuchte ich, vom unangenehmen Thema meiner traurigen Augen abzulenken.

Ich wollte diesen schönen Moment nicht mit meinen persönlichen Problemen zerstören.

»Habe ich gern gemacht«, sagte Alisa nachdenklich.

Sie legte freundschaftlich ihre Hand auf meinen Oberarm. Es war genau die Stelle, an der gestern ihr Kopf gelehnt hatte. Meine Arme legte ich um ihren zierlichen Körper und zog sie fest an mich. Es tat so unbeschreiblich gut, den ihren dicht an meinem zu spüren. Alisa wehrte sich nicht und verharrte in meiner Umarmung. Ihren Herzschlag konnte ich deutlich spüren. Er war so schnell wie meiner. Wieder stieg mir ihr süßlicher Himbeerduft in die Nase. Dann merkte ich, wie sie ihren Kopf hob. Wahrscheinlich wollte sie sich endlich aus meinen Armen befreien. Doch als ich etwas locker ließ und meinen Oberkörper aufrichtete, sah sie mich an und hielt sich weiterhin an mir fest.

Es gelang mir nicht, ihren Blick deuten; er sah weder erbost noch erheitert aus. Meine Augen wanderten hinunter zu ihren

Lippen, die ich am Strand schon so gern berührt hätte. Ich wusste nicht, wie man küsste, aber irgendwie fühlte ich, dass jetzt der richtige Zeitpunkt war. Unsere Gesichter waren auf einmal erstaunlich nahe beieinander. Ihr langes Haar streichelte meine Wange. Langsam hob ich meine Hand, um eine Strähne aus ihrem Gesicht zu streifen. Dabei schloss sie halb ihre Augen. Nur wenige Millimeter trennten unsere Lippen voneinander. Unsere Nasenspitzen berührten sich leicht. Ein Kribbeln durchfuhr meinen kompletten Körper. Sie schloss nun ganz ihre Augen, dabei atmete sie entspannt aus. Ich konnte ihren süßlich duftenden Atem riechen, der mich in meinen Gedanken nur noch mehr in ihr verlieren ließ. Die Sekunden vergingen so langsam, dass sich der Moment wie eine Ewigkeit anfühlte.

Ich zögerte.

Sie wollte es auch, da war ich mir sicher. Trotzdem war ich wie erstarrt, wartete auf ein Zeichen von ihr.

Doch da kam keines.

Ich wollte endlich die letzten Millimeter zwischen uns beseitigen; strich mit meiner Hand weiter durch ihr Haar. Ich wollte sie endlich küssen!

Da klopfte es an der Tür und die Stimme von Alisas Mutter gab uns in ihrem gewohnt fröhlichen Singsang kund, dass das Essen fertig sei.

Alisa riss sich sofort aus meiner Umarmung und stürzte noch halb gebückt zur Tür.

»Alisa, ich …«

Doch sie hielt nicht an, wollte so schnell wie möglich vor dieser Situation fliehen. Ich starrte auf meine Hand, die vor wenigen Augenblicken noch in ihrem Haar vergraben war. Ein einzelnes rotes Haar von ihr hing über meinem Finger. Es glänzte im Licht.

Und das wäre sie gewesen, meine Chance! Warum hatte ich nur so lange gezögert? Ein ungeheurer Selbsthass stieg in mir auf.

Idiot. Idiot!

Noch einmal sah ich auf die drei Bilderrahmen und berührte mit meinem Zeigefinger ihre Lippen auf einem der Fotos. Ich hatte es komplett vermasselt.

Der Braten war köstlich. Marie gab sich jedes Mal unwahrscheinlich viel Mühe beim Kochen. Trotzdem bekam ich heute kaum einen Happen hinunter. Alisa und ich sprachen kein Wort miteinander. Wir saßen einfach nur da und aßen. Jeder Bissen blieb mir heute im Hals stecken. Selbst mit ihren Eltern redeten wir beide nur das Nötigste. Ich konnte förmlich spüren, wie ihre Verwirrung in Wut umschlug. Wut auf sich selbst und auf mich. Mir ging es genauso wie ihr. Ich war unglaublich wütend auf mich.

Um so schnell wie möglich aus dieser unangenehmen Situation verschwinden zu können, versuchte ich, die Gespräche mit Alisas Eltern so kurz wie möglich zu halten. Gleich nach dem Essen würde ich sofort von hier verschwinden. Die Bilderrahmen hatte ich bereits in meine Umhängetasche gepackt, damit ich nicht noch einmal in ihr Zimmer musste. Ich wollte sie behalten, egal, was zwischen uns geschehen würde. Es war ein Geschenk – eine Erinnerung an eine schöne Zeit, die mir keiner mehr wegnehmen konnte.

Im Lügen war ich nicht besonders gut, um nicht zu sagen, richtig mies. Darum wollte ich ohne große Erklärungen zeitnah gehen.

Direkt nach dem Essen stürmte ich also zur Garderobe, zog meine Jacke an und verabschiedete mich hektisch: »Ich muss dringend noch etwas erledigen, bis bald.«

Alisas Eltern sahen mich ein wenig verwirrt an. David und Marie sagten aber nichts weiter und verabschiedeten sich freundlich von mir. Alisa blieb stumm, sah mich nicht einmal an, als ich in Richtung Tür ging.

Endlich war ich der unangenehmen Situation entflohen und bekam wieder etwas mehr Luft. Als ich gerade über die Straße lief und sich meine Muskeln etwas von der Anspannung erholten, schrie Alisa plötzlich hinter mir. Ich drehte mich mitten auf der Straße zu ihr um und konnte schon anhand ihrer Mimik und ihrer Körperhaltung erkennen, dass kein nettes Wort fallen würde. Ich wollte keinen Streit mit ihr, konnte der Situation aber nicht entkommen. Was hätte ich auch tun sollen, weglaufen?

Beklommen wartete ich auf der Straße auf sie, bis sie mich eingeholt hatte. Sie griff sich einen meiner Arme und zerrte mich den verwitterten Pfad entlang auf den heruntergekommenen Spielplatz. Ein mulmiges Gefühl machte sich in mir breit. Wir hatten schon einige Male gestritten, aber gerade ähnelte sie einem Raubtier, das gleich töten würde.

»Was bildest du dir ein?«, schrie sie mich an, als wir den Spielplatz erreichten. Ich sah sie nur an, konnte aber nichts erwidern. Was hätte ich auch sagen sollen, dass es mir leidtat? Es wäre eine blanke Lüge gewesen. Nichts würde ich lieber tun, als sie zu küssen.

Alisa war wütend – vor allem auf sich selbst. Dem konnte ich nichts entgegenbringen.

»Hab ich dir nicht zu verstehen gegeben, dass da nicht mehr als Freundschaft sein wird?«, keifte sie weiter. »Wie kommst du auf die bescheuerte Idee, mich küssen zu wollen?«

Ihre Augen sprühten förmlich vor Wut. Natürlich hätte ich mich verteidigen können. Ich hätte ihr gestriges Verhalten im Auto erwähnen können. Dass sie sich gerade nicht wirklich gewehrt habe; aber ich tat es nicht. Ich schwieg.

»Du bist echt keinen Deut besser als die anderen Kerle!« Ich wartete nur darauf, dass sie mir wieder eine klatschte, so wie damals, als wir ebenfalls auf dem Spielplatz gestanden hatten und sie mir alles Mögliche an den Kopf warf.

»Ich dachte ernsthaft, du bist anders, dass du einfach nur ein guter Freund sein willst. Schließlich hast du eh niemanden auf dieser beschissenen Welt und jetzt verscherzt du dir es auch noch mit mir!«, trat sie weiter verbal auf mich ein. Sekündlich fiel es mir schwerer, ihre Beschimpfungen an mir abprallen zu lassen. Irgendwann konnte ich es nicht mehr ertragen. Ich wollte, dass sie endlich mit den verletzenden Worten aufhörte:»Schlaf einfach eine Nacht drüber und lass uns dann noch einmal reden. Das bringt doch so nichts.«

»Ach, jetzt willst du deine Ruhe vor mir, was? Das hättest du dir früher überlegen müssen, Idiot«, fauchte sie mit einem Augenrollen.

»Alisa ...«, doch meine Worte verärgerten sie nur noch mehr. Sie riss mir meine Umhängetasche von meiner Schulter und zog die Bilderrahmen heraus.

»Da, dein besonderer Tag. Den kannst du dir sonst wohin stecken!«

Sie fuchtelte wild mit den Bilderrahmen herum.

»Bitte, hör auf!«

Doch sie hörte nicht.

»Ich wollte einfach einen guten Freund haben. Ich dachte, du verstehst mich«, krakeelte sie.

»Ich glaube auch, dass ich dich besser verstehe als du dich selbst momentan.«

Und da hatte sie mich. Ich war in den Streit mit eingestiegen. Warum hielt ich nicht einfach meine blöde Klappe?

Alsia lachte verächtlich. »So etwas bildest du dir also ein? Du denkst also, du hast mich durchschaut? Was bist du für ein arroganter Arsch!«

»Ich denke nur, dass du im Moment nicht unbedingt ehrlich zu dir selbst bist«, sagte ich mit leiser Stimme.

»Du bist so ein Idiot. Du wirst mich niemals verstehen und genauso wenig wirst du jemals Derek ersetzen können!«, schrie Alisa aus voller Brust.

Ich wollte, dass sie endlich aufhörte, sich selbst zu belügen. »Meinst du, Derek hätte gewollt, dass du dein Leben so verschwendest und in Selbstmitleid versinkst? Ich glaube, er hätte gewollt, dass du dein Leben genießt und etwas Sinnvolles daraus machst, wenn ihr es schon nicht gemeinsam verbringen könnt.« Sie sah mich mit großen ungläubigen Augen an. Sie konnte nicht fassen, dass ihr jemand die Wahrheit so direkt ins Gesicht sagte.

»Meinst du allen Ernstes, dass ich mich dir angenähert hätte, wenn du nicht so deutliche Zeichen gegeben hättest?«, sprach ich mit ruhiger Stimme. »Ich mag dich, Alisa, und ich will bei dir sein, egal, als was, und wenn ich als Freund bei dir sein soll, dann werde ich das akzeptieren. Es ist mir egal, ich kann wirklich damit leben, aber hör auf, dich zu belügen!«

Sie lachte nach meinen Worten kühl und schmiss die Bilderrahmen voller Wut auf den Boden. Dabei sah sie mich mit einem unbeschreiblich irren Blick an. Sie wollte, dass ich ebenfalls wütend und traurig wurde, genau wie sie. Alisa wollte mich mit allen Mitteln verletzen. Warum genau, verstand ich nicht. Ich hörte das Zerspringen der Glasscheiben; wusste, dass mein Geschenk von Alisa nun zerstört am Boden lag. Doch nichts konnte annähernd so wichtig für mich sein wie sie. Von mir aus schmiss sie jeden Tag Bilder von mir und sich selbst auf den Boden, wenn sie nur endlich glücklich werden würde.

»Und weil es dir auch so scheißegal ist, ob jetzt mehr aus uns beiden wird oder nicht, hast du einfach versucht, mich zu küssen, was?«

»Es ist mir egal«, murmelte ich mit zittriger Stimme. Streit war ich nicht gewohnt. Ich fühlte mich ihr völlig unterlegen. Mein Körper bebte, weil er mit dieser Situation vollkommen überfordert war.

Ich hätte versuchen können, sie in meiner anderen Gestalt etwas zu besänftigen, so wie damals. Aber ich wollte es einfach nicht auf diese Art klären. Es fühlte sich falsch an. Ich konnte nicht einfach darauf hoffen, dass meine Engelsgestalt all meine Konflikte mit Alisa löste. Mein zweites Ich pulsierte währenddessen ganz laut. Es wollte mich unterstützen; Alisas traurige und erboste Seele mit der Engelsgestalt besänftigen.

Ich konnte fühlen, wie meine Hände zu leuchten begannen. Doch ich unterdrückte diese Energie so gut ich konnte. Das hier musste ich anders lösen; auf eine normale menschliche Art. Außerdem war Alisa so außer sich, dass es sie wahrscheinlich nur noch wütender gemacht hätte, wenn ich mich verwandelte.

Mein Blick ruhte auf dem Scherbenhaufen, der auf dem Boden lag. Alisa konnte mir so viele Dinge antun, wie sie wollte; meine Gefühle würden sich nicht ändern. Ich wollte sie um mich haben; sie glücklich machen. Und ich wusste, dass sie mich gern hatte. Doch ihr Selbsthass hinderte sie daran, sich das einzugestehen.

»Ich will dir die Erinnerung an Derek nicht nehmen, im Gegenteil«, sagte ich schmerzerfüllt. »Er soll weiter bestehen, er ist ein Teil von dir und du wirst ihn ewig lieben. Und eben, weil ich dich so gern habe, denke ich so.«

Alisas Blick wurde nur noch zorniger bei meinen Worten. Ich ging einen Schritt auf sie zu, steckte meine leuchtenden Arme versöhnlich in ihre Richtung.

»Es ist okay, wenn du an ihn denkst, wenn du ihn vermisst oder seinetwegen traurig bist«, sprach ich weiter. »Doch was ist falsch daran, wieder zu versuchen, glücklich zu sein? Ich brauche nicht das Gleiche mit dir wie du mit ihm hattest. Ich will nur bei dir sein. Du bist der erste Mensch, der mir etwas bedeutet, und ich denke, ich bin dir auch nicht unwichtig.«

Ich versuchte es nochmals mit Offenheit, um sie in ihrem tiefsten Inneren zu erreichen und zu berühren. So inständig hoffte ich, dass sie meine Worte besänftigten.

Leider bewirkte ich rein gar nichts. Sie sah mich mit den gleichen zornigen Augen an wie zuvor. Es hatte keinen Zweck, mit ihr zu reden.

»Du hast doch von so was gar keine Ahnung. Schwingst hier große Reden, dabei weißt du doch gar nicht, was Liebe bedeutet«, wetterte sie wutentbrannt.

Dann schloss sie ihre Augen und meinte: »Simon, wir sollten uns ab jetzt aus dem Weg gehen. Ich will dich nicht mehr sehen!«

Das Schlimmste an ihren letzten Worten war nicht die Aussage an sich, sondern dass sie förmlich bebte vor Schmerz. Sie wollte das eigentlich gar nicht sagen, das sah ich ihr deutlich an. Warum tat sie das nur?

Ich hob die Reste der Bilderrahmen auf. Dabei schnitt ich mich an einer Glasscherbe. Ich spürte, wie es an der Stelle pulsierte und wärmer wurde. Doch das war mir in diesem Moment egal. Ich stopfte die Bilder wieder in meine Tasche und hängte sie mir über meine Schulter. Ein Blutfleck blieb auf dem Leder zurück, auch das war mir egal. Ich sah sie noch einmal verzweifelt an, hoffte, dass sich die Situation schlagartig änderte. Doch das war leider nicht der Fall.

Sie blickte mich hasserfüllt an und wartete, dass ich gehen würde. Langsam wurde mir klar, dass sie es gerade wirklich ernst meinte.

Das wars.

Ich hielt die Tränen zurück, die in mir hochstiegen. Das, was ich Alisa erzählt hatte, stimmte – wenn ich einmal anfing zu weinen, würde ich nie wieder aufhören können. Mein Leben war ein trauriger Witz.

Ich drehte mich um und ging. Dabei konnte ich ihren Blick im Nacken spüren. Das Gefühl, das ich gerade verspürte, war schrecklicher als alles je Erlebte zusammen. Denn ich hatte das Einzige, was mir jemals wirklich wichtig war, verloren.

Natürlich konnte ich hoffen, dass sie sich in den nächsten Tagen wieder beruhigte. Doch ich kannte sie inzwischen; wenn Alisa etwas nicht konnte, dann war es, sich zu entschuldigen. Selbst wenn wir uns nach ein paar Wochen wieder zusammenraufen würden, dieser Streit stünde für immer zwischen uns. Ich war in sie verliebt und sie nicht bereit für eine neue Liebe. Unsere Freundschaft war dahin.

Ich ging in meine Wohnung, legte meine Umhängetasche beiseite und starrte resigniert die Wand an. Noch nie in meinem Leben hatte ich mich so schlecht gefühlt wie gerade in diesem Augenblick. Da war plötzlich eine schreckliche innere Leere in meiner Brust. Mein Herz schlug wie wild, es war durcheinander und aufgebracht. Die Stimme in meinem Kopf schien unerträglich laut gegen meine Schädelplatte zu hämmern. In meinen Ohren pfiff ein permanenter schriller Ton. Irgendwann wurde mir übel und ich musste mich übergeben. Mein Leben war ein absolutes Desaster.

Kapitel 30 – Alisa

Es war das erste Mal seit Langem, dass ich allein zur Schule ging. Der Weg bis dorthin kam mir unheimlich lang vor. Mein Blick blieb meist auf den Boden gerichtet, damit ich niemanden ansehen musste. Ich schämte mich für gestern. Was war ich nur für ein mieser Mensch! Vor der Schule warteten Jana und Sandra wie immer auf Simon und mich. Doch ab jetzt würden sie wieder nur noch mit mir vorliebnehmen müssen.

Er war mir einfach zu wichtig geworden und ich war noch nicht bereit für eine solche Veränderung. Eine Freundschaft hätte nach unseren Annäherungen nicht mehr funktioniert und so war mir nichts anderes übrig geblieben, als dem Ganzen einen Riegel vorzuschieben. Er sollte einfach nicht länger seine Zeit mit mir verschwenden.

»Ist Simon krank?« Das waren die ersten Worte von Jana an diesem Morgen. Kein »Hallo, wie geht es dir?« oder irgendein anderes nettes Wort zu mir.

»Freut mich auch, euch zu sehen.«

Ich ging einfach weiter in Richtung Schulgebäude. Sollten sie doch auf ihn warten. Es war mir egal, was sie von meiner Entscheidung halten würden, die Freundschaft mit Simon zu beenden.

Wahrscheinlich hatten sie wirklich noch auf ihn gewartet, denn sie kamen beide zu spät zum Unterricht, was unserem Englischlehrer gar nicht gefiel. Beide bekamen eine Strafarbeit aufgebrummt. Als Sandra sich neben mich setzte, sagte ich kein Wort. Ich wollte nicht wissen, was er ihnen erzählt hatte. Den ganzen Vormittag musste ich an ihn denken. Überhaupt schwirrte er permanent in meinem Kopf herum; es war schrecklich.

Die vergangene Nacht hatte ich kaum geschlafen, da mir meine grausamen Worte zu ihm durch den Kopf gingen. Ich heulte mir die Augen aus.

Er würde nie mit mir glücklich werden. Ich war wie Gift für ihn. Wenn er mich eine Zeit lang nicht sah, dann würde er schnell selbst merken, dass er ohne mich besser dran war. Meine beschissenen Launen, die ich an ihm ausließ, mein Selbsthass, den ich auf ihn projizierte – mein komplettes Wesen tat ihm einfach nicht gut. Niemandem gefiel es, wenn man ihn wie den letzten Idioten behandelte. Simon kannte es eben nicht anders.

Darum musste ich ihn vor mir selbst beschützen. Ich wollte nicht, dass er meinetwegen sein Leben nicht genießen konnte. Er war einer der besten Menschen, die ich kannte.

Verdammt, ich vermisste ihn jetzt schon so sehr. Ich musste schlucken. Jede Faser meines Körpers sehnte sich nach seiner Nähe. Durch ihn hatte ich mich in letzter Zeit so gut gefühlt wie schon lange nicht mehr. Aber ich wollte nicht mehr egoistisch sein und ihn ausnutzen. Er verdiente etwas Besseres.

»Kannst du mir mal erklären, was los ist?«, fragte Jana etwas gereizt, als wir in der Pause nebeneinander hergingen.

»Das kannst du ihn selber fragen«, antwortete ich knapp.

»Der ist aber nicht da, also frage ich dich.«

Simon war heute nicht zur Schule gekommen. Bis auf den einen Tag nach dem Schulausflug war es das erste Mal, dass er fehlte.

Jana ließ nicht locker: »Was hat er denn? Ist er krank? Oder was hast du mit ihm gemacht? Er fehlt doch sonst nicht einfach so.« Sie hätte es niemals zugegeben, aber sie schwärmte noch immer für ihn.

»Ich weiß nicht, was er hat. Gestern schien er noch recht lebendig«, gab ich bockig zurück.

Wir setzten uns auf unsere Bank im Pausenhof und schwiegen

uns an. Ich wusste, dass die beiden etwas vermuteten. Es würde spätestens, wenn Simon wieder in der Schule auftauchte, ans Licht kommen. Aber ich wollte gerade einfach nicht darüber reden.

»Was ist jetzt mit deinem Geburtstag? Müssen wir dich wieder zwingen, eine Party zu geben, oder bekommst du es dieses Jahr selbst auf die Reihe?«, wechselte Jana glücklicherweise das Thema.

Endlich war diese grausame Stille zwischen uns durchbrochen. In zwei Wochen war mein Geburtstag. Ich hoffte jedes Jahr, dass sie es vergessen würden. Bis jetzt hatte das leider nicht funktioniert.

»Ich finde es einfach dämlich, für drei Leute eine Party zu schmeißen, zumal ich Partys verabscheue.«

»Dieses Jahr sind wir aber vier, du siehst, es ist Besserung in Sicht«, scherzte Jana mit übertrieben freudigem Lächeln.

»Wir sind zu dritt!«, erklärte ich forsch.

Darauf erwiderte sie nichts mehr. Ich wusste, dass sie es jetzt kapierte.

In Geschichte schrieben wir eine unangekündigte Probe, für die ich natürlich nicht gelernt hatte. Der Tag war nun vollkommen gelaufen und ich wollte einfach nur noch in mein Bett und sterben.

Am nächsten Tag dachte ich schon, Simon sei wieder daheim geblieben, doch in der Pause sah ich ihn neben Armin sitzen. Dieser unterhielt sich jedoch angeregt mit zwei anderen Klassenkameraden. Darum wirkte Simon ziemlich verlassen.

»Er sieht nicht wirklich gesund aus, was?«, meinte Sandra, während sie ihre Banane verputzte.

Er wirkte extrem blass. Ich versuchte, nicht zu lange in seine Richtung zu gucken, damit ich nicht mit ihm in Blickkontakt geriet.

»Ja, wahrscheinlich hat ihn die Grippe erwischt. Oder Alisa hat ihn fertiggemacht.« Jana sah mich bei ihren Worten mit bösem Blick an. Sie wussten Bescheid. Schließlich waren beide nicht dumm.

Als Simons Klassenkameraden zum Fußballspielen gingen

und ihn allein auf der Schulbank zurückließen, keifte Jana mich an: »Mir reicht's! Es ist mir egal, was ihr beiden für Beziehungsstress habt, aber das kann man sich ja nicht mitansehen.« Sie stand auf und ging in seine Richtung.

Sofort rutschte Sandra neben mich und schaute mit mir dabei zu, wie Jana Simon überschwänglich begrüßte.

»Du, sag mal, warst nicht du es, die sich im Auto an ihn drangeworfen hat? Hab ich da was falsch verstanden?«

»Manchmal sind Dinge eben kompliziert. Da kann man nichts dran verstehen«, antwortete ich monoton, während ich weiterhin Simon anstarrte.

»Manchmal sind Dinge eben genauso, wie sie sein sollen, doch gewisse Menschen wollen lieber traurig dreinblicken und machen alles kaputt«, erwiderte sie in einem ernsten Ton.

Touché!

Ich kannte Sandra schon so lange. Normalerweise behielt sie ihre Meinung für sich. Sie beobachtete mehr, als dass sie sich einmischte. Darum gingen mir ihre Worte auch so nahe.

»Du solltest dir echt mal psychologisch helfen lassen«, fuhr sie fort, »das ist nämlich nicht normal.« Nach ihrer harten Ansage ging sie ebenfalls zu Simon. Ich saß allein auf meiner Bank und schämte mich.

Später kamen Jana und Sandra reumütig wieder zu mir und entschuldigten sich für ihr forsches Benehmen. Sie waren mir nicht böse. Egal, was für Scheiße ich baute, sie hielten zu mir. Wie es ihm ging, verrieten sie mir jedoch nicht, und nachfragen wollte ich auch nicht.

Nach der Schule lief ich nur ein paar Schritte hinter Simon her. Ich war mir sicher, dass er wusste, wer da hinter ihm ging. Doch er drehte sich kein einziges Mal in meine Richtung. Wahrscheinlich hasste er mich jetzt. Ja, er hasste mich nun ganz sicher! Was erwartete ich auch, dass er mir hinterherlief wie ein kleiner Hund?

Es sah nicht richtig aus, wie er so allein nach Hause schlurfte.

Sein Kopf war gesenkt, die Schultern hingen schlapp an ihm herab. Aber ich war nicht diejenige, die an seine Seite gehörte. Dafür war er viel zu liebenswürdig.

Gegenüber meines Hauses blieb ich stehen. Normalerweise verabschiedeten wir uns hier voneinander oder machten etwas für später aus. Oft war er gleich nach der Schule mit zu mir gekommen.

Heute ging er weiter, ohne sich einmal umzudrehen, so, als ob er das Haus nicht kennen würde.

Kapitel 31 – Simon

Die drei Bilder hatte ich neben meiner Matratze aufgehängt, damit ich von dort aus auf den schönsten Tag meines Lebens zurückblicken konnte. Dafür besorgte ich mir gestern extra Nägel und einen Hammer in einem Baumarkt, während ich den Unterricht schwänzte.

In meinem Leben fühlte ich mich noch nie so mies. Ich würde Alisa jeden Tag in der Schule sehen. Und jedes Mal, wenn ich sie ab jetzt sah, würde mein Herz unentwegt schmerzen.

Weil ich mich so elend fühlte, war die Stimme in meinem Kopf noch unerträglicher. Sie schrie mich schier pausenlos an. Es vibrierte förmlich in meinem Kopf. Ich musste mich ständig übergeben, lag die meiste Zeit nur herum und versuchte, meine Gedanken und Gefühle zu drosseln. Doch die Stimme in mir hörte einfach nicht mehr auf. Sie trieb mich an den Rand des Wahnsinns.

Irgendwann konnte ich einfach nicht mehr.

Ich gab meinem zweiten Ich, was es wollte, und verwandelte mich. Was hatte ich auch zu verlieren, mir ging es so schon dreckig genug; schlimmer konnte es kaum werden.

Wieder prasselten abertausende Stimmen auf mich ein. Alle flehten sie mich an, ihnen zu helfen.

Und da war sie.

Alisas Stimme.

Wollte mein zweites Ich deshalb zum Vorschein kommen?

Ich konnte sie klar aus dem lauten Durcheinander heraushören.

Aber ich verstand nicht alles – nur Fragmente. Darum hörte

ich einfach nur der traurigen Stimme ihrer Seele zu, bis ich vor Erschöpfung ohnmächtig wurde.

Mir ging es nun noch erbärmlicher als zuvor. Mein Körper fühlte sich vor lauter Erschöpfung ganz taub an. Das Gefühlschaos brach wieder über mich herein. Ich empfand es als so grausam, ein Mensch zu sein. Eigentlich wollte ich gar keiner mehr sein. Ich konnte mein Dasein nicht mehr ertragen. Mein Leben war ein schrecklicher Witz. Nicht mehr und nicht weniger. Ich schrie laut auf, weil ich mich und diese Stimme nicht mehr aushalten konnte. Ich wollte einfach nicht mehr! Dieses nervtötende Dröhnen in meinem Kopf zerstörte mich!

Plötzlich pochte es an meiner Tür. Erschrocken blickte ich auf. Noch nie hatte jemand an meine Wohnungstür geklopft, seitdem ich hier wohnte. Normalerweise klingelten die Leute, da die vordere Eingangstür des Hauses verschlossen war. Die Hoffnung keimte in mir auf, dass es Alisa war und mit mir reden wollte. Wir würden uns vertragen und da weitermachen, wo wir aufgehört hatten. Mein Herz machte einen aufgeregten Freudensprung. Ich warf mir ein Hemd über und rannte hektisch zur Tür.

Doch da stand nicht Alisa vor mir.

Sondern ein hochgewachsener Mann mittleren Alters mit schwarzen, langen Haaren. Seine feurigbraunen Augen irritierten mich. Sie erinnerten mich an etwas, doch ich konnte nicht sagen, an was.

»Hey, das hat ja ewig gedauert«, begrüßte er mich grinsend und wollte mich überschwänglich umarmen. Ich wich perplex zurück.

»Ich möchte nichts kaufen!« Es musste einer dieser Vertreter sein, vor denen mich Alisa einst noch gewarnt hatte.

Ein mulmiges Gefühl machte sich in mir breit.

Der Mann lachte lauthals nach meiner Äußerung.

»Ich verkaufe nichts«, sagte er, »ich will zu einem gewissen Simon Blessing. Er hat blonde Haare und manchmal Flügel, die ihm aus den Schultern wachsen.« Ein freches Grinsen zeichnete sich in seinem schmalen Gesicht ab.

Seine Worte überrumpelten mich total, denn bis auf Alisa und meine Mutter kannte keiner mein Geheimnis.

»Wer bist du?«, fragte ich ihn ernst. Mit verschränkten Armen lehnte er lässig an meinem Türrahmen. Offensichtlich gefiel es ihm, dass mich seine Begrüßung nervös machte.

»Ich denke nicht, dass wir hier zwischen Tür und Angel reden sollten.«

Keinesfalls wollte ich ihn in meiner Wohnung haben.

»Simon, lass mich jetzt rein!«, forderte er mich auf. »Wir haben einigen Gesprächsbedarf.«

Warum tauchte dieser schräge Typ ausgerechnet jetzt auf? Mir ging es nicht gut, mein Körper war von den Anstrengungen der letzten Verwandlung komplett ausgelaugt. Ich konnte mich nur gerade so auf meinen wackeligen Beinen halten.

Er boxte mich leicht gegen meine Schulter und quetschte sich einfach durch die Tür hindurch. Widerwillig ließ ich ihn gewähren. Er sah sich um und wippte auf seinen Stiefeln auf und ab.

»Gemütlich hast du es hier, Cassiel. Ich habe schon früher an deinem Geschmack gezweifelt, aber das hier schlägt echt alles.«

»Cassiel?«

»Ja, Cassiel, mein Lieber«, wiederholte er. »Oder habe ich an der falschen Tür geklopft und du kannst keine seltsamen Stimmen hören, die alle voll von Trauer und Schmerz sind und dir ihr Leid klagen, wenn du verwandelt bist?«

Ich schwieg.

Er wusste offensichtlich einiges über mich.

»Weißt du, Cassiel, du hast dich wirklich gut versteckt. Ich kann schon verstehen, dass du keinen Bock auf den Himmel hast. Aber wenn nicht einmal Melioth dich findet, dann nehme ich das persönlich. Schließlich habe ich dir stets geholfen. Außerdem hast du echt Besseres zu tun, als ewig hier auf der Erde herumzugammeln. Wir hatten schließlich eine Abmachung.«

Ich verstand nicht, was dieser Typ von mir wollte. Zuerst nannte er mich Simon und dann sprach er andauernd von einem Cassiel. Und wer zum Teufel war Melioth? Und wer war überhaupt er selbst?

Seinen Gesichtszügen nach zu urteilen, gefiel es ihm, mich zu verwirren. Er grinste schelmisch.

»Hast du was zu essen da? Diese Gestalt hat Hunger.« Er lächelte mich weiter an, während er mit seinem Finger auf sich zeigte. Der Kerl benahm sich, als würde er mich schon ewig kennen. Aber ich kannte ihn ganz bestimmt nicht, da war ich mir hundertprozentig sicher.

»Fremde Leute, die komisches Zeug reden, bekommen hier nichts zu essen!«, pflaumte ich ihn an, während ich angespannt vor ihm stand.

Er lachte laut auf und kam auf mich zu.

»Darel, freut mich, deine Bekanntschaft machen zu dürfen. Ich bin ein Engel des Lichts und zuständig für die Reinigung der Seelen. Ach, und ich suche dich seit achtzehn Jahren. Reicht das?« Er reichte mir seine Hand und schüttelte die meine energisch. Seine Haut glühte förmlich, als hätte er Fieber.

»Du bist ein Engel?«, fragte ich überrascht nach.

»Bekomme ich denn jetzt was zu essen?«

Engel hatte ich mir irgendwie ganz anders vorgestellt; imposanter, erhabener, und wo waren seine Flügel?

Ich überlegte kurz, was ich ihm zu essen anbieten könnte. Wirklich viel hatte ich nicht da. Mit der Situation total überfordert lief ich in die Küche, während dieser Darel hibbelig im anderen Zimmer wartete. Es schien so, als könnte er keine Sekunde still stehen.

Ein Brötchen und ein gekochtes Ei – mehr war nicht im Haus. Konnte ich einem Fremden so etwas vorsetzen? Ich ging zurück zu Darel und drückte ihm zögerlich beides in die Hand. Er sah

171

mich entsetzt an.

»Das ist jetzt nicht dein Ernst, oder?«

Wir mussten beide lachen.

»Also, pass auf. Weißt du überhaupt, was du bist?«, fragte mich Darel auf einmal.

Ich überlegte. Es war mir peinlich, meine Vermutung vor einer wildfremden Person laut zu äußern. Schließlich glaubte ich ja selbst nicht einmal wirklich daran.

»Ein Nephilim – halb Mensch, halb Engel?«, gab ich geniert als Antwort.

»Du hast hundert Punkte. Und verstehst du auch, was das heißt?« Er biss gequält vom trockenen Brötchen ab und sah mich erwartungsvoll an.

»Keine Ahnung. Meine Mutter ist ein Mensch, also war mein Vater ein …« Ich konnte es nicht vor einem mir Unbekannten aussprechen.

Darel ließ sich auf meine Matratze fallen und kaute übertrieben, als würde er einen Kaugummi bearbeiten. Ich setzte mich neben ihn mit überschlagenen Beinen.

»Richtig, dein Paps ist ein Engel. Habbiel, der alte Romantiker, hat da ein bisschen Chaos verursacht. Er hat deine Mutter aufrichtig geliebt. Es war unmöglich, sie ihm auszureden. Eigentlich sind uns Engeln derartige Verbindungen, zu Menschen, strengstens untersagt.«

»Habbiel«, murmelte ich verwirrt. Mein Vater war also wirklich ein Engel. Mein Magen rebellierte gegen diese wahnwitzige Vorstellung. Ich versuchte, mir auszumalen, wie er wohl aussah, dieser Engel. Ein unangenehmes Kribbeln kam in mir hoch. Es war eine Mischung aus Freude und Wut. Ich ballte meine Hände zu Fäusten zusammen und schluckte meinen Gefühlskloß hinunter. Eigentlich wollte ich gar nichts über meinen Vater wissen. Ich hatte alle Gedanken diesbezüglich stets verdrängt. Jetzt wurde ich gezwungen, mich mit meinem Erzeuger auseinanderzusetzen – es brachte mich total aus der Balance.

Ich seufzte. »Und, wo ist mein sogenannter Vater?«, fragte ich wirsch. Die Wut auf ihn konnte ich in meiner Stimme nicht verbergen. Warum hatte er meine Mutter und mich nur im Stich gelassen?

»Ähm, wie du dir bereits denken kannst, ist die Zeugung von dir im Himmel oben nicht besonders gut angekommen. Darum wurde er bestraft.«

Ich sah Darel erschrocken an. Er war meinetwegen bestraft worden? Ich brachte wirklich nur Unglück.

»Keine Panik«, beruhigte mich Darel. »Er sitzt nur für unbestimmte Zeit im Raqia. Das ist eine Art Gefängnis, eine versiegelte Himmelsebene. Sie haben ihm verboten, dich zu sehen. Glaube mir, wenn er könnte, dann wäre er bereits lange vor mir hier gewesen.«

Ich nickte beklommen. Darel trank ein paar Schlucke aus seiner mitgebrachten Wasserflasche. Sie war mir vorher gar nicht aufgefallen. In meinem Kopf hämmerte es, ich fühlte mich elend – das Gespräch mit Darel überforderte und verwirrte mich. Seine aufgekratzte, verrückte Art machte es nicht besser.

»Also geht es ihm gut? Oder ist dieses Gefängnis so etwas wie die Hölle?«, fragte ich und rieb mir verlegen den Kopf.

Darel lachte laut auf und schlug sich mit einer Hand auf seinen Oberschenkel. »Kleiner. Du gefällst mir. Du solltest dir mal lieber mehr Gedanken um dich machen.«

Er hatte recht. Ich war das Ergebnis eines Techtelmechtels zwischen einem Engel und einem Menschen. Bei dieser Vorstellung wurde ich prompt rot im Gesicht.

»Warum habt ihr mich überhaupt gesucht? Und warum hat es so lange gedauert, mich zu finden?«, wollte ich weiter von ihm wissen.

»Wie bereits erwähnt hast du dich gut versteckt. Ich habe kein

Engelsradar oder so. Du wolltest unbedingt ein normaler Mensch sein; hast deine Aura und deine Energie beinahe gänzlich unterdrückt. Das hat es schwer gemacht.«

Er biss erneut vom Brötchen ab und sprach mit vollem Mund weiter:»Melioth hat dich gestern dann urplötzlich doch gefunden, als du offensichtlich länger in deiner Engelsgestalt verwandelt warst. Er wartet draußen. Wir wollten dich nicht gleich zu zweit überfallen. Außerdem ist er etwas schräg, das wollte ich dir nicht gleich antun.« Darels Mimik und Gestik wirkten übertrieben und falsch. Er war für mich schräg genug. Sofort malte ich mir Bilder von diesem Melioth aus. Ob alle Engel so etwas Verrücktes an sich hatten? Das würde erklären, warum ich daran scheiterte, normal zu sein.

»In der Bibel werdet ihr Nephilim als Riesen beschrieben, die Menschen fressen. Das stimmt natürlich nicht; das ist ein Märchen«, quasselte Darel vor sich hin. Es sah beinahe so aus, als würde er dieses Gespräch immer und immer wieder führen. Als ich nichts erwiderte, sprach er einfach weiter:»Bis jetzt hatte ich nur mit Leuten wie dir zu tun. Dürr, unwissend und ängstlich. Definitiv nicht riesig und gefährlich!«

»Schönen Dank für die Komplimente!«, meinte ich ironisch.

Er musste wieder lachen.

»Wie viele gibt es denn, die so sind wie ich?«, wollte ich wissen. Darüber hatte ich mir bis jetzt nie Gedanken gemacht.

Darel legte seine Hand auf sein glattes Kinn und sah an die Decke; begutachtete dort die abertausenden Spinnweben. Seine übertriebene Art machte mich nervös.

»Mit dir sind es jetzt dann acht.«

»Und was machst du, wenn du einen Nephilim findest?«

»Ich sammle die Schäfchen ein. Darum bin ich auch hier bei dir gelandet«, antwortete er mit einem verträumten Lächeln.

Ich hatte das Gefühl, als würde er mir nicht alles dazu erzählen. Das ganze Gespräch fühlte sich irgendwie absurd an.

»Gefällt dir denn dein Leben, Simon?« Jetzt blickte er bei seinen Worten ernster drein, wirkte wie ein völlig anderer. Er veränderte sein komplettes Wesen von einer Sekunde auf die nächste. Ich wollte mit ihm nicht über mein chaotisches Leben reden. »Momentan nicht so besonders.«

Darel schmiss jubelnd beide Arme in die Luft. »Der perfekte Zeitpunkt, dich in dein neues Zuhause zu bringen.« Er schlug mir leicht auf die Schulter. Dann stand er voller Elan auf. So, als ob wir jetzt sofort aufbrechen würden.

»Darel, ich weiß, du wirst mir auf die Schnelle nicht alles erklären können, aber warum hast du mich Cassiel genannt?«, bremste ich ihn in seinem Elan.

Er drehte sich wieder zu mir.

»Willst du die ausführliche Version oder die Kurzfassung?«

Ich musste nicht lange überlegen: »Die kurze.«

Darel sah sichtlich enttäuscht aus. Er redete wohl gern.

»Kurzfassung: Wir stopfen einen Engel in einen Menschenkörper. Voilà, der Nephilim ist fertig. Cassiel ist der Engel in dir.«

Ich sah ihn total verwirrt an.

Er zuckte bloß mit den Achseln. »Selbst schuld, du wolltest die kurze Version.«

»Ist Cassiel diese seltsame Stimme, die Tag und Nacht in meinem Kopf spukt und die ich nicht loswerde? Bin ich also nicht verrückt?«, wollte ich von ihm wissen. Endlich bekam ich eine Antwort darauf, was es mit diesem zweiten Ich in mir auf sich hatte. Diese nervtötende Stimme, die in mich hineinsäuselte ohne verständlichen Zusammenhang; die ich am liebsten aus mir herausschneiden würde wie einen bösartigen Tumor.

Darel sah mich perplex an. »Stimme in deinem Kopf? Während du ein Mensch bist? Das ist mir neu.«

Es war also nicht normal.

War ja klar.

Nicht mal als Nephilim war ich normal.

Darel starte mich intensiv an, als würde er etwas an mir suchen. Er war mir viel zu nah. Ich wollte instinktiv mehr Platz zwischen uns schaffen, doch er rückte mir noch dichter auf die Pelle.

»Und wie kam mein Vater auf die Idee, Liebe mit einem Menschen zu machen?«, fragte ich mürrisch. Ich wollte ihn ablenken, damit er aufhörte, mich abzuscannen.

»Dein Vater war zu dem Zeitpunkt in einer Menschengestalt manifestiert, als er deine Mutter kennenlernte«, erklärte er mir. »Du findest doch Mädchen auch ganz toll oder stehst du mehr auf Jungs?« Darel grinste über beide Ohren.

Sofort wurde mein Gesicht heiß. Wie konnte er mich so etwas fragen? Ich schnaubte nur verächtlich.

Darel überrumpelte mich total. Ich musste das alles erst einmal verdauen.

Sie haben mich gefunden, weil ich kein Mensch mehr sein will ... dachte ich in mich hinein.

Treffender konnte man meine aktuelle Lage nicht beschreiben. Eigentlich wollte ich gar niemand mehr sein. Das was ich wollte war Ruhe. Vor allem von mir selbst.

Konnte ich wirklich bei den anderen Nephilim endlich meinen Frieden finden?

Meine Kindheit war ja gelinde gesagt bescheiden gewesen. Und mein erhofftes neues Leben nahm langsam den gleichen Werdegang. War es wirklich besser, mit Darel zu gehen? Konnte ich bei den anderen Nephilim den alten Simon Blessing endlich hinter mir lassen?

»Und wie stellen wir das jetzt an?«, fragte ich und setzte ein verhaltenes Lächeln auf.

Er lächelte zurück, legte seine Hand auf meine Schulter und meinte: »Erst einmal brauchst du was Richtiges zu essen. Wenn du bei Kräften bist, nehme ich dich unter meine Fittiche.«

Dann verschwand er einfach vor meinen Augen. Nach wenigen Sekunden tauchte er wieder direkt vor meiner Nase auf.

Er sah mich ernst an. »Und geh duschen!«

Just war er wieder verschwunden.

Mit weit aufgerissenen Augen stand ich da, in meiner Wohnung; ganz allein.

Keine Ahnung, ob und wann er wieder auftauchte, aber es stimmte mich positiv, ihn kennengelernt zu haben. Obwohl er mich mit mehr Fragezeichen zurückließ als zuvor.

Ich hatte jetzt ein neues Ziel vor Augen – die anderen Nephilim kennenlernen.

An Darels Stelle stand auf einmal ein dampfender Teller mit Steak und Ofenkartoffeln. Das war mein Lieblingsgericht!

Kapitel 32 – Darel

Endlich hatten wir ihn aufgespürt. Ich steckte mir eine Zigarette an und starrte auf die Straße.

Die Menschen waren so seltsam, ich würde sie nie wirklich verstehen. Wie sie ihre Häuser bauten, wie sie ihr halbes Leben lang zur Arbeit rannten, um sich seltsame Sachen leisten zu können … Aber wahrscheinlich musste man sich an solchen Dingen festhalten, wenn man den Tod stets vor Augen hatte.

»Darel, wie lief es?«

Ich drehte mich zu Melioth. Er stand halb im Dunkeln; nur zur Hälfte von einer Laterne beleuchtet. Sein langes, weißlich graues Haar reichte bis hinab zum Boden. Seine Haut war ledrig und dünn wie bei einer Mumie.

»Ein nettes Kerlchen. Habbiel hat ganze Arbeit geleistet«, antwortete ich ihm mit der Kippe im Mundwinkel.

»Und hat er dir bis jetzt alles geglaubt?«, wollte Melioth wissen.

Ich nickte.

Melioth war ein seltsames Wesen. Er pendelte permanent zwischen Himmel und Erde; wirkte weder wie ein Engel noch wie ein Mensch. Er sah echt fertig aus. Seine trüben, leeren Augen starrten mich aus dem Schatten heraus an. Das ewige Hin und Her bekam ihm nicht.

Er war Licht, besaß jedoch menschliche Züge. Ein Wesen, das den Nephilim gar nicht mehr so unähnlich war.

»Findest du die Energie dieses Nephilim auch so überwältigend? Cassiel strahlt wie ein Atomreaktor in dem Jungen.«

Melioth grinste.

Wenn Simon wüsste, welch hochrangiger Engel in ihm steckte, würde das sein Ego wahrscheinlich ein wenig nach oben puschen. Aktuell machte er einen äußerst niedergeschlagenen Eindruck. Ich war froh, ihn endlich gefunden zu haben. Schließlich war es meine Aufgabe, ihn in das Versteck der Nephilim zu bringen.

»Wirst du ihm sagen, wer Cassiel ist?«, fragte mich Melioth.

»Später vielleicht. Das ist erst einmal irrelevant. Oberste Priorität ist es, ihn zu den anderen Nephilim zu verfrachten«, ich zog an meiner Zigarette und atmete den Rauch mit pustendem Geräusch wieder aus. »Hast du eine Idee, wie ich den Kleinen nach Kanada bringen soll? Seine Energie ist so gewaltig, das schaffe ich niemals ohne Hilfe.«

Er schmunzelte. »Ich habe ihn gefunden. Jetzt bist du dran. Wie du ihn da hinbringst, ist dein Problem.«

Ich seufzte. »Wenn Cassiel in den Himmel zurückkehrt, dann ist er mir was schuldig. Ich will 'ne verdammte Beförderung.«

Cassiel hatte mich damals angebettelt, ihm zu helfen. Und ich Trottel sagte natürlich ja. Ich konnte ihm noch nie einen Wunsch abschlagen. Jetzt hatte ich den Mist mit den Nephilim an der Backe.

»Soll ich ein wenig auf den Kleinen aufpassen, während du weg bist?«, fragte mich Melioth. »Nicht, dass ihn die Exusiai finden.« Er trat ganz aus dem Schatten und gesellte sich neben mich. Seine gekrümmte Haltung passte zu seinem knochigen Körper.

»Die Exusiai. Ein weiteres Problem«, murmelte ich.

Sie waren die »Kammerjäger« des Himmels, niedere Lichtgestalten, deren einzige Aufgabe es war, jegliche Nephilim zu finden und schnellstmöglich zu eliminieren. Weder eine Seele noch einen eigenen Willen besaßen sie; handelten rein nach ihrem Instinkt. Der Einzige, der ihre Handlungen lenken konnte, war der Richter des Himmlischen Gerichts. Seinen Anweisungen unterlagen auch die Exusiai. Ansonsten taten sie das, was sie am besten konnten: Nephilim aufspüren und töten. Von Geburt an waren die so verhassten Halbengel zum Tode verurteilt. Schließlich waren sie nichts weiter als die personifizierte Schande der Engel – Zeugnis ihrer ungezügelten Fleischeslust. Und das durfte natürlich nicht sein. Engel, die eine Liebesbeziehung mit Menschen eingingen, galten in unseren Reihen als das Allerletzte. Kein Wunder, dass die Nephilim so schnell wie möglich beiseite geschafft wurden.

»Halte dich im Hintergrund. Cassiel braucht erst mal Ruhe. Meine Worte haben ihn aufgewühlt.«

Melioth nickte. Er sah enttäuscht aus. Wahrscheinlich wollte er mit Cassiel ein Pläuschchen halten.

»Schau dich an! Der Arme bekommt bei deinem Anblick noch einen Herzinfarkt«, scherzte ich. »Dann haben wir Cassiel sofort wieder im Araboth. Eigentlich keine schlechte Idee.«

Ich schnippte den glühenden Zigarettenstummel auf die Straße. Gleichzeitig fragte ich mich, ob es damals wirklich eine gute Idee gewesen war, mich auf das Betteln von Cassiel einzulassen, die Nephilim zu unterstützen und ihnen ein sicheres Versteck zu schaffen. Es barg nämlich erhebliche Risiken für mich. Wenn Erzengel Michael mich dabei erwischte, wanderte ich umgehend ins Raqia. Glücklicherweise ging es seit Cassiels Verschwinden im Himmel drunter und drüber. Michael riss sich Cassiels Position im Araboth – dem siebten Himmel – sofort unter den Nagel; versuchte, seine Machtposition zu festigen. Darum fiel mein Handeln auf der Erde nicht weiter auf.

»Darel, sie rufen nach dir.«

Ich stimmte Melioth zu. Ich musste zurück und mich um meine eigentlichen Aufgaben kümmern.

Kapitel 33 – Simon

Ich wachte auf, wusste aber nicht, wie spät es war. Sofort erinnerte ich mich an Darel; es kam mir vor wie ein Traum. Ich ging zum Fenster und öffnete den Rollladen ein kleines Stück – es musste schon später Nachmittag sein, wenn ich den Stand der Sonne richtig deutete.

Von Darel war keine Spur. Ich fühlte mich seltsam, als wäre ich nicht mehr ich. Ich war verwirrt und hungrig. Doch noch viel dringender musste ich unter die Dusche.

Das heiße Wasser auf meiner Haut tat unheimlich gut. Jetzt erst spürte ich, wie verspannt ich war. Obwohl mein Hungergefühl immer stärker wurde, stand ich beinahe eine Stunde unter dem warmen Schauer.

Nur mit einem Handtuch bekleidet verschlang ich das übrig gebliebene Ei. Ich musste an ein Zitat von Hermann Hesse denken: »Das Ei ist die Welt. Wer geboren werden will, muss eine Welt zerstören.«

Bei diesen Gedanken wurde mir schlecht. Jetzt erst nahm ich den fauligen Geschmack in meinem Mund wahr. Ich spuckte das Zerkaute würgend in die Toilette. Mein Magen knurrte so erbärmlich, dass ich Angst bekam, er würde mich gleich selbst verschlingen. Ich musste rausgehen und etwas Essbares besorgen.

Gerade hatte ich mich angezogen und wollte los, da klopfte es an der Wohnungstür. So viel Besuch wie in letzter Zeit bekam ich noch nie – es fühlte sich unheimlich an. Ich machte die Tür auf und wollte Darel begrüßen, doch Jana stand vor mir.

»Wie bist du ins Haus gekommen?« Meine Begrüßung war nicht die netteste. Offensichtlich raubte ich ihr sämtlichen Mut mit meinen Worten, denn sie sah mich verunsichert an und brachte keine Silbe heraus. Jana war noch nie bei mir zu Hause gewesen und ich wollte auch nicht, dass sie meine Wohnung sah. Darum schob ich mich langsam zwischen sie und den Türrahmen, damit sie nicht hineinsehen konnte.

Schüchtern stand sie vor mir. »Stör ich?«

Ich überlegte kurz. Eigentlich musste ich endlich etwas zu essen besorgen, doch ich wollte nicht allzu unhöflich sein und sie fortschicken.

»Ich hab ein ziemliches Chaos da drinnen, lass uns lieber woanders reden, okay? Ich lade dich auf eine Pizza ein.«

Sie sah erleichtert aus und nickte zustimmend. Hoffentlich konnte ich mich beim Essen einigermaßen benehmen und schlang nicht wie ein Tier. Meine Selbstkontrolle sank von Sekunde zu Sekunde.

Beim Verlassen des Hauses löste ich genervt den Türstopper von der Eingangstür, damit nicht weitere ungebetene Gäste einfach hereinmarschieren konnten.

»Und was willst du von mir? Woher weißt du überhaupt, wo ich wohne?«, fragte ich sie, während wir so nebeneinander hergingen.

»Du warst schon wieder nicht in der Schule. Wir machen uns eben Sorgen um dich«, antwortete mir Jana.

»Wie viele Tage war ich denn nicht da?«

Ich hatte komplett das Zeitgefühl verloren und konnte nicht einmal einschätzen, welcher Tag heute war.

»Was fragst du denn so bescheuert, was ist nur mit dir los? Du warst seit einer Woche nicht in der Schule, mein Lieber. Ist das alles nur wegen Alisa?« Nun kommunizierte Jana in ihrer gewohnt direkten Art mit mir.

Schweigend zuckte ich nur mit den Schultern. Ich wollte nicht über Alisa sprechen.

Wir kamen endlich bei der Pizzeria an. Das Lokal war geschlossen. Ich seufzte. »Was für einen Tag ist denn heute?«

»Dienstag. Nimmst du Drogen?« Jana wirkte total verärgert.

Heute war also Dienstag. Natürlich hatte die Pizzeria dienstags geschlossen; so wie an jedem Dienstag. Ich fühlte mich der Ohnmacht nahe, so hungrig war ich.

Jana stemmte beide Arme in die Hüften und starrte mich wütend an. »Simon Blessing, weißt du eigentlich, wie viel Sorgen wir uns um dich machen?«, keifte sie nun. »Alisa hat mir gesagt, wo du wohnst, damit ich nachsehen kann, ob du überhaupt noch lebst. Sie würde es nie zugeben, aber sie macht sich ebenfalls große Sorgen um dich. Sie hat mir zwar nicht viel erzählt, aber offensichtlich habt ihr gestritten, und jetzt freakst du total aus, oder was?« Jana fuchtelte wild mit ihren Händen herum.

»Es ist nicht so, wie du denkst ...«

Eigentlich wollte ich weiterreden, doch sie ließ mich nicht.

»Es ist nicht so, wie ich denke? Ich weiß, was ich sehe, und das reicht mir. Ernsthaft, vergiss doch diese doofe Kuh. Ich habe dir das damals schon gesagt: Alisa hat sich da in eine Einbahnstraße manövriert und keiner bringt sie da wieder raus. Auch du nicht! Darum musst du dich doch jetzt nicht so gehen lassen, oder?«

Als ich nichts erwiderte, ergänzte sie: »Du siehst aus wie ein Junkie mit deinen Augenringen.«

Ich konnte es nicht ändern. Alisa fehlte mir. Ich brauchte sie gerade mehr denn je. Darel hatte meine bröckelige kleine Welt vollends zum Einstürzen gebracht.

Leider konnte ich jetzt nicht einfach bei Alisa aufkreuzen und sie mit meinem wirren Gefasel über Engel noch mehr durcheinanderbringen. Das letzte Mal, als ich sie sah, hatte sie mich so von Wut getrieben angefunkelt, dass ich befürchtete, sie würde auf mich losgehen. Sie hatte sich entschieden.

Gegen mich.

»Erde an Simon!«

Jana winkte mir vor dem Gesicht herum und sah mich grimmig an. »Sag ihr … Ach, vergiss es einfach.«

Ich wollte nicht, dass Alisa nur zu mir kam, weil Jana ihr zweideutige Nachrichten überbrachte. Außerdem musste ich lernen, mein Leben allein auf die Reihe zu bekommen.

Jana nahm mich überraschend in die Arme. Ich erinnerte mich unmittelbar an die Umarmungen von Alisa. Diese hier fühlte sich anders an – Jana zerquetschte mich förmlich. Ich wusste, dass sie es nur gut mit mir meinte.

»Jana, du solltest jetzt heimgehen«, sagte ich nüchtern und löste mich aus ihren Armen.

Eine Träne lief ihr die rechte Wange hinunter. Alle Menschen in meiner Umgebung waren stets traurig. Ich wischte sanft mit meinem kleinen Finger ihre Träne weg, danach kniff ich ihr freundschaftlich in die Wangen.

»Pass auf dich auf«, meinte sie noch, drehte sich um und ging. Ich blickte ihr hinterher, bis sie außer Sichtweite war, dann kippte ich vor Erschöpfung um.

»Wachst du jetzt endlich mal auf?«

Ich öffnete die Augen. Darel stand vor mir und beugte sich dicht über mich.

»Du liegst hier herum wie ein Penner, mein Freund. Wenn du dich nicht beeilst, wird deine Pizza noch kalt.«

Langsam kam ich wieder zu mir, stützte meinen Oberkörper auf meine Ellenbogen und sah zu Darel. Er hatte eine riesige Pizzaschachtel in der Hand. Es duftete herrlich. Einmal den Geruch in der Nase konnte ich an nichts anderes mehr denken. Ohne zu zögern, riss ich Darel den fettigen Karton aus der Hand. Beim Öffnen wurde der Geruch noch intensiver. Ich hielt es nicht mehr aus und schlang ein Stück nach dem anderen in einer rasenden Geschwindigkeit in mich hinein, ohne darauf zu achten, womit sie belegt war.

»Eigentlich wollte ich ein Stück abhaben, aber ich glaube, mir ist der Appetit vergangen.«

Ich hörte Darel kaum zu, doch dann nahm er mir den Rest einfach weg.

»Du weißt, dass du dich übergeben musst, wenn du weiter so in dich hineinstopfst, oder? Jetzt gehen wir erst einmal zu dir nach Hause. Dass ich bei dir Kindermädchen spielen muss, hätte ich nicht gedacht. Kaum bin ich weg, liegst du bewusstlos in irgendwelchen Gassen herum«, maulte er mich an.

Langsam konnte ich wieder klar denken. Mein Magen schmerzte von der fettigen Pizza.

Darel half mir auf. Dann machten wir uns auf den Weg. Innerhalb weniger Sekunden standen wir plötzlich vor meiner Haustür. Langsam wurde mir das alles ein wenig zu viel. Ich blickte Darel skeptisch an. Er sah geschwächt aus, seine Gesichtszüge wirkten fahl und blass. Gleichzeitig grinste er mich freudig an.

Als wir in meiner Wohnung ankamen, trank ich noch gefühlte drei Liter Leitungswasser, bevor ich für ein Gespräch mit Darel fit genug war.

»Tut mir leid, dass ich jetzt erst auftauche, aber ich war äußerst beschäftigt«, erklärte er mir lässig an die Wand gelehnt.

»Was ist los mit mir?«, wollte ich verstört von ihm wissen.

»Eine Bekannte meinte gerade zu mir, dass eine ganze Woche vergangen ist. Ich habe überhaupt kein Zeitgefühl mehr. Das ist doch nicht normal, oder?«

»Keine Panik. Es ist normal, dass du in deiner Engelsgestalt das Zeitgefühl verlierst. Das zeigt, dass du es doch schon länger in ihr aushältst«, versuchte Darel mir meine Lage zu erklären.

»Ich habe mich doch gar nicht verwandelt. Gleich nachdem du weg warst, habe ich mich hingelegt und geschlafen.«

Darel rieb sich das Kinn.

»Aber vor meinem Besuch warst du in deiner anderen Gestalt, oder nicht?«, fragte er.

Bevor Darel kam, war ich fünf Tage in meiner Engelsgestalt gewesen? Das konnte nicht sein. Hatte ich mich so sehr in Alisas trauriger Stimme verloren? Ich versuchte, mich an die letzte Zeit zu erinnern. Sonntags hatte ich den Streit mit Alisa gehabt, Montag blieb ich von der Schule zu Hause, Dienstag war ich in der Schule und dann ... verschwamm meine Erinnerung.

»Hör mal, Simon, wir sollten dich so bald wie möglich in das Versteck der Nephilim bringen. Ich habe da ein Fleckchen in Kanada, am Arsch der Welt sozusagen. Wenn ich dich gefunden habe, dann bedeutet das, dass die Exusiai dich ebenfalls bald finden werden.«

»Was zur Hölle sind denn jetzt schon wieder Exusiai?«, maulte ich Darel mürrisch an. Es ging mir auf den Geist, dass er in mir nur noch mehr Verwirrung stiftete. Ich war schon überwältigt genug für ein Leben.

»Was die Exusiai sind? Niedere Lichtwesen, die Befehle ausführen. Wenn du wieder die Kurzfassung willst: Sie machen Jagd auf Nephilim und wollen sie töten«, erklärte mir Darel nüchtern. Er schien meine mürrische Art sehr persönlich genommen zu haben.

»Ich kann hier nicht für deine Sicherheit garantieren«, sprach er eindringlich weiter.

»Und warum sollten sie mich dort in diesem Versteck nicht finden?«, wollte ich von ihm wissen.

»Na ja, weil Nemamiah ein netter Kerl ist und gern hilft. Er hat einen riesigen Schutzschild für uns erschaffen. Wir können rein, alle anderen nicht – toll, oder? Übrigens solltest du Nemamiah mal bitten, deiner Freundin zu helfen. Das ist nämlich sein Spezialgebiet: Er beruhigt die Seelen und verschafft dem Geist Klarheit.«

Er kannte Alisa? Ich hatte sie im letzten Gespräch gar nicht erwähnt. Es war mir peinlich, dass Darel wahrscheinlich wusste, was ich für sie empfand.

»Können wir noch eine Woche warten? Dann folge ich dir, wohin du willst, versprochen.« Bei meinen Worten musste Darel grinsen.

»Stimmt, sie hat bald Geburtstag, das hätte ich beinahe vergessen. Und du setzt gern dein Leben aufs Spiel, um ihr zu gratulieren, das vergaß ich auch.«

Ich hasste es, wie er ihren Namen aussprach. Ich verstand nicht, warum alles auf einmal so schnell gehen musste. Schließlich hatte Darel fast neunzehn Jahre gebraucht, um mich zu finden.

»Kommt sonst eine Armee, um mich zu töten? Das ist doch lächerlich«, spottete ich mit einem ironischen Unterton.

Darel lachte abfällig. »Du bist so witzig, Kleiner, wirklich. Du weißt schon, dass deren Existenz einzig dem Töten von Nephilim gilt? Das ist wie ein tollwütiges Rudel Wölfe. Wenn sie deine Fährte wittern, dann bist du so was von Geschichte!« Darels Worte klangen ernst.

»Du willst mir jetzt nicht erzählen, dass wirklich eine Armee hinter mir her ist, oder?«, fragte ich geschockt.

»Wenn die Exusiai dich aufspüren, dann ja. Und ich kann sie nicht einfach wegschicken. Sie gehorchen uns Engeln nicht. Die pfeifen auf das, was ich sage. Und wenn ich sie töte, dann wandere ich ins Raqia. Es ist uns Engeln verboten, uns in deren Angelegenheiten einzumischen.«

Es war wohl wirklich Glück, dass mich Darel vor den Exusiai gefunden hatte.

Trotzdem wollte ich noch nicht sofort von meinem jetzigen Leben Abschied nehmen. Der Streit mit Alisa kam mir auf einmal so nichtig und klein vor. Viel zu unbedeutend, um mein Leben hier einfach aufzugeben und mich in diese Ungewissheit zu stürzen. Ich war noch nie in einem anderen Land gewesen und ich hatte Angst vor dem, was mich in Kanada erwartete.

»Hast du schon einmal probiert, zu fliegen?«, fragte mich Darel plötzlich. »Über den Atlantik bekomme ich dich nämlich nicht. Auch wenn es aktuell nicht den Anschein macht, du besitzt zu viel Energie für mich. Schon dieses kurze Stück bis zu deiner Wohnung hat mich komplett ausgelaugt. Das war ein Test von mir, wie weit ich dich befördern kann.«

Nach Darels Worten sah ich ihn fragend an. Meinte er das ernst?

»Klar, ich drehe jeden Abend eine kleine Flugrunde, weißt du?«, gab ich ihm frech als Antwort.

»Ironie liegt dir nicht, mein Freund. Wir können ja die Zeit, die du noch hier verschwenden willst, nutzen und es dir beibringen.«

Entsetzt sah ich ihn an. Darel meinte das wirklich ernst: Ich sollte fliegen lernen und dann einfach mal so über den Atlantik flattern. Vor Panik musste ich schlucken.

»Fühlst du dich fit genug für die erste Lektion?«, fragte er mich voller Tatendrang. Dabei ließ er seine Finger laut knacken. Das Geräusch bescherte mir eine Gänsehaut.

Ich konnte mir einfach nicht vorstellen, dass der Typ ein Engel war.

»Jahrelange Übung«, sprach Darel mit einem kecken Unterton. Verwirrt starrte ich ihn an. Konnte er meine Gedanken lesen? Ich bekam keine Antwort auf meine im Geiste gestellte Frage.

Plötzlich schrie Darel laut auf: »Genug Zeit mit Plauderei verschwendet. Jetzt wird geflogen!«

Kapitel 34 – Darel

Simon gefiel mir. Ich wusste nicht genau, warum, aber ich mochte ihn. Er sprach es nicht aus, aber ich spürte, dass er dieses Mädchen, Alisa, mochte. Man musste sich nur kurz mit seiner Seele befassen, um das zu spüren. Darum ließ ich ihm noch die eine Woche. Wenn er so stur wie Cassiel war, konnte ich ihn sowieso nicht ohne Zwang davon abhalten.

Wir gingen hinter das Haus an den Teich. Es gab dort keinerlei Beleuchtung, darum türmte sich die absolute Dunkelheit vor uns auf.

»Was ist, wenn uns jemand sieht, Darel?«

Ich drehte mich zu ihm, der zögernd hinter mir stand.

»Wunder gibt es immer wieder, nicht wahr? Gibt es eben einen Verrückten mehr, der angeblich Aliens oder Engel oder was auch immer gesehen hat«, gab ich dem kleinen Nephilim als Antwort.

Dann erhob ich Zeige- und Mittelfinger und erschuf einen kleinen Schutzschild um uns herum. Es war wie eine Art durchsichtige Kugel, die uns einhüllte. Für Engel oder Exusiai war es ein Leichtes, diesen Schild zu durchbrechen. Aber meine Energie überlagerte dadurch Simons, wenn er sich gleich verwandeln würde. Somit konnten ihn die Exusiai nicht aufspüren. Außerdem hielt der Schild neugierige Menschen fern, für sie waren wir in der Barriere unsichtbar.

Ich sah Simon an und rang nach Worten. Bei den anderen Nephilim war es mir nicht so schwergefallen, schließlich war Cassiel früher so eine Art Chef für mich gewesen – der Prinz des siebten Himmels. Er war beliebt, hatte immer ein offenes Ohr für uns Engel. Stets hatte ich zu Cassiel aufgeblickt und nun stand dieser schmächtige junge Kerl vor mir, der meinen Prinzen in sich tragen sollte.

Simon wartete, dass ich mit der Lektion anfing. Doch ich wollte ihn einfach nur ansehen. Er war ein Mensch. In seinen Augen sah man diese starken Emotionen. Zugleich besaß er dieses innere Leuchten; eine bläuliche Aura, die heller strahlte, als ich es je zuvor bei einem Nephilim gesehen hatte. Das war definitiv Cassiel.

Als ich diesen zarten Simon so ansah, fühlte es sich auf einmal richtig an, ihm zu helfen. Es war das erste Mal, dass sich meine Zweifel etwas legten. Schließlich half ich ihm und den anderen Nephilim nur, weil mich Cassiel einst darum gebeten hatte. Ohne seine Bitte wäre ich niemals auf die Idee gekommen, die Nephilim zu unterstützen. Es war verboten. Und ich tat es Cassiel zuliebe trotzdem.

»Darel?« Simon riss mich aus meinen Gedanken.

»Tut mir leid, ich war abgelenkt«, gab ich zu. Er lächelte mich schüchtern an, während er seine Hände in den Hosentaschen vergrub.

»Wenn du in deiner Engelsgestalt bist, wie ist das so?«, fragte ich ihn.

»Es schmerzt, weil abertausende Stimmen in meinem Kopf herumschreien. Es fühlt sich so an, als würde es mich zerreißen; als ob mein Kopf explodiert.«

»Und was tust du dagegen?« Simons Blick entfernte sich von mir und wanderte in die Leere der Nacht.

»Nichts. Ich versuche, sie zu verstehen«, flüsterte er kaum hörbar.

Er sah furchtbar traurig aus, als er sich erzählenderweise an die Schmerzen erinnerte. Ich verspürte den Drang, ihm zu helfen; aus ihm den Engel einfach herauszuholen, damit er sein Menschenleben, sei es auch noch so kurz, genießen konnte. Aber das funktionierte nicht. Ein friedliches Erdendasein als normaler Mensch war für ihn nicht vorgesehen.

»Gut, wenn du dich gleich verwandelst, dann möchte ich, dass du an meine Worte denkst«, instruierte ich Simon. »Das ist wichtig, damit deine Gedanken nicht abschweifen. Ich weiß nicht, ob ein Nephilim einen Sturz aus einem Kilometer Höhe überlebt.«

Ich rückte ein wenig näher an ihn heran und fasste ihn mit beiden Händen an den Schultern. Dann sprach ich leise aber eindringlich:

»Wenn du den Schmerz spürst, dann versuche, diese Stimmen zu ignorieren. Das ist wichtig, damit du konzentriert bleibst. Und dann, wenn du dich gut unter Kontrolle hast, dann stelle dir deine Energie vor; ihre Farbe, wie sie strahlt. Tauche in diese Energie ein, löse dich von deinem körperlichen Gefühl. Breite deine Flügel aus. Stoße dich ab und dann flieg los.«

Er zog fragend seine Augenbrauen zusammen. Aber ich konnte es nicht besser erklären.

»Reicht es nicht, wenn ich einfach ein wenig mit den Flügeln schlage?«, scherzte Simon. Er war sichtlich nervös.

»Du kannst dich gern verwandeln und es ausprobieren, aber ich gebe dir den Tipp: Probiere es auf meine Weise.«

»Ich kann mir das halt nicht vorstellen, wie das funktionieren soll.« Hilflos stand er da.

»Stell dir vor, jemand müsste dir erklären, wie du dich verwandeln sollst, das wäre bestimmt noch suspekter.«

Wir schmunzelten beide. Ich wollte ihn etwas auflockern, damit er sich leichter tat.

Schließlich drehte sich Simon ein wenig von mir weg und zog sein T-Shirt aus. Er schloss die Augen und spannte all seine Muskeln an. Sein Körper sah derart geschunden aus. Cassiel hatte wohl diese ganzen schmerzlichen Erfahrungen machen müssen. Ich fragte mich, ob er seine Entscheidung, ein Nephilim zu werden, heute bereute.

Dann erstrahlte Simon in einem blauen Licht, das selbst für mich zu hell war, sodass ich blinzeln musste. Ich erkannte Cassiels blau leuchtende Aura, seine Energie. Doch ihn selbst erkannte ich nicht. Es war immer noch Simon. Da fiel er auch schon vor Erschöpfung auf die Knie.

»Denke an meine Worte!«, schrie ich laut. Er wandte sein Gesicht zu mir und öffnete seine leuchtenden Augen. Sie schenkten einem alle Hoffnung dieser Welt, wie Cassiel einst selbst es tat. Egal, was für Leid ein Wesen auf dieser Erde verspürte, ein Blick in diese Augen und der Schmerz war zumindest für einen Moment vergessen.

Ich ging zu ihm und legte meine Hand auf seine Schulter. Er sah mir direkt in die Augen und ich wusste, dass er mich erkannte – trotz der Schmerzen und der abertausenden Stimmen, die auf ihn einprasselten. Er schloss seine Lieder; Anzeichen eines Versuchs, meine Instruktion umzusetzen.

Die Nephilim mussten generell erst lernen, ihre Energie zu kontrollieren und zu bündeln. Das versuchte ich nun gerade, Simon beizubringen.

Es verging einige Zeit, doch es passierte nichts. Simon kauerte mit verschlossenen Augen auf seinen Knien. Er schaffte es nicht. Wenigstens auf ein paar Meter ohne Bodenkontakt hatte ich gehofft. Irgendwann kippte er dann einfach um und war wieder in seiner menschlichen Gestalt.

Melioth tauchte hinter Simons bewusstlosem Körper auf und strich ihm durch das Haar.

»Armer, kleiner Nephilim«, flüsterte er in sich hinein.

Ich seufzte. »Was willst du, Melioth?«

Er lächelte und starrte mich mit seinen trüben Augen an, während sich seine dürren Finger weiter in Simons Haar vergruben.

»Ich wollte ihn in Engelsgestalt sehen. Seine Energie ist atemberaubend. Kein Wunder, dass der Kleine sie nicht kontrolliert bekommt.«

Ich musste Melioth recht geben. Cassiel war zu stark für Simon. Das mit dem Fliegen konnten wir erst mal vergessen.

»Ich schaffe es auf alle Fälle nicht, Cassiel so weit zu transportieren. Heute habe ich ihn ein kurzes Stück mitgenommen, doch meine Kräfte sind dabei bereits an ihre Grenzen gestoßen«, erzählte ich Melioth bedrückt.

Die Vorstellung, in einem Flugzeug reisen zu müssen, behagte mir ganz und gar nicht. Ich hasste diese engen fliegenden Sardinenbüchsen. Auch wenn ich zugeben musste, dass die Menschen unheimlich kreativ waren und ihr erfinderischer Geist enormes Potenzial barg.

Melioth hob den ohnmächtigen Nephilim auf. Im Kontrast zu Simons Haut sah er grau wie eine Maus aus; wie ein Toter.

»Passt du auf ihn auf, während ich weg bin?«, fragte ich Melioth. Ich musste leider wieder rasch in den Himmel zurück, um nicht negativ aufzufallen.

Er nickte.

»Ich errichte euch eine kleine Barriere um Simons Wohnung. Aber er soll sich trotzdem nicht mehr verwandeln, bis ich wieder da bin.«

Melioth nickte abermals.

Ich vertraute ihm, er war menschlicher, als ich es je sein würde.

Kapitel 35 – Alisa

Es war unheimlich schwül an diesem Morgen. Ich hasste diese Hitze gepaart mit hoher Luftfeuchtigkeit. Das ständige Schwitzen nervte mich tierisch. Bereits als ich das Haus verließ, klebte mein Oberteil feucht an mir. Schweißperlen liefen an meinen Augenbrauen entlang und tropften von meiner Nase. Als ich mich auf den Weg zur Schule machte, huschte mein Blick zum gegenüberliegenden Eingang des verlassenen Spielplatzes.

Jeden Tag hörte ich in meinen Gedanken all die schrecklichen Worte, die ich zu Simon gesagt hatte. Immerzu hatte ich das Geräusch in den Ohren, als das Glas der Bilderrahmen brach. Doch das Schlimmste war sein trauriges Gesicht, das mir permanent vor meinem geistigen Auge erschien. Seine einst strahlenden Augen blieben mir verzweifelt und glanzlos in Erinnerung.

Ich redete mir ein, dass ich ihn von mir hatte wegstoßen müssen, damit er glücklich werden konnte. Doch jeder Tag, an dem er nicht in der Schule aufgekreuzt war, ließ diesen Gedanken mehr und mehr als ein Irrtum erscheinen. War er wirklich nur meinetwegen so lange nicht im Unterricht gewesen? Das passte gar nicht zu ihm. Die Schule war ihm doch so wichtig. War er krank?

Ich kannte ihn mittlerweile gut genug, um zu wissen, dass er nicht krank war. Simon war nie krank!

Gott im Himmel, ich hasste mich dafür, dass ich dem nettesten Menschen, den ich je kannte, solch schreckliche Dinge an den Kopf geworfen hatte. Da waren sie wieder, die Tränen, die kurz davor waren, auszubrechen. Und wieder besänftigte ich sie mit dem Gedanken, dass es so das Beste für ihn war.

Jana würde mir heute bestimmt erzählen, wie es ihm ging.

Mir graute davor.

»Guten Morgen.« In Janas Stimme lag seit Simons Verschwinden ein ironisch wirkender Unterton, der mir auf die Nerven ging. Ihre Augen strahlten heute etwas Angriffslustiges aus.

»Warst du bei ihm?« Ich wollte endlich wissen, wie es ihm ging.

Jana nickte. »Er sieht aus wie ein Heroinabhängiger, aber er lebt«, gab sie zurück, während sie sich eine Zigarette anzündete. Ihre neonfarbenen Ohrringe klimperten bei jeder Bewegung.

»Er saß aber nicht weinend in der Ecke und hat nach dir gerufen, wenn du das wissen wolltest.«

Wie ich Jana für ihre Überheblichkeit gerade verabscheute. Aber ich war froh über ihre Information. Schließlich wusste ich jetzt wenigstens, dass Simon lebte.

»Eigentlich wollte er mich zum Essen einladen, aber die Pizzeria hatte leider zu.« Jana wollte mir mit ihren Worten wehtun. »Ach, und umarmt haben wir uns auch zum Abschied«, prahlte sie laut heraus, »sogar ziemlich lange, eigentlich. Er sieht nicht nur toll aus, sondern fühlt sich auch richtig gut an.« Sie grinste übers ganze Gesicht.

Ich steckte mir unauffällig meine Ohrstöpsel in meine Ohren und drehte den Sound voll auf, um ihr dummes Gelaber nicht mehr ertragen zu müssen. Übelster Deathmetal dröhnte in meinen Kopf.

Sie wollte mich provozieren.

Und es funktionierte.

Sämtliche Haare stellten sich bei mir auf und in meinem Magen kribbelte es wie in einem Ameisenhaufen. Um mir nicht anmerken zu lassen, dass mich ihre Worte verletzten, zuckte ich einfach nur lässig mit den Schultern.

Jana redete noch weiter, doch ich hörte ihr nicht mehr zu; konzentrierte mich lieber auf meine Musik.

Seit sich Simon nicht mehr in der Schule blicken ließ, war Jana extrem abweisend zu mir. Ich wusste, dass sie in ihn verliebt war, und zwar schon von Anfang an, aber ich konnte einfach nicht verstehen, warum sie mich jetzt so mies behandelte. Jetzt war doch für sie der beste Zeitpunkt, um den einsamen Simon mit ihrer überschwänglichen Liebe und ihren großen Brüsten zu trösten. Meine Hände ballten sich zu Fäusten bei dem Gedanken daran.

Auf dem Heimweg konnte ich überall die Grillen zirpen hören, während der Asphalt so heiß war, dass die Luft über ihm flimmerte. Mein Körper klebte vor Schweiß. Der Sommer hatte begonnen, früher als gedacht. Ich hasste den Sommer und diese unerträgliche Hitze.

Als ich endlich zu Hause ankam, zögerte ich, hineinzugehen. Den Schlüssel ins Schlüsselloch gesteckt, hielt ich einen Moment inne.

Ich wollte Simon unbedingt sehen.

Jetzt! Auf der Stelle!

Ich musste mich selbst vergewissern, ob er mich nicht doch brauchte.

Schließlich wusste nur ich, dass er schwer allein zurechtkam. Die letzten Monate hatte ich ihn so gut es ging bei allen möglichen Dingen unterstützt. Es war für ihn bestimmt schwer, von heute auf morgen auf einmal wieder komplett allein auf sich gestellt zu sein.

Ich zog meinen Schlüssel wieder aus dem Schlüsselloch und machte mich auf den Weg zu Simons Wohnung. Mein Herz pochte laut, kalter Angstschweiß bildete sich auf meiner Stirn.

Mein Blick wanderte zu meinem Schlüsselbund, den ich in meiner Hand hielt. Ich besaß von Simon noch den Zweitschlüssel. Es war ein guter Vorwand, ihm den Schlüssel zurückzugeben. Dann würde ich schon sehen, wie Simon auf mich reagierte. Und wenn nur ein Funken Hoffnung bestand, dass er bereit war, mir zu verzeihen, dann würde ich ihn in meine Arme schließen und nie wieder loslassen.

Meine Hände waren ganz klebrig vor Angstschweiß. Mit zitterndem Finger klingelte ich, doch trotz langen Wartens rührte sich nichts. Ich klingelte noch einmal, aber es kam wieder keine Stimme aus dem Lautsprecher. Mein Herz pochte mir in den Ohren. Als ich kurz davor war, ums Haus zu schleichen und durch Simons Fenster zu luken, kam auf einmal ein seltsam aussehender Mann heraus und blieb vor mir stehen. Sein langes Haar war dünn und stumpf; seine Haut fahl und grau, beinahe durchscheinend. Er war sogar so groß, dass er sich leicht nach vorne beugen musste, um durch die Tür zu passen. Das Auffälligste waren jedoch seine matten Augen. Sein Blick schien trüb und leer; wie der eines Blinden.

Instinktiv wusste ich, dass dieser unheimliche Typ etwas mit Simon zu tun hatte. Ich bekam Angst.

So grimmig ich konnte, schaute ich ihn an; er erwiderte meinen Blick, blieb stehen, bewegte sich dabei keinen Millimeter. Ich verstand, dass ich hier nicht willkommen war. Gänsehaut breitete sich über meinem kompletten Körper aus. Kein Wort brachte ich heraus, ich traute mich nicht, etwas zu sagen.

Mit einem mulmigen Gefühl im Magen drehte ich mich langsam um und machte mich auf den Weg zurück nach Hause. Nach ein paar Metern drehte ich mich aber noch einmal zu Simons Haustür. Der ominöse Mann verschwand gerade wieder hinein.

Mein Körper zitterte wie Espenlaub, dieser Kerl hatte mir einen gehörigen Schrecken eingejagt. Panik stieg in mir auf. Hoffentlich brauchte Simon keine Hilfe! Wie gelähmt blieb ich abermals stehen. Wie könnte ich ihm denn auch helfen? Die Polizei verständigen? Nein! Er hätte niemals gewollt, dass ich die Polizei rufe. Ich konnte nur hoffen, dass es ihm gut ging und er wusste, was er tat.

Kapitel 36 – Simon

Als ich aufwachte, war es dunkel um mich herum. Ich fühlte mich vollkommen orientierungslos. Dennoch spürte ich, dass sich noch jemand mit mir in diesem Raum befand. Ich lauschte in die Stille, doch konnte ich nichts näher Definierbares vernehmen.

»Ist da jemand?«, flüsterte ich in die Finsternis hinein. Und kam mir ziemlich dämlich vor bei der Frage. Dann hörte ich ein Geräusch, das sich langsam näherte. Ich erkannte einen schemenhaften Umriss.

»Darel?«, hauchte ich kaum hörbar ins Leere.

Ein leises Kichern ging durch den Raum.

»Simon, du kennst mich noch nicht. Ich bin Melioth.«

Er rückte noch dichter an mich heran, sodass ich seine Nähe förmlich spüren konnte.

»Was willst du von mir?«, fragte ich verunsichert. Seine Präsenz war mir unheimlich. Instinktiv zuckte ich zusammen und krallte meine Hände in die Matratze.

»Du brauchst keine Angst zu haben. Du wurdest ohnmächtig bei deiner Übung mit Darel. Er musste dringend weg, darum habe ich mich um dich gekümmert. Ich hätte mich dir gern schon früher gezeigt, aber Darel und ich befürchteten, mein Aussehen könnte dich erschrecken«, flüsterte Melioth mir halb ins Ohr; er war mir extrem nah.

Mit meinen Händen wühlte ich durch mein zerzaustes Haar.»Das alles scheint nicht sehr gesund zu sein, wenn ich bedenke, wie oft ich momentan umkippe.«

Ich hatte keine Ahnung, wie dieser Melioth das machte, aber auf einmal schien er von innen heraus zu leuchten und ich konnte endlich sein Gesicht erkennen. Es war angsteinflößend; wie das eines Toten. Erschrocken blickte ich in seine trüben grauen Augen. Ich konnte nicht einschätzen, wie alt er war. Seine Haut schien beinahe durchsichtig. Er war anders als Darel.

»Ich wandle zwischen Erde und Himmel hin und her und finde keine Ruhe«, erklärte Melioth. »Für einen Engel besitze ich mittlerweile zu viel Menschlichkeit, doch bin ich gleichzeitig kein Mensch. Ich bin wie du, nur habe ich mich selbst zu dem gemacht, was ich heute bin.«

Das Licht, das aus ihm strahlte, wurde immer heller und schließlich stand er vor mir mit weit ausgebreiteten Flügeln. Doch sie waren nicht wie meine. Sie waren grau und stumpf, ohne jeglichen Glanz. Ihm fielen ununterbrochen Federn aus. Man konnte schon leicht das Skelett unter seinem Federkleid erkennen.

»Die Frage ist, was passiert mit mir, wenn ich kein Federkleid mehr trage? Ich habe das Gefühl, dass ich es womöglich bald erfahren werde«, trotz seiner traurigen Worte, schien Melioth zu lächeln.

Er war seltsam, ein Schauer lief mir über den Rücken, als er mit mir sprach.

Ich wollte keine durchgeknallten Engel mehr kennenlernen. Ich hatte die Schnauze voll. Jeden Tag passierte irgendwas, das mir den Boden unter den Füßen wegzog. Wie lange sollte ich das noch mitmachen müssen? Doch wenn ich Antworten haben wollte, dann musste ich dieses Spiel mitspielen.

Ich musste mein kleines, armseliges Leben, das ich mir in den letzten Monaten hier aufgebaut hatte, wieder zerstören und mit Darel nach Kanada gehen. Verbitterung stieg in mir auf.

»Simon?« Ich sah zu Melioth, der mittlerweile wieder flügellos vor mir stand. Er hielt mir eine Pfanne mit Essen hin. Es roch einfach köstlich. Sofort sammelte sich Speichel in meinem Mund. Es war befremdlich, etwas zu essen, das Engel einfach so erscheinen ließen. Ich war dennoch so hungrig, dass ich Melioths Mahl dankend annahm. Diesmal bekam ich zum Essen sogar Besteck. Es schmeckte köstlich, auch wenn ich nicht genau wusste, was es war.

»Paella, mein Freund, Paella.« Es machte mich wahnsinnig, dass diese Engel mir meine unausgesprochenen Fragen beantworteten. Er zauberte einen weiteren Löffel herbei und aß ein paar Happen mit. »Köstlich, nicht wahr?«

Ich nickte energisch mit vollem Mund. Nachdem ich alles förmlich hinuntergeschlungen hatte, fühlte ich mich schon wesentlich besser. Melioth hatte mittlerweile ein paar Einrichtungsgegenstände zum Leuchten gebracht und erhellte so den Raum.

»Und, du bist also auch ein Nephilim?«, wollte ich nun von ihm wissen. Er saß mir gegenüber auf dem Boden und musterte mich.

»Nein, das bin ich nicht«, widersprach Melioth mit ruhiger Stimme. »Ich bin ein Engel, doch in all den Jahren hat sich mein Wesen verändert. Ich kann beispielsweise meinen Körper nicht mehr verlassen. Zwar kann ich mich noch entmaterialisieren, um in den Himmel zu gelangen, aber ich kann mein Aussehen nicht mehr einfach so ändern, wie das etwa Darel macht. Vermutlich kann ich sogar irgendwann nicht mehr in den Himmel zurückkehren.«

Ich nickte. Doch verstand ich nur Bahnhof.

Es war seltsam. Ich beschäftigte mich eigentlich viel mit Physik – dem Feind allen »Übernatürlichem«. Nun musste ich mich mit Engeln und deren »Problemchen« auseinandersetzen.

»Simon, was erhoffst du dir von deinem Leben?«, wollte Melioth plötzlich von mir wissen und sah mir dabei tief in die Augen. Sein starrer, ausdrucksloser Blick war kaum auszuhalten.

Ich dachte über seine Frage nach – sollte ich ehrlich antworten? Dann fiel mir ein, dass Darel und Melioth meine Gedanken lesen konnten. Es spielte also keine Rolle.

»Ich wollte schon immer einfach nur ein normales Leben führen. Aber das weißt du ja sicherlich«, antwortete ich, während ich die leere Pfanne auf den Boden stellte. Danach lehnte ich mich nach hinten an die Wand und schloss die Augen. Ich hatte unsagbar starke Kopfschmerzen. Das Stechen und Pochen in meinen Schläfen verursachte ansteigende Übelkeit. Speichel sammelte sich in meinem Mund; bald würde ich mich übergeben müssen. Ich schluckte ihn angewidert hinunter.

»Und warum führst du dann kein normales Leben?«

Was meinte Melioth damit? Er wusste doch am besten, warum ich das nicht konnte. Schließlich brachten Darel und er mein Leben restlos aus dem Gleichgewicht. Ganz zu schweigen von dieser komischen Armee von sogenannten Exusiai, die meinen Tod wollte.

»Gab es bis jetzt denn einen Nephilim, dem es vergönnt war, ein normales Leben zu führen?«, wollte ich stattdessen von Melioth wissen. Er schloss seine Lieder und verneinte meine Frage mit dem Senken seines Kopfes.

Kapitel 37 – Alisa

Jeden Tag hoffte ich, dass Simon wieder in der Schule erschien. Ich wünschte mir nichts sehnlicher, als dass er sich zu uns gesellte und alles so war wie vor meinem Ausraster. Für das alles gab ich mir jedoch nicht allein die Schuld.

Natürlich war ich gemein zu ihm gewesen, aber dieser übertriebene Rückzug von ihm rechtfertigte das nicht. Irgendetwas stimmte nicht mit ihm. Allein der Mann vor seinem Haus bewies mir, dass etwas im Busch war. Ich hatte schreckliche Angst um Simon.

Jana und Sandra sprachen mich zum Glück nicht mehr auf ihn an. Ich spürte an ihrer Art, dass sie sich ein eigenes Bild von den Geschehnissen machten. Beide distanzierten sich Stück für Stück von mir, was ich ihnen nicht übel nahm. Im Gegenteil, ich war froh, etwas Abstand und Ruhe gewonnen zu haben.

Einen Tag vor meinem Geburtstag fuhr ich mit dem Fahrrad zu dem Friedhof in der Nähe. Es war ein Ort der Trauer und der Ruhe; abgelegen in einem Waldstück nahe der Stadt. Ich war schon lange nicht mehr an diesem Ort gewesen. Nicht einmal an Dereks Todestag. Als ich an seinem Grab ankam, kniete ich mich davor nieder und starrte auf seinen Grabstein. Ein paar weiße Nelken standen davor. Wahrscheinlich hatte seine Mutter sie dorthin gestellt.

»Derek, was soll ich nur tun? Es ist alles so schrecklich, seit du von mir gegangen bist«, flüsterte ich still in mich hinein. Die

Tränen nahmen mir meine Sicht. Die Gravierung auf dem Grabstein verschwamm. Ich musste an die harten Worte von Simon denken. Er hatte recht, Derek hätte niemals gewollt, dass ich mein Leben so wegwerfe. Wahrscheinlich war er von mir bitter enttäuscht. Ein leises Wimmern entwich mir:»Derek, es tut mir so leid.«

Ich schloss meine Augen. In meinen Gedanken konnte ich Derek sehen. Er lächelte mich an und reichte mir die Hand. Geschockt öffnete ich meine Lieder.

»Was willst du nur von mir? Soll ich zu dir kommen, ist es das, was du willst?«

Eine warme Brise zog vorbei. War das eine Antwort? Das Quäntchen Rationalität in mir alarmierte mich, dass ich soeben meinen Verstand verlor. Ich sah auf die Narbe an meinem Arm, die ich mir kurz nach Dereks Tod selbst zugefügt hatte. Ein Akt der absoluten Verzweifel und der Grund, warum ich beinahe in der Klapse gelandet wäre. Wenn Derek wirklich gewollt hätte, nein, wenn ich wirklich gewollt hätte, dann wäre ich schon lange bei ihm. Das konnte einfach nicht der richtige Weg sein.

Warum konnte ich einfach nicht zulassen, wieder glücklich zu sein? Ich fürchtete mich so davor, Derek zu vergessen, dass ich versuchte, keine anderen schönen Momente mehr zu erleben. Aber ich spürte nun, dass dieses Verhalten falsch war. Wie viele schöne Momente hatte ich mit Simon erlebt, ohne es anfangs überhaupt zu merken? Derek vergaß ich dabei trotzdem nicht. Ich musste wieder an Simons Worte denken:»Es ist okay, wenn du an ihn denkst, doch was ist falsch daran, wieder glücklich zu sein?«

Warum konnte ich es einfach nicht umsetzen? Warum hatte ich solche Angst davor?

Selbst hier, an diesem Ort, wo nur Derek und ich sein sollten, war Simon tief in meinen Gedanken verwurzelt.

»Lass mich los!«, flüsterte ich. »Irgendwann sehen wir uns

wieder, doch lass mich jetzt bitte los.«

Ich brach noch mehr in Tränen aus. Es war egoistisch von mir, Derek an meiner Situation die Schuld zu geben. Nicht er war schuld, sondern ich allein. Nicht er musste mich loslassen, sondern ich ihn.

Ich legte getrockneten Löwenzahn auf das Grab und ließ meine Hand auf der kalten Marmorplatte ruhen.

Ich wartete auf ein Zeichen, doch es kam nichts. Seit ich von der Existenz der Engel wusste, war ich mir sicher, dass es ein Leben nach dem Tod gab. Ich glaubte nicht an die Geschichten aus der Bibel, aber ich glaubte an eine Art Himmel. Und ich wusste, dass in so einem Himmel Derek weilte und gelegentlich auf mich blickte. Er war bestimmt furchtbar enttäuscht von mir.

Morgen würde ein schrecklicher Tag werden. Geburtstage ohne Derek fühlten sich leer und falsch an. Darum wollte ich ihn auch gar nicht mehr feiern, doch mein Umfeld ignorierte meinen einzigen Geburtstagswunsch.

»Happy Birthday!« Meine Eltern kamen freudestrahlend in mein Zimmer gestürmt und sangen mir lautstark ein Ständchen vor. Ich spielte wie jedes Jahr die freudig Überraschte und nahm meine Geschenke entgegen. Diesmal bekam ich neue Kopfhörer, ein Buch über eine Zombieapokalypse, zwei neue schwarze Oberteile und einen Stapel neuer Blu-Rays. Meinen Eltern zuliebe gab ich mich überaus erfreut und bedankte mich herzlich bei ihnen. Mein Schauspiel reichte ihnen aus. Schließlich wussten sie eigentlich, dass ich meinen Geburtstag hasste und weder eine Feier noch Geschenke wollte.

Meine Mutter hatte extra zwei Torten gebacken – eine kleine für jetzt gleich und eine für die »Party« später. Dass sich mittlerweile kaum noch jemand zu meinem Geburtstag einfand, verdrängte meine Mutter gekonnt.

Dieses Jahr war ich mir nicht einmal sicher, ob Jana und Sandra kamen, da unser Verhältnis so angespannt war. Wahrscheinlich würde ich die zweite Torte einfach allein in mich hineinfressen, um mich anschließend zu übergeben. Eigentlich mochte ich gar keine Torte; das Zeug klebte und war viel zu süß.

Da war auf einmal eine Angst, die ich schon lange nicht mehr gefühlt hatte. Die Panik vor dem Alleinsein. Ich musste betrübt schlucken.

Die letzten Monate war ich mental nie allein gewesen. Ich wusste, dass es jemanden gab, der an mich dachte. Ich redete mir stets ein, dass ich allein sein wollte, aber das stimmte gar nicht. Zumindest nicht mehr, seit ich Simon kannte. Er hatte mich verändert.

Ich stellte mir vor, wie Jana und Sandra zu meiner Geburtstagsparty kamen, und als wäre nichts gewesen, er hinter den beiden zur Tür hereinspazierte und mich in den Arm nahm. Es war eine wunderschöne Vorstellung. Ein zufriedenes Lächeln machte sich bei diesem Gedanken auf meinen Lippen breit.

Ich war verliebt in ihn. Schon länger wusste ich von meinen Gefühlen, wollte sie mir aber nie eingestehen. Und wie kindisch kam mir unser Streit jetzt vor. Es war beinahe lachhaft. All die dummen Hirngespinste, die ich mir über uns gemacht hatte, waren auf einmal vollkommen bedeutungslos. Da war dieses herzerwärmende Gefühl in mir, wenn ich an Simon dachte.

Vielleicht war ich nicht ausschließlich schlecht für ihn.

Vielleicht würde ich ihn wirklich glücklich machen können.

Und vielleicht konnten wir beide füreinander Gutes bewirken.

Falls er heute nicht auftauchte, nahm ich mir fest vor, ihn morgen zu besuchen. Und wenn dieser komische Typ wieder da war, würde ich ihn anpöbeln und mich durch die Tür quetschen. Notfalls würde ich laut schreien, damit mich Simon hören konnte. Noch einmal würde ich mich nicht aufhalten lassen! Ich war bereit, mich bei ihm für mein Benehmen zu entschuldigen. Es sollte zwischen uns wieder so werden wie früher, oder besser:

Es sollte zwischen uns endlich so werden, wie es sein sollte.

Es klingelte an der Tür. Jana und Sandra waren gekommen. Ich konnte die herzliche Begrüßung meiner Mutter im Hausflur hören. Ich legte mein Smartphone beiseite und machte mich auf den Weg nach unten. Es war das erste Mal seit langer Zeit, dass ich mich auf die beiden freute. Ich wollte ihnen heute zeigen, dass ich mir Mühe gab, wieder fröhlicher zu sein.

»Happy Birthday, du Trauerklops«, begrüßte mich Jana. Sandra musste bei ihren Worten lachen. Beinahe zu überschwänglich nahm ich Jana und Sandra in den Arm. Auch wenn ich etwas enttäuscht war, dass Simon fehlte; anders als in meinem kleinen Tagtraum.

»Wir haben zusammengelegt. Es gefällt dir bestimmt nicht«, meinte Sandra in einem ironischen Ton, nachdem sie mir das Geschenk in die Hand gedrückt hatten. Nach dem Auspacken wusste ich auch, warum. Es war eine knallbunte Tasche mit dem Aufdruck »Keep Smiling« darauf. Beide Freundinnen mussten lauthals lachen, als sie mein verdutztes Gesicht sahen, während ich ratlos die Tasche in der Hand hielt.

»Das eigentliche Geschenk befindet sich darin«, erklärte Sandra, die sich als Erste von beiden wieder von dem Lachanfall erholte. Ich öffnete die Tasche und fand ein in Leder gebundenes Tagebuch und dazu einen Füllfederhalter mit Tintenfläschchen. Es war wunderschön.

»Danke euch. Für die Tasche habt ihr hoffentlich nicht zu viel Geld ausgegeben. Mit der werde ich mich nämlich niemals in der Öffentlichkeit blicken lassen.«

Beide kicherten abermals drauflos. Dann nahm ich Jana und Sandra noch einmal fest in den Arm. Solche Gesten der Zuneigung kamen bei mir nicht oft vor. Doch ich brauchte meine Freundinnen gerade mehr denn je. Ich wollte ihnen zeigen, dass ich dankbar war für ihre Geduld mit mir. Sie ertrugen jede Laune von mir und blieben mir treu.

»Wann gibts Torte?«, wollte Jana wissen. »Weißt du, das ist das einzig Gute daran, dass du so wenig Freunde hast: Es bleibt mehr zu essen übrig.«

Sandra und ich lachten. Es schien wirklich ein schöner Tag zu werden. Heute wollte ich mein Leben neu beginnen. Das hatte ich mir fest vorgenommen. Auch wenn es nicht einfach werden würde, ich wollte es zumindest versuchen.

Wir aßen Torte, tranken Sekt mit eingelegten Erdbeeren und sahen uns einen meiner neuen Splatterfilme an. Die kleine Feier fühlte sich fast so wie früher an, wenn Jana und Sandra bei mir gewesen waren.

Die Stunden vergingen, doch meine heimliche Hoffnung, dass Simon auftauchte, sollte sich wohl nicht erfüllen.

Sandra und Jana erwähnten seinen Namen kein einziges Mal. Auch ich tat so, als würde ich nicht an ihn denken. Es war, als hätte er nie in unserer Mitte existiert. Und das fühlte sich total falsch an.

Kapitel 38 – Simon

Darel strapazierte mich die letzten Tage ziemlich. Er hatte es zwar aufgegeben, mir das Fliegen beizubringen, dafür lehrte er mich, meine Kräfte ein wenig besser zu kontrollieren. Ich stieß keine geballte Ladung Energie mehr aus, wenn ich mich verwandelte. Ich konnte so viel länger in meiner Engelsgestalt bleiben, ohne ohnmächtig zu werden.

Darel war so etwas wie ein Freund für mich geworden. Es fühlte sich an, als würde ich ihn schon ewig kennen. Er meinte, dass meine Fähigkeiten nahezu grenzenlos seien – ich müsse nur lernen, sie anzuwenden. Er brachte mir bei, die Stimmen in meinem Kopf zu filtern, damit ich mich auf einzelne konzentrieren konnte oder gar keine mehr wahrnehmen musste. Das half mir unheimlich – dadurch wurden diese nicht auszuhaltenden Schmerzen in meinen Kopf erträglicher, während ich mich in der Engelsgestalt befand.

Obwohl mir Darel verbot, mich ohne sein Beisein zu verwandeln, lauschte ich nachts gelegentlich Alisas trauriger Seele in meiner Engelsgestalt. Aus dem Kauderwelsch heraus konnte ich oft meinen Namen erkennen. Das machte mich glücklich.

Ich wusste nicht, was mich in dem Versteck erwartete und ob ich Alisa jemals wieder sehen wurde. Aus diesem Grund suchte ich keinen weiteren Kontakt mehr zu ihr. Wenn ich ihr noch einmal in die Augen sehen würde, könnte ich meinen Entschluss, Darel zu folgen, nicht mehr wahrmachen. Das Einzige, was mir von ihr blieb, war ein Foto.

Der Tag, an dem ich mit Darel nach Kanada fortging, war gekommen.

Die Flugtickets nach Yellowknife hielt er grinsend in seinen Händen. Ich hatte keine Ahnung, wohin genau er mich bringen würde. Aber ich vertraute ihm. Was blieb mir auch anderes übrig? Doch bevor ich mit diesem neu gewonnenen seltsamen Freund ins Ungewisse aufbrach, musste ich noch etwas erledigen.

Darel wusste, dass mir Alisa wichtig war. Darum hatte er mich gar nicht erst daran hindern wollen, unsere Reise nach Kanada erst nach ihrem Geburtstag anzutreten. Ich wollte ihr unbedingt etwas schenken. Vor allem jetzt, da ich wusste, wie oft sie an mich denken musste. Ich hatte ihr schon vor einiger Zeit eine Kette gekauft.

Als ich sie in einem Schaufenster entdeckte, wusste ich sofort, dass ich sie Alisa schenken musste. Es war eine filigrane Glaskugel an einer Silberkette. In dieser Kugel erkannte man bei genauerem Hinsehen lauter Schirmflieger einer Pusteblume. Und Alisa liebte Pusteblumen über alles.

Dazu bastelte ich aus Draht und einer meiner Federn einen Anhänger, den ich an der Kette befestigte. Hoffentlich verstand sie die Botschaft auch. Schließlich verband sie die Blume mit ihrem Derek. Ich wollte ihr zeigen, dass das okay für mich war.

Darel und ich saßen auf dem Dach der Kobers. Ich wollte Alisa nicht persönlich antreffen und so warteten wir hier, bis die Luft rein war. Darel rauchte genüsslich eine Zigarette nach der anderen.

»Man, diese Gänse gackern bis zum Sanktnimmerleinstag. Bist du dir sicher, dass du diese Alisa gut findest?«, fragte Darel irgendwann rhetorisch. Er war total ungeduldig, zappelte ständig herum. Es war schwer, ihn zu ignorieren.

»Halt deine Klappe!«, zischte ich leise, damit uns die drei Mädels nicht hörten.

»Was denn? Wenn hier einer die Klappe halten soll, dann doch bitte diese Schnatterenten.« Bei seinen Worten äffte er Alisa und ihre Freundinnen nach.

»Du quasselst doch mindestens genauso viel den ganzen Tag. Jetzt sei still, sonst hören sie dich noch!«

Darel schlich lautlos über das Mansardenfenster von Alisa.

»Was zur Hölle tust du da?«, flüsterte ich panisch. Doch als Darel kopfüber durch das Fenster lugte, war er plötzlich verschwunden. Seine Kippe fiel auf die Dachziegel und rollte langsam in die Regenrinne.

Da tauchte er wieder hinter mir auf und ging in die Knie um mir ins Ohr zu säuseln: »Die Rothaarige, richtig? Ist schon nicht schlecht. Wenn ich ein Mensch wäre, würde ich wahrscheinlich die Dunkelhaarige bevorzugen.«

War das sein verdammter Ernst?

»Sei jetzt ruhig!«, befahl ich ihm abermals. Mein Gesicht glühte, Darel brachte mich total aus dem Konzept.

Endlich verkündeten Jana und Sandra lautstark, dass sie nach Hause gehen wollten. Alisa folgte ihnen, um sich zu verabschieden. Stille kehrte ein.

Das schien mir der beste Zeitpunkt, um Alisas Geburtstagsgeschenk in ihr Zimmer zu bringen. Darel öffnete das verschlossene Fenster wie durch Zauberhand. Ich kletterte leise hinein; darauf bedacht, keinen unnötigen Lärm zu machen. Als ich in der Mitte des Raums stand, überkam mich ein Schwall von Melancholie. An diesem Ort durfte ich viele schöne Stunden erleben. Jeder einzelne Gegenstand, den ich ansah, erinnerte mich an die unvergessliche Zeit mit Alisa; und erst der Geruch nach ihr hier überall. Ich atmete tief ein.

»Beeil dich, bitte!«, flüsterte Darel vom Dach aus. Ich riss mich zusammen und drapierte das Geschenk für sie auf ihrer Bettdecke. Ich konnte bereits Alisas Schritte vernehmen. Sie schlich träge die Treppe hinauf. Doch anstatt schnell die Flucht zu ergreifen, genoss ich ihre Nahe. Mein Herz schlug unbeschreiblich schnell. Am liebsten wäre ich einfach hier in ihrem Zimmer geblieben. Für immer!

Kurz bevor sie eintrat, sprach ich zu ihrem Innersten: »Alles Gute zu deinem Geburtstag. Ich werde dich nie vergessen.«

Dann verschwand ich schneller, als es ein Mensch je könnte, aus dem Fenster und sprang Darel entgegen. Meine gepackten Sachen standen neben ihm. Es war nicht viel, das ich mitnahm. Ein wenig Kleidung, das Foto von Alisa und ein Buch von Rudolf Eucken. Darel packte mich an der Hand.

Binnen weniger Sekunden standen wir nicht mehr auf dem Dach, sondern am Bahnhof. Total erledigt sah mich Darel mit einem überraschten und gleichzeitig freudigen Blick an. Er schnappte nach Luft. »Du bist echt 'ne Hausnummer.«

Kapitel 39 – Alisa

Als ich die Türklinke zu meinem Zimmer nach unten drückte, überkam mich plötzlich ein komisches Gefühl. Mein Körper kribbelte und war von Energie durchflutet. War das eine Botschaft von Simon oder bildete ich mir das gerade nur ein? Ich stürmte in mein Zimmer in der Hoffnung, ihn dort vorzufinden.

Ein kühler Windhauch fuhr durch mein Haar; das Fenster stand offen. Ich musste gar nicht erst überlegen, ob ich vergessen hatte, es zu schließen – Simon war hier gewesen, dessen war ich mir absolut sicher. Hastig rannte ich zum Fenster und sah hoffnungsvoll nach draußen. Keine Spur von ihm.

Dann entdeckte ich das Päckchen auf meinem Bett. Es war notdürftig in Zeitungspapier eingewickelt. Ich setzte mich auf mein Bett und hielt das Geschenk an meine Brust. Warum überreichte er es mir denn nicht persönlich? Mein Blick wanderte wieder zu dem offen stehenden Fenster. Am liebsten wäre ich ihm hinterher.

Nun wusste ich zumindest, dass er nicht mehr böse auf mich war. Ich packte das Geschenk langsam aus. Eine Schatulle kam zum Vorschein. In ihr befand sich eine silberne Kette – daran befestigt eine kleine Glaskugel, gefüllt mit Pusteblumenschirmchen und ein Federanhänger. Ein Kribbeln durchfuhr mich. Was hatte das alles zu bedeuten?

Ich wollte ihn so gerne sehen, noch einmal mit ihm reden, mich bei ihm bedanken. Vor allem aber mich entschuldigen. Morgen würde ich zu ihm gehen. Hoffentlich war er da und ich konnte ihn fest in den Arm nehmen.

Kapitel 40 – Darel

Bis jetzt hatte ich alle Nephilim aus eigener Kraft in das Versteck transportieren können. Im Vergleich zu Simon waren sie nur kleine Amöben. Gerade einmal fünf Kilometer schaffte ich mit ihm und kippte dann beinahe aus den Latschen.

Darum musste ich jetzt in dieser von Menschenhand erschaffenen Blechbüchse reisen.

Simon schien mit seinen Gedanken woanders zu sein. Seit wir von Alisa aufgebrochen waren, sprach er kein weiteres Wort. Selbst im Flugzeug war er mucksmäuschenstill. Er starrte nur nachdenklich aus dem Fenster und betrachtete das Wolkenmeer unter uns. Es interessierte ihn überhaupt nicht, was in Kanada auf ihn wartete. Bis jetzt wollte er kein einziges Detail von mir wissen. Darüber war ich froh. Denn ich hatte ihm ungefähr eintausend Dinge verschwiegen. Aus Angst, dass er nicht mehr mitkommen würde.

»He Kleiner, alles in Ordnung mit dir?«, fragte ich ihn, als wir in Yellowknife gelandet waren.

»Hm«, brummte er vor sich hin, während er verschlafen seinen Körper aus dem Flugzeug schleppte wie ein nasser Sack.

Draußen vor dem Flughafen besorgte ich uns einen Mietwagen. Ich suchte einen grünen Pick-up aus; das perfekte Auto für eine lange Reise durch die Pampa.

Ich hasste Autofahren. Aber noch mehr hasste ich Flugzeuge und Züge. Wenn ich ein sterblicher Mensch wäre, brächten mich keine zehn Pferde in solche Maschinen. Schließlich musste man sein kurzes Leben nicht so sinnlos aufs Spiel setzen. »Magst du was trinken?«, wollte ich von Simon wissen. Doch er schüttelte nur verneinend den Kopf. So antriebslos kannte ich ihn gar nicht. Er setzte sich kraftlos auf den Beifahrersitz unseres Mietwagens und wartete auf mich, während ich meinen eingerosteten Menschenkörper einrenkte. Ich schüttelte mich von Kopf bis Fuß einmal komplett durch, um die Durchblutung anzuregen. Simon rollte genervt mit den Augen, als er mich bei meiner Übung sah. Ich kam mir vor wie der Elternteil einer spätpubertierenden Rotznase. Menscheneltern waren wirklich nicht zu beneiden.

Ich setzte mich ebenfalls in den Pick-up und steckte den Schlüssel in das Zündschloss. Eigentlich hatte ich gar keine Lust, stundenlang durch die Gegend zu tuckern. Ich lümmelte mich genervt in meinen Sitz, mein Blick wanderte in Richtung Simon. Er sah so müde und traurig aus.

»Na, freust du dich auf deine neuen Geschwisterchen?«, neckte ich ihn, um ihn ein wenig auf andere Gedanken zu bringen und aus seiner Trance zu befreien. Aus dem Fenster starrend, murmelte leise:»Darüber habe ich mir noch gar keine Gedanken gemacht.«

»Keine Sorge, sie sind wirklich nett. Um ehrlich zu sein, seid ihr Nephilim euch alle sehr ähnlich.«

Ich schien sein Interesse endlich geweckt zu haben, denn er richtete sich etwas auf und sah mich prüfend an.

»Inwiefern ähneln wir uns?«

Ich musste schmunzeln. Es war leicht, ihn aus der Reserve zu locken.

»Ihr seid alle so unschuldig und zuckersüß traurig, wie kleine süße Kinder denen man den Lolli weggenommen hat«, antwortete ich Simon und tätschelte ihm dabei auf die Schulter. Er sah mich perplex an. Ich fand mehr und mehr Gefallen daran, ihn zu ärgern.

»Du wirst schon noch sehen, dass ich recht habe. Eine eurer

Gemeinsamkeiten ist übrigens euer nie enden wollendes Pech.«

»Meinst du das gerade ernst?«

Ich lachte nur und zündete mir eine Zigarette an.

»Sag mal, welche Sprachen kannst du eigentlich?«, fragte ich Simon und wich ihm galant der seinen aus. Die Nephilim kamen aus den unterschiedlichsten Ländern und sprachen somit alle möglichen Sprachen. Ihre Kommunikation untereinander hatte sich damals, als ich die ersten Nephilim gefunden und ins Versteck gebracht hatte, als schwierig heraus gestellt. Darum half ich bei ihnen ein klein wenig nach. Dasselbe würde ich gleich bei Simon anstellen, bevor wir ankommen würden.

»Was soll denn jetzt diese komische Frage?«

»Willst du dich nicht mit deinen Geschwisterchen unterhalten können? Aber keine Sorge, ich gebe dir eine kleine Modifikation während unserer öden Fahrt mit diesem tollen Gefährt hier«, erklärte ich ihm und tätschelte bei meinen Worten das Lenkrad. Ich schmiss den Zigarettenstummel aus der noch offen stehenden Tür und fuhr los.

Wir bretterten Stunde für Stunde gen Nordwesten, doch das Ziel kam nur langsam näher. Keine Menschenseele war uns in der letzten Stunde entgegengekommen; hier herrschte absolute Einsamkeit. Ich war es einfach nicht gewohnt, so lange auf Menschenart zu reisen, und es nervte mich, so lange Zeit in einem Körper gefangen zu sein.

»Habe ich dir eigentlich schon etwas über Cassiels Traum erzählt?«, fragte ich Simon rhetorisch, da ich die Antwort schon kannte. Verdutzt blickte er auf.

»Cassiel hat sich in deinen Körper einschließen lassen, weil er eine Idee hat, die ihn nicht mehr loslässt. Er will sich mit einer, also deiner menschlichen Seele vereinen«, unterrichtete ich ihn, während ich mir eine weitere Zigarette in den Mund steckte.

»Mit meiner Seele vereinen? Aber wir sind doch schon vereint.

Er kann doch nicht aus mir raus, oder?«, sagte Simon sichtlich verwirrt. Egal, was ich ihm erklärte, er verstand es einfach nicht.

»Ich meine damit, dass er sich mit dir so weit verbinden will, dass ihr eins seid. Kurz gesagt wärst du dann ein vollwertiger Engel, der eine Seele besitzt. Du könntest dann Cassiels Aufgaben im Himmel übernehmen. Wäre doch schon genial, oder?«

»Ich habe doch überhaupt keine Ahnung von dem Ganzen. Was hat Cassiel denn als Aufgabe im Himmel?«, wollte er neugierig wissen.

Ich seufzte tief. Wenn ich ihm alle Verpflichtungen von Cassiel schilderte, würde sein Kopf wieder rauchen.

»Er war Gärtner.«

Simon prustete lauthals los.

»Nein, ernsthaft. Er hat natürlich noch viele andere Aufgaben. Wichtige Aufgaben! Aber er kümmert sich am liebsten um Millionen blauer Blumen im Araboth.«

»Ich habe keinen grünen Daumen. Das wird wohl nicht funktionieren mit mir zusammen«, scherzte er herum.

»Na, wenn Cassiel ebenfalls der Meinung ist, wird er sich wohl eines Tages wieder von dir trennen. Wie schade! Irgendwie mag ich dich nämlich«, gestand ich. Ich mochte ihn ja wirklich auf eine gewisse Art und Weise.

Nach einiger Zeit meinte er gedankenverloren: »Kann ich dann zurück auf die Erde kommen?«

»Wenn du genug Zeit dafür findest …«, antwortete ich ihm plump. Schließlich hatte ich ihm ungefähr eintausend Dinge verschwiegen.

Mitten im Nirgendwo machten wir an einer heruntergekommenen Tankstelle Halt. Nachdem ich das Auto vollgetankt hatte, suchte sich Simon an der Kasse noch einen bunt verpackten Schokoriegel und eine Limo aus. Das machte ihn für mich nur noch drolliger. Am liebsten hätte ich ihm in die Wange gekniffen.

Wir setzten uns an ein ruhiges Plätzchen in der Nähe der Tankstelle, um etwas auszuruhen. Trotz der Kälte legten wir uns ins hohe Gras. Der Himmel war herrlich blau, keine einzige Wolke schwebte über dem Horizont. Das monotone Fahren hatte mich ganz träge gemacht. Warum einige Engel gelegentlich ihr Dasein freiwillig in einer menschlichen Form verbrachten, so wie ich gerade gezwungenermaßen, war mir unbegreiflich.

Während Simon seinen kleinen Snack vertilgte, wurden seine Gesichtszüge endlich wieder ein wenig weicher und seine Stimmung hellte auf. Er brauchte also nur eine geballte Ladung Kohlenhydrate, um wieder rundzulaufen. Ich ließ noch fünf weitere Schokoriegel derselben Marke in meinen Händen erscheinen und schmiss sie ihm zu. Er lachte laut los und bewarf mich mit einem. Natürlich traf er mich nicht.

»Da du jetzt wieder bessere Laune hast, ›konfiguriere‹ ich dich ein bisschen.«

Er sah mich wie so oft verdutzt an und richtete sich auf – stützte sich auf seine Ellenbogen ab.

»Ein sprachliches Upgrade sozusagen«, gab ich ihm zu verstehen und zwinkerte ihm zu. Dann streckte ich meinen Arm zu ihm aus. Ein rötliches Licht floss langsam aus meiner Handfläche in seine Richtung. Die Lichtwellen umkreisten seinen Kopf und drangen langsam in ihn ein. Simon schloss unwillkürlich die Augen. Ich wusste, dass er dabei ein angenehmes Kribbeln in seinem Kopf verspürte. Das hatten mir die anderen Nephilim erzählt, bei denen ich das Prozedere bereits angewandt hatte. Nach wenigen Sekunden war ich fertig. Er konnte sich nun mit den Nephilim verständigen; ganz nebenbei beherrschte er auch alle anderen menschlichen Sprachen dieses Planeten. Jeder Engel konnte von vornherein mit jedem Menschen kommunizieren. Und die Nephilim waren dazu auch in der Lage, man musste bei ihnen nur ein kleines bisschen nachhelfen.

Simon öffnete wieder die Augen und schüttelte kurz

verwirrt seinen Kopf.

»Was hast du mit mir gemacht?«, wollte er skeptisch wissen.

Ich lächelte ihn an und reichte ihm meine Hand, damit er besser aufstehen konnte.

»Hab ich dir doch schon erklärt. Ab jetzt bist du ein Sprachgenie. Lass uns weiterfahren, sonst kommen wir nie an.«

»Hast du mir einen Fisch ins Ohr gesteckt?«, fragte er mich freudestrahlend. Ich wusste nicht, was er damit meinte.

»Was willst du denn jetzt mit Fischen? Ich dachte, du fährst auf Schokoriegel ab.«

Simon lachte. Ich gab ihm einen leichten Klaps auf den Hinterkopf. Dann ging ich zurück zum Auto. Simon folgte mir wortlos.

Wir fuhren erneut eine Ewigkeit durch die Einöde. Aus Langeweile machte ich das Radio an, um mich mit Country-Songs volldudeln zu lassen. Doch plötzlich spürte ich eine starke Energie in unserer Nähe, die nichts Gutes ahnen ließ.

Es waren Exusiai, dessen war ich mir sicher. Offensichtlich verfolgten sie uns.

Kannten sie etwa bereits den Standort des Verstecks der Nephilim?

Verfolgten mich die Exusiai schon länger und ich hatte es einfach nicht gemerkt?

Egal, was diese Wesen vorhatten, ich durfte den Exusiai nicht in ihr Handwerk pfuschen; das würde Ärger von ganz oben geben. Für Erzengel Michael wäre es ein gefundenes Fressen, wenn ich die Exusiai angriff. Er hasste mich nämlich ein klein wenig.

Simon würde es allein definitiv nicht schaffen, ihre Angriffe zu überleben. Wir saßen in der Zwickmühle.

»Simon?« Meine verunsicherte Stimme ließ ihn sofort hochschrecken.

»Wie sieht es aus bei dir? Schaffst du es, ungefähr zwanzig Kilometer zu fliegen?«, fragte ich ihn, während ich die

Geschwindigkeit unseres Pick-ups beschleunigte – auch wenn ich wusste, dass es nichts brachte.

»Darel, du weißt doch, dass ich noch nicht so weit bin. Ein paar Meter vielleicht, aber ...«

Ich unterbrach ihn. »Na ja, es wäre jetzt aber wirklich wichtig, dass du das in wenigen Sekunden draufhast, sonst haben wir ein Problem.«

Simon sah mich entsetzt an – er bekam offensichtlich Angst. »Krabble nach hinten auf die Ladefläche, verwandle dich und dann fliegst du in die Richtung, in die wir gerade fahren! Du wirst oben in der Luft bereits einen Berg sehen, der sich von den anderen etwas unterscheidet. Er ist ohne jegliche Vegetation. Du musst in den Berg hineinfliegen! Hast du mich verstanden?« Meine eindringliche Anweisung schien Früchte zu tragen.

Simon begriff, dass die Lage ernst war. Er zögerte dennoch ein paar Sekunden. Ich konnte in seinen Gedanken seine Zweifel heraushören. Doch uns blieb keine andere Wahl. Wahrscheinlich wussten die Exusiai, dass ich den Nephilim half, und verfolgten mich schon die ganze Zeit. Sie hatten nicht Simon ausfindig gemacht, sondern mich.

Bei voller Geschwindigkeit öffnete er die Beifahrertür. Ein eiskalter Wind peitschte uns um die Ohren. Er drehte sich noch einmal in meine Richtung, um sich zu vergewissern, dass ich wirklich keinen blöden Scherz machte. Als ich ihm ernst zunickte, kletterte er nach hinten auf die Ladefläche unseres Pick-ups. Es lag allein an ihm, ob er weiterleben durfte oder getötet wurde. Wir waren einfach noch zu weit von dem Versteck entfernt, als dass ich ihn mit meiner Kraft in Sicherheit hätte bringen können. Ich konnte fühlen, wie sich Simon verwandelte.

Ich wagte einen kurzen Blick durch das hintere Fenster. Er stand verwandelt auf dem Pick-up. »Jetzt heb schon ab, du Trantüte!«, schrie ich nach hinten, um ihm bewusst zu machen, dass er sich beeilen musste. Die Energie der Exusiai wurde intensiver.

Sie hatten uns bald erreicht.

Es dauerte noch einige Sekunden, bis ich ihn vor dem Wagen in der Luft sehen konnte. Sein Flug sah alles andere als gekonnt aus und er war schrecklich langsam. Es war mehr ein Taumeln als ein professionelles Gleiten.

Nach wenigen Minuten tauchten die Exusiai vor mir auf. Insgesamt waren es drei von ihnen – schemenartige Lichtwesen mit strahlenden Augen. Einer landete auf der Motorhaube und starrte mich finster an. Die anderen beiden würdigten mich keines Blickes und flogen wenige Augenblicke später weiter in Simons Richtung hinterher. Er würde es niemals schaffen!

Doch wenn ich jetzt eingriff, landete ich wahrscheinlich auf ewig im Raqia. Es war eine knifflige Situation.

Der Exusiai beäugte mich noch. Anstelle von Augen starrten mich jedoch zwei grelle Lichtstrahlen an. Ich war zuvor noch nie so einem Wesen begegnet.

Als der Exusiai plötzlich einen Speer erscheinen ließ, war mir klar, dass ich nicht ohne Konfrontation davonkommen würde. Zumindest fing ich diesen Streit nicht an. Würde mir dieser Fakt helfen, nicht von dem Engelsgericht bis in alle Ewigkeit verdammt zu werden? Wohl eher nicht.

Ich stieg mit aller Kraft auf die Bremse und riss das Lenkrad ruckartig herum. Das Auto kam ins Schleudern und krachte gegen einen Baum. Den Exusiai riss es von der Motorhaube, doch anstatt auf dem Boden aufzuschlagen, machte er einen Salto und blieb in der Luft stehen.

Ich streifte meinen trägen Menschenkörper ab. Sofort manifestierte ich mein Schwert, um gegen den Exusiai zu kämpfen. Es war töricht von ihm, mich herauszufordern. Er konnte gar nicht stärker sein als ich, das musste er doch wissen. Das hier war ein reines Ablenkungsmanöver. Er wollte mich provozieren.

»Schönes Wetter heute. Zufällig in der Gegend, was?«, rief ich ihm zu.

Ohne einen Ton von sich zu geben, griff mich der Exusiai an. Doch ich hatte keine Zeit, mit ihm zu spielen. Wenn ich schon in diesen Kampf hineingezogen wurde, konnte ich wenigstens versuchen, Simon zu retten. Ob ich einen oder drei Exusiai umbrachte, spielte dabei keine Rolle mehr – ich würde mächtigen Ärger bekommen!

Schöne Scheiße!

Kurz bevor mich sein Speer traf, drehte ich mich blitzschnell zur Seite und flog hinter den Exusiai.

Zack.

Ich konnte mir ein Schmunzeln nicht verkneifen, als sich mein Schwert durch seinen Körper bohrte. Sofort löste sich seine Energie in Luft auf; von ihm blieb nichts übrig. Ich wartete, bis die Energie komplett erloschen war, und flog dann ebenfalls Simon nach.

Noch konnte ich ihn spüren, er war also erstaunlicherweise nicht tot.

Ich holte ihn blitzschnell ein. Er flog schon etwas besser, trotzdem waren die Exusiai bereits bei ihm und versuchten, ihn vom Himmel zu holen. In ihm steckte so viel Potenzial, es wäre wirklich schade, wenn die Exusiai ihn jetzt schon töteten.

Einer von ihnen packte Simon am Bein und wollte gerade seinen Speer in Simons Körper rammen, da mischte ich mich in das Geschehen ein. Ich stieß den Exusiai von hinten weg und rammte ihm mein Schwert in den Körper. Dieser Exusiai hinterließ ebenso kleine, leuchtende Fetzen, die vom Wind davongetragen wurden wie Asche. Der übrig gebliebene Exusiai warf blitzschnell seinen Speer auf Simon.

»Verdammt!« War mein einziger Gedanke.

Simon taumelte im Himmel umher. Den Speer konnte er nicht sehen. Noch bevor ich ihn warnen konnte, traf die Waffe ihr Ziel. Ein kurzer Schauer durchfuhr mich. Ich hatte es verkackt! Vollkommen verkackt!

Doch ein bläuliches Licht umgab Simon plötzlich und der Speer prallte an ihm ab. In der gleichen Sekunde wurde er ohnmächtig und stürzte abwärts.

Ich raste hinterher und packte ihn am Handgelenk.

Keine Ahnung, wie weit ich kommen würde mit Cassiel im Schlepptau, doch es verschaffte uns wenigstens einen kleinen Vorsprung. Der Exusiai war bei Weitem nicht so schnell wie ich. Als meine Energie beinahe aufgebraucht war, konnte ich das Areal unseres Verstecks erkennen. Ein gewaltiger kahler Berg ragte vor uns in den Himmel.

Ich raste in ihn hinein. Mit meinen letzten Kräften landeten wir unsanft im Gebüsch. Wir hatten es also geschafft. Simon war noch ohnmächtig und wieder in seiner menschlichen Form. Oberflächlich betrachtet war er aber unverletzt.

Erstaunlich!

Ich war stolz auf ihn.

Cassiel schien einen Schutzschild errichtet zu haben, um Simon zu schützen. Das hatte ich bis jetzt noch bei keinem Nephilim gesehen. Er war bemerkenswert.

Und ich war erleichtert, dass er noch lebte!

Wie es um meine Zukunft stand, wusste ich nicht. Die toten Exusiai musste ich auf jeden Fall erklären, dessen war ich mir bewusst. Ich fragte mich, ob ich zurückkehren und den letzten ebenfalls töten sollte. Schließlich kannten sie nun unser Versteck. Die Frage war, ob es die restlichen Exusiai bereits wussten oder nur dieses kleine Dreiergespann.

Ich flog also zurück, um den anderen Exusiai zu töten. Sicher war sicher, außerdem hatte ich Blut geleckt.

Kapitel 41 — Simon

Als ich aufwachte, lag ich auf dem feuchten Waldboden, umgeben von riesigen Nadelbäumen. Es herrschte eine eisige Kälte, ich konnte meinen Atem sehen. Eine riesige Kuppel tat sich über mir auf. Sie sah aus wie eine trübe überdimensionale Seifenblase. Alles außerhalb dieser Barriere war matt und leicht verzerrt erkennbar. Nur das Licht des Sonnenuntergangs war durch die Schicht deutlich zu sehen. Es brach sich in verschiedenen Farben. Darel stand einige Meter von mir entfernt an einen Baum gelehnt und beobachtete mich. Große, weiße Flügel rahmten ihn, sein Gesicht war absolut symmetrisch und seine Augen glänzten in einem leuchtenden Rot. Darels schwarzen Haare reichten beinahe bis zum Boden. Außerdem pulsierte um ihn deutlich sichtbar eine purpurne Aura. Neben ihm wirkte ich wie eine Witzfigur. Der Unterschied zwischen vollwertigen Engeln und Nephilim wurde mir nun mehr als bewusst.

»Na, bist du wieder fit?«, fragte er mich. Er lächelte in meine Richtung und ging auf mich zu. Dann half er mir auf. Erst jetzt spürte ich, dass jede Faser in mir wehtat. Ein kurzes von Schmerzen erfülltes Aufstöhnen konnte ich mir nicht verkneifen. Mein Körper fühlte sich an wie Pudding – sämtliche Muskeln waren schlaff. Darel hielt mich fest, damit ich nicht wieder auf den Boden fiel.

»Das hast du gut gemacht, Simon.« Er klopfte mir bei seinen Worten auf die Schulter. Erst jetzt merkte ich, dass Darel seine Lippen gar nicht bewegte, wenn er mit mir sprach. Seine Stimme war in meinem Kopf, er selbst gab keinen Laut von sich.

Ich sah in sein strahlendes Gesicht. Er hatte keinerlei Regung in seinen Augen.

Vollkommen orientierungslos und müde konnte ich ihm nur zunicken. Mir war bitterkalt und ich hatte schrecklichen Hunger. Darel legte seine Hand auf meine Stirn. Eine wohltuende Energie floss durch meinen Körper.

»Mehr kann ich nicht für dich tun. Ich bin auch am Ende meiner Kräfte«, gab er zu. Seine heilende Energie fühlte sich genauso heiß und lodernd an wie seine rot wabernde Aura. Mir ging es dank ihm schon viel besser, trotzdem war mir noch kalt. Mein Oberteil und meine Jacke hatte ich bei meiner Verwandlung ausgezogen. Nun stand ich halbnackt da, während mich ein eisiger Wind zittern ließ.

Darel schien tatsächlich an seine Grenzen zu stoßen, als er mich durch den Wald schleppte. Seine Arme zitterten, sein Gang wirkte träge und seine rote Aura flackerte schwach um ihn herum. Die Rettungsaktion verlangte ihm viel ab. Darum gab ich ihm nach einiger Zeit zu verstehen, dass ich allein weitergehen konnte. Wir trotteten angestrengt wortlos nebeneinander her durch den dichten Wald. Es wurde bereits finster, da konnte ich plötzlich ein Licht zwischen den Bäumen erkennen.

»Sind wir endlich da?«, fragte ich Darel schlotternd, der ebenfalls auf den hellen Lichtschein starrte. Er nickte und ging weiter. Ich folgte ihm. Das Versteck stellte sich als schäbige Blockhütte heraus. Davor war eine erkaltete Feuerstelle umringt mit Baumstümpfen als Sitzgelegenheit. Kleidung hing über einer Schnur, die zwischen zwei Bäumen gespannt war. Das Haus sah echt heruntergekommen aus.

»Ich kann mich nur um das Nötigste kümmern. Aber ihr macht es euch bestimmt gemütlich«, meinte Darel aufheiternd zu mir, als er meinen skeptischen Blick sah.

Kurz bevor wir die Hütte erreichten, verwandelte er sich in seine Menschengestalt. Seine lodernde Aura verschwand, genau wie seine Flügel. Die Haare wurden wieder etwas kürzer und seine Augen verfärbten sich in ein rötliches Braun.

Er klopfte kurz an die ausgeblichene Holztür und trat dann ein. Als er die Tür öffnete, hörte man viele Stimmen, die aufgeregt durcheinandersprachen. Sofort musste ich an meine lauten Klassenkameraden denken.

Gleichzeitig stieg uns wohltuende Wärme entgegen. Sie zog mich magisch an. Ich folgte Darel ins Innere. Jetzt war ich doch nervös. Was machte ich, wenn mich die anderen nicht leiden konnten?

Das Haus war innen größer und gemütlicher, als es von außen den Anschein machte. Überall brannten Öllampen und Kerzen, die ein angenehmes Licht schufen. Auf dem Boden lagen Matratzen, darauf Wolldecken und Kissen. In der Mitte des Raums stand ein großer, alter Holztisch eingedeckt mit Geschirr und leicht zugemüllt mit allerlei anderem Krimskrams. Alles wirkte etwas chaotisch und zugestellt, aber das war in Ordnung für mich. Schließlich war ich deutlich Schlimmeres gewohnt. Zwei Jungs und ein Mädchen saßen auf zusammengeschobenen Matratzen und spielten gerade Karten. Ein weiterer Kerl stand direkt rechts neben mir gegen einen rustikalen Schrank gelehnt und beäugte mich neugierig.

»Guten Abend, meine Schäfchen«, begrüßte Darel die anderen Nephilim. Man konnte an seiner Stimme hören, dass er total kaputt war. Er versuchte aber, dies zu verbergen. Bevor ich etwas sagen und mich vorstellen konnte, lugten drei weitere Personen aus einem Hinterzimmer. Ein blondes Mädchen kam mit einem Geschirrtuch in der Hand auf mich zugelaufen und begrüßte mich herzlich.

»Du musst Simon sein. Darel hat uns schon von dir erzählt. Herzlich willkommen bei uns. Ich bin Natalia.« Sie schüttelte mir überschwenglich die Hand. Ihre Hände schienen mir so heiß wie Feuer. Meine hingegen waren blau vor lauter Kälte. Meine

Haut fing bei ihrer Berührung an, unangenehm zu kribbeln. Da fiel mir wieder auf, dass ich mit nacktem Oberkörper vor der versammelten Mannschaft stand. Schlagartig fühlte ich mich unbehaglich. Doch keiner verlor darüber ein Wort.

Ein großgewachsener Typ, der aussah wie eine muskulöse, vollbärtige Version von Ryan Reynolds stellte die restliche Truppe der Reihe nach vor.

»Jaspal aus Indien.«

Dieser winkte mir mit einem warmherzigen Blick zu.

»Valentina aus Argentinien.«

Sie machte einen übertriebenen Knicks vor mir und grinste mich dann kess an.

»Yao aus Asien.«

Yao zwinkerte kurz und nickte flüchtig. »Taiwan«, murmelte er leise zur Berichtigung. »Freut mich.«

»Und Nick aus England.«

»Hi, schön, dich kennenzulernen«, sagte Nick freudestrahlend und verpasste eine flüchtige Männerumarmung. Seine dichten, roten Locken kitzelten meinen Hals.

»Ach, und ich komme aus New York und heiße Aaron«, stellte sich Aaron selbst vor und reichte mir die Hand. Sein Händedruck war so fest, dass meine Knöchel knacksten.

»Und ich bin Lars«, meinte der Letzte in der Runde, den Aaron vergessen hatte. »Aus Schweden. Hallo.« Er lächelte mich schüchtern an. Seine schlaffe Körperhaltung strotzte nicht gerade vor Selbstbewusstsein.

»Freut mich«, sagte ich verlegen und winkte in die Runde.

Sie lächelten mich freundlich an. Valentina wuschelte durch mein Haar, dann knuffte sie mich in die Wange. Sie war so klein, dass sie dabei auf Zehenspitzen stehen musste.

Schnell wich meine Unsicherheit einem wohligen Gefühl; ich fühlte mich willkommen.

Als sie mich zu Tisch baten und mir etwas zu essen anboten, verabschiedete sich Darel und verschwand, ohne ein weiteres Wort zu sagen.

»Simon, wir haben leider keine Matratze mehr frei. Aber du kannst dich zwischen Jaspal und mir niederlassen, wenn du willst«, meinte Natalia zu mir. Sie nahm mich mit ihren grazilen Fingern an der Hand und zeigte mir ihre Schlafplätze.

»Ich bin Schlimmeres gewohnt, danke«, gab ich ihr zur Antwort. »Aber es wäre wirklich nett, wenn mir jemand einen Pullover leihen könnte. Meiner ging mir samt Gepäck leider auf der Reise verloren.«

Valentina kicherte bei meinen Worten, so, als ob ihr erst jetzt auffallen würde, dass mein Oberkörper nackt war.

»Wie konnte das passieren?«, fragte mich Aaron skeptisch. Er schmiss mir einen ausgeleierten, olivfarbenen Wollpulli zu. Dieser kratze und war mir viel zu groß, aber es war besser als zu erfrieren.

»Wir waren mit 'nem Auto unterwegs, als uns drei Exusiai angegriffen haben. Ich musste mich spontan verwandeln um abzuhauen. Dabei habe ich all meine Sachen zurückgelassen.«

Als ich die Wesen erwähnte, ging ein erschrockenes Raunen durch den Raum.

»Darel meint, dass sie die Barriere um unser Versteck nicht durchbrechen können«, erzählte ich weiter, um alle etwas zu beruhigen. Aaron sah ernst in die Runde und erwiderte:»Ja, das mag so sein. Aber sie wissen jetzt, wo wir uns aufhalten.«

Ich hatte es mal wieder geschafft, mit nur wenigen Worten die heitere Stimmung zu ruinieren. Anscheinend hatte ich für so etwas eine Begabung.

»Darel wird uns beschützen«, sagte Nick zuversichtlich.

Die anderen stimmten ihm sofort zu und nickten. Doch Aaron knurrte leise:»Ihr könnt euch nicht wie Welpen nur auf andere verlassen. Was ist, wenn Darel nicht mehr zu uns kommen kann?

Wollt ihr dann verhungern? Oder wenn die Exusiai doch einen Weg hierher finden und er gerade nicht da ist? Was macht ihr dann? Darel hat uns zu verstehen gegeben, dass wir aktuell keine Chance gegen die Biester haben.«

Aaron wirkte viel erwachsener als wir anderen, ich schätzte sein Alter auf Mitte dreißig.

»Wir können jetzt nichts an der Situation ändern. Wenn wirklich ernsthafte Gefahr bestehen würde, hätte uns Darel davon erzählt«, warf Nick ein. Ich teilte seine Meinung. Aber da ich der Neue war, hielt ich mich aus der weiteren Diskussion heraus.

»Darel sagte zu jedem von uns, dass das hier unsere Chance sei. Doch er hat uns eingesperrt! Warum hat er es vorher niemandem gesagt, dass wir aus dieser Barriere nicht herauskönnen? Und selbst wenn, werden draußen sicher die Exusiai warten, jetzt, da sie unseren Standort kennen. Abgesehen davon, dass es arschkalt ist und die nächste Ortschaft meilenweit entfernt liegt. Keiner von uns würde es schaffen, zu entkommen«, schimpfte Aaron mit lauter Stimme und knallte seine geballte Faust gegen den Holztisch.

Valentina legte ihren Arm auf seine Schulter. »Aber wir haben doch uns. Jedem von uns geht es hier tausendmal besser als allein da draußen. Und Darel will uns nicht einsperren, sondern beschützen. Jeder von uns ging freiwillig mit ihm.«

Aaron drehte sich mit einem wütenden Brummen von Valentina weg.

Wir konnten die Barriere also nicht mehr verlassen. Das hatte mir Darel wohl auch vergessen mitzuteilen. Die Erkenntnis brachte mich erst mal zum Schlucken.

Ich verließ die aufgebrachte Runde und setzte mich etwas abseits auf mein Stück Matratze.

Ich war total fertig.

Jaspal brachte mir grinsend eine Wolldecke und ein Kissen. Seine weißen Zähne standen im starken Kontrast zu seiner Haut.

»Hast du auch keine Lust auf Diskussionen?«, fragte er mich schmunzelnd. Seine warmherzigen braunen Augen wanderten in Richtung Aaron. Offensichtlich gab es öfter solche verbalen Reibereien in der Gruppe. »Ich bin vor allem tierisch müde. Danke für die Decke. Ich werde heute schlafen wie ein Stein.« Ich ließ mich übertrieben nach hinten fallen.

»Darel versorgt uns mit dem Nötigsten. Wasser haben wir ein paar Meter von unserer Hütte entfernt. Du wirst sehen, es wird dir hier bei uns gefallen, auch wenn jetzt gerade nicht so gute Stimmung herrscht. Und jetzt ruh dich aus. Morgen wird bestimmt besser.«

Ich nickte voller Zuversicht. Jaspal war mir sympathisch. Ihn umgab eine warme und beruhigende Aura.

Kurz vorm Einschlafen holte ich noch meine Geldbörse aus meiner Hose. Ich zog Alisas Bild heraus und sah es mir an. Ein mulmiges Gefühl machte sich in mir breit. Also schob ich ihr Foto unter mein Kopfkissen und schloss erschöpft die Augen, während die Gruppe weiter lauthals diskutierte.

Am nächsten Morgen ging es mir viel besser. Es war zwar seltsam, in einem Raum mit so vielen Menschen zu schlafen, aber daran würde ich mich bestimmt noch gewöhnen.

Jaspal links neben mir und Natalia zu meiner rechten Seite schliefen beide noch. Neben Jaspal stand ein blauer Klingelwecker mit leuchtendem Superheldenmotiv, an dem ich die Uhrzeit ablesen konnte; es war erst halb sieben Uhr morgens. Ich stand vorsichtig auf, um die anderen, die selig vor sich hin schnarchten, nicht zu wecken. Es stellte sich als schwierig heraus, den Raum leise zu verlassen, ohne gegen etwas zu stoßen oder auf herumliegende Gegenstände zu treten. Offensichtlich hatten alle, genau wie ich, ein Problem mit Ordnunghalten. Schließlich schaffte ich es doch noch, aus der Hütte zu gelangen, ohne jemanden aufzuwecken. Draußen war es noch stockdunkel, die Sonne ging hier erst spät auf. Sofort fuhr mir wieder eine eisige Kälte in meine Glieder. Eine Gänsehaut bildete sich auf meiner Haut und mein Kiefer klapperte. Hoffentlich konnte mir Darel bald eine Winterjacke besorgen.

»Guten Morgen, Simon«, hörte ich da aus einiger Entfernung. Ich ging in die Richtung, aus der die Stimme kam. Es war Aaron, der auf einem Baumstumpf saß.

»Guten Morgen«, begrüßte ich ihn schüchtern und stellte mich mit verschränkten Armen vor ihn hin. Vor Aaron hatte ich gehörigen Respekt. Er schien die Anführerrolle dieser kleinen Truppe übernommen zu haben. Zumindest wirkte er willensstark.

»Na, bist du ausgeschlafen? Gestern sahst du recht mitgenommen aus.« Er musterte mich mit einem ironischen Blick, den ich nicht richtig deuten konnte. Ich nickte verlegen und fragte ihn, was er hier gerade mache.

»Ich meditiere. Das wirst du ab jetzt ebenfalls viel tun. Wir denken, dass so unser Inneres und somit Engel und Mensch besser in Einklang kommen.«

Aaron machte mir wieder bewusst, warum ich hier war. Meditieren.

Meditieren? Davon hielt ich bis jetzt absolut gar nichts.

»Na komm, ich zeige dir unsere Wasserquelle. Wir haben im Haus eine Wanne, aber es ist ziemlich umständlich, das Wasser erst zu erhitzen und dann Eimer für Eimer in die Wanne zu füllen. Das machen nur die Mädchen. Wir Männer springen in den kalten Fluss.« Er lachte kurz mit tiefer Stimme.

Aaron stand auf und ging los. Mir war schon kalt genug, da wollte ich nicht noch im eisigen Wasser ein Bad nehmen. Aber ich wollte noch weniger als Memme dastehen, darum folgte ich ihm wortlos.

Nach einigen Metern kamen wir an einem kleinen Fluss an. Die Kulisse sah wunderschön aus. Am Ufer lagen überall große

Steine, die mit Moos bewachsen waren. Der Boden war mit Farnen bedeckt.

»Magst du eine Runde schwimmen? Das kalte Wasser belebt den Geist«, sprach Aaron, während er sich seine Schuhe auszog. Dann streifte er rasch sein Oberteil ab und war dabei, seine Hose herunterzuziehen; schien sich vor mir kein bisschen zu genieren. Wir konnten unseren Atem sehen, so kalt war es, und er wollte nackt im eiskalten Wasser schwimmen. Es graute mir vor der Vorstellung, mich ab jetzt täglich in einem Fluss zu waschen mit einer Außentemperatur gerade so über null Grad Celsius. Ein Schauer überkam mich.

»Ich kann nicht schwimmen, Aaron«, sagte ich kurz und schmerzlos. Es war mir peinlich, gerade ihm solch ein Geständnis zu machen.

Er drehte sich in meine Richtung und grinste schelmisch. »Das bringen wir dir schneller bei, als du jetzt denkst.«

Dann packte er mich an meinem Handgelenk und wollte mich in Richtung Wasser zerren. Sofort stieg Panik in mir auf. Ich versuchte, mich zu wehren, doch er war viel stärker als ich.

»Aaron, bitte«, flehte ich ihn an, doch er lachte nur mit seiner tiefen Stimme und zerrte weiter an mir. Ich stand schon bis zu den Knien im Fluss. Meine Schuhe und meine Hose sogen sich mit kaltem Wasser voll. Es fühlte sich wie tausend Nadelstiche an.

»Aaron, lass ihn gehen!«, konnte ich vom Ufers her schreien hören. Ich drehte mich um und entdeckte Valentina und Natalia. Beide liefen zu mir und packten mich an meiner anderen Hand; versuchten, gegen Aaron anzukommen. Der lachte noch lauter und ließ mich dann abrupt los. Beinahe wäre ich komplett ins Wasser gefallen, doch die Mädchen konnten mich auffangen. Die zwei und ich wateten sofort »an Land«. Aaron stand bis zu der Hüfte im Wasser und hielt sich seinen muskulösen Bauch vor Lachen. Ich fand diese Situation alles andere als komisch. Außerdem war meine Kleidung patschnass und ich besaß nichts zum

Umziehen. Darels Aussage, dass wir Nephilim uns alle ähnelten, war falsch. Ich hätte niemals jemanden zu etwas gezwungen und auch noch Spaß dabei gehabt.

»Alles klar?«, fragte Valentina. »Aaron meint das nicht so, im Gegenteil, er macht so was nur bei Leuten, die er mag.« Sie sah mich beschämt an, als müsste sie sich für Aaron entschuldigen.

»Toller Scherz«, gab ich mürrisch zurück. Wütend stiefelte ich mit meinen nassen Schuhen in Richtung Hütte. In mir brodelte es wie feurige Lava.

Gestern hatte ich noch gehofft, dass hier im Versteck alles irgendwie besser werden würde. Heute wurde diese Hoffnung bereits durch diese bescheuerte Aktion von Aaron zunichte gemacht. Meine Laune war im Keller.

Darum ging ich lieber und ließ Valentina und Natalia mit dem Typen allein, bevor ich Worte in den Mund nahm, die ich später bereute. Doch nach einiger Zeit bemerkte ich, dass mir Natalia folgte.

»He, wir leihen dir Sachen. Ist alles nicht so schlimm«, wollte sie mich besänftigen.

Wortlos ging ich in die Blockhütte; schlug die Holztür fester vor Natalia zu als gewollt. Nick, Yao, Lars und Jaspal waren dank mir nun ebenfalls wach. Alle vier sahen mich verschlafen an, als ich mit meinen klatschnassen Sachen aufgebracht an ihnen vorbei stampfte. Meine Stiefel quietschten dabei unangenehm und laut.

Obwohl ich Natalia die Tür vor der Nase zugeschlagen hatte, folgte sie mir weiter.

»Aaron hat ihn ein wenig geneckt«, erklärte sie den anderen mit einer herunterspielenden Handbewegung.

Deutlich erkannte ich in den Augen der vier Jungs eine Art Resignation, die darauf schließen ließ, dass sie die dummen Scherze von Aaron kannten.

»Ich gebe dir von mir Klamotten, du scheinst dieselbe Größe zu haben wie ich«, meinte Nick.

Er stand auf und durchwühlte seinen Kleidungsberg. Wenige Augenblicke später gab er mir ein Handtuch zum Abtrocknen, eine ausgewaschene Jeans, einen grauen Kapuzenpullover und ein paar frische Wollsocken. Ich starrte Natalia an, die keine Anstalten machte, sich umzudrehen, damit ich mich umziehen konnte. Als sie irgendwann die Situation verstand, grinste sie verschmitzt und ging summend in den anderen Raum.

Der Pullover spannte leicht. Offensichtlich war Nick noch dünner als ich. Dafür waren die Socken drei Nummern zu groß. Trotzdem war ich ihm sehr dankbar für seine Hilfe.

Langsam verflüchtigte sich auch meine Wut. Wahrscheinlich hatte es Aaron wirklich nicht böse gemeint. Es war mir nun peinlich, dass ich gleich so an die Decke gegangen war. Früher wäre ich nie so schnell aus der Haut gefahren. Ich ließ mir alles wortlos gefallen. Konflikten war ich stets aus dem Weg gegangen, da ich mit ihnen nicht umgehen konnte. Ich bemerkte, dass ich mich verändert hatte.

Fertig angezogen ging ich in den Raum, in dem Natalia verschwunden war. Ich wollte mich bei ihr entschuldigen.

Das Zimmer war viel kleiner als der Vorderraum. Es diente als Küche wie auch Waschküche und hatte eine alte gusseiserne Wanne zum Baden. Anstelle einer Spüle mit Wasserhahn gab es nur eine große emaillierte Schüssel. Die Kochstelle wurde mit einer Gasflasche betrieben, die unschön neben dem siffigen Herd stand. Das Ganze wurde von einem riesigen Berg an Dreckwäsche ergänzt.

Ich kratzte mich verlegen am Hinterkopf. »Hey, tut mir echt leid. Ich war nur einfach so sauer«, entschuldigte ich mich bei Natalia.

Sie goss gerade heißen Tee vom Topf in zwei große bauchige Tassen. Dabei verschüttete sie einiges, da der Topf keinen Ausgießer hatte. Lächelnd reichte sie mir die dampfende Tasse. »Alles gut. Aaron kann echt ein Arsch sein. Mach dir nichts draus, okay?«

Ich nickte nur und wärmte meine kalten Hände an der heißen

Tasse. Dann wandte sich Natalia der verschütteten Pfütze zu und versuchte, sie notdürftig mit einem alten Lappen aufzuwischen. Sie war ungeschminkt, schlicht gekleidet, trug keinerlei Schmuck. Ihre Bewegungen hatten etwas Anmutiges an sich. Ihre zarte Statur und ihr schmales Gesicht ließen sie wie eine Elfe aussehen.

Als sie mit Aufräumen fertig war, wandte sie sich mir wieder zu und fragte mich mit hoffnungsvollen Augen: »Gibst du uns allen 'ne Chance?«

Verblüfft über ihre Frage und ihre charmante Art überlegte ich kurz, was ich Natalia antworten sollte. Hatte ich denn eine andere Wahl? Mit gesenktem Blick nickte ich ihr bejahend zu. Sie sollte meine Zweifel nicht in meinen Augen sehen.

Sie lächelte mich an. Und als sie von ihrer heißen Teetasse nippte, zwinkerte sie mir heiter zu.

Verlegen schlürfte ich ebenfalls an meinem Tee. Ich bemerkte ein Haar in meinem Mund und zog es heraus. Es war ein langes blondes Haar von ihr.

Valentina brachte meine nassen Sachen nach draußen zum Trocknen. Die anderen versammelten sich am Tisch zum Frühstücken. Es gab nicht viel zu essen. Nur altes Brot, Geräuchertes und Marmelade. Ich aß ebenfalls einen Bissen trockenen Brotkanten. Plötzlich fragte mich Nick: »Wie hat dich Darel gefunden?«

Diese Frage musste wohl irgendwann kommen. Also erzählte ich ihnen meine Geschichte, die mir mittlerweile total peinlich war. Schließlich hatte mich Melioth nur finden können, weil Alisa mich nicht mehr sehen wollte und ich im Schwall der Melancholie tagelang verwandelt war.

Was war ich nur für ein jämmerliches Wesen. Ich spürte während meiner Erzählung, wie heiß mein Gesicht wurde vor lauter Scham über mich selbst.

Genauere Details zu Alisa ließ ich weg. Es ging sie nichts an.

Ich erzählte von meiner Mutter und meiner Zeit im Kinderheim. Doch das schien sie nicht weiter zu beeindrucken. Als mir dann die anderen reihum ihre Geschichten erzählten, wusste ich, warum. Ihre Leben schienen teilweise noch verkorkster zu sein als meines. Eines hatten wir alle gemeinsam: Das Schicksal trat uns permanent in den Allerwertesten.

War die Zeit der Einsamkeit nun wirklich vorbei? Konnte ich mich hier bei den anderen Nephilim endlich wohlfühlen?

Kapitel 42 – Alisa

Gedankenverloren spielte ich, auf meinem Bett liegend, mit Simons Traumfänger. Ich vermisste ihn. Mein Blick wanderte Richtung Regal, auf dem sein Weihnachtsgeschenk stand: eine kleine Holzkiste mit den eingravierten Worten »Wenn du einmal traurig bist«.

Ich war traurig. Sogar sehr traurig.

Darum schnappte ich mir die kleine Schatulle und schmiss mich auf mein Sofa. Noch einmal begutachtete ich die Gravur. Simon hatte die Kiste bestimmt im Werkunterricht angefertigt. Zumindest war sie handgemacht; nicht professionell verklebt und die Gravur war bei genauerem Hinsehen etwas zittrig. Trotzdem konnte man erkennen, dass er sie mit Hingabe hergestellt hatte.

Behutsam schüttelte ich die Kiste. Es klimperte.

Ob jetzt der richtige Zeitpunkt war, sie zu öffnen?

Ich hielt es vor Neugier nicht mehr aus und hob den Holzdeckel.

Sofort stieg mir der blumige Duft einer Kerze in die Nase. Kurz schloss ich die Augen und genoss den Geruch. Dann erkundete ich den Inhalt der Kiste weiter. Meine Lieblingsschokolade, Taschentücher, ein selbst gemachtes Daumenkino und ein kleiner Brief lagen darin.

Bereits jetzt lief mir eine Träne die Wange hinunter. Simon fielen immer so tolle Sachen ein. Und ich Idiot hatte ihm eine olle Lampe geschenkt, online bestellt am »Black Friday«.

Ich nahm das Daumenkino in die Hand und blätterte es durch. Es waren zwei Strichmännchen – ein Mädchen und ein Junge – nicht gut gezeichnet, aber niedlich. Das Mädchen war augenscheinlich wütend, der Junge verteilte »Free Hugs« und umarmte sie. Dann war das Mädchen wieder gut gelaunt. Auf die letzte Seite hatte Simon ein Herzchen gezeichnet.

Das war das Süßeste und Romantischste, was ich je in meinem Leben bekommen hatte.

Dann öffnete ich das Kuvert. Kurz hoffte ich, dass es ein Liebesbrief war.

In dem Umschlag lagen ein getrockneter Löwenzahn und ein Zettel mit einem Gedicht:

»Wenn du deinen Kummer deinem Nächsten anvertraust,
dann schenkst du ihm einen Teil deines Herzens.«
(Khalil Gibran)

Ich vergrub mein Gesicht in ein Kissen und heulte wie ein Schlosshund. Simon war der beste Mensch, den ich kannte. Was gäbe ich gerade für eine seiner Umarmungen.

Kapitel 43 – Simon

Alle gingen irgendwann ins Freie vor die Hütte. Ich folgte ihnen, neugierig, was gleich passierte. Ehrlich gesagt fragte ich mich schon seit meiner Ankunft, was wir in dem Versteck die ganze Zeit machen sollten.

Draußen stand schon Aaron und wartete auf uns. Er war in seiner Engelsgestalt. Seine Flügel wirkten genauso imposant wie sein gesamter Körper. Wir bildeten einen großen Halbkreis um ihn; ich stellte mich etwas abseits, um nicht gleich in den Mittelpunkt zu geraten. Aaron zeigte wortlos mit seinem Finger auf Lars. Dieser nickte nur ängstlich und trat nach vorn. Lars sah bei Weitem nicht so selbstbewusst aus wie Aaron – seine Schultern hingen schlaff herab, sein Kopf war demütig nach unten geneigt. Eine seltsame Stimmung lag in der Luft. Ich wusste nicht genau, was geschehen würde, aber das Ritual war mir jetzt schon unheimlich.

Lars verwandelte sich ebenfalls und stellte sich Aaron gegenüber. Angespannt verfolgte ich das Szenario. Während sie sich ernst anstarrten, spannten beide alle Muskeln ihres Körpers an. Plötzlich umgab Aaron eine intensive dunkelgrüne Aura. Sie sammelte sich um ihn herum. Um Lars flackerte ein zögerliches violettes Licht. Aarons dunkelgrüne Aura schoss wie eine Welle auf Lars zu und hüllte ihn ein. Irgendwann schrie Lars schmerzerfüllt auf. Er riss seinen Kopf nach hinten und ballte seine Hände zu Fäusten.

Was war mit ihm?

Ich verstand es nicht. Einige Augenblicke später sank Lars zu Boden und verwandelte sich zurück. Keiner schien wirklich überrascht zu sein.

»Sie haben versucht, in den Geist des jeweils anderen einzudringen. Darel glaubt, dass es eine gute Übung sei, um unsere Energie besser zu kontrollieren und zu verstehen. Er hat sie uns beigebracht«, flüsterte mir Natalia ins Ohr – sie stand plötzlich dicht neben mir. Wir berührten uns an den Schultern. Ich sah zu ihr herunter. Sie war gut einen Kopf kleiner als ich.

»Und ist es eine gute Übung?«, fragte ich sie leise.

Lars kam gerade wieder zu sich und krabbelte auf allen Vieren davon.

»Für Aaron schon. Er gewinnt immer!«, erklärte sie unmissverständlich.

Mein Blick wanderte wieder zu Aaron. Er sah zufrieden mit sich aus. Es störte mich, dass er offensichtlich hier der Stärkste war. Und er war sich dessen definitiv bewusst, das konnte man an seinem selbstgefälligen Grinsen erkennen. Mir gefiel seine Art nicht.

Aarons Blick traf den meinen. Ein angsterfülltes Kribbeln durchfuhr dabei meinen Körper. Sofort war mir klar: Ich war sein nächstes Opfer! Er wollte, dass ich genauso jämmerlich vor seinen Füßen kroch wie Lars.

Die anderen bemerkten mein Zögern. Sie sahen mich alle erwartungsvoll an. Ich konnte nicht einfach davonlaufen, das wurde mir schmerzlich bewusst.

Einige Sekunden wartete ich ab. Doch als ich mir sicher war, dass ich dem Akt nicht entfliehen konnte, stellte ich mich Aaron seufzend gegenüber und verwandelte mich. Ich war schrecklich nervös. Allein die Verwandlung in meine Engelsgestalt kostete mich beinahe all meine Kräfte und Konzentration.

Als ich Aaron so ansah mit seinen kräftigen Schultern und seinem markanten Gesicht, in dem ein siegessicheres Lächeln lag, sank mein Selbstbewusstsein gegen null. Meine Hoffnung, eine kleine Einweisung zu bekommen, ging nicht in Erfüllung. Doch im Gegensatz zu Lars umgab mich nur ein blasses grünliches Licht. Aaron schonte mich.

Wie peinlich.

Plötzlich spürte ich ein unangenehmes Vibrieren in meinem Kopf. Es war eine Mischung aus einem schrillen Klang und einem stetig ansteigenden Druck. In mir klingelten sämtliche Alarmglocken; der Schmerz wurde immer unerträglicher. Was sollte ich bloß tun?

Kurz bevor ich zu Boden sank, spürte ich jedoch etwas in mir. Eine Art Energie. Mein Inneres war davon komplett erfüllt. Es schien dieses unangenehme Gefühl zu vertreiben. Ich fühlte mich plötzlich durchdrungen von blauem Licht.

War das Cassiel?

Der Drang, mich zu wehren, stieg in mir auf. Ich wollte kein Opfer sein. Nie wieder wollte ich die Opferrolle einnehmen.

Ich suchte den Augenkontakt zu Aaron und konzentrierte mich auf ihn. Als er merkte, dass ich nicht einfach so aufgab, verstärkte er den Druck auf mich rapide. Es war wie eine dunkelgrüne Welle aus Energie, die über mich hinwegrollte. Mein komplettes Nervensystem zuckte vor Schmerz zusammen.

Blitze schossen durch meinen ganzen Körper.

Beinahe hätte es mich umgehauen.

Doch ich konnte mich taumelnd gerade noch so auf den Beinen halten. Ich wollte Aaron zeigen, dass ich kein Opfer war.

Eine gewaltige Energie sammelte sich in mir an. Ich war erfüllt von marineblauem Licht. Ich konzentrierte diese Energie zu einem Punkt. Dann richtete ich meinen Blick auf Aaron. Das blaue Licht schoss wie ein Pfeil in seine Richtung und zerteilte seine dunkelgrüne Aura. Er riss seine Augen weit auf. Seine Aura war abrupt verschwunden.

Einatmen, ausatmen.

Ich war total am Ende.

Kam dieser blaue Lichtstrahl wirklich von mir?

Wie hatte ich das gemacht?

Dann erging es mir so wie Lars und ich sackte zusammen und verwandelte mich zurück.

Keiner sagte ein Wort. Wenige Augenblicke später verschwand meine Benommenheit und ich konnte wieder meine Umwelt wahrnehmen. Sofort stieg die Hoffnung in mir auf, dass ich Aaron besiegt hatte. Vielleicht lag er ebenso wie ich am Boden und war außer Puste. Ich sah erwartungsvoll in seine Richtung.

Aaron stand noch an derselben Stelle wie zuvor.

Mist.

Doch er wirkte nicht mehr so selbstsicher; sah mich verblüfft an. »Nicht schlecht, Kleiner!«, meinte er zu mir. Verwunderung lag in seiner Stimme. Dann verwandelte er sich zurück und half mir auf. Hatte ich ihn doch etwas angekratzt?

Noch leicht benommen zog ich meinen Pullover wieder an. Aaron klopfte mir hart auf meinen Rücken; beinahe wäre ich umgefallen.

»Eine kleine Einweisung wäre das nächste Mal hilfreich«, raunte ich mürrisch.

Mich hingegen lobte Aaron: »Simon, du bist bemerkenswert stark. Zuerst dachte ich, bei dir hätte ich leichtes Spiel. Schließlich hast du keine Ahnung von der Übung. Aber als du deine Energie auf mich gerichtet hast, hätte es mich beinahe umgehauen.«

Ich schien mir den Respekt von Aaron verdient zu haben. Erleichterung machte sich in mir breit – er sah in mir also keinen Loser.

Natalia kam zu uns und tätschelte uns beide. »Was haltet ihr davon, wenn die anderen noch ein wenig weitermachen und ihr euch ausruht?«, fragte sie uns mit ihrer melodisch klingenden Stimme. Wir nickten ihr gleichzeitig zu.

So erledigt, wie ich war, hätte ich eh keine weitere Runde

geschafft. Tatsächlich wusste ich immer noch nicht, wie die Übung ging. Mein Handeln war reine Intuition gewesen; als hätte es mir mein zweites Ich ins Ohr gesäuselt.

Aaron und ich verschwanden ins Haus. Lars folgte uns. Er huschte mit geduckter Haltung in die Küche und reichte uns dann zwei Gläser gefüllt mit Wasser. Sich selbst hatte er nichts mitgebracht. Ohne sich bei Lars zu bedanken, setzte sich Aaron auf einen Stuhl und trank einen kräftigen Schluck. Dann musterte er mich mit seinen durchdringenden grünen Augen.

»Was hältst du von Darel?«, wollte er plötzlich von mir wissen. Überrumpelt von seiner direkten Frage entwich mir lediglich ein Stottern. Darüber hatte ich mir noch keine Gedanken gemacht. Darel war schließlich auf unserer Seite; half uns, zu überleben.

»Es kam eventuell so rüber, als würde ich Darel nicht vertrauen. Aber so wie dir und den anderen hat er auch mein Leben gerettet. Dafür bin ich ihm dankbar. Er hat mich damals aus dem Knast geholt. Wenn man in Amerika beim Drogendealen erwischt wird, buchten die einen sofort ein. Ehrlich gesagt hab ich mich mein halbes Leben lang nur zugedröhnt, damit ich diese ganze Scheiße nicht länger ertragen muss. Du weißt, was ich meine, stimmts? Im Knast bekam ich dann einen üblen Anfall, schließlich setzten die mich einfach auf kalten Entzug. Ich glaube, ich hatte nach zehn langen Jahren endlich mal 'n sauberes Blutbild.« Aaron musste bei seinem letzten Satz schmunzeln. Er rieb sich verlegen mit seiner Hand den Bart. »Wahrscheinlich hätte mein Leben ohne ihn kein schönes Ende genommen. Und ein frühes. So kann ich wenigstens selbst entscheiden, wann und wie es vorbei ist.«

Was meinte Aaron damit? Ich verstand nicht, was er mir damit sagen wollte.

»Du warst heute wirklich gut«, lobte er mich abermals. »Die meisten wissen beim ersten Mal nicht, was sie tun sollen, und gehen sofort zu Boden.«

»Warum macht ihr hier überhaupt solche komischen Übungen?«,

wollte ich von ihm genauer wissen, der sich gerade kalten Kaffee vom Frühstück nachschenkte. Er verschüttete beinahe einen Schluck bei meinen Worten.

»Ist das dein Ernst? Hat dir Darel nichts erzählt?«

Ich seufzte. »Ich befürchte er hat mir so einiges verschwiegen. Natalia hat es nur grob erklärt.«

»Wir wollen unsere menschliche Seele mit unseren Engeln verbinden«, äußerte Aaron mit ernster Miene. »Dann wären wir keine armseligen Nephilim mehr, sondern vollwertige Engel. Aber mit unserer eigenen menschlichen Seele. Das Training soll helfen, unseren Engeln näherzukommen. Wir möchten unsere Energie verstehen und lernen, sie präzise einsetzen zu können.«

»Und helfen diese Übungen tatsächlich?«, fragte ich skeptisch weiter.

»Bis jetzt wissen wir das noch nicht«, gab Aaron ehrlich zu.

Ich fragte mich, ab wann man denn wusste, ob man sich mit seinem Engel vereint hatte. Bei der Übung hatte ich tatsächlich etwas in mir gespürt. Nur wusste ich nicht, ob es wirklich mein Engel, Cassiel, gewesen war.

»Ich würde gerne eure anderen Trainingsmethoden kennenlernen«, sagte ich bewusst fordernd. Ich konnte erneut dieses Erstaunen in Aarons Blick sehen.

»Nur Geduld, Kleiner«, erwiderte er mit einem Lächeln, während er seine muskulösen Arme über den Tisch ausstreckte, um mir kumpelhaft durch meine Haare zu wuscheln.

Seit unserem Kräftemessen benahm er sich völlig anders mir gegenüber. Lars hingegen ignorierte er komplett. Aaron war wohl einer dieser Typen, der andere ausschließlich nach ihrer Stärke respektierte.

Am späten Abend schürten Valentina und Yao trotz der Kälte ein Lagerfeuer vor dem Haus. Sie wollten meine Ankunft mit Stockbrot und Marshmallows feiern, die wir über den Flammen rösten sollten. Dazu gab es sogar ein paar Dosen Bier. Dass ich keinen Alkohol mochte, wussten sie nicht. Ich machte keine große Sache daraus und blieb bei kaltem Wasser aus der Quelle.

Wir setzten uns alle um das Feuer herum und hielten unsere Stöcke in die lodernden Flammen. Ich wäre lieber in der Hütte geblieben, da mir bitterkalt war. Nick zupfte leise einen langsamen Countrysong auf seiner Gitarre. Es herrschte eine ausgelassene Stimmung in der Runde. Nur ich war etwas nachdenklich und darum schweigsam.

Natalia setzte sich zu mir. »Wie gefällt es dir hier bei uns bis jetzt?« Ihre blonden langen Haare hatte sie unter einer dicken Wollmütze versteckt.

»Es ist ganz nett«, antwortete ich knapp und sah weiter in die knisternden Flammen.

Mir war gerade so gar nicht nach Reden. Mein Kopf schmerzte höllisch. Seit der Übung mit Aaron bahnte sich – wieder einmal – eine Migräne an. Natalia rückte näher an mich heran. Sie berührte mich leicht. Unmittelbar zuckte ich innerlich zusammen. Das Gesicht von Alisa schoss mir vor Augen.

Natalia hielt mir einen Spieß mit Marshmallows vor die Nase und lächelte mich dabei an. Leicht zitternd nahm ich den Stock entgegen. Unsere Finger berührten sich dabei kurz.

»Du bist ja eiskalt«, bemerkte Natalia bestürzt. Sofort legte sie ihre zarten Hände um die meinen, um sie zu wärmen.

Jaspal, der ebenfalls neben mir saß, bekam unsere Unterhaltung mit und stand abrupt auf, um mir Handschuhe und eine Decke aus der Hütte zu holen. Nachdem er mir die Decke umgelegt hatte, rubbelte er mir freundschaftlich ein paar mal über den Rücken.

Wie nett doch alle zu mir waren. Mein Herz machte ein paar Sprünge der Geborgenheit. Umgehend spürte ich, wie meine Wangen sich rot färbten. Und wie war ich zu ihnen? Ich war mürrisch und wortkarg. Warum nur? So kannte ich mich gar nicht.

»Du bist der Erste, der hier angekommen ist und traurig

dreinblickt«, meinte Natalia. »Eigentlich waren wir alle froh, endlich einen Ort gefunden zu haben, an dem wir akzeptiert werden.«

Als Natalia nach einigen Sekunden bemerkte, dass ich nichts erwidern würde, redete sie dennoch weiter: »Wart ihr ein Paar?« Bei ihrer Frage stockte mir der Atem. Mit großen Augen sah ich sie an. »Wie kommst du denn darauf?«

»Du hast von dem Streit erzählt. Danach wolltest du kein Mensch mehr sein. Sie muss dir also viel bedeutet haben. Liege ich falsch?«

Es machte mich wütend, wie Natalia ihre Mutmaßungen aufstellte. Überhaupt machte es mich wütend, wenn Fremde über Alisa sprachen. Es ging einfach niemanden etwas an.

»Wir waren kein Paar. Nur Freunde, mehr nicht«, bemerkte ich erneut mürrisch, ohne Natalia eines Blickes zu würdigen. Ich hoffte, dass sie nach meiner ruppigen Antwort endlich aufhörte, mich über Alisa auszufragen. Zu tief saß der Schmerz. Was hätte ich gegeben, jetzt bei ihr sein zu können! Gedankenverloren starrte ich in die lodernden Flammen und sah den Marshmallows beim Schmoren zu.

Was zum Teufel machte ich hier?

Ich Idiot war einfach auf und davon. Jetzt saß ich hier; eingesperrt in dem Versteck der Nephilim irgendwo am Arsch der Welt und bereute meinen Entschluss, Darel gefolgt zu sein.

Kapitel 44 – Darel

Es war bereits aufgefallen, dass drei Exusiai verschwunden waren. Überall im Himmel wurde getuschelt; Vermutungen aufgestellt, welcher Engel diese Exusiai getötet haben könnte. Und viel zu oft landeten die Blicke auf mir, während sie in ihren kleinen Grüppchen über das Geschehene mutmaßten. Sie wussten es.

Alle wussten es!

Es war nur eine Frage der Zeit, bis mich Michael ins Himmlische Gericht rief, um mir den Prozess zu machen.

Schöne Scheiße!

Ich ließ mir jedoch nichts anmerken und ging wie gewohnt meiner Aufgaben nach.

Nur keine Aufmerksamkeit erregen.

Alle Engel mieden mich. Selbst Phanuel und Nemamiah gingen mir aus dem Weg, um nicht womöglich unangenehm aufzufallen. Ich nahm es ihnen nicht übel. Schließlich steckten sie bei der Rettungsaktion der Nephilim tief mit drin. Sie hatten mir einst dabei geholfen, das Versteck zu errichten.

Aktuell durfte ich auf keinen Fall die Nephilim besuchen. Ich hoffte nur, ihre Lebensmittelvorräte würden ausreichen.

»Hallo Darel«, begrüßte mich plötzlich eine Stimme.

Es war Erzengel Ambriel. Das warme orangene Licht seiner Aura erinnerte mich an den Sonnenaufgang. Ambriel war ebenfalls ein enger Vertrauter Cassiels. Manchmal war ich ein wenig neidisch auf Ambriel, da sich die beiden oft so lange und ausgiebig unterhielten.

»Ein Erzengel, der sich dazu herablässt, mich anzusprechen? Wie komme ich zu der Ehre?«, fragte ich ihn etwas frech.

»Ach Darel, selbst jetzt kannst du deinen Sarkasmus nicht ablegen«, erwiderte er resigniert. »Ich wollte dich fragen, was an den Gerüchten dran ist, die über dich kursieren.«

Was sollte ich darauf antworten? Einfach alles gestehen? Ich vertraute Ambriel zu wenig, als dass ich ihm diskret meine Taten schildern wollte.

»Hast du Cassiel gefunden? Wie geht es ihm?«, hakte er nach, als ich schweigend verharrte.

Cassiel. Darum war er also hier. War ja klar, dass es ihm nicht um mich ging.

Ursprünglich hatte Cassiel gewollt, dass ich mich zusammen mit Ambriel um die Nephilim im Versteck kümmerte. Aber als Ambriel damals ablehnte, holte ich Melioth mit ins Boot.

Ich sah ihn ernst und ausgiebig in die Augen. »Hör mal, du bist doch raus aus der Nummer. Was willst du also von mir?«

»Ich will euch helfen.«

Bei seinen Worten musste ich lauthals lachen. Jetzt fiel es ihm doch ein, uns zu helfen? Wollte er Cassiel wieder in den Arsch kriechen, jetzt, da ich ihn gefunden hatte?

Plötzlich kamen weitere vier Engel auf mich zu. Ich kannte sie. Sie gehörten zu Michaels Ehrengarde. Sie würden mich gefangen nehmen. Nun war ich dran!

Ohne große Worte wollten sie mich fesseln. Sie hielten richtig miese, energieraubende Manschetten in den Händen und wollten sie mir um die Handgelenke legen. Man konnte sich damit nicht wehren, war vollkommen down mit diesen Dingern. Doch als sie die leuchtenden Energiefesseln anbringen und mich abführen wollten, schrie Ambriel: »Ich war es!«

Alle, mich eingenommen, starrten ihn verwundert an.

»Ich habe diese Exusiai getötet!«, bekräftigte er sein falsches

Geständnis. Was zur Hölle hatte er vor?

Die vier Engel der Ehrengarde sahen sich verwirrt an. Sie wussten nicht, wie sie sich verhalten sollten.

»Lasst Darel in Ruhe. Ich komme mit euch. Bringt mich zu Michael«, befahl er der Garde und streckte ihnen seine Arme verschränkt entgegen, damit sie ihn statt meiner fesselten. Immer noch verwirrt befolgten sie Ambriels Anweisungen. Dann führten sie ihn weg.

Ambriel war ein hochrangiger Erzengel. Er musste einen Plan geschmiedet haben, sonst hätte er niemals so etwas Hirnrissiges gemacht. Warum half er mir bloß?

Kapitel 45 – Simon

Wir standen jeden Morgen gemeinsam auf, frühstückten und begannen anschließend unser Training. Am Anfang übte Valentina mit mir hauptsächlich das Fliegen. Es war mir schrecklich unangenehm, dass ausgerechnet sie mit mir trainierte, denn sie zog sich vor ihrer Verwandlung in ihre Engelsgestalt immer ihr Oberteil aus. Die ersten Male lief ich knallrot an, als Valentina nur noch im BH vor mir stand. Sie selbst schien ihre Freizügigkeit kein bisschen zu stören. Allgemein waren alle Nephilim hier weit weniger verklemmt als ich.

Schon nach wenigen Tagen der Übung strengte mich das Fliegen kaum noch an. Es machte unheimlich Spaß, so unbeschwert dahinzugleiten, auch wenn wir in dieser Kuppel festsaßen und die Flugstrecke nur begrenzt war.

Meistens suchte ich einen kleinen Felsvorsprung auf, an dem ich alleine meiner Tagträumerei nachgehen konnte. Hier fühlte ich mich ungestört und frei.

Oft übte ich hier für mich im Stillen weiter. Auch wenn ich nicht wirklich von den Übungen überzeugt war. Wie sollte mir beispielsweise Meditation Cassiel näherbringen? Trotz meiner Zweifel übte ich Tag für Tag. Was blieb mir anderes übrig?

Interessanterweise wurde die Stimme in meinem Kopf leiser, je länger ich trainierte. Zum ersten Mal in meinem Leben hatte ich fast keine Kopfschmerzen mehr und das über eine lange Zeit hinweg. Ich fragte mich, ob es ein gutes Zeichen war, dass mein inneres Ich mehr und mehr verschwand.

Die anderen waren von meiner raschen Entwicklung begeistert. Ich konnte beispielsweise einen blauen leuchtenden Lichtball erzeugen und herumfliegen lassen. Als ich den anderen Nephilim diese Kugel präsentierte, waren sie total von den Socken. Sogar Aaron war begeistert.

Selbst hier unter meinesgleichen schien ich irgendwie immer noch speziell zu sein.

Der Klassenstreber – wenn man so wollte.

Für mich jedenfalls ging es um viel.

Ich war es Cassiel schuldig, seinen Wunsch zu erfüllen. Wenn ich schon nicht viel auf die Reihe bekam, sollte wenigstens er sein Ziel erreichen.

Bis auf Aaron und mir verplemperten die anderen vorwiegend ihre Zeit mit Tätigkeiten wie etwa Kartenspielen. Das Training stand bei ihnen hinten an.

Aaron verschwand meist allein im Wald, um dort zu üben. Ob ihn die flapsige Art seiner Genossen genauso irritierte wie mich?

Am liebsten hätte ich meine Kräfte noch einmal an Aaron ausgetestet. Schließlich war er damals schon von meinen Fähigkeiten begeistert gewesen. Er war für mich der einzige Nephilim, an dem ich mich messen konnte. Seit unserem ersten Kampf hatte er mich leider nicht mehr herausgefordert. Er trainierte nicht mehr mit uns zusammen, sondern verschwand sofort nach dem Frühstück im Wald. Erst zum Abendessen ließ er sich wieder blicken. Meist mit mürrischem Blick und schlechter Laune. Er zog sich dann komplett zurück. Irgendwas stimmte nicht mit ihm – das fühlte ich.

Eines Abends flog ich planlos in der Gegend herum, bis ich einen kleinen Wasserfall entdeckte. Das Rauschen des Wassers war entspannend. Ich kauerte mich auf einen großen, moosbewachsenen Stein und betrachtete nachdenklich meine Umgebung.

Seit Wochen machte ich keinerlei Fortschritte. Ich war Cassiel kein Stück näher gekommen. Tatsächlich konnte ich seine Stimme in meinem Kopf so gut wie gar nicht mehr wahrnehmen. Das Kunststück mit der blauen Lichtkugel war ja schön und gut, doch brachte es mir nichts. Weder als Waffe noch zur Verteidigung konnte man es einsetzen. Dieses leuchtende blaue Ding war einfach nur schön anzusehen, mehr nicht.

Genervt atmete ich tief ein und aus. Am liebsten wäre ich von hier einfach abgehauen. Aber ich wusste, selbst wenn ich durch die Barriere kam, die Exusiai warteten bereits und würden mich töten. Das Versteck zu verlassen, wäre purer Selbstmord. Es musste doch ein Mittel geben, um sich zu verteidigen! Irgendwas mussten wir Nephilim doch können, das für den Kampf geeignet war!

Ich setzte mich in den Schneidersitz, richtete meinen Oberkörper gerade auf und atmete ein, während ich tief in mich hineinfühlte. Es musste eine Lösung geben! Hatte Cassiel keinen Hinweis für mich? Wenn ich mich mit ihm verständigen könnte, dann wüsste er bestimmt eine Antwort für das Problem.

In der Hoffnung, irgendein Zeichen von Cassiel zu erhalten, konzentrierte ich mich auf ihn. In meinen Gedanken formte sich eine bläulich schimmernde Silhouette. Mehr und mehr Details entstanden in meiner Vorstellung.

Weißes langes Haar, eine hochgewachsene schlanke Figur, ein spitzes Kinn und plötzlich konnte ich in seine Augen blicken; in diese tiefen, blauen Augen, die mich mit solcher Zuversicht anstrahlten. Ich hätte mich in ihnen verlieren können, sie zogen mich förmlich in sich hinein. Er sah mich intensiv an. Sein Blick traf mich wie ein Blitz.

In mir pulsierte alles. Cassiel lächelte in mein Innerstes hinein, ganz so, als ob er mir sagen wollte:»Hey, schön, dich kennenzulernen.«

Ich wollte mich so gern mit ihm unterhalten. Es gab so unzählig viele Dinge, die ich von ihm wissen wollte.

Energie strömte durch meinen Körper. Sie sammelte sich in meinem Torso und wanderte durch meinen rechten Arm. Was wollte Cassiel mir sagen? Auch wenn es anstrengend war, konzentrierte ich mich weiter auf den Energiestrom. Plötzlich war die gesamte Energie in meiner rechten Hand. Es schmerzte und kribbelte zugleich. Ein helles Licht strahlte aus meiner Hand heraus. Erschrocken betrachtete ich das Spektakel. Ich hielt etwas in meiner Hand. Meine Finger umschlangen einen Griff aus Licht. Wenige Augenblicke später wanderte das Licht weiter nach oben. Ein Schwertgriff manifestierte sich.

Vor Schreck zuckte ich zusammen. Der Schwertgriff mit all der Energie verschwand so schnell, wie er gekommen war. Die restliche Energie schwebte als bläulichweiße Funken mit dem Wind davon. Die intensive Verbindung zu Cassiel war verschwunden und ich erschöpft und verwundert zugleich. Wollte er ein Schwert manifestieren? War das die Lösung für das Problem mit den Exusiai?

Es war bereits finster geworden, als ich beschloss, zurück zur Hütte zu fliegen. Den anderen Nephilim wollte ich erst einmal nichts von meiner neuen Erfahrung erzählen. Ich wollte dieses Schwert erst richtig beherrschen können, bevor ich es ihnen zeigte.

Schließlich konnte bis jetzt noch kein Nephilim eine Waffe beschwören. Aaron würde komplett ausflippen, wenn er das sah, da war ich mir sicher. Er würde vor Neid platzen. Euphorie machte sich in mir breit. Das Grinsen in meinem Gesicht wollte gar nicht mehr verschwinden.

Kurz bevor ich die Hütte erreichte, tauchte Natalia plötzlich neben mir in der Luft auf. Sie umgab ein weißes Licht mit lilafarbenem Schimmer.

»Hey Simon, hast du einen Ausflug gemacht?« Sie drehte sich anmutig in der Luft, während sie mit mir sprach.

Mir kam es manchmal so vor, als suchte sie meine Nähe. Sie

erschien oftmals aus dem Nichts und hielt mit mir ein Pläuschchen. Wir redeten aber nie wirklich über wichtige Themen. Unsere Gespräche bestanden meist aus reinem Small Talk.

»Simon, ich will dir unbedingt etwas zeigen. Kommst du heute nach dem Abendessen mit mir mit?«, fragte sie mich schüchtern.

»Was willst du mir denn zeigen?«

Wir waren mittlerweile an der Blockhütte angekommen.

»Ein Geheimnis!«, flüsterte sie schmunzelnd in mein Ohr. Dann packte sie mich fest am Handgelenk und zerrte mich in die Hütte. Die anderen deckten bereits den Tisch für das Abendessen. Ich konnte das frischgebackene Brot riechen. Ich liebte Valentinas selbstgemachtes Brot. Am liebsten aß ich es noch lauwarm mit ein wenig Butter und Salz.

Während des Essens machte ich mir Gedanken darüber, was Natalia mir zeigen wollte. Was konnte es auf diesen paar Quadratmetern unseres Verstecks schon Großartiges geben?

Nach dem Essen gingen Yao und Aaron den Haushaltsplan für die nächste Woche durch. Wir wechselten wöchentlich unsere Aufgaben, damit die Arbeit gerecht aufgeteilt war. Während der Einteilung konnte ich Natalia beobachten, wie sie sich leise davonschlich. Als sie bemerkte, dass ich sie ansah, warf sie mir ein kurzes schüchternes Lächeln zu. Dann verschwand sie lautlos nach draußen in die dunkle Nacht.

Ich wartete die Besprechung ab, bevor ich ebenfalls diskret verschwand. Schon einige Meter von der Hütte entfernt fand ich Natalia gegen einen Baum gelehnt. Als ich näher kam, konnte ich ihr freudiges Funkeln in den Augen erkennen. Lächelnd nahm sie meine Hand und zog mich rasant durch den Wald hinter sich her.

Als die Hütte weit hinter uns lag, gab sie mir wortlos zu verstehen, dass ich mich verwandeln sollte. Ich folgte ihrer Aufforderung. Nachdem ich mich verwandelt hatte, bekam ich plötzlich ihre Jacke ins Gesicht geschmissen. Kaum nahm ich diese von meinem Kopf, folgte ihr Pullover begleitet von einem lauten Lachen.

Natalia nur im BH zu sehen, war mir jedes Mal aufs Neue unangenehm. Darum haftete ich meinen Blick starr auf den Boden.

Kichernd flog sie davon. Rasch folgte ich ihr, um sie nicht aus den Augen zu verlieren. Sie gleitete sehr tief; noch auf Höhe der Baumkronen. Es war schwierig, ihr Tempo zu halten, da ich andauernd Ästen ausweichen musste. Ich wusste, dass mich Natalia gerade nur ein wenig ärgern wollte. Sie machte öfter kleine Späßchen mit mir.

Irgendwann blieb sie einfach in der Luft stehen. Ich schwebte neben ihr und sah mich um. Ich konnte nichts Besonderes entdecken. Was wollte sie mir nur unbedingt zeigen?

Wir waren am Rand unseres Verstecks angelangt. Der Schutzschild ragte dicht über uns. Man konnte den Sternenhimmel und das Polarlicht gut erkennen. Gleichzeitig spiegelten sich unsere beiden Silhouetten blass in dem Schild. Wir landeten vor einer kleinen Lichtung. Während Natalia anfing, etwas zu suchen, verwandelte sie sich wieder zurück und zog ihr Oberteil über. Ich tat es ihr gleich.

»Ich habs gefunden!«, schrie sie aufgeregt und drehte sich winkend zu mir um. Dann setzte sie sich auf die Wiese und starrte auf die reflektierende Wand vor uns.

Heute Nacht war der Himmel hell erleuchtet vom grünlichen Polarlicht. Durch den Schutzschild wirkte es ein wenig matter und verschmolz mit dem Funkeln der Sterne. Doch etwas wirklich Außergewöhnliches konnte ich einfach nicht erkennen. Warum war Natalia bloß so aufgeregt?

Ich setzte mich neben sie und versuchte, zu finden, was sie mir zeigen wollte. Natalia rückte an mich heran, ihren Kopf gegen meine Schulter gelehnt, und zeigte mit ihrem Finger in die Richtung, in die ich blicken sollte.

»Ein Fenster zur Welt«, flüsterte sie gedankenverloren, während sie noch auf die Stelle deutete.

Endlich fand ich, was sie mir zeigen wollte. Es war wohl ein kleines Loch im Schutzschild. Nur durch das Nordlicht konnte man es erkennen – die Farben von außerhalb wirkten an dieser Stelle viel intensiver. Ich stand auf und ging zu dem Loch, um es genauer zu betrachten. Kurz steckte ich meinen Kopf hindurch. Unser Versteck lag mitten im Nirgendwo, darum hatte ich auch nicht viel erwartet zu sehen außerhalb des Schutzschildes. Ich drehte mich wieder zu Natalia um. Als ich mich neben sie setzte, fragte ich sie:»Wie lange weißt du das schon?«

»Seit zwei Tagen. Ich glaube, es ist etwas größer geworden.«

»Wenn es sich wirklich ausdehnt, wäre das schlecht für uns. Wir müssen es unbedingt Darel sagen«, bemerkte ich ernst.

»Das habe ich bereits. Er meinte, ich solle es keinem verraten. Er will niemanden beunruhigen.«

Es erstaunte mich, dass er bis jetzt nichts dagegen unternommen hatte. Mein Blick ruhte darauf.

»Ich weiß, dass du nicht gern hier bist. Du fühlst dich hier gefangen, habe ich recht?«, fragte mich Natalia mit leicht zittriger Stimme. Als ich keine Antwort gab, redete sie weiter:»Man sieht es dir deutlich an, du willst hier weg. Darum wollte ich es dir zeigen.«

Das Loch war nicht groß, ich würde gerade so durchpassen. Am liebsten wäre ich einfach losgelaufen und hindurchgesprungen. Diese vermeintlich undurchdringbare weitläufige Barriere hier machte mir bei Weitem mehr zu schaffen als früher meine kleine Kellerzelle.

»Du siehst immer so traurig aus. Du kannst uns nicht leiden, oder?«, fragte mich Natalia. Enttäuschung lag in ihren Worten.

Ich schüttelte verneinend den Kopf.»Ich bin nicht traurig – eher frustriert«, erklärte ich ihr.»Und ihr seid alle die liebenswertesten Menschen, die ich je kennenlernen durfte. Wir konnten alle nicht wirklich unser Leben genießen. Und jetzt sitzen wir hier fest und warten – das zermürbt mich.«

Natalia legte ihren Kopf wieder auf meine Schulter. Ihre Nähe war mir etwas unangenehm. Ich war so viel Körperkontakt nicht gewohnt. Natalia hingegen schien kein Problem damit zu haben. »Das scheint wohl unser Schicksal zu sein. Weißt du, was ich am meisten bedaure? Dass ich nie wissen werde, wie es sich anfühlt, jemanden zu lieben. Ich beneide dich, Simon, du hast jemanden gefunden, den du liebst.«

Darum hatte mich Natalia also über Alisa ausgefragt.

»Wir waren nicht zusammen, sondern nur Freunde. Wir haben uns nicht einmal geküsst. Also weiß ich nicht, wie sich Liebe wirklich anfühlt«, erklärte ich ihr meine Beziehung noch einmal genauer. Immer wenn Natalia mit mir über Alisa hatte reden wollen, beendete ich abrupt das Gespräch.

Natalia dachte vermutlich, mein Leben sei harmonisch und erfüllt mit Liebe gewesen, bevor ich hierhergekommen war. So war es aber leider nicht. Ich bekam einfach nichts in den Griff. Die Freundschaft mit Alisa war ein reines Chaos. Unser Streit war nur der Gipfel des Eisbergs. Sicherlich hätten Alisa und ich uns nach einiger Zeit wieder vertragen, unsere Freundschaft wäre aber weiterhin so konfus verlaufen wie zuvor.

»Das spielt keine Rolle. Du hast dieses Gefühl erleben dürfen, jemanden zu lieben. Die Liebe wurde zwar nicht erwidert, das Gefühl kann dir trotzdem niemand nehmen. Die meisten Menschen verwechseln gern, dass jemanden zu lieben nicht automatisch bedeutet, geliebt zu werden.«

Ich dachte über Natalias Worte nach. Ich würde die Liebe für Alisa ewig in mir tragen. Dieser Gedanke stimmte mich melancholisch.

»Hier im Versteck fühlte ich mich sicher. Tatsächlich war das hier die beste Zeit meines Lebens. Komischerweise fühle ich seit Kurzem ein wenig anders. Ich habe Angst vor der Zukunft. Ich will nicht hier drinnen sterben«, sprach Natalia weiter und starrte dabei mit traurigen Augen auf den Boden. Hoffte sie nicht, dass sie sich mit ihrem Engel verbinden konnte? Zugegeben, das

Unterfangen schien ein wenig hoffnungslos. Aber falls wir es wirklich schaffen sollten, mit unseren Engeln zu verschmelzen, dann würden wir in den Himmel zu Darel und den anderen kommen. Und dann würden wir endlich akzeptiert werden und könnten ein anerkanntes Leben dort führen.

Zumindest dachte ich das.

Erst jetzt fiel mir auf, dass ich darüber bis jetzt weder mit Darel noch mit den anderen Nephilim wirklich gesprochen hatte. Eigentlich wusste ich gar nicht, was mich erwartete, sollte ich mich mit Cassiel vereinen. Warum hatte ich kein einziges Mal nachgefragt?

Plötzlich flüsterte Natalia leise in mein linkes Ohr:»Bevor wir von dieser Welt gehen, könnten wir es ausprobieren.«

Ich drehte meinen Kopf in Natalias Richtung. Unsere Gesichter waren nah beisammen. Trotzdem spürte ich nicht dieses impulsive Gefühl wie damals bei Alisa.

»Was meinst du damit?«

Ich inspizierte intensiv ihr schmales, symmetrisches Gesicht. Sie hätte wahrscheinlich jeden Mann um den Finger wickeln können. Wie konnte Natalia noch nie einen Freund gehabt haben, wenn sie es sich doch offensichtlich so wünschte?

»Ich will nicht ohne Kuss von dieser Welt gehen. In meiner Vorstellung ist es das Schönste.«

Wieder sprach sie vom Sterben. Fürchtete sie, die Exusiai würden durch dieses Loch in der Barriere einen Weg zu uns finden, um uns zu töten? Darel würde bestimmt etwas unternehmen, wenn die Lage allzu gefährlich wäre.

»Denkst du wirklich, dass du niemals jemanden lieben wirst? Willst du nicht auf den Richtigen warten?«, fragte ich sie. Sie schloss ihre Augen und antwortete:»Denkst du wirklich, wir kommen hier noch einmal heraus in unserer menschlichen Gestalt?«

Ich dachte über ihre Worte nach. Würde ich mich wirklich so stark verändern, wenn ich mich mit Cassiel vereinte? Würde ich dann anders empfinden? Könnte ich mich nicht trotzdem in eine Frau verlieben und mit ihr glücklich sein?

»Simon?«, flüsterte Natalia mit einem sinnlichen Blick. Jeden Jungen hätte es bei ihrem Anblick wahrscheinlich umgehauen. Sie wollte, dass ich sie küsste. Es war ihr in diesem Moment unheimlich wichtig, das spürte ich. Warum hatte sie ausgerechnet mich dazu auserkoren, sie zu küssen? Schließlich wusste ich nichts von solchen Dingen. Ich überlegte kurz, ob das wirklich eine gute Idee war.

Eigentlich wollte ich Alisa küssen und nicht Natalia. Doch Alisa schien ferner zu sein denn je. Ich würde sie niemals in meiner aktuellen Gestalt wiedersehen. Vielleicht würde ich sie sogar nie wiedersehen.

Es war besser, dieses Kapitel endlich zu schließen. Wahrscheinlich kamen Natalia und ich wirklich niemals lebend aus diesem Versteck heraus. Was hatten wir beide also schon zu verlieren?

Natalia schloss ihre Augen. Sanft streichelte ich mit meiner Handfläche über ihre kalte Wange. Während meiner Berührung öffnete sie wieder leicht ihre Augen und lächelte mich an. Es fiel mir leicht, sie zu berühren. Wahrscheinlich wäre ich vor lauter Aufregung bei Alisa innerlich schon gestorben.

Sie strich mir sanft mit ihrem Finger über meine Lippen. Die Berührung hinterließ ein leichtes Kribbeln auf meiner Haut. Natalia kam mir immer näher. Ihre langen Haare kitzelten an meiner Wange. Ein frühlingshafter Duft stieg mir in die Nase. Er ließ meine Augen sich wie von selbst schließen. Dann küsste sie mich. Es war ein kurzer flüchtiger Kuss, wir konnten beide spüren, wie unsicher wir waren. Obwohl ich keine Gefühle für sie hegte, durchfuhr mich ein starkes Prickeln.

Kurz mussten wir beide kichern. Dann berührte sie abermals meine Lippen mit den ihren. Es war ein langer Kuss, so zart wie ein Windhauch. Natalia fuhr mit ihrer Hand durch mein Haar und drückte mich an sich. Sie gierte nach mehr, doch ich wich zurück. Ich war einfach nicht in sie verliebt, darum kam es mir falsch vor, weiterzumachen.

Ich sah sie verlegen an, der Kuss war mir total peinlich. Beschämt strich ich durch mein Haar und wandte meinen Blick von ihr ab. Ich konnte ihr nicht mehr in die Augen sehen. »Das ist voll in Ordnung«, meinte sie. »Danke, dass du das mit mir geteilt hast.«

Die anderen schliefen bis auf Aaron bereits alle. Darum schlichen wir uns in die Blockhütte und legten uns auf die Matratze. Natalia schlief sofort ein. Sie lag dicht neben mir, gerade so, dass wir uns nicht berührten.

Diese Nacht war viel zu verwirrend, als dass ich ein Auge zumachen konnte. Es war seltsam, mein Körper zwang mich, glücklich zu sein. Er schüttete ein permanentes Glücksgefühl aus – war erregt. Ich wusste, dass es nur die Reaktion auf die Küsse war und nichts mit Liebe zu tun hatte. Aber dieses Glück fühlte sich tausendmal besser an als die permanente Frustration, die vorher in mir durch Alisa geherrscht hatte.

Kapitel 46 – Alisa

Die Sommerferien standen kurz bevor. Simon war nicht mehr aufgetaucht. Es waren schon drei Monate vergangen, seit er verschwunden war. Ich ließ es mir nicht anmerken, aber ich vermisste ihn noch genauso wie am ersten Tag. Er fehlte mir in jeder Sekunde. Trotzdem riss ich mich vor meinen Mitmenschen zusammen; tat so, als würde ich nicht mehr an ihn denken.

Mittlerweile verstand ich mich wieder besser mit Jana und Sandra; setzte mein gespieltes Lächeln gekonnt ein. Um meine Laune nicht zu verderben, erwähnten sie weder Derek noch Simon während unseres Beisammenseins. Ich gab mir große Mühe, fröhlich zu wirken. Tief in meinen Inneren jedoch sah es ganz anders aus. Die Trauer und Einsamkeit im Herz wollten nicht weichen. Aber ich hatte mir fest vorgenommen, endlich einen Neustart zu wagen und die ganze beschissene Vergangenheit hinter mir zu lassen.

Bei meinen Eltern versuchte ich ebenfalls, etwas netter zu sein. Sie mussten meine ablehnende Art schon viel zu lange ertragen. Dass Simon nicht mehr auftauchte, war für sie nicht lange Thema. Freunde kamen und gingen; für Erwachsene schien das normal zu sein.

Zuerst erzählte ich ihnen von unserem Streit. Doch damit sie mich nicht damit nervten, dass ich mich doch einfach bei ihm entschuldigen könnte, erfand ich die Geschichte, dass er nach Russland zu Verwandten gegangen sei und wohl nicht mehr zurückkommen würde. Da sie wussten, dass Simon ohne Eltern gelebt hatte, schienen sie sich für ihn sogar zu freuen, endlich bei Verwandten untergekommen zu sein.

Oft streichelte ich seine Feder an der Kette. Ich trug sie Tag und Nacht. Simon war in meinen Gedanken mein ständiger Begleiter. Ob er genauso viel an mich dachte wie ich an ihn? Hoffentlich ging es ihm gut; wo auch immer er gerade war. Was würde ich nur dafür geben, ihn noch einmal wiedersehen zu können! Ich wollte ihm endlich sagen, was für ein toller Mensch er war. Auch wenn von Tag zu Tag die Hoffnung kleiner wurde, gab ich den Gedanken nicht auf, dass er wieder zu mir zurückkam.

Gelegentlich ging ich in Simons Wohnung, um seine Nähe zu spüren. Ich staubte alles ab, las in seinen Büchern und legte mich dann auf seine Matratze, um dort in Erinnerungen zu schwelgen.

Manchmal pflückte ich einen Löwenzahn, um ihn in einem seiner Bücher zu trocknen. Die Blume verband mich zwar primär mit Derek, doch auf seltsame Weise nun auch mit Simon. Wenn er zurückkam, wären die Seiten all seiner geliebten Bücher verklebt mit getrockneten Löwenzähnen. Er würde das bestimmt wundervoll finden ...

Heute fuhr ich mit dem Fahrrad wieder einmal auf die Wiese hinter Simons Wohnung und pflückte ein paar Blumen. Eine warme Sommerbrise wehte durch mein Haar. Es war ein herrlicher Tag. Wenn ich nur nicht so einsam wäre ...

Ich schloss meine Augen und stellte mir vor, wie mich jemand von hinten umarmte. Ob Derek oder Simon, war mir dabei egal. Es konnte doch verdammt noch mal nicht sein, dass ich in so kurzer Zeit zwei Menschen verlor. Wie ungerecht war diese beschissene Welt eigentlich? Ich sah auf die gepflückten Blumen in meiner Hand und zerquetschte sie. Die Wut überkam mich von Neuem.

Wut auf mich.

Wut auf mein Leben.

Wut auf diese verkackte Dreckswelt!

Plötzlich riss ich meine Augen weit auf.

Ich fühlte mich tatsächlich umarmt. Jemand umarmte mich – das konnte ich ganz genau spüren. Mein Puls erhöhte sich schlagartig. Auf meinen Lippen zeichnete sich ein zaghaftes Lächeln ab. Ich genoss das wohlig warme Gefühl, das sich in mir ausbreitete.

»Simon?«, flüsterte ich mit zitternder Stimme.

Doch ich bekam keine Antwort. Ein erneuter Windhauch durchfuhr mein Haar, das Laub der Bäume rauschte. Mich umgab ein Leuchten. Ähnlich wie bei Simon hüllte es mich ein. Ein kurzer Hoffnungsschimmer machte sich in mir breit.

Ruckartig drehte ich mich um. Doch da war niemand.

Ich war allein.

Nur ich, die Natur und der Wind. Hatte ich mir das Leuchten und die angenehme Wärme nur eingebildet?

Da fiel mir ein, dass Simons Licht damals ganz anders gestrahlt hatte. Bläulich und viel heller. Das Licht von eben war grün gewesen.

Verlor ich endlich komplett den Verstand?

Trotz der Enttäuschung, dass Simon nicht hier war, fühlte ich mich auf einmal total wohl in meiner Haut. Ich ließ mich rückwärts auf die die Wiese sinken und schloss entspannt die Augen.

Kapitel 47 – Simon

Keiner sprach Natalia und meinen nächtlichen Ausflug an. Obwohl es irgendwann aufgefallen sein musste; spätestens als alle zu Bett gegangen waren. Keiner der anderen erfuhr von diesem Abend; wir behielten es für uns.

Aaron verhielt sich die letzten Tage zunehmend seltsamer. Er suchte kaum noch den Kontakt zu uns; schottete sich total ab. Oft blieb er sogar dem Essen fern, kam nur noch zum Schlafen in die Hütte. Sein Gesicht war gezeichnet von Grübelei. Aaron sah uns nicht einmal mehr in die Augen. Er war komplett in sich gekehrt.

Fühlte er sich bereit, mit Darel zu gehen? Wenn Aaron ging, verloren wir unseren Anführer. Wir würden ohne ihn klarkommen müssen.

Ich fragte mich, wann man wusste, dass man bereit war. Ich spürte zwar, dass sich etwas in mir veränderte, aber ich konnte nicht deuten, ob Cassiel der Grund dafür war.

An einem sonnigen Morgen wollte ich wieder allein trainieren gehen. Zuerst flog ich etwas planlos umher. Ich konnte mich zu keiner Übung aufraffen. Eigentlich wollte ich aktuell nur eines: kämpfen lernen! Dieser Schwertgriff, der sich vor Kurzem in meiner Hand manifestiert hatte, ging mir nicht mehr aus dem Kopf. In mir konnte ich eine enorme Unruhe verspüren.

Ich flog zurück zu der Stelle, wo der Schwertgriff in meiner Hand erschienen war. Noch einmal wollte ich versuchen, ein Schwert zu erschaffen. Doch es gelang mir nicht mehr. Ich konnte mich einfach nicht konzentrieren.

Irgendetwas zog mich plötzlich in die Richtung, wo sich das Loch in der Barriere befand. War das Cassiel, der unbedingt noch einmal an diese Stelle wollte? Warum lenkte er mich so sehr von meinem Training ab? Ich wollte viel lieber dieses Schwert endlich in meinen Händen halten. Das Loch interessierte mich nicht. Es war Darels Baustelle, nicht meine.

Doch mein inneres Ich drängte mich förmlich, dorthin zurückzukehren. Höllische Schmerzen breiteten sich in meinem Kopf aus. Schon lange hatte ich keine Kopfschmerzen mehr gehabt. Genervt gab ich irgendwann nach und flog zum Loch.

Die Lichtung sah tagsüber anders aus. Sie wirkte viel kleiner und idyllischer. Auf der Wiese blühten ein paar Wildblumen. Ich ging zu der reflektierenden Wand und suchte die Stelle. Es dauerte einige Minuten, bis ich sie fand. Neugierig guckte ich hindurch. Wie ich ahnte, waren nur weitere Bäume zu sehen.

Es war nicht mein Wille allein, der mich hier stehen ließ. Vielmehr war es Cassiel, der es mir zugeflüstert hatte. Es fühlte sich so an, als würden tausende Ameisen in meinem Kopf ihr »Unwesen« treiben. Dabei schien hier alles ganz friedlich zu sein. Ich wollte gerade umkehren, doch als ich diesen Gedanken fasste, explodierte mein Kopf förmlich. Ich konnte dieses zweite Ich in mir deutlich spüren. Es war definitiv Cassiel! Als ich ihn letztens vor meinem inneren Auge erblickt hatte, da fühlte ich das gleiche Kribbeln in mir wie jetzt.

Er ließ mich nicht gehen. Er wollte unbedingt, dass ich hier verweilte.

Warum?

Was wollte er mir zeigen?

Noch einmal wagte ich einen Blick hindurch.

Als ob er es gewusst hätte, flog plötzlich ein Exusiai vor das Loch und inspizierte es ebenfalls. Erschrocken stieß ich einen kleinen Laut aus; ein kaltes Schaudern jagte durch meinen Körper. Der

Exusiai funkelte mich böse an; schien aber genauso überrascht über mich zu sein wie ich über ihn.

Offensichtlich hatte er das Leck in dem Schutzschild entdeckt und wollte unser Versteck auskundschaften. Hatte Cassiel diesen Exusiai etwa bereits gespürt und lotste mich deshalb hierher? Was sollte ich tun?

Was würde Cassiel tun?

Ich wartete ab – auf ein Zeichen in mir.

In meiner rechten Hand konnte ich wieder diese Energie spüren. Wollte er einen Kampf mit diesem Exusiai ausfechten? War ich bereit für einen Kampf? War ich als Nephilim in der Lage, einen Exusiai zu töten? Schließlich war ich permanent an einen Körper gebunden. Wie sollte ich gegen ein Lichtwesen gewinnen?

Ich ließ ein goldenes Schwert in meiner Hand erscheinen. Es umgab eine blau leuchtende Aura. Cassiel war sich anscheinend sicher, eine Chance gegen diesen Exusiai zu haben.

Ich schluckte.

Dann flog ich mit einer unglaublichen Geschwindigkeit durch das Loch.

Der Exusiai wich rasch zurück; ich an ihm vorbei.

Wir sahen uns an. Eine komische Energie umgab ihn.

Der Exusiai flog rasant auf mich zu. Er hielt plötzlich eine leuchtende Lanze in der Hand.

Dann warf er seine Waffe aus dem Flug in meine Richtung. Blitzschnell wich ich ihr aus.

Als die Lanze dicht an mir vorbeizischte, spürte ich den Lufthauch in meinem Gesicht. Es war weniger meine schnelle Reaktion als eher die Intuition Cassiels, die mich rettete.

Sofort ließ der Exusiai eine neue Lanze erscheinen. Er schwebte dicht vor mir.

Ich hatte keine Ahnung, was ich tun sollte; richtete meine Gedanken an Cassiel:»Du wirst wissen, was zu tun ist.«

Es fühlte sich so an, als hätte er Besitz von mir ergriffen; als kontrollierte er jede Faser meines Körpers. Ich war nur ein Zuschauer dieses Kampfes oder mehr noch: eine Marionette. Der Exusiai griff mich erneut an. Er stieß seine Lanze in mich. Er hatte mich getroffen!

Ich wartete auf den eintretenden Schmerz, doch es kam keiner. Cassiel hatte eine Aura um mich erschaffen, gegen die der Angriff abgeprallt war. Es war wie eine zweite Haut, die sich um mich legte – ein blauer Schimmer, der meinen Körper schützte. Der Exusiai schien genau wie ich erstaunt darüber. Er starrte mich ungläubig an. Ich nutzte diesen Moment und rammte mein Schwert in ihn. Kurz bevor er zu Boden ging, löste er sich in Luft auf. Kleine Energieteilchen schwirrten an mir vorbei. Das Schwert in meiner Hand löste sich ebenfalls in Luft auf.

Ich konnte es gar nicht glauben. Verdutzt sah ich an mir herunter. Es war mir tatsächlich gelungen. Ich hatte einen Exusiai besiegt!

Mein Herz raste in einer unnatürlich schnellen Geschwindigkeit; Adrenalin durchströmte meinen Körper.

Es gab also eine reelle Chance für uns Nephilim.

Wir mussten unser Leben gar nicht aufgeben; waren in der Lage, um unsere Existenz zu kämpfen! Diese Erkenntnis stimmte mich euphorisch. Ich musste es den anderen so schnell wie möglich erzählen und mit ihnen trainieren, damit sie ebenfalls eine Waffe erschaffen konnten. Wenn es nötig war, würde ich auf alle aufpassen!

Hektisch raste ich zurück zur Blockhütte. Während des Flugs musste ich lauthals lachen vor lauter Euphorie. Darel würde stolz auf mich sein!

Die Hütte war leer. Aber ich konnte Darels Energie in der Nähe spüren. Ich flog in die Richtung, aus der ich ihn wahrnahm. Sie standen alle versammelt im Halbkreis um Darel und Aaron auf einer kleinen Lichtung. Leicht verwirrt über die Situation gesellte ich mich zu ihnen. Ich blickte fragend in die Runde. Alle sahen verängstigt aus. Aaron und Darel hingegen schauten sich ernst an. Sie waren beide in ihrer Engelsgestalt. Was war hier los? »Simon, du kommst gerade richtig«, konnte ich Darel in meinen Gedanken hören. Ich wusste nicht, ob er diese Worte nur an mich richtete oder ob sie alle hören konnten. »Was macht ihr hier?«, fragte ich Darel und ging ein paar Schritte auf ihn zu. Anstelle von ihm antwortete mir Valentina: »Aaron denkt, er ist so weit. Er will versuchen, seine menschliche Gestalt abzulegen.«

Mein Blick wanderte zu Aaron. Er verzog keine Miene; stand da wie ein Stein, so starr. Keinerlei Lebensfreude war in seinem Gesicht zu erkennen. Leerer Blick, tiefe Augenringe, eingefallene Wangen; er sah aus wie eine Leiche.

Froh, noch rechtzeitig gekommen zu sein, verkündete ich ihnen meine Neuigkeit: »Wir müssen nicht mehr mit Darel gehen. Wir können alle ein normales Leben hier auf der Erde führen.«

Erschrocken sah mich Darel an. Irgendetwas war heute anders an ihm. Normalerweise versprühte er etwas Optimistisches und eine gewisse Leichtigkeit. Heute wirkte er wie ein alter Mann; steif, trüb und nachdenklich.

»Darel, ich war gerade bei dem Loch in der Barriere, von dem dir auch Natalia erzählt hat. Davor war ein Exusiai. Er hat dieses Loch ebenfalls aufgespürt und wollte in unser Versteck eindringen. Wir haben gekämpft und ich habe gewonnen. Wir können die Exusiai besiegen, wenn wir alle gemeinsam gegen sie kämpfen. Ihr könnt das alle lernen, da bin ich mir sicher. Wir müssen die Exusiai nur so lange besiegen, bis ...«

Darel unterbrach meinen Redeschwall mit einem verächtlichen Lachen. »Du bist töricht, mein Freund!«

Ich sah ihn entgeistert an. Durch die Runde ging ein erschrockenes Raunen. Warum tat er meine neue Erkenntnis als Blödsinn ab? Ich verstand die Welt nicht mehr.

»Aber es ist wahr! Ich habe gerade eben einen Exusiai besiegt!«

»Und was wird das an eurer Situation verändern? Dann kommen eben neue Exusiai und wollen euch töten. Es spielt keine Rolle, dass du einen von ihnen besiegt hast! Ihr könnt nicht alle besiegen, das ist schier unmöglich.« Darels Worte klangen hart. Ich verstand nicht, warum er so stur war. Es war doch immerhin eine Chance.

»Wenn neue kommen, besiegen wir diese eben auch. Wenn wir alle eisern trainieren, schaffen wir es.«

»Wie würde dieser stetige Krieg dann eure Lebenssituation verbessern? Willst du ein Leben unter Menschen führen, die der permanenten Gefahr ausgesetzt sind, in einen Konflikt zwischen Nephilim und Exusiai zu geraten?«, keifte Darel mich an. »Simon, auch wenn ich nicht genau weiß, wie du es geschafft hast, einen Exusiai zu töten, und ich stolz auf deine Fortschritte bin, so ist das nur ein Tropfen auf den heißen Stein.«

Darel wandte den Blick von mir ab und sah wieder zu Aaron. »Lass uns weitermachen, Aaron. Oder hast du dir es anders überlegt?«, fragte Darel resigniert.

Aaron schüttelte verneinend den Kopf.

»Tu es«, flüsterte er.

»Aber …«, setzte ich erneut an, doch Darel schmetterte mir eine Energiewelle entgegen, die mich zum Schweigen brachte. Was war nur los mit ihm? Wütend und verwirrt zugleich sah ich dem Spektakel zu. In mir herrschte pure Fassungslosigkeit. Mit Euphorie war ich hierher gekommen, jetzt war nichts mehr von ihr übrig.

Die beiden stellten sich einander gegenüber und sahen sich ernst an. Dann erschuf Darel sein Schwert. Ich verstand nicht, was er damit machen wollte. War eine Art Ritterschlag vonnöten? Erst, als Darel ausholte und auf Aaron zielte, verstand ich die Lage.

Darel wollte ihn töten!

War das der Weg in den Himmel?

Der Tod?

Ich war total geschockt!

Mein Körper bebte vor Wut. Ich konnte Cassiel wieder in mir spüren. Ihm missfiel die Situation ebenfalls. Es dauerte weniger als eine Sekunde, bis ich in Engelsgestalt zwischen den beiden stand.

Darels Schwert prallte auf meine Aura. Ich konnte den dumpfen Stoß hören. Erschrocken sahen mich alle an.

Mein Herz schlug unnatürlich schnell. »Was tust du da? Willst du ihn etwa umbringen? Uns alle?«, fragte ich entsetzt.

Darels Blick war starr und emotionslos.

»Ich habe nie etwas anderes behauptet!«, sagte er ernst.

Schockiert sah ich ihn an. Darel hatte mir also verschwiegen, dass wir Nephilim so oder so sterben mussten.

Aber warum?

Das blanke Grauen machte sich auf meinem Gesicht breit.

»Du wärst sonst nicht mitgekommen«, ergänzte er seine Worte.

»Aber wofür war dann das Ganze hier? Dieses Versteck mit dem Schutzschild und die dämlichen Übungen?« Fassungslosigkeit lag in meiner Stimme.

»Um euch mit einem Engel zu vereinen. Wenn ihr das schafft, werden Engel und Menschenseele nach dem Tod nicht voneinander getrennt. Ihr behaltet euer Bewusstsein, werdet eins mit eurem Engel! Wenn ihr es nicht schafft, sterbt ihr wie ganz normale Menschen. Der Engel in euch ist dann wieder frei. Das ist alles, mehr Optionen habt ihr nicht. Und jetzt geh mir aus dem Weg!«, sprach Darel mit ernster Miene und zeigte mit seinem Schwert in die Richtung der anderen Nephilim. Ich sollte verschwinden und ihn seine Arbeit verrichten lassen.

»Habt ihr das alle gewusst? Und mir nichts gesagt?«, fragte ich die anderen. Ich konnte es in ihren Augen sehen, dass sie es alle bereits gewusst hatten.

»Warum habt ihr es mir verdammt noch mal nicht erzählt?«, schrie ich sie an. Doch keiner gab mir eine Antwort. Keiner wagte es, mir in die Augen zu sehen.

Ich konnte Aaron hinter mir hektisch atmen hören. Er war noch nicht so weit. Warum wollte Darel ihn töten, obwohl sogar ich spürte, dass Aaron noch nicht bereit dazu war? Darel war für mich zu einem Freund geworden. Warum hatte er mir das alles verschwiegen?

Alle freundschaftlichen Gefühle, die ich für Darel hegte, wandelten sich schlagartig in Hass und Wut um.

Ich erzeugte mein Schwert, um Aaron zu beschützen. Sein Tod wäre unnütz. Es ergab keinen Sinn, sein Leben jetzt zu beenden. Aaron wollte immer stark sein. Er wollte unser Vorbild sein; uns zeigen, dass alles machbar war. Doch jetzt war er weder stark noch selbstbewusst. Er war eine verängstigte Seele, die Hilfe brauchte. Ein erstauntes Raunen ging durch die Gruppe der Nephilim, als sie mein Schwert erblickten. Alle Augen waren starr auf mich gerichtet.

»Simon, was tust du da?«, fragte mich Darel nüchtern, als ich meine Waffe auf ihn richtete.

»Du wirst Aaron nicht töten!«

»Was willst du bezwecken? Du kannst mir nicht einmal einen Kratzer verpassen. Steck dein Schwert weg!«, befahl er mir.

Natalia heulte, ich hörte sie wimmern und schniefen. Alle Nephilim waren verängstigt. Ich konnte ihre Furcht förmlich riechen.

Darel brachte eine gewaltige Energie gegen mich auf. Es fiel mir schwer, dieser standzuhalten.

»Ich kann dich nicht töten. Du mich schon!«, schrie ich ihn an. Dann durchbrach ich seine Energie mit meinem Schwert und griff ihn an. Darel war überrascht, darum wich er mir nicht aus. Doch meine Attacke prallte einfach an ihm ab. Ich versuchte es erneut. Diesmal richtete er sein rötlich schimmerndes Schwert gegen mich, um den Stoß abzuwehren. Es schleuderte mich einige Meter weit weg. Sofort stand ich auf und startete einen neuen Angriff auf ihn. Wenn Darel heute eine Person töten würde, dann mich! Jetzt, da ich die Wahrheit kannte, sah ich sowieso keinen Sinn mehr in all dem. Ich war als Nephilim geboren worden. Mein Schicksal war es, zu sterben. Mir war es egal, ob ich dafür bereit war. Sollte Cassiel doch wieder freigesetzt werden; das war es doch, was Darel die ganze Zeit über gewollt hatte. Es ging ihm nicht um mich, sondern nur um Cassiel. Er wollte ihn zurück im Himmel haben.

»Simon, hör auf! Das bringt doch nichts. Du bist dabei, alles zu ruinieren!«, redete er auf mich ein. Er kommunizierte in meinen Gedanken mit mir.

Ich ließ meine Worte ebenfalls unausgesprochen, da ich wusste, dass Darel sie trotzdem vernehmen würde: »Es ist mir scheißegal.«

Er konnte mich nicht besänftigen. Ihm wurde bewusst, dass es heute kein gutes Ende nehmen sollte. Selbst wenn ich den heutigen Tag überlebte, würde ich ihn hassen – für immer!

Plötzlich stand Darel hinter mir neben Aaron. Als ich es bemerkte, war es jedoch schon zu spät. Ich konnte noch Aarons panisches Gesicht wahrnehmen, als Darel sein Schwert in ihn stach. Aaron war auf der Stelle tot. Sein lebloser Körper sackte zur Seite. Eine Blutlache bildete sich unter ihm. Wir alle starrten auf seine Leiche, keiner brachte ein Wort heraus.

Stille.

Sekunde um Sekunde.

»Er wusste, dass er nicht bereit war und es nie sein wird. Darum hat er mich darum gebeten. Es war sein Wunsch, dass ich ihn töte, damit sein erbärmliches Leben ein Ende nimmt. Du hast seinen Abgang nicht gerade zu einem glorreichen gemacht, Simon«, erklärte Darel mit gedrückter Stimme.

Mein Blick wanderte zu ihm. Er sah nicht mehr erbost, sondern vielmehr erleichtert aus. Ich konnte es nicht fassen. Es war so skurril.

»Und lasse dir eines gesagt sein, Simon: Niemand hindert mich an irgendetwas!«, sprach Darel weiter, während er sein Schwert aus Aarons totem Leib zog.

Mein Körper bebte vor Wut.

Darel war mein Freund, wie konnte er mich nur so täuschen? Wie konnte er Aaron einfach so töten? Nur weil Aaron mit sich zu kämpfen hatte, musste man sein Leben doch nicht gleich so brutal beenden.

Alles, an das ich geglaubt hatte, war auf einen Schlag dahin. Hoffnungslosigkeit lähmte mich vollkommen.

»Erkläre mir bitte, warum du uns hilfst. Was ist dein Beweggrund?«, fragte ich Darel leise – den Tränen nahe. Ich wollte wissen, ob er meine Vermutung bestätigte. Bittere Enttäuschung breitete sich in meinem Herzen aus.

»Es ist Cassiels Wunsch. Er hat mich darum gebeten. Cassiel ist ein Narr, er rennt dieser idiotischen Idee hinterher, dass sich die Engel mit den menschlichen Seelen der Nephilim vereinen können. Und ich darf es ausbaden, dieses Dilemma!«, war seine Antwort, während er sich mürrisch Blutspritzer aus dem Gesicht wischte. Es stimmte also. Darel hatte uns nur geholfen, weil es Cassiels Wunsch war. Er selbst interessierte sich gar nicht für uns Nephilim. Mein ganzer Körper bebte vor Frustration.

Aber ich war Cassiel näher, als Darel es jemals sein konnte. Ich wusste, dass Cassiel seine Taten nicht für gut befand. Cassiels Energie strömte pulsierend durch meine Venen; er war genauso aufgebracht darüber wie ich.

»Ich will, dass du mich ebenfalls tötest! Ich will, dass das alles aufhört! Lass die anderen Nephilim hier in Ruhe leben. Sie müssen sich nicht für so ein Ende wie Aaron entscheiden. Cassiel wird sich ab jetzt um sie kümmern«, flehte ich Darel regelrecht an.

Es war mein Ernst, ich wollte nicht mehr.

Ich war fertig mit dieser beschissenen Welt.

Wir Nephilim bekämen sowieso nie wirklich eine reelle Chance; das wurde mir hier und jetzt schmerzlich bewusst. Außerdem wusste ich, dass sich Cassiel besser um die anderen Nephilim kümmern würde, denn ihm lag etwas an uns. Er hatte die Erfahrung gemacht, ein Nephilim zu sein; Darel nicht.

»Das werde ich gewiss nicht tun. Du bist emotional aufgebracht«, versuchte mich Darel zu beruhigen. »Aaron wollte den Tod. Er hat mich mehrmals angefleht. Es ging ihm schon sehr lange nicht gut. Er wollte sich selbst töten, doch sein Engel hat es nicht zugelassen.« Dann richtete er seine Worte zu den anderen Nephilim: »Ich kümmere mich natürlich weiterhin um euch. Lasst uns um Aarons Willen nicht streiten.«

Darel versuchte, die Situation wieder in den Griff zu bekommen. Er sah in die Runde, breitete dabei versöhnlich seine Arme aus. Ich blickte ebenfalls zu den anderen, sie wirkten allesamt verängstigt. Ich konnte es ihnen nicht übel nehmen.

In dem Augenblick, als Darel mich nicht mehr im Blickfeld hatte, fasste ich den Entschluss. Ohne groß weiter darüber nachzudenken, machte ich einen Satz in seine Richtung, packte seinen Arm, in dessen Hand er sein Schwert hielt, und rammte es mir in den Bauch.

Cassiel war damit einverstanden, schließlich war die schützende Barriere von ihm verschwunden.

Ich sackte zusammen und fiel zu Boden.

Warmes Blut breitete sich rasant über meinem Körper aus. In den Ohren konnte ich das aufgebrachte Pochen meines Herzens hören.

Alles schien sich wie in Zeitlupe abzuspielen – ein Wimpernschlag dauerte plötzlich eine halbe Ewigkeit.

Ich konnte den entsetzten Schrei von Natalia hören. Ich konnte Valentina und Jaspal sehen, die auf mich zugerannt kamen, um mir beizustehen. Ich sah Darel, der sich erschrocken in meine Richtung drehte. Ich sah Lars, wie er seine Arme über seinem Kopf ausbreitete. Ich sah Yao, der einfach nur dastand und mich mit großen Augen und offenem Mund anstarrte.

Darel kam an meine Seite. Warmes Blut floss aus meinem Mund. Es schmeckte metallisch.

»Du bekommst wohl doch nicht immer das, was du willst«, flüsterte ich, während ein Schwall von Blut aus meinem Mund schwappte. Ich musste würgen. Darel sah mich mit einem traurigen Lächeln an.

»Ich hoffe, es zählt nicht als Selbstmord«, hauchte ich mit meinen letzten Kräften. »Das wäre schließlich eine Sünde.«

Darel kniete sich neben mich hin und strich mir zaghaft über mein Haar. Seine Hände zitterten. Eine Träne lief über seine Wange.

»In deinem Fall machen wir bestimmt eine Ausnahme, mein Freund.«

Als er das Wort Freund in den Mund nahm, schloss ich zufrieden meine Augen. Heute hatte ich Darel von ganzem Herzen gehasst. Doch all die Wut schien nun wie verflogen.

»Soll ich versuchen, dich zu heilen?«, fragte er mich, als ich mich vor Schmerzen zur Seite krümmte. Ich brachte keine Worte mehr heraus, aber schüttelte verneinend den Kopf. Schließlich wollte Darel am liebsten Cassiel wieder im Himmel bei sich haben und nicht mich, Simon, den schwächlichen, dummen Nephilim.

Ich wollte endlich sterben.

»Du bist ein sturer Esel!«, knurrte Darel leise.

Ich spürte, wie das Leben aus meinem Körper schwand. Mein Herz schlug immer schwächer, die letzten Atemzüge hallten in meinen Ohren nach wie ein Echo.

Er zog sein Schwert aus meinem schlaffen Körper. Ich konnte den Blutschwall hören, der darauf folgte. Meine Sicht verschwamm – nur noch nebelartige Schemen und das brennende Feuer des Schwertes nahm ich war. Meine Lider wurden immer schwerer; ich brachte sie kaum noch auf.

Darel erhob das hell leuchtende Schwert. Er zögerte einen Moment, der mir wie eine Ewigkeit vorkam.

Ich konnte seine Aura spüren, sie loderte aufgebracht. War er wütend? Auf mich? Nein, es fühlte sich anders an. Eher wie ein stechender Schmerz. Darel war traurig! Ja, Trauer war das Gefühl, das er ausstrahlte. Er trauerte um mich, Simon, den schwächlichen Nephilim in dem sein liebster Freund eingesperrt war. Meine Lippen formten ein schwaches Lächeln.

Dann rammte er mir die feurige Klinge in mein Herz, um mein Leiden zu verkürzen. Das Letzte, was ich spürte, war Darels Träne, die auf meine Wange tropfte.

Kapitel 48 – Alisa

Es war ein sonniger Samstagmorgen. Wie an vielen Tagen zuvor fuhr ich mit dem Fahrrad auf den Friedhof, um frische Blumen an das Grab von Derek zu legen. Meine Mutter gab mir ein kleines Sträußchen Vergissmeinnicht mit. Seit Simons Verschwinden, besuchte ich Dereks Grab wieder häufiger.

Doch als ich vor seinem Grabstein stand und die Gravur betrachtete, dachte ich wie so oft nicht mehr nur an ihn. Der Verlust saß tief in meiner Brust. Aber er wurde übertüncht von den Gedanken an Simon. Ich musste nun zwei Verluste betrauern. Und an beiden trug ich selbst die Schuld. Ich hoffte inständig, dass Simon noch am Leben war. Zwei liebe Menschen verloren zu haben, würde ich nicht aushalten. Obwohl es beinahe schlimmer war, in Ungewissheit zu leben, als mit dem Offensichtlichen klarzukommen.

Nachdem ich die Blumen an das Grab gebracht hatte, fuhr ich mit dem Rad in der Gegend herum. Mein Weg führte mich planlos in die gegenüberliegende Parkanlage. Ich setzte mich dort auf eine schattige Holzbank. Eigentlich hasste ich solche idyllisch ausgelegten Orte. Sie waren einfach zu perfekt und zu unnatürlich. Authentizität? Fehlanzeige.

Ich beobachtete eine alte Frau, die gerade Enten am See fütterte. Sie sah ausgeglichen aus; mit sich im Reinen. Ich fragte mich, ob ich im Alter irgendwann einmal meinen Frieden mit mir und der Welt finden würde. Momentan fühlte es sich nicht so an. Ich war total ausgelaugt. Viel schwächer, als es diese alte, gebrechliche Frau war. Ich hatte mich selbst verloren. Da war nichts mehr in mir – nur Leere. Ob ich jemals wieder die alte Alisa werden konnte?

Als ich auf der Parkbank saß und der alten Dame zusah, fasste ich einen Entschluss. Ich wollte mir endlich professionell helfen lassen. Allein schaffte ich es nicht, meine miese Situation zu verbessern. Ich musste lernen, loszulassen und das Geschehene akzeptieren – endlich Konsequenzen aus der Vergangenheit ziehen. Schließlich konnte ich sowieso nichts an der Situation ändern. Das Schicksal fickte mich. Immer und immer wieder. Vielleicht konnten mir Spezialisten beibringen, wie man mit so viel Trübsal trotzdem ein normales Leben führen konnte?

Ich holte mein Handy heraus und wählte die Nummer meiner damaligen Psychologin, die mich nach dem Unfall einige Zeit lang betreut hatte. Nach kürzester Zeit hatte ich mich damals bei ihr nicht mehr blicken lassen. Das emotionale Gelaber war mir schrecklich auf den Keks gegangen.

Der nächste freie Termin war erst in fünf Monaten – ich buchte ihn trotzdem. Fünf Monate durchhalten. Das schaffte ich. Irgendwie.

Mir fiel eine Pusteblume am Wegrand auf. Ich pflückte sie und drehte den Stiel zwischen meinen Fingern. Gedankenverloren schloss ich die Augen und pustete die Schirmchen davon. Sie flogen hoch in die Luft, tanzend im Wind wie kleine Feen.

Ich wünschte mir, dass sie den Weg zu Simon fanden, wo immer er gerade auch steckte.

Kapitel 49 – Simon

Man sagt, im Augenblick des Todes würde man sein komplettes Leben an einem vorbeiziehen sehen. Alle schönen und grausamen Momente würde man gleichzeitig innerhalb eines Bruchteils einer Sekunde noch einmal erleben. Doch dieser Moment fühlte sich wie die Ewigkeit an. Es war auf eine seltsame Art angenehm – golden, warm, geborgen. Ich dachte an meine Mutter, an Alisa, an die Zeit mit Darel. Doch ich war niemandem mehr böse. Gleichgültigkeit machte sich in mir breit. Diese Gleichgültigkeit verwandelte sich wie eine zähe Masse in Glückseligkeit. Ich war dankbar für jeden schönen Moment in meinem Leben. Selbst meiner Mutter war ich auf eine seltsame Art und Weise dankbar.

Ich wusste nicht, wie viel Zeit vergangen war. Plötzlich fand ich mich in einer Art Bibliothek wieder. Sie schien keinen wirklichen Boden zu haben. Die Bücherregale gingen endlos in alle Richtungen. Ich blickte mich um, konnte jedoch niemanden entdecken. Nicht einmal mich selbst konnte ich wahrnehmen. Ich war körperlos. Erst als ich an mich dachte; mir meinen früheren Körper vorstellte, nahm ich seine Gestalt an. Ich tastete mich an den Armen ab, fühlte meine Haare und mein Gesicht. Ich war ich, aber ich fühlte mich komplett anders an. Verwirrt blickte ich um mich. Vorher noch ein seelenloser Raum, konnte ich auf einmal eine Person nach der anderen wahrnehmen. Sie waren jedoch keine richtigen Personen. Sie nahmen genau die Gestalt an, die ich mir vorstellte. Es war befremdlich. Ich schüttelte meinen

Kopf; kniff die Augen zusammen.

Ich wusste auf einmal so unbeschreiblich viel – es schien so, als hätte ich das Wissen der kompletten Menschheit in mir aufgesogen. Trotzdem wusste ich nicht, wo ich war und was die Personen um mich herum waren. Eine schemenhafte Figur saß an einem Schreibtisch und schrieb hektisch in ein Buch. Der Schreibtisch schien zu schweben. Andere Personen flogen an mir vorbei. Sie hielten Bücher in den Händen und lasen darin. Konnten sie mich nicht wahrnehmen? Eine winzige Frau, die mir höchstens bis zur Hüfte reichte, flog dicht an mir vorbei. Ich versuchte, sie anzusprechen, doch ich bekam keinen Ton heraus. Sie würdigte mich keines Blickes und starrte nur in ihr Buch. Wo zum Teufel war ich hier gelandet?

Ich schloss meine Augen und konzentrierte mich auf Geräusche, die zu hören sein mussten. Kein Ton war zu vernehmen, nicht einmal meinen Atem konnte ich hören. Da fiel mir auf, dass ich gar nicht atmete. Ich sah an mir herunter. Da fiel es mir wie Schuppen von den Augen:

Ich war gestorben!

Ich war tot!

Hatte ich es nicht geschafft, mich mit Cassiel stark genug zu vereinen? In dem Moment meines Todes hatte ich darüber gar nicht nachgedacht. Viel zu sehr war ich mit meinen Gedanken bei meiner Mutter und Alisa gewesen.

Plötzlich hörte ich ein Geräusch. Es drang immer stärker in meine Gedanken.

Lauter. Immer lauter.

Ich konnte es nicht wirklich deuten. Es hörte sich beinahe so an, als würden sämtliche Klänge der Welt auf einmal auf mich einprasseln. Langsam wurde das Sammelsurium an Geräuschen unerträglich.

Doch dann hörte ich aus all diesen wirren Klängen meinen Namen.

»Cassiel«, flüsterte jemand.

Und wieder: »Cassiel«.

Als ich diesen Namen hören konnte, kamen Fetzen der Erinnerung von Cassiel in mein Gedächtnis. Mir kamen sie bekannt vor, aber es fühlte sich nicht so an, als hätte ich sie selbst erlebt. Ich stand unter Schock, es war wie eine Offenbarung für mich. Orientierungslos blickte ich mich um. Da entdeckte ich plötzlich Darel. Er stand dicht hinter mir; seine Augen strahlten mich an. Doch in dem Moment, als er mein Gesicht sah, versteinerte sich seine Miene.

»Simon?«, fragte er mich verwundert; ohne seine Lippen dabei zu bewegen.

Simon, überlegte ich. Der Name kam mir bekannt vor. Ja, ich erinnerte mich. Die Erinnerungen strömten in meine Gedanken.

Das Leben als Simon Blessing kam mir wieder in den Sinn. Ich war Simon.

Da war die Energie von Cassiel, da waren Erinnerungen von ihm. Aber ich war noch derselbe. Ich war verwirrt.

»Ich bin Simon«, flüsterte ich leise in mich hinein.

»Du hast es also geschafft!«, sprach Darel verblüfft zu mir und legte seine Hand auf meine Schulter. Seine Berührung fühlte sich seltsam an. Bis vor wenigen Augenblicken hatte ich mich selbst nicht wahrnehmen können, keinen Körper besessen und jetzt spürte ich Darels Hand auf meiner Schulter ruhend.

Mir wurde klar, dass all meine Sinne nun anders funktionierten. Daran musste ich mich erst gewöhnen; vor allem an das Wirrwarr in meinem Kopf. Es war beinahe so schlimm wie früher in meiner Engelsgestalt. Ich hatte mir den Himmel immer so schön ruhig vorgestellt.

»Ich bin stolz auf dich. Eigentlich kann ich es noch gar nicht fassen. Ich dachte, es sei nur eine verrückte Idee von Cassiel, dass die Nephilim ihre menschliche Seele mit den Engeln vereinen können. Aber du, du bist der Beweis, dass es funktioniert!«, sagte

Darel ergriffen. Ich erinnerte mich an seine Tränen, als ich starb. Plötzlich waren wir in einem anderen Raum. Ich blickte mich um. Wie schon in der Bibliothek gab es hier weder Boden noch Decke. Wir standen einfach im Nichts; zumindest fühlte es sich so an. Um uns herum war alles weiß. In der Mitte befand sich eine beeindruckend große Glaskugel, die mit waberndem Nebel gefüllt war. Er leuchtete in allen Farben. Ich erinnerte mich an Darels Aufgabe, die Seelen nach ihrem Tod zu reinigen und in neue Körper fließen zu lassen. Der Nebel in dieser Kugel waren alles Seelen Verstorbener.

Erinnerungen von Cassiel flackerten in mir auf.

Ich erinnerte mich daran, wie Cassiel Darel angefleht hatte, ihn in Habbiels Sohn – in mich – zu »sperren«. Darel sah so traurig aus. Ich konnte in seinem Blick so viel Demut und Liebe erkennen.

Wir waren also an seinem Arbeitsplatz. Ich ging zu der Kugel, um sie genauer zu betrachten. Abermillionen Seelen waren in ihr gesammelt. Sie schienen miteinander zu tanzen.

»Ist da Aaron drinnen?«, wollte ich von Darel wissen, der sich neben mich stellte und ebenfalls in die Kugel sah.

»Die Energie seiner Seele, ja«, erklärte er mir. »Das, was von Aaron übrig ist, seine Erinnerungen und seine Persönlichkeit, wird einen eigenen Platz im Himmel bekommen. Dort findet er dann endlich seine lang ersehnte Ruhe. Sein Engel Kokaviel ist bei ihm. Sie haben vieles zu bereden.«

»Es ist seltsam. Ich habe mich zwar mit Cassiel verbunden, aber mein Bewusstsein ist beinahe unverändert. Ich habe nur ein paar Erinnerungsfetzen von ihm, mehr nicht. Du musst mir meine dummen Fragen verzeihen. Ich bin wohl noch nicht ganz bei Sinnen«, stammelte ich verwirrt vor mich hin.

»Fühlst du dich noch menschlich? Wie soll ich dich denn jetzt nennen?«, fragte mich Darel mit einer unterwürfigen Haltung, die ich von ihm gar nicht kannte.

Gedankenverloren sah ich den Überbleibseln der Seelen bei

ihrem Tanz zu. Es faszinierte mich, dass sie sich nicht miteinander vermengten, obwohl sie so dicht aneinandergepresst waren.

»Ich bin Simon, wie zuvor, nur ist Cassiel bewusster in mir«, versuchte ich Darel zu erklären. »Ich fühle, habe menschliche Emotionen in mir, aber sie sind anders als zuvor. Mir fehlen die richtigen Worte. Um ehrlich zu sein, bin ich einfach durcheinander.«

Nun sah ich Darel direkt an. Ich musste ihm einfach meine Bedenken schildern: »Ehrlich gesagt weiß ich gar nicht, wie ich die früheren Aufgaben erledigen soll. Wie soll ich denn in meinem Zustand einen Himmel leiten?«

Er lachte über meine verwirrten Worte.

»Besser als Michael wirst du es allemal machen. Jetzt gib dir ein wenig Zeit, um dich an alles zu gewöhnen, dann werden wir Michael einen Besuch abstatten und ihn von seinem Posten vertreiben.«

»Wo ist Melioth? Ich habe ihn schon so lange nicht mehr gesehen. Treibt er sich auf der Erde herum?«, wollte ich von Darel wissen. Im Gegensatz zu Michael mochte ich Melioth jetzt gerne sehen.

»Er kennt die frohe Botschaft bereits, ich habe sie ihm zukommen lassen. Er kümmert sich um die anderen Nephilim. Sie sind ziemlich aufgebracht und im Moment nicht besonders gut auf mich zu sprechen.«

Ich musste schmunzeln. Schließlich war ich der Grund, warum die Nephilim Darel nicht mehr vertrauten. Er hatte mir vor ihren Augen den Gnadenstoß versetzt.

Trotz allem waren Darel und ich noch Freunde und eng miteinander verbunden. Ich war ihm nicht mehr böse, im Gegenteil. Ich konnte spüren, wie nah sich Darel und Cassiel standen. Darel war mein Freund, er nahm die Bürde nur für mich auf sich.

Darel sah zu Boden. »Tut mir echt leid. Ich habs versaut.« Er schien mir plötzlich ein ganz anderer zu sein. In Menschengestalt war er immer aufgekratzt, doch jetzt sah er traurig aus.

»Mir tut es leid«, sagte ich zu ihm. »Ich hätte das niemals von dir verlangen dürfen.«

Darel sah mich erstaunt an. Ich strich über seine Wange. Ein sanftes Lächeln tat sich in seinem Gesicht auf.

»Außerdem hast du gar nichts versaut. Ich habe das erreicht, was ich wollte«, ergänzte ich triumphierend.

Er wandte sich verlegen von mir ab und berührte die Kugel. Dabei leuchtete sie in einem hellen Licht auf. Kleine Energiefunken entwichen ihr und flogen quer durch den Raum.

»Du scheinst dich schon etwas wohler zu fühlen. Du könntest ja jemand Besonderem einen Besuch abstatten«, schlug mir Darel vor, ohne die Glaskugel aus den Augen zu lassen. Ich überlegte, wen er meinen könnte.

»Ambriel?«, fragte ich nach. Er war der Erste, der mir in den Sinn kam. Sofort machte sich Enttäuschung in Darels Gesicht breit. Er ließ die Schultern hängen, sein Blick wanderte zu Boden.

»Ambriel ist im Raqia. Meinetwegen.«

Ambriel war ein weiser Engel und guter Freund. Er hatte es damals abgelehnt, Cassiel bei seinem Vorhaben zu helfen. Anders als Darel hatte er klar zu verstehen gegeben, dass er nichts mit den Nephilim zu tun haben wollte. Das war okay, ich – oder vielmehr Cassiel – war Ambriel deswegen nicht böse. Darum schockierte es mich umso mehr, dass er im Raqia saß.

»Er hat steif und fest behauptet, die drei Exusiai getötet zu haben«, erklärte Darel. »Keine Ahnung, was in ihn gefahren ist.«

Ich nickte. »Wir werden ihn da rausholen, wenn die Zeit gekommen ist.«

Ambriel half mir also doch. Ich rechnete es ihm hoch an, dass er sich für Darel opferte. Ohne Darel wären die Nephilim aufgeschmissen. Melioth hätte das Unterfangen niemals allein stemmen können.

Darel wandte sich von der Kugel ab und blickte mir tief in die Augen. Er seufzte. »Ich meinte eigentlich deine Mutter.«

Ich sah ihn schockiert an. Meine Mutter?

Sie war auch tot?

Fragmente von Cassiel tauchten plötzlich wieder in mir auf. Ich, Cassiel, war schuld an ihrem Tod.

So wie bei allen Nephilim hatte meine leibliche Mutter die Geburt nicht überlebt.

Meine Niederkunft wurde eingeleitet, als Cassiel meinem Körper zugesprochen wurde. Das löste die erste Verwandlung aus, welche meine eigentliche Mutter tötete.

Die Frauen wurden von ihren Engelskindern regelrecht innerlich zerfetzt. Ich musste bei der Erinnerung daran schlucken.

Das war einer der Gründe, warum Cassiel die Situation der Nephilim grundlegend ändern wollte. Er wollte diesen armen Frauen helfen.

Hatte Cassiel die Erinnerungen zurückgehalten, um mich zu schützen? Was verheimlichte er noch vor mir? Und wer war die irre Frau, die mich großgezogen und misshandelt hatte?

Kapitel 50 – Alisa

Jedes Mal, wenn ich zu Simons Wohnung gegangen war, hoffte ich, dass er aus heiterem Himmel wieder auftauchte. Doch wie immer war es auch diesmal nicht der Fall. Ich stand allein in seinen leeren Räumen.

Ich setzte mich auf seine Matratze und starrte an die Wand, an der die zwei Fotos hingen, die ich ihm nach unserem Ausflug ans Meer geschenkt hatte. Bei einem Bilderrahmen war das Glas gebrochen. Ich wusste, dass es bei unserem Streit zersprungen war. Bei näherer Betrachtung konnte man getrocknetes Blut von Simon darauf erkennen. Ich strich sanft mit meinem Finger über die blutverkrustete scharfe Glaskante.

Was machte ich hier nur immer und immer wieder?

Ich putzte seine Wohnung; säuberte die Fenster und wischte behutsam den Boden.

Bis jetzt hatte ich stets gehofft, dass es Simon gut ging. Dass sein Verschwinden einen Sinn hatte, den er mir nicht sagen durfte.

Doch seit heute war diese Hoffnung verschwunden.

Ein mulmiges Gefühl breitete sich in meiner Magengegend aus. Es fühlte sich so an, als wäre Simon noch weiter von mir entfernt als sonst. Als wäre er nicht mehr auf dieser Erde.

Bereits heute Morgen empfand ich eine schreckliche Leere in mir. Als ob Simon gänzlich verschwunden war; er nicht mehr existierte.

Er war fort. Das musste ich akzeptieren.

Ich nahm den zerbrochenen Bilderrahmen von der Wand und hielt ihn fest in meinen Händen. Tränen rannen meine Wange hinunter. Normalerweise schöpfte ich in Simons Wohnung immer neuen Mut; neue Hoffnung, dass er doch noch zurückkehrte. Doch heute war das anders. Heute musste ich mich von ihm verabschieden.

»Komm zurück«, schluchzte ich. Es geschah jedoch nichts. Ich war allein.

»Komm verdammt noch mal zurück!«, schrie ich laut, doch er kam nicht.

Aus Wut schmiss ich den Bilderrahmen mit voller Wucht gegen die Wand.

Ich brach zusammen, knallte mit meinem Kopf auf den Boden.

Ich wollte Simon zurück.
Ich wollte ihm sagen, wie viel er mir bedeutete.
Ich wollte ihm endlich sagen, dass er der beste Mensch auf diesem Planeten war.
Ich wollte ihm sagen …
Ich wollte ihm sagen, dass ich ihn liebte!
Ich liebe dich, Simon!

Es geschah nichts. Ich war allein!

»ICH LIEBE DICH!«, schrie ich immer und immer wieder, schlug dabei tränenüberströmt mit meiner Faust auf den noch feuchten Boden ein. Ich wollte stark sein; hatte es mir fest vorgenommen. Doch ich schaffte es einfach nicht, mit meinen Gefühlen und der Einsamkeit umzugehen.

Kapitel 51 — Simon

Darel brachte mich an einen anderen Ort. Ich stand plötzlich auf einer schwebenden Blumenwiese. Lavendel, so weit das Auge reichte, war zu sehen. Er blühte satt in Weiß, Rosa und Violett. Eine angenehm warme Brise wehte. Es sah aus wie auf der Erde, nur schien der Himmel näher zu sein. Die Wolken schwebten nur wenige Meter über mir.

»Das ist der Ort deiner Mutter«, sprach Darel in meinen Gedanken zu mir. Er selbst war nicht mitgekommen. Wahrscheinlich war ihm diese Begegnung mit meiner Mutter zu intim, wenngleich er ja in meinen Gedanken war und wahrscheinlich meine Nervosität spüren konnte.

Ich sah inmitten des Lavendelfelds eine Frau sitzen. Sie trug ein langes, weißes Kleid, das in der Brise wehte. War das wirklich meine leibliche Mutter? Behutsam näherte ich mich der Frau. Ich konnte dieses bevorstehende Treffen noch gar nicht fassen. Darum ließ ich mir Zeit, ihr näher zu kommen, bis sie sich umdrehte und unsere Blicke sich trafen. Als sie mich ansah, war mir sofort klar, dass uns etwas verband. Sie lächelte in meine Richtung, während sie mit einer Lavendelblüte herumspielte. Kurz bevor ich sie erreichte, stand sie auf und blickte mich gütig an.

Sie sah kaum älter aus als ich. Trotzdem erkannte ich in ihr sofort meine Mutter. Ich sah ihr ähnlich.

»Mein Sohn«, flüsterte sie mit einem freudestrahlenden Lächeln. Ich brachte keinen Ton heraus, so tief traf mich ihr Anblick in meinem Herzen.

»Komm zu mir. Ich habe lange auf dich gewartet.«

Sie streckte mir ihre Hand entgegen. Als ich sie zögernd nahm, zog sie mich an sich und hielt mich fest im Arm. Sie war mindestens einen Kopf kleiner.

Ich war sprachlos.

Sie sah mir tief in die Augen, strich dabei durch mein Haar.

»Mein Name ist Elisabeth, falls du mich lieber so nennen möchtest.«

Jetzt musste auch ich verlegen lächeln.

»Setzen wir uns. Wir haben einiges zu bereden, glaube ich«, sagte meine Mutter, während sie wieder meine Hand nahm und mich mit nach unten auf die Wiese zog.

»Du bist wunderschön!«, flüsterte ich – biss mir sogleich verlegen auf meine Unterlippe. Ich wusste nicht, ob man so etwas zu seiner Mutter sagen sollte.

»Danke, du auch.«

Wir fingen beide an zu lachen. Es war seltsam, hier mit ihr zu sitzen. Sie spielte mit ihren Fingern an meiner Hand; streichelte mir sanft über meinen Handrücken. So viel Liebe lag in diesen Berührungen.

»Ich war in Gedanken stets bei dir«, sagte sie; meine Mutter! »Immer habe ich nach dir gesehen und war in Sorge um dich. Du hast viel mitgemacht. Dabei habe ich dir sehnlichst ein erfülltes Leben gewünscht.«

Ich konnte es immer noch nicht glauben, dass so ein liebenswertes Wesen meine Mutter sein sollte.

Ich schluckte. »Bist du mir böse?« Mir fiel keine andere Frage ein. So vieles hätte ich sie fragen können – was war ihre Lieblingsfarbe, ihr Lieblingsbuch, ihre Leibspeise? Doch ich kam mit dem Gedanken einfach nicht klar, dass sie meinetwegen hatte sterben müssen. Ich fühlte mich schuldig!

Sie lehnte ihren Kopf an meine Schulter und meinte: »Wie kommst du denn auf solche Gedanken? Ich könnte dir niemals böse sein.«

Ich sah in die Ferne. »Aber ich habe Schuld an deinem Tod!«

Die Sonne ging langsam unter. Der Himmel war in ein grelles Pink und Orange getaucht. Die Farben wirkten hier im Himmel viel intensiver.

»Das darfst du dir nicht einreden. Dich trifft keine Schuld. Im Gegenteil! Dein Vater und ich haben dich im Stich gelassen. Nur darum hattest du kein schönes Leben! Bist du mir deswegen denn böse?« Bei ihren Worten sah sie mir schmerzerfüllt in die Augen.

Wieder lächelte ich verlegen aus lauter Scham; konnte ihrem Blick nicht standhalten.

»Wie könnte ich dir böse sein? Bis vor ein paar Minuten wusste ich nicht einmal, dass es dich gibt«, gestand ich ihr. »Ich bin glücklich, dass ich so eine liebe Mutter habe. Die eigentlich geglaubte war nicht so der Hit.«

Sie küsste mich auf die Wange. Ich errötete leicht, schließlich war ich nicht häufig mit so viel Zärtlichkeit überschüttet worden.

»Es tut mir so leid. Wenn ich vorher gewusst hätte, wie sie dich behandelt, hätte ich dich bestimmt nicht in ihrer Obhut gelassen. Sie war früher eine liebenswerte Frau; mit beiden Beinen im Leben.«

Es war traurig. Endlich war ich bei meiner wunderschönen Mutter, doch wir redeten über die widerlichste Person in meinem Leben.

Als ich nichts erwiderte, sprach meine Mutter weiter: »Sie ist deine Tante. Als ich damals schwanger war und mich dein Vater über seine eigentliche Existenz und die daraus resultierende Gefahr für dich und mich aufklärte, bin ich zu ihr. Ich verkroch mich dort im Keller und verließ ihn nicht mehr bis zu deiner Geburt. Nicht einmal dein Vater wusste, wo ich war. Ich hoffte so sehr, dass sie mich nicht finden, um dir etwas anzutun. Deine Tante, Astrid, versprach mir damals, dass sie gut auf dich Acht gibt. Leider konnte sie ihr Versprechen nicht halten.«

Meine Tante. Tante Astrid.

Waren das all die Informationen, die sie mir unbedingt mitteilen wollte? Hatte mich deswegen ihr Anwalt angeschrieben?

»Ich malte mir deine Zukunft so schön aus. Ich stellte mir vor, wie du auf Bäumen herumkletterst und über die Wiesen tollst. Ich hoffte, dass du mich und deinen Vater gar nicht vermissen würdest«, erklärte mir meine Mutter mit sanfter Stimme.

Ich zog meine Beine an meinen Körper und schlang meine Hände darum. So viel wollte ich von der Vergangenheit gar nicht wissen. Ich stellte mir vor, wie meine Kindheit mit meiner eigentlichen Mutter ausgesehen hätte. Wahrscheinlich wäre es die schönste gewesen, die ein Kind nur haben konnte. Sie war so sanft und liebevoll. Man konnte es in ihren Augen lesen, dass sie ein guter Mensch war. Sie schlang ihre Arme fest um mich. Dann flüsterte sie: »Ich liebe dich. Als du auf die Welt kamst, war ich die glücklichste Mama überhaupt!«

Es war das erste Mal, dass mir jemand sagte, dass er mich liebt. Ein schönes warmes Gefühl, breitete sich in mir aus. Ich hatte wohl wirklich erst sterben müssen, um glücklich zu sein.

Obwohl ich noch schüchtern war, ließ ich mich seitlich nieder und legte meinen Kopf auf ihren Schoß. Dann schloss ich die Augen, während sie mir sanft durch mein Haar streichelte. Dieser Moment hätte eine Ewigkeit dauern können und es wäre nicht genug gewesen.

»Du kannst aber nicht für immer hierbleiben.«

Ich richtete mich auf und sah sie verwirrt an. »Was meinst du damit?«

»Hörst du es nicht?«, fragte sie mich mit traurigen Augen. Ich lauschte, doch konnte nichts hören; wusste nicht, was sie meinte.

»Du musst auf dein Herz hören. Es ruft ganz laut!«

Wie geheißen richtete ich meine Aufmerksamkeit mit geschlossenen Augen auf mein Innerstes.

Da waren meine neu gewonnenen Freunde, die Nephilim; Darel,

dem ich trotz seiner Lügen nicht böse sein konnte, und natürlich war da nun meine richtige Mutter, die schon nach so kurzer Zeit einen großen warmen Platz in meinem Herzen einnahm.

Am liebsten wollte ich es ignorieren, doch es gab da noch eine Person, die mir wichtig war. Alle emotionalen Bindungen wurden noch von einer übertroffen. Alisa war der wichtigste Mensch in meinem Herzen.

Ich öffnete meine Lider und sah meine Mutter an. Sie lächelte, doch ihre Augen sahen traurig aus.

»Wir werden zu einem späteren Zeitpunkt noch genug Zeit haben. Du solltest deine zweite Chance nutzen und zu ihr gehen, bevor Darel kommt und dich daran hindert. Du hast es verdient, glücklich zu sein. Deine Aufgaben hier können bestimmt noch warten. Geh zu ihr!«, meinte sie mit einem traurigen Lächeln.

Was wollte meine Mutter mir damit sagen? Schließlich war ich doch tot, wie sollte ich das anstellen? Anders als andere Tote war ich zwar nicht bloße Erinnerung, sondern konnte mich im Himmel frei bewegen. Trotzdem wusste ich nicht, wie ich zurück auf die Erde gelangen konnte. Ich hatte keine Ahnung, wie man sich in einem Körper materialisierte; noch dazu in einem, der so aussah wie mein bisheriger.

Tief hörte ich in mich hinein. Ich konnte Alisa deutlich spüren. Da war so viel Traurigkeit. Ein zitterndes Flehen durchdrang mich. Es waren nicht meine Gefühle, sondern die von Alisa. Sie rief nach mir. Meine Mutter schloss die Augen und flüsterte: »Du musst der Liebe einfach nur zuhören. Das ist das Schöne an diesem Ort – alle Menschen, die man liebt, kann man von hier aus sehen und fühlen, wenn man es will.«

Noch einmal konzentrierte ich mich, suchte das, was meine Mutter beschrieb. Plötzlich konnte ich eine immense Energie spüren. Sie fühlte sich warm und angenehm an. Diese Energie kam von Alisa, da war ich mir sicher. Ich vermisste sie so sehr, dass ich nicht anders konnte als dieser Energie, die mich umgab, nachzugeben. Warmes violettes Licht umgab mich. Es fühlte sich so an, als wäre Alisa nur einen Katzensprung entfernt von mir. Als müsste ich einfach meine Augen öffnen und ich wäre bei ihr.

»Ich liebe dich. Bis bald, Mam!«, verabschiedete ich mich von meiner Mutter. Sie ließ meine Hand los, während sie flüsterte: »Bis bald, mein Sohn. Ich liebe dich auch.«

Kurz bevor ich verschwand, ergänzte sie ihre letzten Worte: »Grüße Alisa von mir. Sie ist ein nettes Mädchen, aber sie soll dich gut behandeln, sonst bekommt sie Ärger mit mir.«

Ich hörte meine Mutter noch sanftmütig kichern, bevor ich vollkommen weg war.

Kapitel 52 – Alisa

Ich lag heulend auf dem Fußboden. Heute wollte ich doch endlich mit Simon abschließen; danach meine eigenen Wege gehen. Doch ich schaffte es einfach nicht. Im Gegenteil, der Schmerz in meiner Brust war stärker als je zuvor. Ich liebte ihn so sehr, dass ich mir ein Leben ohne ihn nicht mehr vorstellen konnte.

Und wollte.

Ich vermisste sein verlegenes Lächeln, seine strahlenden Augen, sein liebevolles Wesen; ich vermisste ihn von Kopf bis Fuß. Meine Gedanken waren bei ihm, egal, wo er war. Ich dachte an all die schönen Momente mit ihm. So sehr hatte ich um ein Zeichen von ihm gefleht, doch keines erhalten.

Nichts! Verdammte Scheiße, nicht einmal ein Windhauch offenbarte sich mir.

Ich musste es einfach akzeptieren: Er war fort.

Doch ich konnte nicht!

Mit meiner ekelhaften Art hatte ich ihn vertrieben. Wegen meiner Unfähigkeit, die Vergangenheit loszulassen, konnte ich mich Simon nie wirklich öffnen. Ich war selbst schuld! Mal wieder war ich schuld an allem!

Ich richtete mich etwas auf und schaute leicht orientierungslos um mich. Mein emotionaler Anfall kostete mich viel Kraft. Mein Körper zitterte von den Zehenspitzen bis in die Haarwurzeln. Durch die vielen Tränen sah ich alles verschwommen. Rotze lief mir aus der Nase, vermischte sich mit den salzigen Tränen und tropfte mein Kinn entlang. Ich versuchte gerade, mich auf meine wackeligen Beine zu stellen, da erstrahlte ein gleißendes Licht vor meinen Augen. Mein Herz schlug in diesem Moment so schnell wie noch nie zuvor. War es endlich das lang ersehnte Zeichen?

In dem Licht konnte ich Simon erahnen. Er war kaum zu erkennen; quasi durchsichtig. Aber da war er! Sein Körper kristallisierte sich aus dem Licht heraus. Er kniete nackt auf dem Boden, richtete dabei sein Gesicht nach oben; sein Haar wehte wie bei starkem Wind. Seine Arme streckte er weit von sich. Es sah aus, als würde das Licht seinen Körper langsam erschaffen. Dann verschwand das grelle Leuchten um ihn herum und sein Kopf sackte abrupt nach unten.

Ich starrte ihn fassungslos an. Bildete ich mir das nur ein?

Simon krümmte sich nach vorn. Er sah aus, als müsste er sich gleich übergeben. Dann schnappte er hektisch nach Luft und öffnete dabei seine Augen. Er sah panisch und verwirrt aus, seine Pupillen bewegten sich hin und her, sein Atmen ging stoßweise.

»Simon.« Meine Stimme brach. Vor Aufregung raste mein Herz ungesund schnell.

Als er seinen Namen hörte, krümmte er sich noch weiter zusammen, hielt seine Hände fest an seine Schläfen. Was war nur los mit ihm? Hatte er etwa Schmerzen?

Ich war wie in einer Schockstarre gefangen. War das wirklich Simon? Bildete ich mir das wirklich nicht ein?

Erst als er ohnmächtig wurde und stumpf zur Seite kippte, konnte ich mich aus meiner Starre lösen und stürmte zu ihm. Ich strich ihm über sein zerzaustes Haar.

Er war real! Ich konnte ihn anfassen!

Simon sah so rein aus wie ein Neugeborenes. Meine Finger wanderten zitternd über seine Wange.

»Simon? Alles in Ordnung?« Meine Stimme brach vor Unsicherheit. Ich wusste nicht, was ich machen sollte. Er lag regungslos auf dem Boden, wie ein Embryo zusammengekauert.

Wie lange er dort bewusstlos lag, wusste ich nicht, ich hatte jegliches Zeitgefühl verloren. Aber nach einiger Zeit öffnete er langsam die Augen und sah mich an.

»Alisa?«, flüsterte er kaum hörbar. Seine Stimme klang kratzig und beschlagen. Ich beugte mich über ihn, damit ich ihn besser verstehen konnte.

»Ja?«

Ein zaghaftes Lächeln zeichnete sich auf seinem Gesicht ab.

»Ich bin zurück!«

Für mehr Worte reichte seine Kraft nicht aus. Er schloss wieder die Augen. Zurück blieb das sanfte Lächeln auf seinen Lippen. Er sah total erschöpft, gleichzeitig aber unheimlich selig aus.

Mein Gott!

Ich musste weinen und lachen zugleich vor lauter Glück. Alles in mir spielte verrückt; meine Hände zitterten wie Blätter im Wind, mir war schlecht. Die Emotionen übermannten mich.

Simon war zurück!

Er war wieder hier bei mir!

Rasch holte ich eine Decke und legte sie über seinen nackten Körper. Dann beugte ich mich zu ihm und nahm ihn in den Arm. So fest ich nur konnte, hielt ich ihn fest. Mein Gesicht vergrub ich in seiner Brust, ich sog seinen Geruch in mich auf. Nie wieder würde ich ihn gehen lassen, das schwor ich mir!

Kapitel 53 – Simon

Als ich meine Augen öffnete, fühlte sich alles, was ich wahrnahm, surreal an. Ich fühlte mich surreal an! Mein Körper war mir fremd. Mein Bewusstsein kam mit dem schnellen Wechsel zwischen tot und lebendig nicht klar.

Der Raum war viel zu hell für meine müden Augen. Die Rollos waren nicht zugezogen und die Sonne strahlte unangenehm grell durch die Fenster. Ich musste erst einige Male blinzeln, bis ich Alisa wahrnehmen konnte. Sie lag direkt neben mir mit ihrem Kopf auf meiner Brust. Es kam mir vor wie ein Traum, sie so nah und friedlich sehen zu dürfen. Für mein Herz war es nun um einiges leichter, ihre Nähe zu spüren. Ich wollte einfach nur bei ihr sein. Alisa hatte ihren Arm um mich gelegt und hielt mich fest umschlungen. Am liebsten wäre ich nie wieder aufgestanden.

Vorsichtig streifte ich eine Haarsträhne aus ihrem Gesicht hinter ihr Ohr. Sie sah verändert aus; war noch dünner geworden. Dunkle Augenringe zierten ihr blasses schmales Gesicht. Trotzdem wirkte sie gerade glücklich und zufrieden. Als Alisa aufwachte, kniff sie ihre Augen zusammen und reckte ihren Kopf. Dann blinzelte sie mich verschlafen an. Wir mussten beide lächeln.

»Guten Morgen«, begrüßte ich sie leise. Meine Stimme klang rau.

»Guten Morgen.«

»Bist du wirklich echt oder habe ich es endlich geschafft und bin verrückt geworden?«, fragte mich Alisa mit einem ironischen Unterton. Dann tippte sie mir leicht an die Nase und kniff mir danach in die Wange. Ihre Finger fühlten sich eiskalt an. Ein

Schauer lief mir über den Rücken.

»Ehrlich gesagt bin ich mir da auch noch nicht so sicher. Aber ich scheine recht echt zu sein, findest du nicht?«

Alisa lächelte und streichelte mir durchs Haar. Fasziniert spielte sie mit einer meiner Strähnen, als würde sich diese auflösen, wenn sie nur lange genug daran rieb. Erst jetzt merkte ich, dass ich keine Kleidung anhatte. Ich war unter der Decke vollkommen nackt. Sofort stieg die Hitze in mein Gesicht.

»Ich zieh mir etwas an«, murmelte ich peinlich berührt und schlang die Decke fest um mich.

»Ich habe schon alles gesehen, was es da zu sehen gib«, gackerte sie los. Dann zog sie scherzhaft an der Decke, während ich versuchte aufzustehen.

Ich huschte ins Badezimmer. Ihr lautes Lachen war noch zu hören. Sie schien wirklich glücklich zu sein.

Ich suchte etwas Frisches zum Anziehen, fand im Bad aber nur eine Boxershort zwischen einem Haufen Handtüchern. Es war besser als nichts. Zumindest war das Nötigste bedeckt. Nachdem ich ein paar Schlucke Wasser aus dem Wasserhahn getrunken hatte, kehrte ich zu ihr zurück, um den Rest meiner Kleidung zusammenzusuchen. Alisa musste sofort wieder anfangen zu kichern, als ich den Raum betrat.

»Du bist kindisch!«, sagte ich ihr in einem gespielt genervten Ton. Darauf fing sie nur noch mehr zu lachen an. Ich suchte in meinem Klamottenstapel, den Alisa offensichtlich gewaschen und sortiert hatte, nach einem Shirt und einer Jeans. Eigentlich war es viel zu heiß für eine lange Hose, aber ich besaß keine anderen.

»Simon!«, schrie sie plötzlich erschrocken auf. Ich drehte mich in ihre Richtung und konnte das Entsetzen in ihren Augen sehen.

»Dein Rücken! Simon dein Rücken!«

Ich war verwundert über ihre Worte. Schließlich kannte sie meine Narben auf dem Rücken bereits.

»Was ist denn los? Du weißt doch Bescheid.«

»Nein, nein! Dein Rücken, da ist nichts«, erklärte Alisa aufgebracht.

»Wie bitte?«

Sie stand hektisch auf und hielt ihr Smartphone auf mich gerichtet.

»Dreh dich um, ich zeigs dir«, befahl sie mir und starrte auf ihr Gerät. Sie wollte ein Foto von meinem Rücken schießen. Ich drehte mich mit dem Rücken zu ihr; unmittelbar folgte das Knipsgeräusch. Ihr Arm wanderte über meine Schulter. Sie hielt mir ihr Handy direkt vor das Gesicht. Dann zeigte sie mir das gerade gemachte Foto. Überrascht nahm ich ihr das Smartphone aus der Hand, um die Aufnahme genauer betrachten zu können. Auf dem Bild war keine einzige Narbe zu sehen. Sie waren allesamt verschwunden.

»Jetzt freu dich doch darüber!«, rügte sie mich stirnrunzelnd.

Ich sah zu Alisa, die mich weiter erwartungsvoll anstarrte.

»Tu ich doch«, gab ich ihr plump als Antwort. Ich freute mich wirklich darüber. Dennoch waren diese Narben ein Teil von mir gewesen. Ich stellte mir die Frage, ob ich noch derselbe Simon wie vor meinem Tod war. Jetzt, wo ich mich mit Cassiel verbunden hatte und wiedergeboren war, konnte ich da noch dieselbe Person sein? Mit den identischen Eigenschaften und Gefühlen?

Alles hatte sich in mir verändert. Die Erinnerungen, die Gefühle, alles erschien mir in einem anderen Licht. Das Leben des Simon Blessing wirkte schier bedeutungslos für Cassiel. Das gefiel mir nicht.

Ich gab Alisa das Smartphone zurück und zog mir endlich ein Shirt und eine Hose über.

»Was hast du?« Alisa konnte nicht verstehen, warum ich nicht so freudig und euphorisch war, wie sie es sich offensichtlich wünschte.

»Nichts, ich muss mich erst wieder einfinden, denke ich«, beschwichtigte ich meine gedrückte Stimmung. Sie sah mich enttäuscht an. Wahrscheinlich hatte sie sich unser wenn auch unverhofftes Wiedersehen anders vorgestellt. Ich ärgerte mich selbst über mich. Die Situation überforderte mich schlichtweg.

»Ich werde jetzt erst einmal was zu Essen auftreiben. Ich sterbe gleich vor lauter Hunger.«

In dem Moment, als ich diese Worte aussprach, fiel mir plötzlich ein, dass meine Brieftasche noch in Kanada bei den anderen Nephilim lag.

»So ein Mist!«, fluchte ich, während ich mein Hab und Gut durchwühlte in der Hoffnung, ein wenig Geld zu finden.

»Was ist denn los? So kenne ich dich gar nicht.« Alisa beobachtete mich verwundert dabei, wie ich in Sekunden ihre geschaffene Ordnung ruinierte.

»Meine Brieftasche, sie ist noch bei den anderen.«

»Welche anderen?«, fragte sie irritiert. Mir fiel ein, dass sie ja noch gar nichts von meinen Erlebnissen wusste. Es musste für sie bestimmt noch verwirrender sein als für mich, dass ich einfach nackt vor ihr erschienen war.

»Ich schreibe meiner Mutter kurz, dass sie für dich mitkochen soll. Sie wird sich sicherlich freuen, dich wiederzusehen«, meinte Alisa, während sie bereits auf ihrem Smartphone herumtippte.

»Danke, das ist nett. Was hast du deinen Eltern überhaupt erzählt, wo ich bin?«, wollte ich von ihr wissen.

Alisa beantwortete mir meine Frage nicht, sondern tippte weiter auf ihrem Smartphone herum. Sie schien merklich nervös. Ihre Augen zuckten permanent vom Display zu mir und wieder zurück. Dann antwortete sie übertrieben heiter: »Ich habe ihnen gesagt, du wärst nach Russland zu Verwandten gegangen. Genial oder? Russland soll voll toll sein.«

»Russland?« Ich musste lauthals loslachen.

»Und nun, Simon Blessing, bist du mir einige Erklärungen schuldig!« Mit erhobenem Zeigefinger stand sie vor mir und sah mich ernst an.

Eigentlich wollte ich erst etwas essen und ein wenig für mich sein, um meine Gedanken zu sammeln, bevor ich ihr alles erzählte. Aber sie schien nicht darauf bedacht zu sein, noch länger auf Erklärungen zu warten. Darum setzte ich mich auf meine Matratze und berichtete ihr alles von Anfang an. Von Darel und Melioth, von den Exusiai und den anderen Nephilim, von meinem Tod und der Zeit im Himmel und von meiner Mutter.

»Meine Mutter hat gesagt, ich soll dich von ihr grüßen und ... Ich bekomme den direkten Wortlaut nicht mehr auf die Reihe, aber sie meinte so etwas in der Art wie: Sie soll dich gut behandeln, sonst gibts Ärger!«, äffte ich meine Mutter nach.

Alisa bekam während meines Monologs große Augen. Es war wohl etwas viel Input für sie. Das konnte ich gut nachvollziehen, für mich waren es in letzter Zeit auch zu viele Erlebnisse gewesen.

Nach meiner langen Erzählung schwiegen wir uns an. Eine Träne rann Alisa langsam die rechte Wange hinunter. Sie rührte sich dabei keinen Millimeter; starrte einfach nur ins Leere. Offensichtlich waren die geballten Informationen zu viel für sie. Auch ich sinnierte über das Geschehene. Für ein Leben hatte ich definitiv zu viel erlebt. Für zwei ebenso. Hoffentlich würde ich endlich in den Genuss von Normalität kommen.

Ruhe!

Ich brauchte endlich verdammt noch mal meine Ruhe!

Langsam kam Alisa wieder zu sich. Sie atmete laut ein und wieder aus und zwinkerte ein paarmal mit den Augen. »Viel erlebt, was?«

»Ja, scheint so.« Aus Verlegenheit wuschelte ich mir durch mein Haar.

»Ich bin froh, dass du wieder da bist!« Ihre Stimme brach bei ihren Worten. Dann nahm sie mich fest in den Arm und heulte drauflos. Um sie zu beruhigen, strich ich ihr sanft über den Rücken. Ich hatte beinahe vergessen, wie dünn sie war. Jeden Knochen konnte ich deutlich spüren, als ich sie streichelte.

Ich genoss ihre Nähe, dennoch war es anders als zuvor.

Es war ein schönes Gefühl, aber mir spukten so viel andere Dinge im Kopf herum, dass die Umarmung sich beinahe als belangloses Nebenprodukt anfühlte. Warum dachte und fühlte ich auf einmal so anders? Ich vergrub mein Gesicht in ihrem Haar, sog ihren Geruch in mich ein; drückte sie fest an mich. Es war ein schönes Gefühl, wenn auch nicht dasselbe. Ich erinnerte mich an Alisas erste Umarmung. Mein Körper schien danach wie paralysiert. Vielleicht war es normal, dass ich nicht mehr das Gleiche empfand. Schließlich hatte ich viel erlebt. Als ich tot war, fühlte es sich so an, als würde ich alle Empfindungen, alles Wissen, alle Gedanken der Menschheit auf einmal erfahren. Cassiel war so präsent gewesen, dass ich meine eigenen Emotionen und Gedanken kaum noch wahrnehmen konnte.

Alisa hob ihren Kopf, um mir in die Augen zu sehen. Ich wusste, was sie wollte. Sie wollte mir den Kuss geben, den sie mir »schuldig« war. Ihr Gesicht war meinem ganz nah. Meine Augen wanderten zu ihren Lippen; wie damals in ihrem Zimmer. Es war für mich nicht der richtige Zeitpunkt.

Verlegen lächelte ich sie an und fragte:»Und, was habe ich so verpasst?«, während ich mich sanft aus unserer Umarmung löste.

Sie merkte sofort, dass ich ihr auswich, und sah sichtlich enttäuscht aus. Während sie mir ein paar bedeutungslose Geschichten von Sandra und Jana erzählte, tippte sie erneut gelangweilt auf ihrem Smartphone herum. Bestimmt war es ihr unangenehm, dass ich ihren Annäherungsversuch nicht erwidert hatte. Aber dafür war einfach nicht der richtige Moment. Ich war viel zu durcheinander.

Kapitel 54 – Alisa

Simon verhielt sich seltsam, seit er zurückgekommen war. Er war mit seinen Gedanken weit weg. Wollte er gar nicht mehr hier sein? Wollte er nicht bei mir sein? Schließlich hatte ich ihn echt mies behandelt, als wir uns das letzte Mal sahen. Bis jetzt hatte ich noch nicht den Mut gehabt, mich bei ihm zu entschuldigen. Ich dachte, wenn Simon zurückkehrte, würde alles gut werden. So unbeschreiblich schön stellte ich mir unser Wiedersehen vor; wie er mich mit seinen strahlenden Augen ansah, während ich ihm meine Liebe gestand. Doch es kam einfach nicht zu diesem Moment. Er schien mir eher auszuweichen. War das zwischen uns unwiderruflich zerstört?

Seine Erlebnisse waren unfassbar. Dass ich in einen Nephilim verliebt war, war die eine Sache. Aber dass es noch mehr von ihnen gab, ihnen von richtigen, echten Engeln geholfen wurde und sie von komischen Wesen verfolgt wurden, lag kaum in meiner Vorstellungskraft. Ganz zu schweigen von seinem Tod und den Geschehnissen im Himmel. Ich stellte mir diesen Typen, der damals aus Simons Haus herausgekommen war, als Engel vor. Sahen so wirklich Engel aus? Wie aus einem Horrorfilm? So hatte ich sie mir wirklich nicht vorgestellt.

Als wir bei mir zu Hause ankamen, klingelte ich, anstatt die Tür einfach aufzuschließen. Ich wusste, dass meine Mutter eine Kleinigkeit für Simon vorbereitet hatte. Heute Morgen schrieb ich ihr, dass er zum Essen kommen würde und er gestern Geburtstag gehabt habe. Im Prinzip war es auch so; schließlich war er wiedergeboren worden. Es war Simons Neubeginn. Ich hoffte nur, dass ich an diesem neuen Leben teilhaben durfte.

Meine Eltern öffneten beide die Tür und sangen ein Geburtstagslied. Normalerweise schämte ich mich für solche peinlichen Aktionen meiner Eltern, aber ich wusste, dass es ihm gefallen würde. Meine Mutter hielt eine kleine aufgetaute Torte in der Hand – für mehr war einfach keine Zeit gewesen. Als ob sie es gewusst hätte, steckte nur eine kleine brennende Kerze in Simons Geburtstagstorte.

Er freute sich über die Überraschung. Dennoch merkte ich ihm auch an, dass ihn etwas belastete. Das Strahlen in seinen Augen schien erloschen zu sein.

Das Esszimmer war feierlich mit Luftballons und Konfetti geschmückt. Über der Tür hing ein Banner mit den Worten *Happy Birthday*. Eigentlich benutzten sie es immer an meinen Geburtstagen.

Wir aßen zuerst Steak mit Kartoffelecken, denn die Torte war tatsächlich noch leicht gefroren. Simon schlang wie gewohnt alles in sich hinein. Heimlich legte ich ihm ein paar Happen von meinem Essen auf seinen Teller. Ich hatte sowieso keinen großen Appetit. Sein Erscheinen wühlte mich viel zu sehr auf.

»Alisa hat uns erzählt, du warst in Russland. Erzähl uns doch ein wenig davon. Warum bist du so plötzlich aufgebrochen? Du hast dich nicht einmal verabschiedet«, wollte meine Mutter misstrauisch von Simon wissen. Ich wusste, dass er ein miserabler Lügner war. Jetzt blieb ihm keine andere Wahl. Ich bereute es, meinen Eltern eine so detaillierte Geschichte über sein Verschwinden erzählt zu haben.

Zuerst gab er keine Antwort und stotterte nur herum. Langsam wischte er sich seinen Mund mit einer Serviette ab, um Zeit zu schinden. Ich war belustigt über dieses Gespräch und schwieg – gespannt, wie er aus dieser peinlichen Nummer herauskommen wollte.

»Also, es war sehr schön dort«, setzte er an, während er seine Serviette auf den leeren Teller legte. Ich konnte mir ein Kichern nicht verkneifen. Meine Eltern sahen ihn verwirrt an. Als er merkte, dass seine Antwort wohl nicht ausreichend war, fügte er hinzu:»Und kalt war es?«

Ich musste lauthals losprusten.

»Hör auf zu lachen. Ich bin eben kein guter Erzähler«, ermahnte mich Simon bloßgestellt. Er schlug mir unterm Tisch leicht gegen mein Bein.

Dann erfand er eine ausgeschmückte Geschichte von einem Onkel, der im Sterben lag, und einer Tante die ihm deswegen einen Brief geschrieben habe. Lange Rede, kurzer Sinn, sein Onkel sei nun tot und Simon wieder hier bei uns.

Was für eine krasse Story.

Eine plausible noch dazu, auch wenn ich es mies fand, einen Todesfall zu erfinden.

»Das ist wirklich tragisch. Wie geht es denn deiner Tante jetzt? Willst du bald wieder dorthin zurück?«, wollte meine Mutter wissen, während sie sich schluchzend die Hand vor ihren Mund hielt. Sie war sehr emotional, wenn es um Todesfälle ging. Als eine Nachbarin drei Häuser weiter verstarb, trug meine Mutter eine Woche lang nur schwarze Kleidung und brachte deren Mann täglich frisch gekochtes Essen.

Simon versuchte, bedrückt auszusehen, was ihm aber nur oberflächlich gelang.

»Meiner Tante geht es gut, wir bleiben in Kontakt. Sie will mich bald mal besuchen kommen. Ich muss gestehen, dass ich doch lieber hier in Deutschland lebe. Das nimmt mir mein Tantchen aber nicht übel«, log er weiter meine Eltern an. Ich fragte mich, ob ich Simon seine Lüge abkaufen würde. Er war wirklich keck geworden.

»Wenn du so lange Zeit dort gelebt hast, kannst du doch bestimmt ein paar Wörter Russisch sprechen, oder?«, fragte mein Vater. Er sah Simon prüfend an. Meine Augen wurden groß, jetzt würde die Lüge gleich auffliegen, dachte ich.

»Horoshego dnja!«, antwortete Simon in einem flüssig klingenden Russisch. Ich war erstaunt, dass Simon wirklich Russisch konnte. Oder erfand er die Worte gerade einfach? Es klang zumindest erstaunlich überzeugend. Mein Dad nickte überrascht. »Und jetzt lieber wieder hier allein? Was hat denn die Schule zu deinem Verschwinden gesagt?«, bohrte er nach.

Ich kicherte nervös, verschüttete dabei ein paar Tropfen meines Getränks auf die Tischdecke. Nervös wischte ich sie hektisch mit einer Papierserviette auf.

»Sie gaben mir eine Freistellung, weil meine Noten so gut sind. Ich will lieber hier mein Abi machen«, erklärte Simon. Abermals folgte ein überraschtes Nicken meines Dads.

Simon erzählte weiter erfundene Anekdoten von seinem Auslandsaufenthalt, die meine Eltern nur so verschlangen. Sie kauften ihm jedes Wort ab. Früher wäre er bei solchen Lügen sofort im Boden versunken und vor Scham rot angelaufen. Überhaupt wirkte er viel selbstsicherer und erwachsener; beinahe wie ein anderer Mensch. Ich konnte noch nicht sagen, ob mir das gefiel.

»Kommst du noch ein wenig mit in mein Zimmer?«, fragte ich ihn, nachdem er meiner Mutter geholfen hatte, den Tisch abzuräumen. Er schien nicht begeistert von meiner Idee. Doch bevor er antworten konnte, stellte sich mein Vater zwischen uns und verkündete: »Kommt jetzt erst einmal mit mir, wir haben noch ein Geschenk für dich!«

Mein Vater freute sich trotz der anfänglichen Skepsis, Simon wiederzusehen. Ich konnte es in seinen Augen erkennen. Er strahlte, als ob er einen Sohn zurückbekommen hätte.

Wir folgten meinem Dad vor die Garage. Was wollten meine Eltern ihm auf die Schnelle schenken? Schließlich hatte ich ihnen erst heute Vormittag von dem Geburtstag erzählt.

Er öffnete die Garage, sein altes Fahrrad kam zum Vorschein. Es war frisch geputzt und mit einer großen roten Schleife geschmückt. Ich fand es süß von meinen Eltern, dass sie sich so viel Mühe gaben. Simon war schließlich über vier Monate verschwunden gewesen und meldete sich kein einziges Mal.

»Es ist mein Fahrrad. Ich habe es mir vor ein paar Jahren zugelegt in einem kurzen Fitnesswahn. Der war schnell wieder verflogen, seitdem steht es nur in der Garage. Ich bin fünf- oder sechsmal damit gefahren; es ist also so gut wie neu«, erklärte mein Vater und übergab es feierlich.

»Wow. Ich weiß nicht, was ich sagen soll. Das ist viel zu viel, David!«

»Quatsch, es steht doch eh nur rum. Du kannst es sicher besser gebrauchen.«

Die beiden umarmten sich – eine kurze harte Männerumarmung. Ich musste wieder schmunzeln. Mein Vater ging zurück ins Haus und ließ uns allein in der Garage. Simon beäugte sein Geschenk. Mir war klar, dass er nicht Fahrrad fahren konnte, also würde ich es ihm bald beibringen müssen.

»Soll ich es dir gleich zeigen oder willst du etwas anderes machen? Heute ist schließlich dein erster richtiger Tag in deinem neuen Leben. Worauf hast du Lust?«, fragte ich ihn, während er sich nach unten beugte, um sich die Fahrradkette anzusehen.

Er streckte seinen Kopf in meine Richtung und murmelte:»Ich glaube, ich brauche ein wenig Zeit für mich. Ich werde heimgehen.«

Bittere Enttäuschung machte sich in mir breit. Was war nur mit ihm los? Ich war gekränkt von seiner Antwort. Er ergänzte seine Worte:»Wir können uns gerne morgen treffen. Ich bin echt fertig.«

Ich nickte nur, knabberte an meinen Nägeln. Als er sein Fahrrad an mir vorbeischob, blieb er kurz auf meiner Höhe stehen und streichelte mir entschuldigend über den Oberarm. Ich wollte mich nicht schon wieder mit ihm streiten, darum beließ ich es dabei. Eigentlich war ich richtig sauer und enttäuscht.

Ich wollte ihn gern anschreien; ihm sagen, wie sehr ich mich die letzten Monate um ihn gesorgt hatte.

Ich wollte ihm sagen, wie sehr ich ihn vermisst hatte: seine Augen, seine wuscheligen Haare, seinen Geruch, seine Berührungen... Ich wollte ihm so gern sagen, dass ich ihn liebte.

Ich wollte ihn küssen und nie wieder loslassen.

Und er?

Verpisste sich einfach und ließ mich hier stehen.

Tränen schossen in meine Augen. Ich lief zurück ins Haus und verkroch mich eingeschnappt in meinem Zimmer.

Kapitel 55 – Simon

Mir ging es elend. In meinem Kopf herrschte ein wirres Durcheinander und es schien von Minute zu Minute schlimmer zu werden. Immer wieder überkamen mich Erinnerungsfetzen von Cassiel, die sich mit meinen vermischten. Ich fühlte mich wie eine gespaltene Persönlichkeit.

Mit Atemübungen versuchte ich, mich zu entspannen. Die Kopfschmerzen waren unerträglich. Mir war übel und ich war hundemüde.

Wusste Darel bereits, dass ich aus dem Himmel geflohen und wieder am Leben war? Wenn ja, warum kam er nicht vorbei? Hatte er durch meine spontane Flucht Ärger bekommen? Was war mit den Exusiai; waren sie noch hinter mir her? Schließlich hatte ich mich mit Cassiel verbunden.

Ich fragte mich außerdem, wie es den anderen Nephilim ging. Was hatten sie mit meiner Leiche gemacht? Einfach im Wald verscharrt? Ließen sie mich einfach liegen als Fressen für die hungrigen Tiere? Ich musste an die letzten Augenblicke kurz vor meinem Tod denken. Es schien alles so verrückt, dass ich es selbst nicht glauben konnte.

Es klingelte – ich nahm es nur unterbewusst wahr. Es klingelte noch einmal. Als ich endlich wach wurde, rieb ich mir den Schlaf aus den Augen und ordnete meine struppigen Haare. Es läutete erneut. Ich ging an die Freisprechanlage und drückte den Knopf.

»Ja?«, rief ich laut hinein.

»Guten Abend, kommst du raus?«, fragte mich eine Frauenstimme. Ich konnte die Stimme nicht wirklich zuordnen, da sie durch den Lautsprecher verzerrt und metallen klang; nur Alisas Stimme konnte ich ausschließen. Anstatt nachzufragen, wer da draußen auf mich wartete, zog ich meine Schuhe an, schnappte mir meinen Schlüssel und verließ die Wohnung. Zu meiner Verwunderung stand Jana vor der Tür und fiel mir überschwänglich um den Hals.

»Simon! Boah, wir dachten, du kommst nie mehr zurück!«, begrüßte sie mich freudestrahlend. Alisa musste ihr gesagt haben, dass ich wieder hier war. Verstand Alisa denn nicht, dass ich meine Ruhe brauchte? Ich konnte Janas aufdringliches Wesen gerade wirklich nicht gebrauchen.

»Hallo«, sagte ich verschlafen zu ihr. Meine Stimme klang kratzig. Ich wollte Jana gerade abwimmeln und ihr erklären, dass ich etwas Erholung brauchte, da kam Sandra um die Ecke und begrüßte mich schüchtern. Jana hakte sich bei mir ein und verkündete übertrieben laut: »Wir haben eine Überraschung für dich. Du musst mitkommen.«

»Können wir das bitte verschieben?«, fragte ich leicht genervt. Meine Frage wurde galant ignoriert.

Sie schleppten mich hinter das Haus auf die beschauliche Wiese neben dem kleinen Teich. Es war sehr idyllisch; die Sonne ging gerade unter und tauchte die Landschaft in ein sattes Pink. Von Weitem konnte ich noch nicht erkennen, was die beiden mir zeigen wollten. Doch als wir näher kamen, sah ich Armin und Alisa. Sie saßen auf einer großen Decke, umringt von Kuchen, Knabbereien und Getränken. Sie hatten den Platz mit bunten Lampions und Kerzen dekoriert. An einem der Bäume waren Luftballons aufgehängt sowie eine große Girlande. Der Ort sah noch schöner aus als sonst.

»Alles Gute zum Geburtstag!«, jubelte Jana in mein Ohr und

umarmte mich abermals. Ich konnte mir ein Aufstöhnen nicht verkneifen. Auch Sandra gratulierte mir mit einem festen Händedruck. Ich bedankte mich verlegen. Eigentlich wollte ich doch meine Ruhe haben, aber eine Überraschungsparty im Freien war schon eine tolle Sache.

Armin begrüßte mich mit einem Klaps auf meine Schulter: »Alles Gute, mein Bester! Warst ja ewig weg.«

Alisa sah mich skeptisch an. Sie steckte hinter dieser Überraschungsparty und war sich unsicher, ob es mir recht war – das konnte ich in ihren Augen lesen. Ich brachte ihr einen mürrischen Gesichtsausdruck entgegen. Als sie mich mit großen Augen ansah, setzte ich mich aber versöhnlich neben sie und kniff sie leicht in die Seite.

»Alisa hat am Telefon erzählt, du warst in Russland. Ist das wahr?«, fragte mich Jana, die sich dicht neben mich setzte. Also wiederholte ich meine Lügen über meine Russlandreise. Hoffentlich gaben die drei schnell Ruhe wie Alisas Eltern. Ich wollte dieses Lügengeflecht nicht ausweiten. Es gab für mich nichts Schlimmeres, als die Unwahrheit zu sagen. Mein neues Leben begann schon wieder mit einem Konstrukt aus Lügen, es schien Schicksal zu sein.

Glücklicherweise reichte ihnen mein oberflächlicher Bericht und Jana drehte die Musik auf, um zu tanzen. Sandra verteilte an alle Kuchenstücke und befüllte unsere Pappbecher mit Getränken. Armin war auffällig ruhig. In der Schule spielte er den Frauenchecker, doch jetzt wirkte er eher schüchtern.

Jana und Sandra hatten extra für mich einen Schokokuchen mit einer dicken Schokoladenglasur gebacken. Darauf steckte eine Kerze; wie passend.

Als alle mit Sekt auf meine Rückkehr und meinen Geburtstag anstoßen wollten, füllte Alisa heimlich Wasser in meinen Becher. Sie zwinkerte mir beim Anstoßen zu.

Armin erzählte mir, dass sich in der Schule alle wunderten, wo ich abgeblieben sei. Es waren Gerüchte im Umlauf, dass der Schulleiter sogar die Polizei alarmiert habe und mir etwas Schlimmes passiert sei.

Wahrscheinlich würde ich richtigen Ärger bekommen, wenn nicht sogar einen Ausschluss von der Schule. Es gab dort erheblichen Erklärungsbedarf für mich. Hoffentlich kam ich bei der Schulleitung ebenfalls mit meinen Lügen durch. Ich musste mich unbedingt so schnell wie möglich dort melden, damit ich all die versäumten Klausuren nachholen konnte.

»Die Prüfungen werden für dich sowieso ein Klacks sein, du Streber«, meinte Armin. »Du musst es unbedingt schaffen, in unserer Klasse zu bleiben. Ich konnte von keinem Banknachbarn so viel abschreiben wie von dir. Als du verschwunden bist, hat es nur noch Fünfen und Sechsen gehagelt.« Armin war Schule total egal. Ich fragte mich, ob bei ihm irgendwann die Erkenntnis kam, dass Bildung wichtig war. Ich tat mich leicht mit Lernen und seit meinem Ableben und der Verschmelzung mit Cassiel, wusste ich noch mehr als zuvor – die Prüfungen nachzuholen, dürfte mir nicht schwerfallen. Ich wollte unbedingt weiterhin zur Schule gehen, da es mir ein Stück Normalität in mein Leben brachte. Gleich morgen würde ich mich darum kümmern.

Jana, Sandra und Armin tranken viel Alkohol. Je mehr sie intus hatten, desto besser verstanden sich Armin und Jana. Sie scherzten und tanzten eng miteinander. Ich fragte mich, ob es Jana nicht am nächsten Tag bereuen würde. Schließlich war Armin eine Klasse unter ihr.

Armin hingegen würde wahrscheinlich damit prahlen, alle drei flachgelegt zu haben. Langsam fragte ich mich, ob seine »Frauengeschichten« nicht alle einfach nur erstunken und erlogen waren.

»Wie habt ihr Armin eigentlich kontaktiert?«, fragte ich Alisa.

Sie lachte laut los. »Simon, es gibt etwas, das nennt sich Internet. Und in diesem großen Internet gibt es Social Networks. Da findet man jeden! Du solltest technisch echt mal aufrüsten.« Ihre Hände gestikulierten bei ihren Worten wild herum.

Wahrscheinlich sollte ich das wirklich tun. Ich hatte nämlich keine Ahnung von solchem Kram.

Am späteren Abend wurde es zunehmend kühler. Alisa rückte klammheimlich etwas näher an mich heran, während die anderen drei dabei waren, ein Trinkspiel zu spielen.

»Ist dir kalt?«, fragte ich sie leise, damit es die anderen nicht mitbekamen.

Sie nickte nur schüchtern. Ohne Angst vor ihrer Reaktion, legte ich meinen Arm um ihre Schultern. Ihr Körper war viel kälter als meiner – kein Wunder, dass sie fror. Dankbar rückte sie noch ein Stückchen näher und lehnte ihren Kopf gegen meine Brust. Es erinnerte mich an die Heimfahrt von unserem Ausflug ans Meer. Damals wäre mein Herz beinahe stehen geblieben, heute spürte ich nur ein angenehmes Gefühl, das mich durchdrang.

»Ist mit dir alles in Ordnung? Du scheinst dich verändert zu haben«, bemerkte sie mit zittriger Stimme.

»Ich fühle mich anders, aber nicht schlecht. Ich brauche einfach ein wenig Zeit, mich wieder einzugewöhnen, denke ich.« Mein Blick wanderte zu den Sternen.

»Sorry wegen der Geburtstagsparty. Ich musste mit jemandem reden, da habe ich Sandra angerufen und mich verplappert. Dann verselbstständigte sich das alles irgendwie. Tut mir leid«, murmelte Alisa leise.

Was sollte ich darauf sagen? Eigentlich hätte ich wirklich gern meine Ruhe gehabt. Andererseits war das hier meine erste Geburtstagsparty. Früher hätte es wahrscheinlich nichts Schöneres für mich gegeben.

Ich schwieg zu lange, Alisa rückte wieder ein Stück von mir weg und starrte auf den Boden. Mit ihren Boots bearbeitete sie die Erde. Das Gras war an der Stelle bereits komplett zerrupft. Sie war verunsichert. Es tat mir leid, dass ich ihre Freude über mein Erscheinen kaputt machte.

Ich schloss meine Augen und atmete bewusst ein und aus. Atmen fühlte sich toll an. Ich war unheimlich froh, wieder atmen zu können. Was hatte ich nur für ein unbeschreibliches Glück! So viele Nephilim vor mir waren gestorben und hatten sich nicht mit ihrem Engel vereinen können. Sie waren einfach tot.

Ich schaffte es einfach so, mich mit Cassiel zu verbinden. Und nun quengelte und motzte ich herum, anstatt mich zu freuen. Das musste aufhören!

Natürlich fühlte ich mich anders, natürlich musste ich zu mir selbst finden und mich an die Veränderung in mir gewöhnen, aber nicht auf Kosten anderer.

Ich durfte nicht denselben Fehler machen wie einst Alisa und mich verschließen. Wir waren im Streit auseinandergegangen. Sie war unsicher, wie ich zu ihr stand und ich befeuerte ihre Unsicherheit auch noch.

Ich musste mich zusammenreißen. Sonst würden wir beide dort weitermachen, wo wir uns damals trennten. Auch wenn ich aktuell mit vielen anderen Gedanken und Gefühlen kämpfte, fühlte ich bedingungslose Liebe für sie.

Ich nahm Alisas Hand und streichelte sanft über ihren Handrücken.

»Hast du schon genug Kuchen genascht? Du musst mehr essen, damit du groß und stark wirst.« Ich versuchte, die Stimmung zwischen uns etwas zu lockern. Endlich sah sie mich an. Sie wirkte durcheinander von meinem plötzlichen Wandel. Noch bevor sie antworten konnte, stopfte ich ihr eine Kuchengabel voll mit Torte in ihren Mund. Überrumpelt kaute sie das Stück herunter und verschluckte sich. Wir fingen beide laut zu lachen an. Schokoladenglasur klebte an ihrem Mund. Ich wischte sie zaghaft mit meinem Finger weg und steckte ihn mir in meinen Mund. Sie wurde knallrot im Gesicht.

»Das Beste am Leben ist Schokolade«, scherzte ich. »Und Steak.« Ein breites Grinsen zeichnete sich auf Alisas Lippen ab. »Dass du immer Essen im Kopf hast, wird sich wohl nie ändern.”

»Stimmt doch gar nicht!”, dementierte ich schmunzelnd und kniff ihr leicht in den Oberarm.

»Aua!«, schrie sie erschrocken auf und boxte mir gegen meinen Bauch.

Dann umarmte ich sie und flüsterte ihr ins Ohr:»Nur dich habe ich immerzu in meinem Kopf.«

Sprachlos verweilte sie starr in meiner Umarmung. Ich war selbst perplex von meinen Worten. Früher hätte ich mich niemals so etwas zu Alisa sagen getraut.

Das heitere Treiben um uns herum verstummte, als die drei Feierwütigen unsere Umarmung bemerkten. Sandra starrte uns verwirrt an. Jana hielt sich taumelnd an Armin fest. Sie sahen alle angetrunken aus.

»Ich denke, wir gehen jetzt. Komm, Jana, wir packen zusammen«, sagte Sandra abrupt zu ihrer Freundin und verstaute die übrig gebliebenen Sachen in ihrem Rucksack.

»Ich will aber noch hierbleiben«, lallte Jana und gab Armin einen Kuss auf seine Wange. Sandra packte Jana am Handgelenk und zerrte sie zu den Fahrrädern. Armin folgte ihnen schwankend. Es war offensichtlich – Sandra wollte, dass ich mit Alisa alleine war.

Ich stand auf und legte ihr die frei gewordene Decke über die Schultern, damit sie nicht mehr frieren musste. Angenehme Stille war eingetreten, seit die drei weggefahren waren. Die bunten Lampions und die Kerzen verzauberten diesen kleinen Ort in ein leuchtendes Farbenmeer. Ich spürte endlich, wie froh ich war, wieder hier sein zu dürfen.

Wir schwiegen uns an. Keiner wollte den Anfang machen; wie immer. Ich ging ein paar Meter zu dem geschmückten Baum und spielte aus Verlegenheit mit den Lampions herum. Was sollte ich jetzt machen? Was waren die richtigen Worte? Alisa saß noch an derselben Stelle wie zuvor. Warum war das alles schon wieder so kompliziert? Es war zum Haareausreißen.

Seufzend setzte ich mich wieder dicht neben sie.

Alisa schwieg weiterhin; würdigte mich keines Blickes.

Aus Unsicherheit trank ich meinen Becher mit Wasser langsam Schluck für Schluck leer. Alisa starrte in die Ferne und kaute an ihren Fingernägeln. Die Minuten vergingen so zäh wie Kaugummi.

»Bist du böse auf mich?«, fragte sie mich plötzlich. Endlich war das Schweigen gebrochen.

»Warum sollte ich?«

»Wegen der Party. Du wolltest doch deine Ruhe haben.«

Ich lehnte meinen Kopf seitlich gegen ihren. »Ich war dir noch nie böse!«

»Nicht einmal nach unserem Streit?«, fragte sie mich mit zittriger Stimme. Unser Streit war für mich nicht mehr von Bedeutung. Er war so unwichtig und sinnlos gewesen, dass ich ihn gerne nie mehr erwähnen wollte.

»Ich kann dir doch gar nicht böse sein. Es war Schicksal, dass wir uns kennengelernt haben, dass wir uns gestritten haben und dass du mich zurückgeholt hast.«

»Ich habe dich zurückgeholt?«, fragte mich Alisa erstaunt. Sie hob ihren Kopf und sah mich mit großen Augen an.

»Ja, du hast mich zurückgeholt.«

»Aber ich habe gar nichts gemacht«, flüsterte sie entgeistert.

»Doch ...«, ich zögerte, ihr zu sagen, dass ich sie im Himmel hatte spüren können. Als sie ihren Kopf senkte und wir keinen Augenkontakt hatten, fasste ich neuen Mut: »Mit deiner Liebe.« Meine Stimme brach. Ich flüsterte es kaum hörbar; beinahe so, als ob diese Worte nur für mich bestimmt waren. Mein ganzer Körper bebte.

Alisa schwieg. Sie bewegte sich keinen Millimeter.

»Ich konnte dich spüren. Du hast nach mir gerufen«, erklärte ich weiter.

»Wolltest du denn überhaupt zurückkommen? Du siehst nicht sehr glücklich aus, seit du wieder hier bist.«

»Natürlich wollte ich zurück zu dir. Mein Herz wollte nichts anderes, als bei dir zu sein«, gab ich ihr ehrlich als Antwort, während meine Finger sanft durch ihr Haar strichen. Wie hatte ich ihr nach Himbeere duftendes Haar vermisst. Das hier war meine zweite Chance. Ich musste sie nutzen. Egal, wie schwer es mir gerade fiel.

»Mein Herz wünschte sich auch nichts sehnlicher«, murmelte Alisa kaum hörbar. Es wäre früher zwischen uns undenkbar gewesen, sich so offen auszusprechen.

»Geh bitte nie mehr fort. Ich kann ein richtiges Ekel sein, das weiß ich. Aber ich würde es nicht noch einmal ertragen, so ohne dich. Es tut mir schrecklich leid, Simon!«, ihre Stimme versagte. Sie vergrub ihr Gesicht in mein T-Shirt, hielt sich mit beiden Händen an mir fest. Glücklich über ihre Worte legte ich meine Hand unter ihr Kinn und hob ihren Kopf sanft nach oben. Sie sah mich mit einem durchdringenden Blick an, den ich bis jetzt noch nicht von ihr kannte. Ihre Wangen waren gerötet. Tränen sammelten sich in ihren Augen. Ich lächelte sie an und lehnte meine Stirn gegen ihre. Unsere Nasenspitzen berührten sich leicht, so wie schon einmal.

»Es gibt jetzt nur noch dich und mich. Deine Liebe und meine.« Meine Worte überraschten mich; sie kamen einfach aus mir heraus. So lange schon wollte ich Alisa das sagen.

»Simon?«

»Hm?«

»Küss mich jetzt endlich!«

Wir mussten beide kurz schmunzeln. Unsere Gesichter blieben dabei aneinandergelehnt. Alisa schloss ihre Augen. Ich tat es ihr gleich. Es tat so gut, ihre Nähe zu spüren. Alisas Gesicht glühte förmlich. Sie streichelte mir über meine Wange. Ihre andere Hand streichelte sanft meinen Nacken entlang.

Dann küsste ich sie sanft. Ihre glühenden Lippen zitterten und berührten kaum die meinen. Es war wie ein zarter Hauch von Sehnsucht, der mich überkam. Endlich.

Nachdem wir kurz voneinander lassen konnten, küssten wir uns wieder. Doch diesmal war ihr Kuss intensiver; nicht so zaghaft. Sie presste ihre Lippen fest auf meine, dabei spielte sie mit meiner Unterlippe. Das unangenehm dumpfe Gefühl in mir wich reiner Glückseligkeit. Ich vergaß alles um mich herum. Wie lange hatte ich diesen Kuss mit Alisa herbeigesehnt? Es schien mir das Ende einer langen Reise. Ich vergrub eine Hand in ihrem nach Himbeeren duftenden Haar, während die andere ihr Kinn umspielte. Unser Kuss war so voller Liebe und Sehnsucht, dass ich dieses Gefühlschaos schier nicht aushielt.

Irgendwann ließ sie wieder ab von mir und atmete tief ein und aus, während sich unsere Nasenspitzen noch berührten. Langsam öffnete ich meine Augen. Sie hatte die ihren noch geschlossen. Ihre Gesichtszüge waren weich und entspannt. Die ganze Last, die sie permanent mit sich herumtrug, schien für diesen Augenblick verflogen zu sein.

»Ich liebe dich!«, flüsterte ich ihr zu. Daraufhin küsste sie mich noch einmal als Bestätigung, dass sie genauso fühlte. Sie zog mich noch näher an sich heran und ließ dann unser beider Körper zu Boden sinken. Wir lagen hier an meinem Lieblingsort, eng umschlungen und waren endlich beide glücklich.

Kapitel 56 – Alisa

»Für deinen ersten Kuss war das gar nicht schlecht«, scherzte ich, nachdem wir endlich voneinander lassen konnten. Wenn ich ehrlich war, war der Kuss sogar mehr als das gewesen. Es war der schönste, innigste Kuss, den ich jemals bekommen hatte. Förmlich wie eine Explosion! So etwas hatte ich noch nie erlebt. Mein kompletter Körper bebte.

Simon lächelte mich schüchtern an, sein Blick durchdrang mich förmlich. Seine blaugrünen Augen leuchteten wieder; schienen sogar noch mehr zu strahlen als normalerweise. Dann löste Simon sich aus unserer Umarmung und setzte sich im Schneidersitz neben mich.

Er stöhnte kurz auf und fuhr sich verlegen durch sein Haar. »Um ehrlich zu sein, war das nicht mein erster Kuss.«

Ich war verblüfft. Wenn nicht zu sagen schockiert. Eigentlich war ich davon ausgegangen, dass er mit Frauen komplett unerfahren war. Schließlich war er in allem total unerfahren! Er war wie ein Kind, das die Welt kennenlernte; ganz naiv und unbeholfen. Ausgerechnet er hatte schon einmal ein Mädchen geküsst? Ich konnte es kaum glauben.

»Ach wirklich?«, ich konnte die Enttäuschung in meiner Stimme nicht verbergen.

»Es war eine andere Nephilim. Natalia heißt sie. Wir wollten die Erfahrung gemacht haben, bevor wir unser irdisches Leben aufgeben. Es war ihre Idee und ich zu dem Zeitpunkt ganz schön frustriert und melancholisch. Außerdem bin ich ja tatsächlich

318

gestorben ... Ach Mann«, stammelte er verlegen. Es war ihm sichtlich unangenehm.

»Wenn ich gewusst hätte, dass ...«, wollte er weiterreden, doch ich unterbrach ihn: »Simon, es ist schon okay. Schließlich habe ich es damals verbockt. Und wenn du nicht zurückgekommen wärst, wäre es wirklich dein einziger Kuss geblieben. Aber da du quasi wiedergeboren bist, zählt es heute als erster Kuss!« Er schmunzelte auf meine Antwort hin. Auch wenn ich mir inständig gewünscht hatte, ihm den ersten Kuss zu schenken, wollte ich ihm meine Enttäuschung nicht so deutlich zeigen. Er konnte schließlich nichts dafür. Den Versuch eines Kusses zwischen uns hatte ich damals mit einer dramatischen Szene abgewiesen, für die ich mich heute noch hasste.

»Es tut mir echt leid!«, entschuldigte er sich. War dieser Kuss mit dieser Natalia womöglich der Grund, warum Simon sich so seltsam benahm?

Am liebsten hätte ich es gar nicht von ihm erfahren, dass er mit einer anderen herumgeknutscht hatte, während ich mir die ganze Zeit die Augen ausheulte.

Er konnte es nun nicht mehr rückgängig machen. Darum schluckte ich mein gekränktes Ego hinunter und konzentrierte mich auf die Gegenwart.

Ich kuschelte mich an ihn, der mich ansah wie ein reumütiger Welpe. Meine Finger glitten langsam seine Wirbelsäule hinab. Gerade wollte ich ihn erneut küssen, da zuckte Simon plötzlich zusammen. Ich sah zu ihm hoch. Er wirkte auf einmal total ernst. Sein Blick war starr, er knirschte mit den Zähnen.

»Was hast du auf einmal?«, fragte ich ihn leicht eingeschüchtert.

»Du solltest so schnell wie möglich von hier verschwinden«, knurrte er.

Bevor ich nachfragen konnte, was das bedeuten sollte, stand er auf und zog sich sein Shirt aus.

»Jetzt geh!«, schrie er mich an, ohne mich dabei anzusehen.

Simon verwandelte sich. Diese Verwandlung war ganz anders als beim letzten Mal – viel schneller und unspektakulärer. Direkt vor uns tauchten drei seltsame Wesen auf. Sie schienen keinen Körper zu besitzen und erinnerten mich eher an Geister. Mein Körper wurde ganz steif vor Angst.

Ich hätte auf Simon hören und abhauen sollen. Doch war ich viel zu überrascht und geschockt, als dass ich einfach weglaufen konnte. Versteinert starrte ich die Wesen an, die auf uns zukamen.

Simon hielt auf einmal ein bläulich leuchtendes Schwert in der Hand und flog den Wesen entgegen. Es ging alles so schnell, dass ich es kaum wahrnehmen konnte.

Zwei nahmen ihn in die Mangel. Sie stießen gleichzeitig mit Lanzen auf ihn ein. Simon und diese seltsamen Wesen aus leuchtender Materie bewegten sich so schnell, dass ich kaum etwas erkennen konnte. Es wirkte wie ein Kampf aus Licht – weiße und blaue Funken schwirrten umher.

Doch einer der körperlosen Geschöpfe hielt sich aus dem Gefecht heraus. Es schwebte leicht abseits und starrte mich an. Seine Augen sahen aus wie funkelnde Diamanten. Er wirkte bedrohlich auf mich.

Ich stand vorsichtig auf; immer in Augenkontakt mit dem seltsamen Wesen. Es fixierte mich. Ich ging zwei Schritte rückwärts.

Es folgte mir.

Ich bekam Panik. Adrenalin pumpte durch meinen Körper. Eine Gänsehaut breitete sich auf meiner Haut aus.

Instinktiv drehte ich mich um und rannte so schnell ich konnte. Doch das Wesen war viel schneller als ich. Plötzlich stand es vor mir und packte mich am Handgelenk.

Mich durchfuhr ein schmerzhafter Schauer. Mein Handgelenk fühlte sich an, als würde es durch die Berührung der Kreatur verbrennen.

Wollte sie mich töten?

Simon hatte von Wesen erzählt, Exis… – an die genaue

Bezeichnung konnte ich mich nicht mehr erinnern. Sie waren hinter den Nephilim her. Aber ich war kein Nephilim, also warum griff es nun mich an?

Plötzlich ließ es von mir ab. Seine Augen erloschen und es zerbarst in Tausende kleiner funkelnder Teilchen. Als das Licht erlosch, konnte ich Simon erkennen, der mit gezückter Klinge direkt vor mir stand. Er sah mitgenommen und erschöpft aus, schien aber unverletzt. Hatte er das Wesen getötet?

»Alisa, alles in Ordnung? Du blutest aus der Nase. Hat er dir was getan?«, fragte er mich aufgeregt. Doch bevor ich antworten konnte, wurde mir schwarz vor Augen.

Alles war finster um mich herum. Ein Strudel aus Dunkelheit zog mich in sich hinein. Ich konnte das Wesen sehen. Es packte mich und verschlang mich vollkommen. Schreckliche Schmerzen breiteten sich in meinem Körper aus; es fühlte sich an, als würde ich in der Sonne verbrennen. Ich zerfiel zu Staub, nur ein Schatten blieb übrig von mir. Dann herrschten Finsternis und Stille. Ich wollte um Hilfe schreien, doch kein Ton kam aus mir heraus. Stille. Dunkelheit. Einsamkeit.

Panisch schlug ich meine Augen auf. Ich war umgeben von absoluter Schwärze. Abrupt fuhr ich hoch; sah mich orientierungslos um. Meine Haare klebten an meinem Kopf, ich war schweißgebadet. Ich spürte, dass ich in einem Raum saß und nicht mehr draußen auf der Wiese. Etwas griff nach mir; erschrocken zuckte ich zusammen. Mir kam sofort wieder das seltsame Wesen in den Sinn, das mich verfolgt hatte.

»Alisa, bist du wach?«, flüsterte mir eine bekannte Stimme leise ins Ohr. Erleichtert ließ ich meinen Kopf in das Kissen sinken und atmete entspannt aus. Ich war bei Simon. Er lag dicht neben mir auf seiner Matratze.

»Ist alles in Ordnung mit dir?«, fragte er und tastete sich mit seiner Hand langsam von meinem Schlüsselbein zu meinem Hals. Seine Berührung ließ meine Haut kribbeln.

»Ich denke schon«, antwortete ich ihm mit kratziger Stimme, während ich meinen verletzten Arm vorsichtig berührte. Ich zog mein Smartphone aus der Hosentasche und untersuchte mit der Taschenlampe mein Handgelenk. Man konnte eine stark gerötete Stelle sehen, als wäre die Haut verbrannt worden. Kleine Blasen hatten sich gebildet.

»Du bist ohnmächtig geworden. Ich habe dich zu mir nach Hause gebracht, damit du dich ausruhen kannst«, flüsterte Simon, während er mich sanft an meiner Wange streichelte.

»Was wollten die von uns?«

»Ich habe keine Ahnung, was sie von dir wollten. Mich wollten sie jedenfalls töten.«

»Oh.« Ich musste schlucken. »Mich wollten sie nicht töten? Einer hat mich doch angegriffen, oder?« Ich spürte, wie sich mein Herzschlag beschleunigte, als ich an den Vorfall dachte.

»Wenn sie dich umbringen hätten wollen, wärst du tot gewesen, ohne es mitzubekommen. Sie sind viel schneller in ihrer Bewegung und Wahrnehmung als Menschen. Ich denke eher, sie wollten dich als Geisel nehmen oder Ähnliches.«

Simon seufzte und zog seine Hand wieder zurück zu sich. Ich drehte mich seitlich zu ihm und kuschelte mich in sein Kissen.

»Ich hatte gehofft, dass es jetzt ein Ende hat. Aber es scheint wohl erst der Anfang zu sein. Das macht alles kompliziert. Ich habe mich doch mit meinem Engel verbunden. Warum jagen diese Exusiai mich also noch?«

Ich schob meine Hand langsam unter Simons Shirt und streichelte über seinen flachen Bauch. Er stöhnte leicht auf und vergrub seine Finger in meinem Haar.

»Wie du gesagt hast. Es gibt nur dich und mich. Alles andere ist bedeutungslos. Wir finden eine Lösung.«

Ich versuchte, ihn auf andere Gedanken zu bringen. Meine

Finger glitten an seinen Rippen entlang, die sich unter seiner Brust abzeichneten.

»Du verstehst das nicht«, entgegnete er. Als meine Hand nun durch den Ausschnitt seines Shirts weiterwanderte und seinen Hals hochglitt, stöhnte er wieder kurz auf. Dann küsste ich ihn. Ich presste meine Lippen so fest auf seine, dass wir beide keine Luft mehr bekamen. Währenddessen drehte er sich seitlich zu mir und schlang seine Arme um mich. Wir waren uns so nah wie nie zuvor. Doch ich wollte mehr. Ich wollte ihn noch näher spüren; so nah es nur ging. Ich wartete schon so lange auf ihn, es kam mir wie eine Ewigkeit vor. Als uns beiden der Atem ausging, ich aber noch nicht von seinen Lippen abließ, drückte er sich leicht weg von mir und holte tief Luft.

Ich küsste ihn weiter am Hals.

»Alisa, das ist nicht richtig«, versuchte er, mich zu stoppen, doch ich wollte nicht aufhören. Seit Simon zurückgekehrt war, strahlte er etwas Neues aus. Etwas, das mich unheimlich anzog. Er schien erwachsener zu sein. Auf eine bestimmte Art total sexy.

Ich konnte spüren, wie sich seine Härchen aufstellten und sein Puls sich beschleunigte, während meine Lippen von seinem Hals hinab zu seinem Schlüsselbein wanderten.

»Lass mir Zeit, der Kuss gerade hätte mich schon beinahe umgebracht«, stöhnte er. »Vor Glück natürlich.«

Dann drückte er mich sanft von sich. Ich seufzte, als ich seinen Körper nicht mehr nah an meinem spüren konnte. Diese Millimeter zwischen uns raubten mir den Verstand. Ich schmiss mich frustriert mit dem Gesicht in sein Kissen. Simon musste lauthals loslachen.

»Du bist ein unergründbares Phänomen.«

»Du solltest wenigstens versuchen, mich zu ergründen«, raunte ich ins Kissen.

»Das hebe ich mir lieber noch auf.« Dann legte er seine Hand um meine Hüfte und küsste mich auf mein Haar.

Am nächsten Morgen war Simon schon wach, als ich die Augen öffnete. Er hielt ein Buch in der einen Hand, in der anderen einen getrockneten Löwenzahn und saß in einer Ecke auf dem Fußboden. Als er merkte, dass ich ihn beobachtete, legte er sein Buch zur Seite und lächelte mich an.

»Ausgeschlafen?«, fragte er heiter. Ich nickte ihm zu und streckte mich; ich war schweißgebadet. Es war erst früher Vormittag, aber dennoch schon unerträglich heiß.

»Alisa, kannst du bitte die Nummer der Schulleitung heraussuchen und mir dein Telefon leihen? Ich sollte das klären, bevor die Ferien vorbei sind. Armin meinte gestern, dass in einer Woche die Schule schon wieder losgeht.«

Simon schien voller Tatendrang.

Ich suchte im Internet die Nummer heraus und gab sie im Display ein. Dann reichte ich ihm mein Smartphone und ging ins Bad, damit er in Ruhe telefonieren konnte.

Ich brauchte unbedingt eine Dusche; drehte den Hahn auf die kälteste Stufe. Ein kurzer Schauer überkam mich, als ich unter dem eisigen Wasserstrahl stand. Meine Augen schlossen sich; ich ließ den gestrigen Tag Revue passieren. Ein Kribbeln zog sich durch meinen Körper, als ich mich an Simons warmen, sanften Lippen erinnerte. Die Attacke dieses Wesens schien mir beinahe unbedeutend, wenn ich an seine Küsse und Berührungen dachte.

Das Klopfen an der Tür riss mich aus meinen Gedanken.

»Ich muss dringend weg wegen der Schule. Soll ich später bei dir vorbeischauen?« Seine Stimme klang durch die Holztür ungewohnt dumpf. Obwohl die Tür geschlossen war, ließ mich seine Nähe erröten. Ich stellte die Brause ab und wickelte mir ein Handtuch über.

»Ja, komm vorbei«, antwortete ich kurz. Dann konnte ich seine Schritte hören, die sich von mir entfernten. Die Haustür knallte zu; Simon war gegangen.

Als ich nach Hause schlenderte, rief mich Jana an. Ich wusste, dass sie einen genauesten Report über die gestrige Nacht haben wollte. Mit einem Augenrollen nahm ich ihr Gespräch an.

»Hey«, begrüßte ich sie monoton. Eigentlich wollte ich jetzt gar nicht mit ihr reden.

»Na du, wie gehts?«, rief sie überdreht ins Telefon.

»Ganz gut.«

»Ganz gut oder sehr gut? Also ausgesprochen gut, wenn du weißt, was ich meine«, bohrte sie weiter nach.

Ich seufzte. »Gut eben!«

»Ich war ja gestern mächtig betrunken. Aber ich kann mich da noch wage erinnern, dass du in Simons Armen gelegen hast.« Sie kicherte. Als ich nichts darauf erwiderte, hakte sie nach: »Habt ihr euch geküsst? Sei ehrlich bitte, bitte!«

Ich musste schmunzeln. Sofort durchfuhr mich abermals ein Kribbeln, als ich an unseren Kuss dachte.

»Das geht dich nichts an, Jana«, zischte ich sie mit einem breiten Grinsen im Gesicht an. Ich wollte es noch nicht publik machen, dass Simon und ich nun ein Paar waren.

»Tz, das heißt jetzt also, nein? Ich verstehe euch beide einfach nicht.«

»Versteh doch, was du willst.«

»Ich hab dich lieb, Alisa«, verabschiedete sie mich.

»Ich dich auch, Nervensäge.«

Zu Hause angekommen überlegte ich, wie ich meinen Eltern klarmachen sollte, wo ich heute Nacht gewesen war, ohne dass sie Falsches von Simon dachten. Schließlich hatte er sich mir heute Nacht tugendhaft entsagt.

Meine Mutter war gerade mit Staubsaugen beschäftigt. Als sie mich im Spiegel des Flurs sah, stellte sie ihre Arbeit ein und winkte mir zu. Verdammt, sollte ich ihr nun die Wahrheit erzählen oder lügen?

»Na, gut geschlafen?«, fragte sie mit einem ironischen Unterton.

»Ja, total! Hab bei Sandra gepennt. Soll dich schön von ihr grüßen.«

»Ach, bei Sandra warst du, ja?« Ihre Finger formten Anführungszeichen in die Luft.

Meine Lüge war so schlecht gewesen, es war klar, dass sie auffliegen musste.

»Ja. Pyjamaparty. Was Mädels halt so machen in den Sommerferien.«

»Bei eurer nächsten ›Pyjamaparty‹ schreibst du vorher gefälligst eine Nachricht, haben wir uns verstanden?«

Ich nickte nur und trollte mich auf mein Zimmer. Sie wusste ganz genau, wo ich die letzte Nacht verbracht hatte.

In meinem Zimmer merkte ich, dass ich schon wieder aus der Nase blutete. Ein Tropfen landete auf meinem Fußboden. Ich konnte mich nicht daran erinnern, jemals Nasenbluten gehabt zu haben, und jetzt bekam ich es gleich zweimal in solch kurzen Abständen. Mein Kopf hämmerte; meine Schläfen pochten unangenehm.

Ich legte mich aufs Bett und stopfte mir ein Taschentuch in die Nase. Die Müdigkeit überkam mich schon wieder. Es tat bestimmt gut, noch ein paar Stündchen zu schlafen, bevor Simon kam. Ich erinnerte mich an meinen Annäherungsversuch heute Nacht. Kirchernd vergrub ich mich unter meiner Decke.

Ein paar Stunden später klingelte es. Ich wusste, dass Simon vor der Tür stand. Mit guter Laune sprang ich vom Bett und lief so schnell ich konnte nach unten. Doch ich war zu spät, meine Mutter öffnete ihm bereits die Tür und begrüßte ihn herzlich. Als ich mich zu den beiden gesellte, fiel mir sofort ihr überschwängliches Grinsen auf. Ich warf ihr einen mahnenden Blick zu und zerrte Simon in mein Zimmer.

»Und, alles geklärt?«, fragte ich, als er auf meinem Sofa Platz nahm. Es tat gut, ihn dort zu sehen.

»Ja, na ja. Sie waren nicht sonderlich freundlich. Ich musste mit Lügen um mich werfen. Aber da ich bis jetzt ein guter Schüler war, geben sie mir eine zweite Chance und lassen mich die Prüfungen nachholen. Ich muss sie alle noch diese Woche schreiben.«

»Oh krass, musst du nicht lernen? Soll ich dir helfen?«

Er fing zu lachen an. »Mach dir mal um mich keine Sorgen. Die Prüfungen dürften kein Problem werden.«

Ich wusste, dass Simon gut in der Schule war, aber dass er gar nicht lernen wollte, verwunderte mich.

»Jetzt muss ich nur noch das Problem mit meinem Portemonnaie lösen«, grübelte er. Es sah unglaublich süß aus, wenn er die Augenbrauen zusammenkniff.

»Wenn ich das geschafft habe, dann bleibt nur noch das große Problem mit den Exusiai.« Bei seinen Worten blickte er ernst drein.

»Mach dir doch keine Sorgen wegen denen. Du hast sie doch leicht besiegt.«

Er nahm meinen Arm, an dem mich der Exusiai gepackt hatte, und hielt ihn nach oben. Die Verbrennung war deutlich zu sehen.

»Das Problem bin nicht ich, sondern meine Mitmenschen. Wenn es nur drei sind, kann ich dich schon kaum beschützen. Aber was ist, wenn noch mehr gleichzeitig auftauchen? Was ist, wenn sie in der Schule angreifen; oder in der Stadt?«

Seine Gedanken konnte ich durchaus nachvollziehen.

Ich setzte mich dicht neben ihn auf das Sofa.

»Dafür wird sich eine Lösung finden. Vielleicht haben sie eingesehen, dass du stark bist, und werden dich nicht mehr attackieren?«, wollte ich Simon aufmuntern. Doch dieser schien das Problem mit den Exusiai viel ernster zu nehmen als ich.

»Sei nicht so naiv. Es gibt unzählig viele von ihnen. Laut Darel dürften sie mich gar nicht mehr angreifen. Ich verstehe nicht, wieso sie das tun.«

Er stützte seinen Kopf auf beiden Händen ab und rieb sich durch sein Haar.

»Wo ist dieser Kerl, wenn man ihn braucht?«, murmelte er vor sich hin. Ich kannte diesen Darel nicht, aber Simon schien viel Vertrauen zu ihm zu haben.

Er verbrachte die nächsten Tage von früh bis spät damit, seine versäumten Tests nachzuholen, schien sich dabei aber nicht sonderlich anstrengen zu müssen. Überhaupt wirkte Simon seit seiner Rückkehr viel gelassener.

An seinem letzten Prüfungstag wollte ich Simon von der Schule abholen. Mittlerweile war es unerträglich heiß. Auf dem Hinweg spielte mein Kreislauf total verrückt. Meine Sicht war verschwommen und alles um mich herum drehte sich. Ich konnte Hitze noch nie gut verkraften, aber so schlimm wie jetzt war es noch nie. In dem Schulgebäude angekommen, musste ich mich erst einmal auf eine Bank setzen und ausruhen. Kalter Schweiß tropfte an mir herunter, meine Hände zitterten. Ich kramte eine Wasserflasche aus meiner Tasche und exte sie. Mein Körper lief zurzeit überhaupt nicht rund. Ob das nur an den hohen Temperaturen lag?

Es war seltsam, in einer vollkommen leeren Aula zu sitzen. Es roch nach chemischen Putzmitteln anstelle von fettigem Essen und pubertärem Mief – ich wusste nicht, welcher Gestank mir unangenehmer war.

Simon kam heiter die Treppe herunter.

»Und, wie lief es?«, fragte ich, als er mich mit einer zaghaften Umarmung begrüßte.

»Gut. Ich habe in allen Fächern bestanden. Sie haben mir gerade eben die Ergebnisse verkündet, darum hat es ein wenig länger gedauert.«

Simon schaffte also seine Prüfungen, ohne seine Nase auch nur ein einziges Mal in die Schulbücher zu stecken. Ich war einerseits erleichtert, andererseits machte mich sein Intellekt stutzig.

»Meine Mutter hat gekocht. Du bist natürlich eingeladen«, sagte ich ihm, der fröhlich ein Lied summte und mir die schwere

Schultür aufhielt.

»Super, Essen!«

Dann ergänzte er, um mir sein schlechtes Gewissen mitzuteilen: »Wenn ich meine Geldbörse wiederhabe, lade ich deine Eltern zum Essen ein. Ich fresse ihnen momentan die Haare vom Kopf.« Ich musste lachen. Er besaß wirklich immer einen unglaublichen Appetit.

Simon kam täglich zu mir; ich genoss jede Minute mit ihm. Vor meinen Eltern taten wir so, als wären wir nur Freunde. Erst in meinem Zimmer überschüttete ich ihn mit Liebkosungen. Die Nächte verbrachten wir getrennt, da er nicht wollte, dass meine Eltern etwas Falsches von ihm dachten. Ich vermutete eher, dass er Angst hatte, wieder von mir so bedrängt zu werden.

Mehr als zaghafte Küsse, Händchen halten und kuscheln war für ihn nicht drin. Dabei wollte ich so sehr mehr von ihm spüren. Ich hatte gefühlt eine halbe Ewigkeit ohne diverse Zärtlichkeiten verlebt – Derek war der Erste und Einzige, mit dem ich ein paarmal geschlafen hatte.

Doch für Simon war das alles neu. Er war unheimlich schüchtern, was ich total süß fand.

Außerdem war er der Meinung, dass wir es so bald wie möglich meinen Eltern sagen mussten, da er es hasste, zu lügen. Er fühlte sich deswegen in ihrer Nähe sehr unwohl. Dennoch wollte ich es ihnen noch nicht erzählen, obwohl sie bereits eine ziemlich genaue Ahnung hatten – das konnte ich an ihren Blicken und ihrem Schmunzeln erkennen, wenn sie Simon und mich sahen.

Wir schlenderten zu mir nach Hause, die Sonne ging schon unter. Trotzdem war es noch unangenehm schwül. Mein Top klebte an mir, wie eine zweite Schicht Haut. Als Simon in weiter Ferne einen Mann gegen eine Laterne gelehnt sah, blieb er unmittelbar stehen. Er starrte den Kerl skeptisch an.

»Was ist? Kennst du den Typen?«, wollte ich wissen. Er nickte nur und ging langsam auf den Mann zu. Kurz bevor wir ihn erreichten, drehte sich dieser in unsere Richtung und winkte uns freudig zu. Ihm steckte eine Zigarette im Mundwinkel. Er sah richtig gut aus mit seinen dunklen langen Haaren und seinen perfekten kantigen Gesichtszügen. Seine rehbraunen Augen strahlten eine faszinierende Wärme aus. Er wirkte wie eine Mischung aus Johnny Depp und Keanu Reeves.

»Na, wieder unter den Lebenden?«, begrüßte er Simon mit einem strahlenden Lächeln.

Simon grinste ihn an. »Seit wann trägst du Bart?«

»Wollte was Neues ausprobieren.« Dabei kraulte der Mann schmunzelnd sein stoppeliges Kinn.

Dann nahmen sich beide fest in den Arm. Simon musste ihn gut kennen.

»Das ist Darel«, stellte Simon seinen Freund vor.

Darel salutierte vor mir und gab mir dann einen zarten Handkuss.

Ich stand ihm skeptisch gegenüber. Schließlich wusste ich von Simon, dass Darel ihn letzlich getötet hatte.

»Hast du Ärger meinetwegen bekommen?«, fragte Simon seinen Freund.

»Michael hasst mich nun noch ein klein wenig mehr. Aber das ist okay, er konnte mich vorher schon nicht ausstehen. Eigentlich sollte er froh sein, dass du abgehauen bist. Jetzt kann er weiter im Araboth herumkommandieren, wie es ihm gefällt.« Darel sagte dies, als würde er einen Scherz erzählen. Er war schräg, seine Mimik und Gestik wirkten gekünstelt.

»Wir hatten ein Problem mit Exusiai. Ich konnte sie besiegen. Aber sie haben Alisa angegriffen. Warum in Gottes Namen greifen sie mich noch an? Ich habe mich doch mit Cassiel vereint? Du musst mir helfen!«, bat Simon mit ernster Stimme. Sie standen nah beisammen und unterhielten sich so leise, dass ich es kaum hören konnte.

»Simon, momentan kann ich dir nicht helfen. Ich werde von Michael und seinen Vertrauten verdächtigt. Es ist schon gefährlich genug für uns beide, dass ich mit dir gerade spreche. Der einzige sichere Ort ist das Versteck der Nephilim. Aber ich glaube nicht, dass du zurückkehren wirst?« Darel drehte sich dabei zu mir und sah mich skeptisch an.

»Das Versteck ist keine Option für mich. Außerdem würde es nichts an der Situation ändern. Es muss doch eine andere Möglichkeit geben; ohne Verstecken und Morden!«, zischte Simon eindringlich.

Darel wandte sich wieder zu Simon und drückte ihm etwas gegen die Brust. Ich konnte erkennen, dass es Simons Umhängetasche und seine Geldbörse waren. Dann sagte er: »Ich werde Nemamiah und die anderen fragen, ob sie die Exusiai ablenken können. Aber sonst sehe ich momentan keine Lösung. Sie haben deine Fährte aufgenommen. Bei deiner Wiedergeburt hast du extrem viel Energie ausgeschüttet. Das hat wohl jeder mitbekommen. Es wundert mich ehrlich gesagt auch, dass sie dich attackiert haben. Ich werde das recherchieren, mehr kann ich aktuell nicht tun.«

»Sie haben Alisa angegriffen! Ich muss etwas tun!«, brummte Simon, der seine Hand nun auf Darels Schulter gelegt hatte.

Darel schloss seine Augen. »Ich muss jetzt wieder los. Wie gesagt, ich bin jetzt unter permanenter Überwachung. Simon, ich werde mein Bestes geben, dir zu helfen, aber ich kann nichts versprechen. Wenn alle Stricke reißen, flieg in das Versteck.«

Dann ging er auf mich zu und kam mit seinem Kopf dicht an meinen. Mein Herzschlag beschleunigte mit einem Mal. Sein Körper strahlte eine brennende Hitze aus.

Er schnüffelte zweimal an mir. »Das Leben ist kurz. Manchmal zu kurz!«, flüsterte er mir ins Ohr. Gänsehaut breitete sich über meinen Körper aus. Was meinte er damit? Erschrocken blickte ich Darel an, doch er war schon verschwunden.

»Was wollte er von dir?«, fragte Simon verwundert.

Zu verdutzt gab ich ihm keine Antwort. Ich musste erst einmal über die Worte nachdenken.

»Er ... meinte, ich soll auf dich Acht geben«, log ich ihn schließlich an, als er nicht lockerließ. Simon hob verwirrt eine Augenbraue.

»Komischer Vogel«, kicherte ich und lief hektisch weiter. Simon folgte mir mit nachdenklichem Blick, ohne weiter ein Wort über Darel zu verlieren. Er schien enttäuscht zu sein.

»Wenigstens hast du dein Portemonnaie wieder«, versuchte ich, ihn aufzuheitern. Doch er erwiderte nichts darauf. Ihn beschäftigte etwas anderes. Darel hatte gesagt, dass die einzige Möglichkeit, den Exusiai zu entfliehen, das Versteck sei. Hoffentlich überlegte Simon nicht, wieder fortzugehen.

Beim Abendessen mit meinen Eltern schien Simon wieder besser gelaunt zu sein. Zumindest tat er so, als sei alles in Ordnung. Er hob feierlich seine Geldbörse in die Höhe und lud meine Eltern zum Essen ein. Meine Mutter erklärte ihm mit ihrer warmherzigen Stimme, dass er jederzeit willkommen sei und so viel essen dürfe wie er wolle. Er winkte ab – bedankte sich aber für das Angebot. Es machte mich traurig, dass er ab jetzt nicht mehr so oft bei uns sein würde. Ihn täglich an meiner Seite zu wissen, hatte sich gut angefühlt.

Wir hielten heimlich unter dem Tisch Händchen nach dem Abendessen. Er lächelte mich gelegentlich verlegen an. Ihm war die Situation sichtlich unangenehm. Überhaupt war unser heimliches Zusammensein seltsam. Meine Eltern mochten ihn, warum erzählte ich es ihnen nicht einfach? Schließlich litt er doch offensichtlich an dieser Situation. Warum konnte ich es ihm nicht leichter machen?

»Also ...«, stotterte ich, ohne gedanklich schon die richtigen Worte gefunden zu haben. Alle starrten mich an, ich wurde knallrot im Gesicht. Simon streichelte mir heimlich mit seinen Fingern über meinen Handrücken.

»Also, wir …« Ich brachte die Worte einfach nicht über die Lippen. Ein Kloß steckte mir im Hals, als ich versuchte, den Satz zu vollenden. Auf Simons Gesicht bildete sich ein breites Grinsen. Er wusste genau, was ich meinen Eltern sagen wollte, die mich jetzt verwirrt anstarrten und mir meine Worte förmlich aus meinem Mund saugen wollten.

»Wir sind jetzt mehr als nur Freunde!«, stammelte ich mit zittriger Stimme. Endlich überwand ich mich. Mein Herz pochte ganz laut und mir schoss das Blut in meinen Kopf. Mein Puls schlug laut in meinen Ohren. Irgendwie war es mehr als bloße Nervosität, die sich in mir regte. Ich bekam nicht mehr richtig Luft und sah alles doppelt. Panisch schnappte ich nach Luft.

»Alisa!«, konnte ich meine Mutter noch hören, dann wurde mir schwarz vor Augen.

Da war sie wieder, diese Dunkelheit.

Diese Stille.

Diese Einsamkeit.

Als ich langsam wieder zu mir kam, knieten alle um mich herum. Erschrocken starrten sie mich an. Keine Ahnung, wie lange ich ohnmächtig gewesen war.

»Sie kommt zu sich«, sagte mein Vater mit zittriger Stimme. Er hielt meine beiden Beine leicht nach oben. Meine Mutter stand hektisch auf und lief in die Küche. Was war passiert? Ich fasste mir instinktiv an meine Nase und betrachtete dann meine Handfläche. Blut klebte an ihr. Meine Mutter kam mit einem feuchten Tuch zurück und drückte es mir in die Hand. Simon und mein Vater halfen mir hoch. Erst als beide sicher waren, dass ich nicht wieder zusammenbrechen würde, ließen mich beide los. Erschrocken über meine körperliche Reaktion taumelte ich ins Bad.

Was war nur mit mir los? Ich betrachtete mich im Spiegel; sah zu, wie das warme Blut langsam aus meiner Nase ran. Mein Blick wanderte an meinem Körper entlang. Er war übersät mit blauen Flecken.

Ich erinnerte mich an die Worte von Darel: »Das Leben ist kurz. Manchmal zu kurz!«

Simon kam ins Bad, um nach mir zu sehen. Er schaute mich ernst und zugleich traurig an.

»Morgen gehst du zu einem Arzt!«, befahl er mir. Kein tröstendes Wort huschte über seine Lippen.

»Es ist nur der Kreislauf. Damit hatte ich früher schon Probleme, wenn es so heiß war.«

Auf keinen Fall wollte ich zum Arzt gehen. Ich hasste Ärzte! Als ich damals nach dem Autounfall, bei dem Derek ums Leben kam, wochenlang im Krankenhaus hatte liegen müssen, schwor ich mir, Ärzte so gut es gehen würde zu meiden. Allein der Geruch in dem Krankenhaus hatte mich beinahe in den Wahnsinn getrieben; ganz zu schweigen von den arroganten Ärzten und den überführsorglichen Krankenschwestern.

»Du gehst morgen zum Arzt! Du siehst blass und abgemagert aus, kippst permanent um und blutest aus der Nase. Was soll dein Körper denn noch machen, damit du dir endlich helfen lässt?«

Seine barschen Worte verletzten mich. Eine Träne lief mir die Wange hinunter. Die Härte in Simons Gesicht verflog unmittelbar, als er mich weinen sah. Sogleich nahm er mich in den Arm und küsste mich flüchtig auf mein Haar.

»Kannst du heute Nacht bei mir bleiben? Meine Eltern wissen es ja jetzt«, bettelte ich, während er mich in seinen Armen sanft hin und her wiegte.

»Das hast du galant zur Nebensache werden lassen.«

Als wir aus dem Badezimmer zurückkehrten, teilten mir meine Eltern mit, dass sie mit mir morgen ohne Wenn und Aber zum Arzt fahren würden. Sie zwangen mich normalerweise nie zu etwas. Simon schien mit ihnen gesprochen zu haben, während ich allein im Badezimmer gewesen war.

»Okay, ich gehe mit euch zum Arzt. Aber nur, wenn Simon heute Nacht bei mir bleiben darf«, erpresste ich meine Eltern.

»Was?«, schrie Simon auf. Er wurde knallrot im Gesicht.

»Deal?«, hakte ich nach.

Er wollte stammelnd ein Veto einlegen, doch meine Eltern und ich ignorierten ihn einfach.

»Deal, aber ich will morgen kein Murren hören«, sprach meine Mutter mit erhobenem Zeigefinger. »Du wirst brav mit zum Arzt gehen und dich benehmen.«

»Ich bin keine drei mehr. Natürlich benehme ich mich.«

»Kein Augenrollen, keine dummen Sprüche!«, ergänzte meine Mutter ihre Forderungen.

Ich rollte mit den Augen und nickte genervt.

Simon schlug aus lauter Scham die Hände vors Gesicht.

Wir gingen zusammen Zähne putzen; die Zahnbürste von Simons erster Übernachtung hatte ich aufgehoben. Sie steckte neben meiner im Zahnputzbecher.

Er ging sich duschen, während ich uns einen Film für den Abend aussuchte. Ich entschied mich für einen brutalen Klassiker. Dann schaltete ich das Licht aus und lümmelte mich in mein Bett. Als Simon zurückkam, setzte er sich schüchtern auf die Couch, anstatt sich zu mir zu legen. Das sah so unheimlich süß aus.

»Willst du heute ernsthaft auf dem Sofa schlafen?«

»Keine Ahnung«, antwortete er schüchtern.

Mein lautes Lachen konnte ich mir nicht verkneifen. Er war so niedlich, wenn er unsicher war. Ich stand auf, packte ihn am Handgelenk und zog ihn in mein Bett. Dann legte ich mich neben ihn und startete den Film. Simon verharrte steif wie ein Brett. Was war nur los mit ihm? Schließlich war es nicht das erste Mal, dass wir nebeneinander schliefen.

»Sie dürfen sich rühren«, alberte ich herum.

Ich schmiss ein Kissen zu ihm. Er reagierte kein bisschen.

»Bist du in Schockstarre verfallen oder was ist dein Problem?«

»Es ist nur ...«, stotterte er.

Simon zögerte kurz und biss sich auf die Unterlippe. Er wurde knallrot im Gesicht. »Ich habe die Befürchtung, dass du wieder was verlangen könntest, wozu ich nicht bereit bin.«

Ich musste lachen. Er war so schüchtern, ich fand das einfach nur zuckersüß.

»Mach dir doch darüber keine Sorgen.«

»Mach ich aber.«

»Ich bin doch kein Monster, das über dich herfällt«, kicherte ich. Ich war schrecklich amüsiert über sein Benehmen.

»Das letzte Mal warst du das schon irgendwie.« Simon presste seinen Kopf in das Kissen, so, als würde er sich ersticken wollen. »Außerdem hast du kaum etwas an. Das macht mich wahnsinnig!«

Mein Blick wanderte an mir herunter. Ich trug ein enges Spaghetti-Top und ein Unterhöschen; alle wichtigen Stellen waren bedeckt. Wo lag sein Problem? Schließlich hatte ich ihn bereits splitterfasernackt gesehen.

Ich zog sein T-Shirt nach oben und streichelte ihm über seinen Rücken. Er war von der Dusche noch leicht feucht. Simon seufzte ins Kissen. Ich streichelte ihn bis zum Nacken hinauf und kraulte ihm dann durch sein nasses Haar.

»Keine Sorge. Ich verlange nichts, was du nicht auch möchtest«, flüsterte ich in sein Ohr.

Er drehte den Kopf leicht zu mir, sodass die Hälfte seines Gesichts aus dem Kissen hervorlugte. Das strubbelige Haar bedeckte seine Augen, ich strich ihm Strähne für Strähne hinters Ohr. Dann legte ich meinen Kopf neben seinen und gab ihm ein Nasenküsschen. Daraufhin zog er mich an sich und wir küssten uns. Ich schloss meine Augen und genoss seine Nähe.

Kapitel 57 – Simon

Heute war der erste Schultag des neuen Schuljahres. Ich hatte meine nachgeholten Prüfungen alle mit einer Eins bestanden. Darum wurde ich nicht von der Schule geschmissen und durfte eine Klasse aufsteigen. Eigentlich hatte ich gehofft, dass sie mich eine überspringen lassen, wenn meine Noten so gut waren. Doch leider war dem nicht so.

Alisa und ich schlenderten langsam Richtung Schule. Wir hielten währenddessen unsere Hände fest ineinander verschlungen. Sie trug ein enges schwarzes T-Shirt und einen knielangen dunkelroten Rock. Dazu wie üblich ihre schwarzen Boots. Ich fand sie wunderschön, vor allem jetzt, da sie nicht mehr so traurig aussah.

»Wie wars gestern beim Arzt?«

Alisa stöhnte auf. »Sie haben mir ungefähr hundert Liter Blut abgenommen. Das waren eindeutig keine Menschen, sondern Vampire.«

Ich musste schmunzeln. Sie sah sehr blass aus. Kam das etwa von der Blutentnahme?

»Vielleicht solltest du heute doch lieber zu Hause bleiben. Nicht, dass du in der Schule noch umkippst«, schlug ich mit besorgter Stimme vor. Sie winkte nur ab.

Kurz vor dem Schulgebäude blieb Alisa stehen. »Ich habs den beiden noch nicht erzählt. Warten wir bei ihnen noch? Du weißt, wie Jana sein kann«, meinte sie nervös. Ihr Blick war voller Selbstzweifel. Ich nickte nur und ließ ihre Hand los. Es war mir egal; die Hauptsache war, sie für mich zu wissen, und nicht, was andere von uns dachten. Ihr schien es wirklich schwer zu fallen, anderen ihre Gefühle zu zeigen.

Jana und Sandra begrüßten uns, alles war wie früher. Nur spürte ich nicht mehr diese unangenehme Anspannung in mir, wenn ich neben Alisa stand.

»Na ihr?«, begrüßte uns Jana freudestrahlend und fiel mir um den Hals. Ihr Parfum war äußerst aufdringlich, als hätte sie darin gebadet. Alisa warf ihr einen verächtlichen Blick zu.

»Ich habe die Prüfungen alle bestanden und kann in meiner Klasse bleiben«, berichtete ich den beiden. Sie freuten sich tierisch für mich. Anders als Alisa und ihre Freundinnen wartete ich nicht bis zum Gong draußen vor der Schule, sondern ging gleich in mein Klassenzimmer. Ich hatte die Lehrer schon genug verärgert, da musste ich nicht am ersten Schultag zu spät kommen. Der Klassenraum war noch vollkommen leer, darum konnte ich mir einen Platz aussuchen. Die Tische und Stühle sahen schon alle leicht ramponiert aus. Ich setzte mich in die zweite Reihe. Langsam füllte sich das Zimmer mit alten Bekannten aus dem letzten Jahr. Alle begrüßten mich, überrascht, mich zu sehen; sie hatten wohl nicht mehr an meine Rückkehr geglaubt. Jasmin setzte sich links neben mich, nachdem sie mich schüchtern umarmte. Wie letztes Jahr ging ein Getuschel durch den Raum und alle Augen waren auf mich gerichtet. Doch dieses Mal störte mich das nicht, es war mir egal, was sie über mich dachten. Armin kam mit dem Lehrer als Letzter herein. Er sah richtig kaputt und müde aus.

»Hey, Mann, ich habe verschlafen«, begrüßte er mich und ließ sich rechts von mir auf den Stuhl fallen.

Als der Lehrer seine Ansprache begann, überkam mich ein überschwängliches Gefühl: Ich war am Leben!

Das wurde mir jetzt erst so richtig bewusst. Ich hatte während meiner Abwesenheit so enorm viel erlebt; es fühlte sich in diesem Augenblick überwältigend an. Ich war wieder hier. Meine Mitschüler kamen mir noch unreifer vor als letztes

Jahr. Es waren allesamt kleine Kinder. Keiner wusste etwas über meine Erlebnisse, keiner ahnte, wer oder was ich in Wirklichkeit war. Meine Venen pumpten das Blut rasant durch meinen Körper und meine Härchen stellten sich überall auf, als ich mein Heft aufschlug.

In der Pause umringten mich meine Klassenkameraden. Sie fragten mich aus, wo ich denn plötzlich abgeblieben sei. Die merkwürdigsten Gerüchte über mein Verschwinden berichteten sie mir; die meisten endeten mit meinem Tod. Eine Ironie des Schicksals, wenn man bedachte, dass ich ja wirklich gestorben war. Trotz der Aufmerksamkeit meiner Mitschüler suchte ich geistesabwesend nach Alisa auf dem Pausenhof. Von Armin, Jasmin und vier weiteren Klassenkameraden verfolgt setzte ich mich auf die Bank, bei der wir uns vergangenes Schuljahr immer getroffen hatten. Jasmin saß dicht bei mir und berührte mich manchmal gespielt unabsichtlich. Ich ignorierte ihre Annäherungsversuche und tat so, als würde ich es nicht merken.

Endlich konnte ich Alisa ausfindig machen. Sie kam mit einem breiten Lächeln auf mich zu, Jana und Sandra folgten ihr. Früher war sie ihren Freundinnen meist monoton hinterhergelaufen, heute schien sie voller Freude. In ihren Augen lag ein energiegeladenes Strahlen. Sie sah einfach umwerfend aus, ich war der glücklichste Mensch der Welt in diesem Augenblick.

Als die drei die Bank erreichten, machten meine Schulkameraden sofort Platz. Auch Jasmin entfernte sich und stellte sich neben Armin. Ich fand diese Schulhierarchie total kindisch. Armin und Jana begrüßten sich verlegen. Über die feuchtfröhliche Party verloren beide kein Wort.

»Na, alles klar?«, fragte mich Alisa, die sich dicht neben mich setzte. Unsere Knie berührten sich, was mir eine Gänsehaut verpasste. Mit einem strahlenden Lächeln gab sie mir ihr Pausenbrot in die Hand. Sie funkelte meine Klassenkameraden so lange böse an, bis sie endlich das Weite suchten. Nur Armin und Jasmin blieben mit deutlichem Abstand neben uns stehen. Ich musste schmunzeln, da Alisa weiterhin versuchte, Jasmin ebenfalls mit ihren Blicken zu vertreiben.

»Hast du irgendwas mit deinen Haaren gemacht?«, wollte Jana von mir wissen. Sie starrte mich intensiv an. »Oder machst du neuerdings Sport?«

Ich sah Jana irritiert an, während sie mich weiter musterte. Aus Verlegenheit fuhr ich mit meiner Hand über meinen Kopf und starrte gequält zu Boden.

»Jetzt lass ihn doch in Ruhe. Vielleicht hat er sich in Russland einfach gesünder ernährt. Solltest du auch mal versuchen«, keifte Alisa ihre Freundin an. Alisa war es sofort aufgefallen, dass mir Janas aufdringliche Art unangenehm war.

Sandra berichtete uns von einem neuen Kinofilm, in den sie gehen wollte. Auf Kino hatte ich kein bisschen Lust. Das letzte Mal reichte mir für ein Leben.

Plötzlich nahm Alisa meine Hand. Ich sah sie verwirrt an. Die anderen merkten es zunächst nicht.

»Ich halts nicht aus«, flüsterte sie mir zu, dann legte sie ihren Kopf auf meine Schulter. Sandra verstummte sofort und starrte uns an. Jana und Jasmin blieb Alisas Geste ebenfalls nicht verborgen. Ich kratzte mich abermals verlegen am Kopf. Mein Gesicht wurde schon wieder heiß, wahrscheinlich war ich rot wie eine Tomate.

»Du hast mich belogen, Alisa! Ich habs doch gewusst«, maulte Jana ihre Freundin an. Alisa lachte nur und gab mir ein Küsschen auf die Wange. Ein Kribbeln durchfuhr mich.

»Ist das jetzt also offiziell?«, fragte ich sie schmunzelnd.

»Ja, mit Brief und Siegel!«

Sandra freute sich für uns: »Na endlich!«

Jana schmiss sich uns beide um den Hals. So oft war ich an einem Tag noch nie umarmt worden. Es war seltsam, wie leicht auf einmal alles schien.

»Das war aber auch eine schwere Geburt!«, schimpfte Jana. »Ich wollte ja schon nicht mehr daran glauben! Und Alisa, dir bin ich mega böse. Die Abmachung war, dass du mich umgehend informierst, wenn ihr endlich zusammen seid!« Sie ließ uns dabei nicht aus ihrer Umarmung. Mir war die Situation total unangenehm; wünschte mir mehr Abstand.

Jasmin sagte weiter nichts und starrte nur auf ihr Smartphone. Sie würdigte mich keines Blickes mehr. Einige Zeit später verabschiedete sie sich wortkarg von uns mit einem »Bye« und ging davon.

Kapitel 58 – Alisa

Meine Mutter begrüßte mich tränenüberströmt, als ich von der Schule nach Hause kam. Ich brachte sie ins Wohnzimmer und versuchte, sie zu beruhigen. So verzweifelt hatte ich sie noch nie gesehen. Sonst wirkte sie immer so fröhlich. Selbst wenn sie mit meinem Vater einmal im Streit lag, verbarg sie das vor mir. Ein ungutes Gefühl überkam mich; es musste etwas Schreckliches passiert sein.

»Mam, was hast du? Was ist denn passiert?«, fragte ich, doch sie gab mir keine Antwort. Eine Stunde saß sie einfach nur neben mir und weinte sich die Augen aus.

»Alisa …« Ihre Stimme sackte sofort wieder ab. Dann versuchte sie ein weiteres Mal, mir endlich zu erklären, warum sie so traurig war.

»Du bist krank! Du hast Leukämie!«, schluchzte sie mit stockender Stimme. Dann brach sie noch mehr in Tränen aus.

Ich hatte also Leukämie. Mein Herz pochte schnell und laut. Die Tatsache zog mir den Boden unter den Füßen weg. Es fühlte sich an, als würde ich in ein tiefes schwarzes Loch gezogen werden. Ich konnte es nicht glauben. Dabei fühlte ich mich gesund; nur ein wenig müde und schlapp, sonst fehlte mir nichts.

Als mein Dad von der Arbeit nach Hause kam, saß ich mit meiner Mutter immer noch im Wohnzimmer. Ich selbst fühlte einfach nur eine große Leere, die mich ausfüllte. Mein Vater fragte, was los sei. Doch ich wollte es ihm nicht sagen. Wortlos stand ich einfach auf und rannte in mein Zimmer. Sollte es doch meine Mutter ihm verklickern! Mir fehlten jegliche Worte, um diese Scheiße zu erklären. Auf meinem Bett rollte ich mich fest zusammen wie ein Embryo.

Jetzt, da ich endlich meine Trauer über Derek überwunden und Simon wieder zurück hatte, sollte mich so eine beschissene Krankheit dahinraffen? Das durfte einfach nicht geschehen! Das Schicksal konnte doch nicht so grausam sein! Je mehr Mühe ich mir gab, mein Leben auf die Reihe zu bekommen, desto schlimmer wurde diese ganze Kacke. Auf keinen Fall durfte ich es Simon erzählen. Es würde ihm den Boden unter den Füßen wegziehen, wenn er von meiner Krankheit erfuhr.

Ich stand auf und starrte in meinen Wandspiegel. Langsam ließ ich meine Finger an meinem Spiegelbild entlanggleiten. Mit Krebserkrankungen kannte ich mich nicht besonders gut aus, aber ich wusste, dass ich wahrscheinlich eine Chemotherapie brauchte. Dann würden mir meine Haare ausfallen. Ein grässlicher Gedanke!

Ich sperrte meine Zimmertür zu. Dann verkroch ich mich wieder unter meine Bettdecke und hörte Musik – so laut es ging. Mein Kopf sollte aufhören mit diesen schrecklichen Gedanken. Weder über mich noch über meine Krankheit, Simon oder meine Eltern wollte ich nachdenken müssen.

Mitten in der Nacht wachte ich auf. Erst Augenblicke später kam mir die schreckliche Nachricht von heute Nachmittag in den Sinn. Ich fühlte mich elend; in meiner eigenen Haut gar nicht mehr wohl. Es könnte doch eine Fehldiagnose sein, das passierte schließlich öfter. Ich würde jetzt einfach abwarten, bevor ich in totale Panik verfiel; mit diesem Gedanken versuchte ich, mich zu beruhigen. Schließlich konnte ich sowieso nichts daran ändern.

Dann fand ich auf meinem Bettlaken eine kleine weiße Feder. Er war hier gewesen! Tränen stiegen in mir hoch. Ich wollte nicht, dass er mich schwach und krank mit Glatze ertragen musste. Er verdiente es einfach nicht, mich sterben zu sehen!

Eigentlich konnte ich den Termin bei der Psychotante auch gleich wieder absagen. In vier Monaten würde ich wahrscheinlich mit anderen Dingen beschäftigt sein, als mit meiner kaputten Psyche.

»Guten Morgen«, begrüßte ich meine Mutter, die fertig angezogen am Esstisch saß und Zeitung las. Man konnte ihr ansehen, dass eine harte Nacht hinter ihr lag. Tiefe Augenringe zeichneten sich in ihrem Gesicht ab; ihre Haut wirkte schlaff und blass.

»Guten Morgen, bist du fertig? Dann fahren wir los«, sagte sie mit belegter Stimme.

»Wo fahren wir denn hin? Ich muss in die Schule gehen.«

»Wir fahren jetzt zum Arzt. Er will noch ein paar Tests machen. Papa ist extra mit dem Bus gefahren, damit wir das Auto haben«, erklärte sie mir. Sie trank ihren Kaffee aus und schnappte sich den Autoschlüssel, der bereits neben ihr lag.

»Aber ich muss in die Schule! Ich kann jetzt nicht zum Arzt!«

»Alisa! Sei doch vernünftig!«, keifte sie mich an und reichte mir meine Jacke. Es war viel zu heiß für eine Jacke; trotzdem nahm ich sie entgegen.

»Ich will aber in die Schule. Der Arzt hat auch noch heute Nachmittag Zeit.«

Meine Mutter ignorierte meine Worte und zerrte mich nach draußen in die Garage. Ich entdeckte Simon, der auf der anderen Straßenseite auf mich wartete. Er schaute verwirrt, als er mich mit meiner Mutter zusammen sah.

»Wir diskutieren das nicht. Du kommst jetzt mit zum Arzt!«, zischte meine Mutter, ohne ihn eines Blickes zu würdigen.

So bestimmend kannte ich sie gar nicht. Seit dem Autounfall fasste sie mich immer mit Samthandschuhen an. Ich stieg wortlos ins Auto. Als wir aus der Garage fuhren, stand Simon noch auf der anderen Straßenseite und starrte uns weiter an. Als sich unsere Blicke trafen, hob er kurz seine Hand zum Gruß. Ich konnte in seinen Augen erkennen, dass er etwas Schlimmes ahnte.

Kapitel 59 — Darel

Seitdem Erzengel Michael persönlich ein Auge auf mich warf, machte meine Arbeit keinen Spaß mehr. Früher war ich niemandem Rechenschaft schuldig gewesen, konnte einfach meiner Aufgabe nachgehen.

Doch jetzt fühlte ich mich permanent unter Beobachtung. Ich verrichtete meine Arbeit und reinigte die Seelen, während ich darüber nachdachte, wie ich Simon und den anderen Nephilim helfen konnte. Ich musste versuchen, Nemamiah und Phanuel Bericht zu erstatten, ohne dass Michael etwas davon mitbekam. Aber wie?

Dass die Exusiai auf Simon Jagd machten, wunderte mich. Was bezweckten sie damit? Eigentlich war er kein richtiger Nephilim mehr. Darum war ich mir sicher, dass Erzengel Michael seine Finger im Spiel hatte. Er sah wohl seine Stellung in Gefahr. Wenn Cassiel seine Position im Himmel zurückfordern würde, wäre Michael weg vom Fenster. Michael musste also versuchen, Cassiel vom Himmel fernzuhalten. Aber warum hatten die Exusiai Simon und vor allem Alisa angegriffen? Es ergab keinen Sinn.

War es vielleicht reiner Zufall gewesen?

Seit ich mich mit den Nephilim und notgedrungen mit den Exusiai beschäftigte, war es noch nie passiert, dass ein Mensch angegriffen worden war. Es war ihnen strengstens untersagt.

Plötzlich spürte ich Melioth in meiner Nähe. Er wagte es nicht, mich zu besuchen, seit ich von Michael observiert wurde. Aber seine Nähe reichte, um mit mir kurz zu kommunizieren; so nah standen wir uns mittlerweile. Er übermittelte mir ohne Worte ein Bild. Es war das kleine Loch in der Barriere des Verstecks, von dem mir Natalia und Simon erzählt hatten. Es war noch größer geworden. Momentan lief wirklich alles schief.

Ich musste das Hilfsprojekt für die Nephilim ausweiten; ich konnte es einfach nicht mehr mit Melioth alleine stemmen. Es half nichts, ich musste mit Nemamiah reden, und zwar sofort! Nur er konnte die Barriere reparieren.

Ich verließ meinen Bereich und stattete Michael einen Besuch ab. Damit ich genug Zeit schinden konnte, mit Nemamiah und Phanuel zu sprechen, musste Michael abgelenkt werden.

»Was willst du?«, seufzte Michael genervt, als ich in der höchsten Himmelsebene – dem Araboth – ankam und direkt hinter ihm stand. Er konnte mich nicht ausstehen. Das beruhte auf Gegenseitigkeit.

Er war gerade dabei, die leuchtenden Blüten zu begutachten. Für jede ungeborene Seele wuchs hier eine bläulich schimmernde Blume.

Eigentlich war es Cassiels Aufgabe, sich um diese ungeborenen Seelen zu kümmern. Doch seit dieser in Simon steckte, kümmerte sich Michael darum. Man konnte in jeder Blüte ein Teil von Cassiel erkennen. Schon der bläuliche Schimmer erinnerte an ihn.

Die Sphäre erstrahlte in einem marineblauen Licht. Abertausend leuchtende Blüten erinnerten an ein fluoreszierendes Meer. In der Mitte des Blütenmeers stand ein riesiger dicker Ahornbaum mit rotem Blätterkleid, direkt daneben ein Bett mit weißen Seidenkissen.

»Hast du keine Seelen mehr zu reinigen? Du hast in letzter Zeit deine Arbeit vernachlässigt. Es wundert mich, dass du Zeit findest, mich zu besuchen.«

Wie ich seine arrogante Art verabscheute. Auch wenn uns beide die gleiche feurig-rote Aura umgab, fühlte ich mich mit ihm nicht verbunden; im Gegenteil. Er war für mich der Inbegriff von Überheblichkeit und Machtgier geworden.

Das war nicht immer so gewesen. Früher schätzte ich ihn für seine glorreichen Taten. Er führte einst unser Regiment zum Sieg gegen die Armee des Bösen an; beschützte den Himmel und verbannte das Böse in die Hölle. Für seine treuen Dienste war ihm die hochrangige Aufgabe übertragen worden, das Himmelsgericht zu führen.

Als Cassiel verschwand, riss er sich dessen Position als Prinz des siebten und höchsten Himmels unter den Nagel.

Nun war Michael nicht nur Anführer einer Armee und Richter des himmlischen Gerichts, sondern zudem Prinz des Araboth. Für meinen Geschmack hielt er einfach zu viel Macht in der Hand.

Zur Begrüßung machte ich einen übertriebenen Knicks. »Euer Gnaden, ich störe euch nur ungern bei euren äußerst schwerwiegenden Aufgaben«, sprach ich sarkastisch. »Mir ist zu Ohren gekommen, dass es Unannehmlichkeiten im Raqia gibt. Eure gewaltigen Kräfte könnten bestimmt die Lage positiv beeinflussen; mir fiele keine geeignetere Person ein, als ihr es seid, mit eurer unendlichen Macht.« Meinen provokanten Unterton kannte Michael bereits. Ich log, dass sich die Balken bogen.

Er konnte mich nicht ausstehen, da ich in seinen Augen nur das Schoßhündchen von Cassiel war. Eigentlich lag es gar nicht in meiner Natur, zu lügen und zu betrügen – oder meine Arbeiten zu vernachlässigen.

»Was bildest du dir ein, dich hier blicken zu lassen und in diesem Ton mit mir zu sprechen?«

»Ich wollte euer Gnaden nicht verärgern«, gab ich demütig zur Antwort und kniete mich noch tiefer vor Michaels Füße. Ich trieb es auf die Spitze, das war mir durchaus bewusst.

»Darel, du wirst selbst gemerkt haben, dass ich ein prüfendes Auge auf dich geworfen habe. Ich bin der festen Überzeugung, dass du diesem Abschaum von Nephilim geholfen hast. Dir ist klar, dass das ein großes Vergehen ist?«

Michael sprach Cassiels Namen nicht aus. Er nannte ihn lediglich Abschaum. Michaels Einschüchterungsversuch amüsierte mich.

»Er bekam die Chance, sein Dasein hier im Himmel zu führen, obwohl seine heilige Energie als Lichtwesen mit einer menschlichen Seele verunreinigt ist. Doch er entschied sich durch seine niederen Instinkte lieber für ein armseliges Leben auf der Erde in einem menschlichen Körper. Das ist Blasphemie!«

»Wir reden hier von Cassiel. Du darfst ruhig seinen Namen aussprechen. Was genau wirfst du ihm vor? Er ist außerdem kein Nephilim mehr, das weißt du genau. Er hätte dich von seinem Bettchen hier im Araboth stoßen sollen. Dann müssten wir deine großen Sprüche endlich nicht mehr ertragen. Sei doch froh, dass er auf die Erde zurückgekehrt ist«, provozierte ich ihn. Ich begab mich gerade auf dünnes Eis. Michael war unberechenbar.

Er lachte verächtlich bei meinen Worten; wollte seine Unsicherheit überspielen. Sein durchdringender Blick wollte mich am liebsten töten.

»Darel, du bist der Spott des ganzen Himmels. Keiner will etwas mit dir zu tun haben. Und wenn ich einen handfesten Beweis für dein Zutun gefunden habe, werde ich dich mit Cassiel für immer aus dem Himmel verbannen. Schlimm genug, dass deinetwegen Ambriel im Raqia gelandet ist. Was auch immer ihn dazu gebracht hat, dich zu schützen!«, keifte Michael mich von oben herab an.

Ich spürte, wie sehr mich Michael loshaben wollte.

»Und nun geh mir aus den Augen. Ich hoffe für dich, dass deine Behauptung über das Raqia wahr ist. Sonst werde ich deiner überdrüssig«, drohte Michael in seinem gewohnt arroganten Ton. Dann verschwand er und ließ mich einfach stehen.

Was es bedeutete, sich mit ihm anzulegen, wusste ich. Er war der Richter, das kompromisslose Urteil. Das konnte man an Ambriels Strafe sehen. Michael hatte ihn tatsächlich ins Raqia sperren lassen. Obwohl er genau wusste, dass Ambriel nichts mit den

Nephilim zu tun hatte.

Als Michael verschwunden war, suchte ich sofort Nemamiah und Phanuel auf. Sie sahen sich beide extrem ähnlich mit ihren langen blonden Haaren und den gütigen Gesichtern. Als wären sie Zwillinge. Ihre Auren strahlten beide in angenehmen Grüntönen. In ihrer Nähe konnte man sich nur geborgen fühlen.

»Ihr müsst mir helfen«, sprach ich offen aus. »Ich kann mich nicht mehr richtig um die Nephilim kümmern, da mich Michael überwachen lässt.«

Beide sahen mich erschrocken an. Sie kannten den Ernst der Lage.

»Nemamiah, ein Loch ist in deiner Barriere, du musst versuchen, sie zu reparieren.«

Er nickte mir zu. Auf ihn konnten wir uns stets verlassen. Er hatte damals die Barriere für das Versteck erschaffen. Genau wie Cassiel wollte er erreichen, dass die Nephilim nicht mehr getötet wurden. Er würde mir sicherlich so gut es ging helfen.

Bevor er etwas sagen konnte, fuhr ich fort: »Außerdem müsst ihr die Exusiai beschäftigen, sie haben Simon ... ich meine Cassiel und sogar einen Menschen angegriffen. Wir müssen eine dauerhafte Lösung für die Exusiai finden. Versuche in Erfahrung zu bringen, warum sie einen Menschen attackiert haben.«

»Ich werde mich um die Exusiai kümmern. Es entsetzt mich, dass sie Menschen angreifen!«, meinte Phanuel entschlossen. Seine gelb-grünlich schimmernde Aura war durchtränkt von Zuversicht.

Meine Erleichterung war groß.

»Danke! Und grüßt mir meine kleinen Schäfchen. Sobald Michael sein Interesse an mir verliert, werde ich wieder zur Verfügung stehen«, verabschiedete ich mich von den beiden.

»Warte«, sagte Nemamiah. »Hat dem Mädchen meine Hilfe etwas gebracht? Ich habe mit ihrem Innersten gesprochen, um sie von der Trauer zu befreien. Sie schien jedoch tief in ihr verankert zu sein.«

Ich drehte mich zu Nemamiah um. Das hatte ich beinahe vergessen. Als Simon mit mir fortgegangen war, hatte ich Nemamiah beauftragt, sich um Alisa zu kümmern. Irgendwie fühlte ich mich verantwortlich für sie.

»Ja, ihrem Herzen geht es besser. Aber sie ist leider schwer krank«, antwortete ich ihm. Er sah mich enttäuscht an. Bevor Nemamiah mich fragen konnte, ob er ihr helfen sollte, erklärte ich ihm:»Der Schicksalsengel Oriel hat es bereits verkündet. Wir dürfen ihr nicht helfen. Ihr Name wurde in das Schicksalsbuch geschrieben.«

Nemamiahs Aura wurde dunkel, als er meine Nachricht hörte. Seine Reaktion war für Engel gleichzusetzen mit Trauer.

Alisa war nur ein unbedeutender Mensch. Es war seltsam, dass ihr Name bereits vor ihrem Ableben ins Schicksalsbuch geschrieben worden war. Irgendetwas ging da vor sich.

Ich wollte unbedingt herausfinden, warum ausgerechnet Alisa in diesem Buch stand. Wäre dem nicht so, hätten wir Engel sie leicht heilen und somit ihr Leben verlängern können. Nun waren uns die Hände gebunden.

Mich überkam das schreckliche Gefühl, dass Alisas nahender Tod zu einem großen Plan gegen Cassiel gehörte.

Das Ableben dieses Mädchens war so unnötig, darum machte es mich … wütend. Ich war selbst überrascht über meine intensiven Gefühlsregungen.

Kapitel 60 — Simon

Es war schon der zweite Tag, ohne ein Wort von Alisa gehört zu haben. Ich machte mir schreckliche Sorgen um sie. Als ich sie mit ihrer Mutter mit dem Auto wegfahren sah, wusste ich sofort, dass etwas nicht stimmte. Sie schaute mich so traurig durch das Fenster an, dass mir beinahe mein Herz zersprungen wäre.

Seit zwei Tagen versuchte ich nach der Schule, Alisa zu kontaktieren. Doch als ich vor der Haustür stand, machte mir keiner auf. Die Tür blieb zu, obwohl ich mehrfach klingelte. Warum ließen mich die Kobers nicht zu ihr? Oder wollte Alisa selbst mich nicht sehen?

Jana und Sandra fragten mich in der Schule aus. Alisa ging nicht an ihr Smartphone und antwortete nicht auf Nachrichten. Was sollte ich ihnen nur sagen? Ich wusste es nicht, darum log ich sie an, damit die beiden sich nicht so schreckliche Gedanken machen mussten wie ich. Ich erzählte ihnen, dass sie eine Sommergrippe erwischt habe und mit Fieber im Bett liege. Während meiner Lüge ballte ich meine Hände zu Fäusten. Nicht nur, dass ich schon wieder Lügen erfinden musste, machte mich wütend. Dass ich die eigentliche Wahrheit selbst nicht kannte, verärgerte mich.

Ich wollte bei ihr sein. Ich wollte wissen, was los war. Ich wollte sie in den Arm nehmen und küssen!

Aber ich musste respektieren, wenn Alisa mich nicht sehen wollte.

In der Nacht konnte ich vor lauter Grübeln nicht einschlafen. Nicht einmal die Bücher lenkten mich ab. Beinahe auf jeder Seite lag getrockneter Löwenzahn, was mich an Alisa erinnerte. Sie schien eine halbe Wiese gerupft und in meinen Büchern getrocknet zu haben. Offensichtlich war sie häufig in meiner Wohnung gewesen.

Die letzten Nächte war ich heimlich in ihr Zimmer geschlichen, um nach ihr zu sehen. Jedes Mal schlief sie bereits friedlich. Ich wollte sie nicht wecken, darum schaute ich ihr einfach nur beim Schlafen zu. Sie sah so selig mit sich und der Welt aus, während sie träumte.

Doch heute wollte ich endlich wissen, was mit ihr los war. Abermals schlich ich nachts in ihr Zimmer; dieses Mal jedoch weckte ich sie sanft. Zärtlich streichelte ich mit meinen Fingern über ihre Wange. Ein Kribbeln durchfuhr mich, als ich endlich wieder ihre Haut berührte.

»Simon?«, flüsterte sie verschlafen. Sie rieb sich den Schlaf aus den Augen und blinzelte mich an.

»Hey, mein Engel«, begrüßte ich sie. Alisa lächelte mich müde an und richtete sich in ihrem Bett auf. Ich setzte mich neben sie. Sofort verschlangen sich unsere Finger ineinander.

»Bitte sage mir endlich, was du hast; egal, was es ist«, flehte ich sie an. Alisa lächelte traurig.

»Lass uns morgen darüber reden.«

»Ich will es aber jetzt wissen. Ich halte diese Ungewissheit nicht mehr aus. Bitte sag es mir!«

Anstatt mir zu antworten, legte sie ihren Kopf in meinen Schoß und seufzte. Sekunden der Stille vergingen.

Während ich mit meinen Fingern durch ihr Haar fuhr, erklärte sie mir irgendwann: »Ich habe Leukämie. Das kam bei den Bluttests heraus. Die letzten zwei Tage verbrachte ich hauptsächlich bei meinem Arzt. Nächste Woche beginnt die Therapie.«

Mein Herz blieb bei ihren Worten stehen. Ich konnte nicht glauben, was sie mir erzählte. Leukämie? Warum bekam ausgerechnet Alisa Leukämie?

»Simon?«

»Ja?«

»Bleibst du bei mir?«, fragte sie, während sie noch in meinem Schoß lag. Ihre Stimme klang beschlagen.

»Was denkst du denn?«, antwortete ich.

»Für immer?«

»Für immer!« Bei den letzten Worten musste ich über deren Bedeutung nachdenken und schloss dabei aus Verzweiflung meine Augen.

Ich würde ihr helfen so gut es ging. Plötzlich fiel mir Darel ein. Er hatte mich damals vor meinem Tod gefragt, ob er versuchen solle, mich zu heilen. Konnte er auch Alisa heilen? Oder irgendein anderer Engel? Vielleicht konnte ich es selbst?

Wenn ich nur lange genug darüber nachdachte, würde mir bestimmt einfallen, wie es ging. Bis jetzt fand ich durch Cassiel immer Antworten, wenn ich lang genug nachdachte. Wir waren noch nicht perfekt aufeinander eingespielt, aber ich konnte mich auf seine Kräfte und sein Wissen verlassen.

»Ich werde Darel fragen, ob wir etwas für dich tun können«, versprach ich ihr, doch sie war schon wieder friedlich eingeschlafen.

Pieppieppiep.

Ein schrilles Geräusch ließ mich hochschrecken. Sofort spürte ich Schmerzen in all meinen Gliedern. Um Alisa nicht zu wecken, hatte ich eine ungemütliche Schlafposition eingenommen – halb sitzend und verdreht. Sie lag noch mit ihrem Oberkörper auf mir. Ihr Kopf ruhte auf meinem Oberschenkel; mit den Armen hielt sie mein Bein fest umschlungen.

Sanft weckte ich sie, damit ich aufstehen und meinen Körper einrenken konnte. Alisas Mutter wusste schließlich nicht, dass ich heimlich die Nacht bei ihrer Tochter verbracht hatte. Darum musste ich aus dem Fenster verschwinden, bevor Marie es bemerkte. Alisa erhob sich und sah mich mit müden Augen an. Endlich konnte ich mich rühren. Mein Rücken knackste laut, als ich mich bewegte und eine bequemere Position einnahm.

»Guten Morgen«, begrüßte sie mich verschlafen. Ihre Haare standen zu Berge und sie brachte ihre Augen nur halb auf. Sie sah wunderschön aus.

»Ich werde dann mal verschwinden. Gehst du heute in die Schule? Dann warte ich vor dem Haus auf dich.«

Noch zu benommen, um einen klaren Gedanken zu fassen, sah Alisa mich an. Ich wartete auf eine Antwort von ihr, doch sie warf sich einfach wieder seitlich auf ihr Bett und umarmte ihre Decke. Ich stupste sie zwei-, dreimal an, damit sie nicht wieder einschlief. Genervt schlug sie mit ihrer Hand nach mir und brummte, damit ich aufhörte, sie zu ärgern.

»Ich komme gleich. Geh schon mal vor«, antwortete sie mir irgendwann halb im Schlaf.

»Kommst du wirklich? Nicht, dass ich stundenlang auf dich warte.«

»Ja, ja«, grummelte Alisa und wimmelte mich mit einer Handbewegung ab. Ich musste schmunzeln. Es schien alles so normal zu sein. Mir kam ihre Krankheit wieder in den Sinn, was meine Heiterkeit sofort eindämmte. Es fühlte sich so unwirklich an – so surreal, so ungerecht!

Ich kletterte wortlos aus ihrem Fenster. Schließlich konnte ich mich am helllichten Tag – wo sich alle auf den Weg zur Arbeit oder zur Schule machten – nicht einfach verwandeln und aus Alisas Fenster fliegen. Darum hielt ich mich am Fensterrahmen fest, meinen Körper nach unten baumelnd, und sprang hinunter in den Garten der Kobers. Beim Aufprall versetzte es mir einen stechenden Schmerz in meiner Lunge. Ich bekam für einige Sekunden keine Luft. Ein Glück war ich um einiges robuster als normale Menschen, sonst hätte ich mir bei meinem Sprung wahrscheinlich die Beine oder eine Rippe gebrochen. Ich lauschte leise, ob mich Marie gehört hatte; im Haus rührte sich nichts.

Dann schlich ich mich durch die Thujahecke und sprang über

den niedrigen Gartenzaun. Ich kam mir vor wie ein Verbrecher auf der Flucht. Paranoid blickte ich umher, ob mich jemand beobachtete; ich schien keinem aufgefallen zu sein.

So schnell ich konnte lief ich nach Hause, um meine Schulsachen zu holen. Alisa würde sowieso noch einige Zeit brauchen, um sich fertig zu machen. Wir würden wahrscheinlich beide zu spät kommen, doch das war unwichtig. Das Einzige, was heute zählen würde, war der Schein von Normalität.

Wir waren tatsächlich beide zu spät zum Unterricht. Ich bekam eine Strafarbeit aufgebrummt. Das kümmerte mich aber nicht besonders. Den Aufsatz würde ich wahrscheinlich in weniger als einer Stunde fertig haben. Oft saß ich im Unterricht und hörte den Lehrern gar nicht zu, weil sie mich mit ihrem lächerlichen Versuch, Wissen zu vermitteln, langweilten.

Alisa erzählte ihren Freundinnen noch nichts von ihrer Krankheit. Als wir uns in der Pause trafen, nahm sie sofort meine Hand und ließ sie bis zum Schluss nicht mehr los. Sie schien fröhlich zu sein; gab mir zweimal einen Kuss auf die Wange. Ihre Liebkosungen in der Öffentlichkeit waren mir doch etwas unangenehm. Ich war viel zu verklemmt – ob sich das mit der Zeit noch legen würde? Es verwunderte mich umso mehr, dass Alisa damit auf einmal kein Problem zu haben schien. Die ganze Zeit beobachtete ich, ob die Schüler um uns herum über uns tuschelten, während die drei Mädels über Splattermovies quatschten.

Wir verabredeten uns zu meinem Leidwesen mit Jana und Sandra am Wochenende für einen Kinobesuch. Nur Alisa zuliebe kam ich überhaupt mit. Der letzten Kinofilm war mir schrecklich in Erinnerung geblieben. Warum mussten die Mädels ausgerechnet auf solche Splatterfilme abfahren? Das brutale Gemetzel auf dieser übergroßen Leinwand; mein Magen drehte sich, allein bei dem Gedanken daran. Ich musste an Aaron denken – wie das Blut über seinen Körper floss. Ich musste an den metallenen Geschmack denken, als ich Blut spucken musste kurz vor meinem Tod. Ich schluckte zweimal bei meinen Gedanken.

»Ich werde dir jetzt Fahrradfahren beibringen!«, meinte Alisa nach der Schule feierlich. Wir waren schon in der Nähe ihres Hauses, als sie ihren Plan für den heutigen Tag verkündete.

»Ist das dein Ernst?«

»Ja, wer weiß, ob ich das in naher Zukunft noch machen kann«, erklärt sie kleinlaut.

Bedrückt sah ich zu Boden. Sie schien nicht sehr positiv über die Zukunft zu denken. Als sie meinen traurigen Blick bemerkte, küsste sie mich auf die Wange und lächelte mich an.

»Das wird schon. Ich bin zäh!«, scherzte sie. Ich lächelte sie ebenfalls an, doch wusste ich, dass ihr genauso wenig wie mir zum Lächeln zumute war.

Etwas später schoben wir die Fahrräder bis zu einem Feldweg. Hier draußen war keine Menschenseele. Weizen bewegten sich wie ein goldgelbes Meer in einer milden Sommerbrise. Wir waren umringt von hohen Bäumen, Wiesen, Maisfeldern und dem weiten Horizont. Ich atmete die frische Luft tief ein und wieder aus – meine Seele blühte hier draußen förmlich auf.

Alisa animierte mich, auf das Fahrrad zu steigen: »Das Wichtigste ist das Gleichgewicht!«

Die Angst stieg in mir auf, mich vor Alisa zu blamieren. Ich besaß das rudimentäre Wissen eines Engels, aber von praktischen Dingen wie Fahrradfahren hatte ich keine Ahnung.

»Jetzt probier es doch einfach mal und fahr los«, versuchte sie, mich zu motivieren. Hoffentlich donnerte ich nicht geradewegs gegen einen der Bäume, die neben dem Feldweg standen.

»Jetzt mach endlich!«

Ungeduld lag in Alisas Stimme. Ich fühlte mich unter Druck gesetzt.

Ich atmete noch einmal tief ein und fuhr los. Es war schwierig, das Gleichgewicht zu halten und den Lenker nicht zu verreißen. Ich steuerte in Schlangenlinien direkt auf einen Baum zu; genau so wie ich es gehofft hatte, zu vermeiden. Wenige Meter davor setzte ich aus Panik meine Füße auf den Boden, um zu bremsen, anstatt die Bremse an meinem Lenker zu benutzen. Ich hinterließ eine dichte Staubwolke.

Alisa lief lachend hinter mir her. Als sie bei mir ankam, ging sie in die Hocke und hielt sich ihren Bauch vor Lachen.

»Zumindest bin ich nicht umgefallen«, verteidigte ich meinen ersten Versuch.

Nach drei weiteren Anläufen kam ich endlich weiter als nur ein paar Meter. Wir fuhren langsam auf dem Feldweg dahin; entfernten uns Stück für Stück weiter von der Stadt. Die Luft roch hier draußen unheimlich gut. Ich mochte es, wie der Wind während des Fahrens durch meine Haare wehte. Es fühlte sich nach Freiheit an. Fast so wie beim Fliegen. Irgendwann bat mich Alisa um eine Pause. Wir setzten uns etwas abseits des Weges in eine Wiese und genossen das Idyll. Eine einzelne Eiche ragte neben uns empor. Sie musste uralt sein, so dick, wie ihr Stamm war. Ich legte mich entspannt hin und blickte nach oben – keine einzige Wolke war am Himmel zu sehen.

»Glaubst du, ich komme in den Himmel?«, fragte Alisa plötzlich. Als ich zu ihr sah, schaute sie ebenfalls hoch ins weite Blau. Schockiert über ihre Frage brachte ich keinen Ton heraus. Dachte Alisa ans Sterben? Sie legte sich neben mich; ihr Kopf auf meiner Schulter ruhend. Ich wollte ihr nicht auf die Frage antworten. Damit konnte ich mich einfach nicht auseinandersetzen. Sie würde ihre Krankheit besiegen, sie würde nicht sterben!

Nein, Alisa würde es überstehen; es musste einfach so sein. Sie küsste mich auf meine Stirn und streichelte mir durchs Haar.

»Wie ist es denn so im Himmel?«, fragte sie neugierig.

»Schön. Jeder hat dort seinen eigenen Platz, der genauso

aussieht, wie du dir das Paradies vorstellst. Meine Mutter, zum Beispiel, verweilt auf einer Blumenwiese.«

Eigentlich wollte ich ihr den Himmel gar nicht genauer beschreiben. Ich wusste nicht einmal, ob ich das durfte.

»Ich kann mich noch etwas an meine frühere Aufgabe als Engel erinnern«, bemerkte ich, selbst erstaunt über meine offenen Worte. Alisa sah mich mit großen Augen an.

»Als ich nur Cassiel war und nicht Simon«, erklärte ich weiter. Als sie nichts erwiderte, beschrieb ich ihr ein Bild aus Cassiels Erinnerungen.

»Für jede Seele, die zurückkehrt in den Himmel, geht eine bläulich schimmernde Blume auf. Und sie verwelkt wieder, wenn die gereinigte Seele zurück auf die Erde geschickt wird. Ich habe mich um diese Blumen gekümmert.«

»Du meinst, wenn ich sterbe, werde ich zu einer Blume? Du warst ein verdammter Gärtner da oben?«

Ich musste schmunzeln, da ich Darel damals im Auto das Gleiche gefragt hatte.

»Nein. Eine Knospe kündigt deinen Tod an, deine Seele macht sich bereit loszulassen. Wenn die Blume erblüht, ist deine Seele im Himmel angekommen, wenn deine gereinigte Seele zurück auf die Erde geschickt wird, verwelkt sie.«

»Und warum? Das ergibt doch keinen Sinn«, entgegnete Alisa.

»Es ergibt für euch Menschen keinen Sinn. Aber wer sagt denn, dass alles einen Sinn haben muss?«

Alisa sah mich skeptisch an. Dass ich als Engel die oberste Ebene des Himmel geleitet hatte, bevor ich zu Simon wurde, verschwieg ich ihr lieber.

»Soll ich dir noch was verraten?«, fragte ich Alisa rhetorisch. »Die Toten können von ihrem Bereich aus auf die Hinterbliebenen sehen.«

»Heißt das, Derek ... oder meine Großmutter beobachten mich?«

Sie fixierte mich mit ihrem Blick und wartete mit großen Augen auf meine Antwort.

»Hin und wieder werden sie ein Auge auf dich werfen. Doch sie können nicht aktiv mit dir kommunizieren. Sie sehen nur nach ihren Liebsten, mehr nicht. Meine Mutter beispielsweise meinte, dass sie immer bei mir war und nach mir gesehen hat.«

»Wie traurig.«

Ich schwieg auf ihre Worte hin.

»Das heißt also, es gibt keine Geister? Schade«, murmelte Alisa weiter. Sie sah enttäuscht aus.

»Reden wir nicht mehr davon. Du hast selbst gesagt, dass du zäh bist! Außerdem kann dich bestimmt ein Engel heilen.«

»Irgendwann werde ich auf jeden Fall sterben. Aber wir wollen beide hoffen, dass ich dann runzelig und alt bin, oder?«

Dann lachte sie und küsste mich. Ich war überhaupt nicht in der Stimmung. Cassiel schien in den Vordergrund getreten zu sein. Ich sinnierte stumm, anstatt die Liebkosungen zu genießen.

Doch ich wollte Alisa nicht enttäuschen, gerade jetzt, da sie bald ins Krankenhaus musste. Es waren unsere letzten Augenblicke, die wir allein und frei verbringen konnten. Sie sollte mit schönen Erinnerungen ihre Therapie beginnen.

Ich zwang Cassiels Gedanken zum Schweigen. Es war schwierig für mich, meine rein menschlichen Empfindungen die Oberhand gewinnen zu lassen, doch Cassiel verschwand Stück für Stück tiefer in mir.

Alisa nahm während des Kusses meine Hand und schob sie unter ihr Top. Damit ich sie nicht sofort wegziehen konnte, hielt Alisa sie fest und drückte sie gegen sich. Ihre Hand auf meiner ruhend hörte sie auf, mich zu küssen und sah mich eindringlich an. Ich wusste genau, was sie nun wollte. Als sich der Gedanke daran in mir manifestierte, lief ich knallrot an.

»Entspanne dich einfach«, schmunzelte Alisa und streichelte mir mit ihrer anderen Hand über die Wange.

»Wollten wir uns damit nicht noch Zeit lassen?«, fragte ich

schüchtern.

»Vielleicht haben wir nicht mehr so viel Zeit. Es wäre eine schöne Erinnerung.«

Ich wusste nicht, ob sie dies auf den Krankenhausaufenthalt oder den Himmel bezog.

Sie zog ihr Oberteil aus. Ein schwarzer, durchsichtiger BH mit rosa Blümchenstickerei kam zum Vorschein. Dann beugte sie sich zu mir, um mich zu küssen.

Während des Kusses, versuchte ich, meinen Zweifel zu äußern: »Ich denke trotzdem nicht, dass es ein guter Moment ist.«

Doch sie lächelte nur. Ihre Lippen dabei weiterhin auf meinen ruhend, streichelte sie mir sanft über meinen Bauch. Ich musste bei ihrer zarten Berührung leise stöhnen.

Sie nahm abermals meine Hand und legte sie auf ihren Rücken. Ich fuhr mit meinen Fingern zaghaft ihre Wirbelsäule entlang, während sie meinen Hals küsste. Eine Gänsehaut durchfuhr meinen kompletten Körper. Alisa zog mein T-Shirt aus und liebkoste meinen Oberkörper hinunter bis zu meiner Jeans.

Als sie den Knopf meiner Jeans öffnete, durchfuhren mich tausend Gefühle. Sie reichten von Scham bis Begierde. Ich wollte ihr sagen, dass wir noch das komplette Wochenende dafür Zeit hätten. Ich wollte ihr sagen, dass Sex nicht wichtig sei. Ich wollte ihr sagen, dass ich sie wollte. Ich wollte ihr sagen, dass ich sie liebte.

Plötzlich hörte Alisa auf, mich zu streicheln; sah mir tief in die Augen. Sie setzte sich auf mich und küsste mich erneut auf meinen Mund. Ich vergrub meine Hand fest in ihrem Haar, drückte es zu einem Knäuel zusammen. Ihre nackte Haut auf meiner zu spüren, fühlte sich wunderschön an. Meine Hand wanderte langsam hinab zu Ihrem Becken. Alisa stöhnte kurz auf. Mit geschlossenen Augen küsste sie mich unentwegt; presste ihren Körper fest an den meinen. Ihre Hände waren gefühlt überall.

Langsam löste sie ihre Lippen. Unsere Gesichter blieben nah

beisammen, als sie flüsterte: »Ich liebe dich.«
Dann überwand sie die letzten Millimeter zwischen uns.

»Ich will leise Träume träumen
Und mit ihrem Glanz wie mit Ranken meine Stube schmücken
zum Empfang
Ich will den Segen Deiner Hände auf meinen Händen und meinem
Haar in meine Nacht mitnehmen
Ich will nicht zu den Menschen reden
Damit ich den Nachklang Deiner Worte
(der wie ein Schmelz über den meinen zittert und ihren Klang
reich macht)
Nicht verschwende und ich will nach der Abendsonne in kein
Licht mehr sehen
Um am Feuer Deiner Augen tausend leise Opfer zu entzünden ...
Ich will aufgehen in Dir
Wie das Kindergebet im lauten jauchzenden Morgen
Wie die Rakete bei den einsamsten Sternen
Ich will Du sein«

Diese Zeilen von Rainer Maria Rilke kamen mir in den Sinn,
als wir eng umschlungen einfach nur dalagen und die warme
Sommerbrise genossen. Alisa hatte die Augen geschlossen. Sie
sah entspannt aus. Ich wusste nicht, ob sie schlief. Gedanken-
verloren starrte ich in den Himmel und sprach innerlich: »Ich
will Du sein.«
Der Himmel färbte sich langsam rosa und ließ die dunklen
Schatten die Welt erobern.
»Simon?« Alisa rührte sich keinen Millimeter, während sie
meinen Namen flüsterte. Ihr nackter Körper wurde langsam kühl.
»Hmmm.«
»Woran denkst du gerade?«
»An ein Gedicht. Von Rilke«, antwortete ich beschämt.

»Ich will es hören.«

Also gab ich das Gedicht mit ruhiger, sanfter Stimme wieder.

»Das ist wunderschön«, sagte sie, während sie über meine Brust streichelte.

Sie hob ihren Oberkörper, um mir in die Augen zu sehen, dann stupste sie mir an meine Nasenspitze. »Du bist schon so ein Romantiker.«

»Man tut, was man kann.« Ich beobachtete die rote Linie, die sich unter ihrer Nase bildete.

»Wir sollten nach Hause fahren. Es wird langsam dunkel«, schlug ich vor, ohne Alisa auf ihr Nasenbluten hinzuweisen.

»Lass uns noch den Sonnenuntergang ansehen.«

Ich wischte ihr zaghaft mit meinem T-Shirt das Blut aus ihrem Gesicht. Alisa sah mich beschämt an, sagte aber nichts.

»Im Dunkeln zu fahren, ist bestimmt nicht angenehm.«

Doch sie bestand auf ihre Bitte. Also blieben wir noch und ließen unsere Blicke auf der untergehenden Sonne ruhen. Sie tauchte die Welt in ein Farbenmeer aus Rot, Pink und Orange. Gelegentlich zogen kleine Wolken durch dieses in sich ruhende Bild. Den prächtigen Anblick des letzten Sonnenlichts an diesem Tag würde ich niemals in meinem Leben vergessen.

Kapitel 01 — Alisa

Kurz vor Simons Wohnung blieb ich mit meinem Fahrrad stehen. Er bremste abrupt ab, beinahe hätte es ihn bei dem spontanen Halt vom Fahrrad geworfen.

»Ich will heute Nacht bei dir sein. Aber meine Eltern sind total seltsam geworden, seit sie von meiner Krankheit wissen. Ich glaube, am liebsten würden sie mich einsperren«, erklärte ich Simon und fügte flüsternd für mich hinzu: »Bis ich vor lauter Fürsorge ersticke.«

»Das ist schon in Ordnung. Wir sehen uns morgen im Kino.«

»Nein! Nein, so habe ich das nicht gemeint. Ich will heute Nacht mit dir zusammensein«, berichtigte ich. »Aber es wäre besser, wenn du bei mir schläfst. Wir packen bei dir zu Hause ein paar Sachen und dann fahren wir zu mir.«

Meine Eltern konnten nicht von mir verlangen, dass ich meine letzten Tage eingesperrt und allein im Haus verbrachte. Die Krankheit hatte ich jetzt und sie konnten daran genauso wenig ändern wie ich. Es brachte gar nichts, mich von Simon und meinen Freundinnen zu isolieren.

Er hakte bezüglich meiner Eltern nach: »Sind sie denn böse auf mich? Ich kann mich nicht erinnern, etwas Falsches getan zu haben. Ich kann auch wieder heimlich durch dein Fenster schleichen.«

Ich winkte ab. »Quatsch, die spinnen nur herum. Mit dir hat das gar nichts zu tun, denke ich.«

Wir gingen also zu ihm und holten ein paar Klamotten für

die Nacht und den morgigen Tag. Es war gar nicht so einfach, in Simons Chaos passende Kleidung zu finden. Es schien ihm auch egal zu sein, welche wir aus seinem Kleiderhaufen heraussuchten. Der fein säuberlich zusammengefaltete Stapel, den ich während seiner Abwesenheit geordnet hatte, war wieder in seinem alten chaotischen Zustand. Das kleine Nachtlicht und mein Smartphone waren die einzigen Lichtquellen, die den Raum etwas erhellten. Simon nahm die Schulbücher aus seiner Umhängetasche und stopfte seine herausgesuchten Klamotten hinein. Dann zog er ein frisches T-Shirt an. Das von mir vollgeblutete Shirt schmiss er einfach achtlos auf den Fußboden. Ich sah Simon verlegen dabei zu, wie er sich umzog. Am liebsten wollte ich sofort wieder seine nackte Haut spüren. Er fühlte sich noch besser an, als er aussah. Ich war ihm von Kopf bis Fuß komplett verfallen.

Als wir bei mir zu Hause ankamen, warteten meine Eltern schon auf mich. Aufgebracht liefen sie auf uns zu, während ich noch versuchte, den Schlüssel aus dem Schloss zu ziehen.

»Alisa, wo warst du denn so lange! Wir haben uns Sorgen gemacht!«, rief meine Mutter. Ihre Augen waren glasig und ihre Wangen fleckig; sie hatte geweint.

»Mam, ich war nach der Schule mit Simon unterwegs, seit wann macht ihr euch denn solche Sorgen? Als ob ich einfach zusammenbreche und er mich liegen lassen würde ...«

Der angespannte Blick meiner Mutter wanderte von mir zu Simon, der hinter mir an der Tür stand. Der Ausdruck in ihren Augen verwandelte sich von angsterfüllt zu skeptisch. Überlegte sie gerade ernsthaft, ob er mich im Stich lassen würde, wenn es darauf ankäme?

»Und da könnt ihr nicht Bescheid sagen? Ich habe versucht, bei dir anzurufen, meine Dame. Wofür hast du so ein Ding, wenn du nie rangehst?«, schimpfte meine Mutter weiter, ohne Simon zu begrüßen.

»Ich habe es eben nicht gehört!«

Ich wollte ihn gerade an der Hand nehmen und mit in mein Zimmer zerren, um dem fürsorglichen Anfall meiner Mutter zu entfliehen, da sagte sie im ruhigen und ernsten Ton:»Ich denke, Simon geht jetzt nach Hause. Du warst den gesamten Tag unterwegs und brauchst jetzt Ruhe.«

War sie nun völlig übergeschnappt? Wenn sie sich Sorgen um mich machte, war das eine Sache, aber wenn sie anfing, über mein Leben zu bestimmen, wurde ich ernsthaft sauer. Ich fechtete einen verbalen Krieg mit meiner Mutter aus, während mein Vater zwischendurch besänftigende Worte in die Runde warf – die von meiner Mutter wie von mir galant ignoriert wurden.

»Schon gut. Ihr sollt deswegen nicht streiten. Ich komme dann morgen zu dir und hole dich fürs Kino ab«, meinte Simon plötzlich. Er sah geknickt aus; stand immer noch in der Eingangstür und blickte traurig auf meine Mutter und mich.

»Aber Simon! Das können sie mir nicht verbieten! Ich ...« Meine Mutter unterbrach mich barsch:»Kino?«

»Ja, Kino!«, schrie ich nun.»Wir gehen morgen mit meinen Freundinnen einen Film ansehen und danach etwas trinken. Und glaube jetzt nicht, dass ich mir das auch noch verbieten lasse.«

Gerade als sich der Streit vom Subjekt Simon zum Objekt Kino verlagerte, schlug die Haustür laut zu. Meine Eltern und ich standen verdutzt im Gang und starrten zum Eingang. Simon war gegangen.

»Ihr zerstört mein Leben! Ich hasse euch!«, schrie ich beide an und lief in mein Zimmer. Sofort sperrte ich meine Tür ab, damit ich nicht in weitere Diskussionen mit meinen Eltern geriet. Dann schmiss ich mich trotzig auf mein Bett und starrte ins Leere. Ich kapierte nicht, was auf einmal mit ihnen los war. Ich würde sowieso am Montag ins Krankenhaus verfrachtet werden, da konnte ich doch noch mein letztes Wochenende mit meinen Freunden verbringen. Warum verstanden sie das denn nicht? Warum begriffen sie nicht, dass sie mich nicht wie ein rohes Ei behandeln durften? Während ich mich innerlich immer noch tierisch über meine Eltern aufregte, klopfte es am Fenster. Ich wusste, was das bedeutete.

Simon war da.

Gerade wollte ich aufspringen, um ihm das Fenster zu öffnen, da entriegelte es sich von selbst und Simon lugte herein. Bei seinem Anblick schlug mein Herz gleich schneller.

»Seid gegrüßt, holde Maid. Ist die Luft rein?«, flüsterte er, während er seine Flügel verschwinden ließ und sich wie ein Äffchen am Fensterrahmen festhielt. Ich musste loslachen; seine Begrüßung klang zu komisch. Ich dachte an die letzten Male, als ich ihn in seiner Engelsgestalt sah. Normalerweise strahlte er ein helles bläuliches Licht aus, doch gerade schien diese Aura zu fehlen.

»Das hier erinnert mich an das Märchen Rapunzel. Der tapfere Prinz muss die hübsche Prinzessin retten, die hoch oben in einem Turm eingesperrt lebt. Nur, dass ich deine Haare nicht brauche, um hochzuklettern«, erklärte er seine seltsame Begrüßung und sprang dann gekonnt in mein Zimmer.

»Langsam fühle ich mich auch wie eine eingesperrte Prinzessin! Die spinnen doch total, oder?«, schrie ich laut. Ich war so unsagbar wütend auf die beiden.

»Pscht. Sonst wissen sie doch, dass ich da bin!«, flüsterte er, während er seinen Zeigefinger auf meinen Mund presste. Ich biss spielerisch hinein. Dann warf ich mich in seine Arme und drückte ihn so fest ich konnte. Ich war so unglaublich froh, dass er hier war.

»Du erdrückst mich«, keuchte Simon leise und tat so, als ob er keine Luft bekam. Nachdem ich mich von ihm gelöst hatte, schaltete ich den Fernseher ein und drehte ihn auf volle Lautstärke. So konnten meine Eltern Simon nicht hören. Für sie würde der Lärm nur ein Ausdruck meines Unmuts bedeuten.

»Nicht einmal nach dem Autounfall waren sie so drauf! Ich

meine, es steht ihnen einfach nicht zu, mich aus Angst um mich einzusperren!«

Simon setzte sich auf mein Bett und verschränkte nachdenklich die Arme. Seufzend ließ ich mich neben ihn auf mein Kissen fallen. Er starrte nachdenklich auf den Boden. »Sie machen sich einfach Sorgen, weil du so krank bist, und sie wollen dich beschützen und alles richtig machen«, mutmaßte er. »Das ist nervig für dich, aber nimm es ihnen nicht übel. Für sie ist es genauso eine Ausnahmesituation.«

Ich seufzte abermals. »Ihr Verhalten ist aber so sinnlos.«

»Das Schlimmste für sie ist, denke ich, dass sie dir nicht helfen können. Darum stellen sie auf einmal so seltsame Regeln auf und wollen diese konsequent durchsetzen. Sei ihnen nicht böse«, meinte Simon diplomatisch.

Er wirkte so besonnen und erwachsen – als wäre er zwanzig Jahre älter. Neben ihm fühlte ich mich wie ein pubertierendes Kind.

»Mal schauen, wie ich morgen gelaunt bin. Vielleicht spiele ich noch ein wenig die Diva. Du, Simon, warum hast du gerade als Engel nicht gestrahlt wie sonst immer?« Ich musste ihn einfach fragen; es ließ mir keine Ruhe.

Verdutzt über den schnellen Themenwechsel antwortete er: »Darel hat mir gezeigt, wie ich meine Energie besser kontrollieren kann. Ist ganz praktisch, wenn ich dich nachts heimlich besuche. Auch, wie man Fenster öffnet. Das kommt schrägerweise momentan öfter vor.«

»Öfter? Du hast einmal eine Feder dagelassen, da habe ich gewusst, dass du hier gewesen bist. Warst du denn noch öfter nachts hier?«

Er lächelte verschmitzt. »Ich sehe dir jede Nacht beim Schlafen zu. Seitdem ich zurück bin.«

So wichtig war ich ihm also, dass er nachts in mein Zimmer kam, um nach mir zu sehen. Mein ganzes Gesicht brannte.

»Schlimm?«, fragte Simon verlegen und vergrub seine Hand

im strubbeligen Haar.

»Nein, süß.«

»Es hat schon leichte Züge von Stalking«, gestand er.

»Du bist eben ein Freak!«

»Ja, der totale Oberfreak!« Er packte mein Handgelenk und zog mich ruppig an sich. Früher wollte er alles andere als ein Freak sein. Nun schien es ihm total egal.

Trotz dieser Krankheit war ich gerade der glücklichste Mensch der Welt. Ich wusste nicht, warum meine gesamte Trauer und Melancholie, die sich über so viele Jahre durch mein Leben gezogen hatten, auf einmal verschwunden waren. Ich wusste nicht, warum Derek nicht mehr mein Herz bluten ließ und ich trotz lebensbedrohlicher Diagnose einfach nur selig war. Aber ich wusste, dass ich Simon liebte und ich gegen meine Krankheit ankämpfen musste, um noch mehr Zeit mit ihm verbringen zu können.

Während er es sich unter meiner Decke gemütlich machte, ging ich leise ins Bad, um mich fürs Bett fertig zu machen. Als ich in den Spiegel sah, bemerkte ich, dass ich schon wieder aus der Nase blutete. Das dunkle Blut ließ meine Haut noch blasser wirken. Ich sah aus wie ein Zombie. Mein Körper war übersät mit blauen Flecken. Mein Anblick machte mich traurig. Wieso schritt diese Krankheit plötzlich so rasch voran?

Schnell versuchte ich, auf andere Gedanken zu kommen, und setzte ein Lächeln auf, als ich mein Zimmer wieder betrat. Simon sollte nicht sehen, dass mir meine Erkrankung bereits so zu schaffen machte.

Er lag in meinem Bett und hielt mir die Decke hoch, damit ich darunterkrabbeln konnte. Dann kuschelte er sich an mich; küsste mich flüchtig auf mein Haar. Ich konnte es kaum glauben, dass wir uns heute so nah gewesen waren. Es hatte sich so unbeschreiblich schön angefühlt.

Jeden Millimeter liebte ich an diesem seltsamen Typen; sein

strubbeliges blondes Haar, seine strahlenden blaugrünen Augen, seine Grübchen, wenn er lachte, das kleine herzförmige Muttermal an seiner Leiste, das ich heute entdeckt hatte. Er strahlte so viel Wärme aus und duftete nach Sonne. Diesen grandiosen Tag in den Armen meines Liebsten zu beenden, machte ihn perfekt.

Als ich aufwachte, war Simon bereits verschwunden. Er hatte mir aber etwas dagelassen. Diesmal keine Feder, sondern einen Zettel. Er lag zusammengefaltet auf meinem Schreibtisch. Ich nahm den Brief, um ihn zu lesen. Es stand das Gedicht darin, das Simon gestern auf der Wiese zitiert hatte. Darunter noch die Worte: *Ich liebe dich.*

Ich presste das Papier fest an meine Brust und genoss meinen beschleunigten Herzschlag. Simon war unsagbar romantisch; so etwas kannte ich gar nicht. Derek hatte mir nie einen Brief geschrieben oder ein Gedicht zitiert. Er war zu »cool« dafür gewesen. Wir stritten regelmäßig, er konnte nie über seine Gefühle sprechen; war oft ruppig und verschwiegen.

Seit geraumer Zeit konnte ich mir das endlich eingestehen, ohne dabei ein schlechtes Gewissen zu empfinden.

Simon jedoch war einfühlsam und sanft und das gefiel mir. Auch wenn es mir ungerecht vorkam, die beiden miteinander zu vergleichen, so fielen mir ihre unterschiedlichen Charaktere mehr und mehr auf.

Ich wagte einen Blick auf die Uhr; es war schon beinahe Mittag. Mit einem lauten Seufzer zog ich mich an und zwang mich, nach unten zu meine Eltern zu gehen, um mit ihnen zu reden.

»Morgen«, begrüßte ich sie mürrisch, die gerade am Esstisch saßen.

»Morgen«, gaben beide gleichzeitig zurück. Sie sahen mich reumütig an. Ich setzte mich gegenüber von ihnen hin und starrte sie mit verschränkten Armen an. Eigentlich wollte ich ein schlichtendes Gespräch führen, so, wie mich Simon gebeten hatte. Doch meine Wut kam prompt wieder hoch; es war schwer, diese im Zaum zu halten.

Ich atmete einmal tief durch und konzentrierte mich darauf, die richtigen Worte zu finden: »Hört mal, ich weiß, es ist für euch momentan nicht einfach, aber ich möchte von euch nicht wie ein rohes Ei behandelt werden. Lasst mich bitte dieses Wochenende noch meinen Spaß haben. Ihr wisst doch, dass Simon ein anständiger Kerl ist. Bei ihm bin ich sicher, ihr müsst keine Angst um mich haben.« Ich dachte über das Gesagte nach, hatte das Bild vor Augen, als Simon mit dem Schwert schützend vor mir gestanden und dieses komische Lichtwesen getötet hatte. Sogleich wurde es warm um mein Herz beim Gedanken an meinen strahlenden Retter.

»Wir haben doch nichts gegen ihn, es ist nur ...«, stotterte mein Vater.

Ich wusste sofort, was er sagen wollte, und beendete seinen Satz: »Ihr müsst kein schlechtes Gewissen haben!«

Meine Eltern sahen mich erschrocken an. Sie brachten kein Wort mehr heraus. Da hatte ich wohl ins Schwarze getroffen.

»Lasst mir nur dieses eine Wochenende, bitte«, flehte ich.

»Wir haben nur Angst um dich, das ist alles. Wir lieben dich doch«, wimmerte meine Mutter; sie war den Tränen schon wieder nahe.

Zu ihr direkt würde ich das niemals sagen, aber wie sie mit mir und meiner Situation umging, konnte unpassender nicht sein. Diese permanenten Gefühlsausbrüche und ihre Frustration und Angst brachten mich kein Stück weiter; im Gegenteil. Ich wollte stark sein und meine Krankheit besiegen. Da war mir meine überforderte Mutter nicht wirklich eine Hilfe.

Es klingelte – ich wusste, dass Simon vor der Tür stand. Ein Lächeln huschte über meine Lippen. Er war es, den ich momentan brauchte. Mit meiner Situation kam er viel besser klar als meine

Eltern. Simon blieb ruhig, er unterstützte mich; brachte mich auf andere Gedanken.

Freudestrahlend öffnete ich ihm. Doch dahinter stand nicht die Person, die ich erwartet hatte. Da war kein Simon, der mir das Gefühl von Sicherheit gab. Es war nicht mein Fels in der Brandung, der mich auf eine wunderbare Zukunft hoffen ließ. Starre, angsterfüllte Augen blickten in die meinen. Ein schmaler verkniffener Mund begrüßte mich. Es war zwar Simon, der da vor mir stand, doch es war ein völlig anderer.

»Was ist los?«, fragte ich entsetzt. Irgendetwas musste passiert sein, das ihm schwer zu schaffen machte.

»Erzähle ich dir gleich. Können wir reden? Allein?« Seine Worte waren nicht lauter als ein Flüstern, dennoch eindringlich und direkt. Ich drehte mich um und sah zu meinen Eltern. Sie saßen noch immer am Esstisch und starrten in meine Richtung.

»Ja, ich komme gleich«, antwortete ich ihm, während ich mich schon auf den Weg zur Garderobe machte, um meine Schuhe anzuziehen.

Ich setzte ein gespieltes Lächeln auf und verabschiedete mich fröhlich bei meinen Eltern. In die Rolle der glücklichen Tochter war ich ja schon häufig geschlüpft. In nächster Zeit würde ich diese einstudierte Fassade wohl mehr denn je brauchen.

Simon und ich gingen auf den gegenüberliegenden Spielplatz. Wir setzten uns nebeneinander auf die zu rosten beginnenden Schaukeln, wie beim allerersten Mal hier an diesem Ort.

»Was ist los?«, fragte ich abermals. Simon hing freudlos in den Seilen.

»Ich habe mit Melioth gesprochen.«

Ich wusste nicht, wer Melioth war. Bis jetzt kannte ich nur diesen einen Typen namens Darel. Ich fragte mich, ob dieser Melioth genauso seltsam war.

»Momentan läuft echt alles schief. Einfach absolut alles! Ich könnte kotzen!«, fluchte Simon lauthals. So kannte ich ihn gar nicht. Was war nur los mit ihm?

»Melioth meinte, dass die Engel dir nicht helfen können. Jeden Scheiß können sie, aber wirklich helfen dürfen sie auf einmal nicht? Dafür sind sie doch da, ich verstehe das nicht! Sämtliche Hoffnung habe ich in diese Idioten gesteckt! Im Himmel interessiert es doch niemanden, ob du geheilt wirst, oder nicht, warum machen die so einen Aufstand?«

Simon fluchte noch weiter, doch ich hörte ihm nicht mehr wirklich zu. Seine Freunde wollten oder konnten mir also nicht helfen. Glaubte er also auch nicht an eine medizinische Heilung durch die Therapie? War er die letzten Tage nur so gelassen gewesen, weil er dachte, seine Engelfreunde könnten mich mit einem Fingerschnippen gesund machen?

Mein Blick wanderte Richtung Himmel. Es gab so vieles, das ich nicht begriff; das die meisten Menschen nicht begriffen. Simon hatte mir erzählt, dass es im Himmel so aussah, wie man es wollte. Jeder Verstorbene bekam sein eigenes kleines Paradies. Wie mein persönlicher Himmel wohl aussah?

Ich dachte an den Strand und das Meer, an Blumenwiesen und Wälder, an schneebedeckte Landschaften und buntes Herbstlaub. Der Ort war mir völlig egal. Für mich zählte nur die Person, die mit mir dieses Paradies teilen sollte. Mein Blick wanderte zu Simon. Seine Lippen bewegten sich rasant und er gestikulierte mit seinen Händen wild in der Luft. Ob ich mit ihm mein Paradies würde teilen können? Ob er mich besuchen kam?

Meine Augen schlossen sich, als ich an Derek dachte – würde er mich besuchen kommen?

»Alisa?« Simon riss mich aus meinen Gedanken. Ich öffnete meine Augen und sah ihn an.

»Hast du gehört, was ich gesagt habe? Du hast mir gar nicht zugehört, oder?«

Was sollte ich ihm antworten? Die Gedanken an mein Leben

nach dem Tod waren immer noch zu präsent.

»Ich muss zurück zu dem Versteck der Nephilim – soll mich um sie kümmern. Die Exusiai greifen permanent an, das ist wahrscheinlich auch der Grund warum sie mich momentan hier in Ruhe lassen.«

Als ich nicht darauf reagierte, ergänzte er: »Aber ich wollte mich um dich kümmern. Ich wollte bei dir sein, wenn du deine Chemo machst. Und jetzt, wo wir wissen, dass kein Engel dich heilen wird, ist deine Therapie umso wichtiger. Ich will dich nicht im Stich lassen. Wie soll ich das den anderen nur erklären? Ich bin in solchen Dingen echt beschissen!«

»Das ist schon in Ordnung«, versuchte ich, ihn zu beruhigen. »Geh zu deinen Freunden, mir kannst du schließlich nicht helfen. Es reicht, wenn du an mich denkst.«

Simon sah mich skeptisch an.

»Ehrlich, es ist gut, wenn ich mich ganz auf die Therapie konzentrieren kann. Ich kann dich da sowieso nicht jeden Tag gebrauchen.«

Er seufzte. »Aber ...«

»Nichts aber! Das ist absolut okay, wirklich. Du kannst mich besuchen kommen, wenn du Zeit hast.«

Plötzlich stand Simon auf und kniete sich vor mich hin. Seine Augen blickten tief in die meinen. Er sah so verzweifelt und traurig aus. Dann legte er seinen Kopf auf meinen Schoß und flüsterte: »Wenn du mich brauchst, musst du nur an mich denken. Es wird ein wenig dauern, aber ich werde kommen, das schwöre ich!«

Ich streichelte ihm sanft durch sein Haar, während ich den Moment genoss. Er war für mich da, egal, welche Entfernungen uns trennten.

Da zog er mich an sich. Ich rutschte langsam von der Schaukel auf seinen Schoß. Wir sahen uns tief in die Augen. Dann drückten wir uns so fest aneinander wie wir konnten.

Kapitel 62 – Simon

Eigentlich hatte ich heute überhaupt keine Lust, Alisas Freundinnen zu sehen – und erst recht nicht auf Kino. Ich wollte lieber mit ihr alleine sein; wollte sie in den Armen halten; wollte nachdenken, ob ich nicht doch noch eine einfache Lösung für ihr Problem fand.

Das Gespräch mit Melioth hatte mich vollkommen aus der Bahn geworfen. Nicht nur, dass kein einziger Engel bereit war, Alisa zu heilen, weil ihr Name in diesem blöden Buch stand, sondern dass sie mich auch noch zurück in das Versteck zitierten, plagte mich.

Am liebsten hätte ich Melioths Worte einfach ignoriert. Was konnte ich schon gegen die Vielzahl an Exusiai ausrichten? Melioth erzählte mir, dass sich das Loch in der Barriere nicht so einfach schließen lasse und die Exusiai versuchten, einzudringen. Aber daran konnte ich nichts ändern. Ich war weder in der Lage, das Loch zu reparieren noch über eine Armee von Exusiai Herr zu werden.

Genauso wenig wie ich Alisa helfen konnte. Es machte mich so unbeschreiblich wütend, was ich für ein Nichtsnutz war. Warum verriet mir Cassiel nicht einfach, wie ich sie heilen konnte? Normalerweise erinnerte ich mich durch ihn an die Dinge, die ich gerade benötigte. Er hatte mir das Schwert offenbart, mich das Kämpfen gelehrt und ließ mich im Himmel an seinen Erinnerungen teilhaben. Warum gab er mir nun nicht das Wissen, um Alisa zu heilen?

Sandra wartete bereits vor dem Kino. Sie begrüßte uns freudig, auch mir warf sie ein strahlendes Lächeln zu. Das kam bei Sandra eher selten vor, meistens ignorierte sie mich einfach nur. Während wir auf Jana warteten, quatschten die beiden Mädchen aufgedreht über allerlei Dinge. Lehrer, Mitschüler, Filme, Musik; ich kam mir total fehl am Platz vor. Gequält setzte ich ein künstliches Lächeln auf und vergrub meine Hände in den Hosentaschen.

Gerade hatte ich mich noch verzweifelt mit Alisas Krankheit und den Exusiai beschäftigt und jetzt sollte ich mich lebensfroh über Banalitäten unterhalten … Ich konnte nicht einfach in den Normalmodus umschalten und die trübsinnigen Gedanken abstellen, so, wie Alisa es gerade tat. Sie schien schon recht viel Übung darin zu haben. Alisa kicherte vor sich hin, während Sandra irgendwelche Lehrer nachahmte; mich machte das alles nur noch verzweifelter und wütender.

»Ich gehe schon mal die Karten holen, die Schlange an der Kasse wird immer länger«, erklärte ich ihnen mürrisch. Dann hauchte ich Alisa einen flüchtigen Kuss auf ihren Kopf und ging in das Gebäude. Die Klimaanlage war viel zu kühl eingestellt. Mich überkam ein Frösteln, das sich durch meinen gesamten Körper zog. Ich stellte mich an der Schlange für den Kartenverkauf an und beobachtete nebenbei Alisa und Sandra durch die Glasfront, wie sie vor dem Kino weiterhin scherzten und kircherten. Es freute mich, dass sie Spaß hatte, aber gleichzeitig machte es mich sauer. Ich verstand mich einfach nicht. Warum machte mich diese Situation so unbeschreiblich zornig?

Mit einem lauten Seufzer zwang ich mich, meinen Blick von den beiden abzuwenden. Die Leute um mich herum waren alle laut und ausgelassen fröhlich. Sie freuten sich auf die Vorstellung, das sah man ihnen an. Warum konnten Alisa und ich nicht unser verdammtes Leben genießen so wie diese Menschen hier in der Warteschlange? Es schien wie ein Fluch zu sein.

Als ich endlich an der Kasse stand, bestellte ich vier Karten für: »Der Blutverschlinger«.

Der Name allein versprach nichts Gutes. Jana war nun auch da und die Mädchen kamen mir entgegen. Wir gingen eine breite Treppe mit rotem Teppich hinunter zu den Kinosälen. Dort gab es eine weitere Kasse für Getränke und Snacks. Brav zahlte ich Alisas Getränk. Zu Essen wollte sie nichts. Ich nahm mir eine Tüte Popcorn mit. Das einzig Gute an dieser Vorführung würden die Gegenwart meiner Freundin und diese Tüte Popcorn sein.

Wir setzten uns auf unsere Plätze, beinahe der komplette Saal war voll. Unglaublich, dass so viele Leute diesen Mist sehen wollten. Ich saß zwischen Alisa und Jana, die sich permanent an meiner Popcorntüte bediente. Der Film war einfach nur schrecklich. Dieses sinnlose Gemetzel mit unzähligen Nahaufnahmen von zerstückelten Menschenkörpern schlug mir auf den Magen. Dennoch hielt ich bis zum Schluss durch. Auch, weil Alisa sich nach der Hälfte des Films an mich kuschelte und fest meine Hand hielt.

Die drei Mädchen waren danach total aufgedreht. Sie erzählten sich lautstark immer und immer wieder die blutigsten Szenen. Ich trabte hinter ihnen her. Es war süß, wie sie herumalberten. Sie glichen kleinen, ungestümen Kindern. Es machte mich ein wenig neidisch, die drei so unbeschwert zu sehen.

Ich hatte noch nie Momente erlebt, in denen ich mit Freunden so ausgelassen herumblödelte. Schließlich hatte ich nie wirklich welche.

Abschließend zum heutigen Kinobesuch wollten wir alle etwas essen gehen. Nach einer kurzen Abstimmung gingen wir zu einem angesagten Burgerladen in der Nähe. Alisa aß kaum etwas; gefühlt eine Handvoll Pommes. Sie gab mir ihre Reste und schlürfte mit dem Strohhalm an ihrem Glas Cola. Jana erzählte einen doofen Witz. Sandra lachte laut los.

»Ich habe Leukämie.«

Stille trat ein.

Nur der Hip-Hop-Sound aus den Lautsprechern des Burgerladens war noch zu hören. Wir saßen alle vier da und schwiegen. In mir machte sich eine gewisse Erleichterung breit. Ich hatte mich bereits gesorgt, dass es Alisa nicht übers Herz bringen würde, ihren Freundinnen von ihrer Krankheit zu erzählen.

Als das Schweigen unerträglich wurde, legte ich meinen Arm seufzend um Alisa. Sie war den Tränen nahe, wollte vor den anderen aber stark bleiben. Ich wollte ihr den Rücken stärken. Das war das Einzige, was ich im Moment für sie tun konnte.

»Ab Montag bin ich nicht mehr in der Schule für eine ganze Weile. Aber ihr könnt mich besuchen.« Man konnte an ihrer Stimme erkennen, wie sie gerade mit sich kämpfte. Bis auf Alisa brachte noch keiner ein Wort heraus.

»Das würde mich freuen.« Ihre Stimme brach. Dann stand sie auf, schob ruppig ihr Essenstablett beiseite und rannte hinaus. Die entsetzten Blicke von Jana und Sandra wanderten von Alisa zu mir.

Ich seufzte abermals, dann klatsche ich ein paar Geldscheine auf den Tisch und lief ihr hinterher. Es kam für die beiden einfach zu plötzlich, ihnen verschlug es im wahrsten Sinne des Wortes die Sprache.

»Alisa«, rief ich ihr nach. Sie war schon quer über den Parkplatz gerannt. Ruckartig blieb sie stehen, drehte sich aber nicht um. So schnell ich konnte eilte ich zu ihr und nahm sie fest von hinten in den Arm. Sie zitterte, versuchte, ein Wimmern zu unterdrücken.

»Die beiden werden dich besuchen kommen, das weiß ich genau«, wollte ich sie aufmuntern. Sie nickte nur, drehte sich zu mir um und vergrub ihr Gesicht in meinem Shirt. Ihre Tränen durchtränkten es. Wieder stieg diese Wut in mir auf.

»Kann ich heute Nacht bei dir schlafen?«, fragte sie mich wimmernd.

»Na klar. Nichts lieber als das.«

Dabei küsste ich ihr zärtlich auf den Kopf.

Alisa machte es sich auf meiner Matratze gemütlich, während ich ein paar Kerzen anzündete. Ich hatte extra welche besorgt, in der Hoffnung, dass Alisa noch einmal bei mir übernachten durfte. Sie war begeistert von dem flackernden Licht. Ihre betrübte Stimmung wechselte sich sofort ins Gegenteil. Wir saßen dicht nebeneinander und sahen gedankenverloren dem Kerzenlicht zu. »Seitdem du zurückgekommen bist, wirkst du viel erwachsener. Ich wusste erst nicht, ob mir das gefällt, aber das tut es. Ich fühle mich bei dir total geborgen«, gestand Alisa mir irgendwann. Sie vergrub ihre Hand in meiner.

»Und dabei kann ich dich doch gar nicht beschützen. Ich bin zu nichts nutze!«

»Du weißt gar nicht, wie viel Kraft du mir gerade schenkst«, versicherte sie mir. »Ich bin dir sehr dankbar. Obwohl ich von meiner Krankheit erfahren habe, bin ich unbeschreiblich glücklich und das ist allein dein Verdienst.«

Mir wurde warm ums Herz. Glücklich schloss ich die Augen und genoss das angenehme Gefühl, das ihre Worte in mir zurückließen. Von Kopf bis Fuß war ich in sie verliebt. Und ich würde alles für sie tun. Ich schwor mir selbst, dass ich alles daran setzen würde, sie zu heilen. Wenn andere Engel das konnten, dann konnte ich das bestimmt auch. Ich musste mich nur daran erinnern.

Melioth würde ich so lange anflehen, mir zu helfen, bis er es mir beibrachte. Wenn Alisa ins Krankenhaus ging, würde ich zu den anderen Nephilim fliegen und ihnen helfen. Dort traf ich dann bestimmt Melioth an. Vielleicht zeigte er es mir und ich konnte Alisa dann selbst heilen. Die Konsequenzen, die mich ereilen könnten, waren mir egal. Ich verstand sowieso nicht, warum ausgerechnet ihr Name in diesem Schicksalsbuch notiert worden war. Sie war ein »unbedeutender« Mensch. Ihre plötzliche Genesung würde keiner größeren Anzahl Menschen auffallen. Auch für die Engel hatte Alisas Leben keinerlei Relevanz. Warum also war es verboten, ausgerechnet ihr Leben zu retten?

Mein Plan stand fest, ich würde bald nach Kanada aufbrechen. Ich trug Verantwortung; den Nephilim und Alisa gegenüber. Auf keinen Fall wollte ich jemanden von ihnen im Stich lassen – das hätte ich mir niemals verzeihen können.

Alisa zog mich an sich. »Versprich mir, dass du auf dich aufpasst, Simon«, flüsterte sie, während ihre Finger zärtlich meine Wange streichelten.

Ich drückte sie sanft in die Matratze und küsste sie, während sie ihre Arme um mich schlang und meinen Nacken kraulte.

Was würde ich dafür geben, jetzt die Zeit anhalten zu können. Ich wollte Alisa in der kurzen Zeit, die uns noch blieb, so viel Liebe schenken, wie ich nur konnte. Langsam zog sie mein Shirt hoch und streichelte über meinen Bauch. Ich wusste, was sich Alisa jetzt in diesem Moment wünschte. Sie wollte mich noch einmal so spüren wie gestern. Diese körperliche Liebe war für mich noch völlig neu. Ich kam mir unbeholfen vor, hatte Angst, dass es ihr nicht gefiel. Doch als ich die Augen öffnete und Alisa ansah, da wusste ich, dass meine Zweifel unnötig waren.

Kapitel 63 – Alisa

Heute war der letzte gemeinsame Tag, bevor ich ins Krankenhaus musste und Simon zurück zu den anderen Nephilim flog. Wir mussten heute unbedingt noch mal ganz viel Liebe tanken. Darum unternahmen wir nichts, lagen bis zum Nachmittag einfach nur eingekuschelt im Bett. Es war so schade, dass wir unsere Zweisamkeit nicht länger genießen konnten. Bevor wir zusammengekommen waren, schien es so, als hätten wir unendlich viel Zeit. Nun bereute ich jeden Tag, an dem ich mit ihm kein Paar gewesen war. Ich würde ihn unheimlich vermissen. Ehrlich gesagt konnte ich mir nicht vorstellen, auch nur einen Tag ohne ihn zu sein. Im Krankenhaus konnte er nicht viel tun. Auch wenn ich später ambulant behandelt werden würde, ähnelte ich wahrscheinlich mehr einer Leiche als allem anderen. Wollte ich überhaupt, dass mich Simon während der Chemotherapie sah – fahl, kahl, lustlos und verzweifelt? Es war gut, dass er noch eine weitere wichtige Baustelle auf seiner Agenda hatte und sich nicht voll auf mich konzentrieren konnte.

»Wie wäre es, wenn du dir am Montag, bevor du aufbrichst, noch ein Smartphone zulegst, dann können wir telefonieren«, meinte ich, während ich mir meine Hose anzog. Ich musste endlich nach Hause, um meine Sachen für den Krankenhausaufenthalt zu packen.

Simon bekam große Augen. Daran hatte er wohl noch nicht gedacht.

Er stülpte sich sein Shirt über den Kopf. »Ja, eine gute Idee.«

»Du weißt, wie man so was macht? Verträge abschließen, Smartphone einrichten? Ein E-Mail-Konto erstellen?«, bohrte ich skeptisch nach. Digital lebte er noch in der Steinzeit. Er kratzte sich am Hinterkopf und verneinte. Das dachte ich mir bereits. Ich überlegte kurz, wie er das alles umgehen konnte. Dann fiel mir ein, dass ich mein uraltes Mobiltelefon anno 20. Jahrhundert aufgehoben hatte.

»Du kannst mein Altes haben. Wir probieren es bei mir gleich aus.«

Simon nickte verlegen. Sein erstes digitales Gerät. Er besaß nicht mal einen Taschenrechner. Mein altes Mobiltelefon war kein Smartphone, es funktionierte noch mit Tasten und hatte eine total pixelige Auflösung. Es war für Simons erstes Handy perfekt.

Händchenhaltend schlenderten wir zu mir nach Hause. Ich wollte nicht zu meinen Eltern. Sie würden wahrscheinlich wieder einen Aufstand machen, weil ich so lange weggeblieben war.

Wenigstens ließen sie diesmal Simon mit reinkommen. Weder mein Vater noch meine Mutter trauten sich, ein Wort über mein Fernbleiben heute Nacht zu verlieren.

Meine Mutter packte mit mir ein paar Sachen in einen Koffer, während Simon auf dem Sofa saß und seine Nase in ein Buch steckte. Ich hätte gerne alleine gepackt. Es war mir peinlich, dass mir meine Helikoptermutter half. Sie präsentierte jedes Unterhöschen und jeden BH in der Luft und fragte: »Das auch?«

Am liebsten wäre ich im Boden versunken. Ich konnte Simons verstecktes Grinsen hinter seinem Buch förmlich riechen. Nach dem Packen suchte ich in einem alten Kästchen das Mobiltelefon für ihn heraus. Ich steckte es an die Ladestation und schaltete es ein; es funktionierte noch. Das alte Ding war mit Prepaid-Karte und lief ohne Vertrag. Auf ihr waren noch wenige Euro; nicht viel, aber für ein paar Nachrichten würde es reichen.

»Wenn du mich hören willst, dann schreibe mir 'ne SMS, ich rufe dich dann zurück.«

Er nickte entschlossen.

Dann erklärte ich ihm die wichtigsten Funktionen und speicherte meine Nummer ein.

Gleich nach dem Abendessen baten meine Eltern Simon höflich, zu gehen. Sie wollten, dass ich die Nacht alleine verbrachte, um Kraft für morgen früh zu tanken. Dabei baute mich aktuell nichts mehr auf als seine bloße Anwesenheit. Meine Eltern verabschiedeten sich freundlich von ihm und versprachen, ihn mit dem Auto mitzunehmen, wenn er mich im Krankenhaus besuchen wollte. Er bedankte sich. Wir wussten beide, dass er das nicht in Anspruch nehmen würde. Schließlich musste er nach Kanada. Wenn er mich besuchen kam, dann würde er direkt zu mir fliegen. Der Gedanke brachte mich zum Grinsen.

Wir verabschiedeten uns an der Haustür. Natürlich war das nicht unser echter Abschied. Simon wartete bereits wieder in meinem Zimmer, als ich mich von meinen Eltern hatte lossagen können. Wir würden diese letzte Nacht zusammen verbringen, komme was wolle. Keiner von uns beiden dachte ans Einschlafen – zu kostbar war unsere Zeit. Wir küssten und liebkosten uns die ganze Nacht; machten kaum ein Auge zu.

»Was ist deine Lieblingsfarbe?«, wollte ich von Simon wissen, während er sanft meinen Arm streichelte. Er überlegte kurz. Dann sagte er mit geschlossenen Augen und müder Stimme: »Rot. Wie dein Haar.«

Ich musste schmunzeln. Simon war nun doch im Begriff einzuschlafen.

»Meine Lieblingsfarbe ist blau. Wie deine Augen. Und dein Licht, wenn du ein Engel bist«, erzählte ich ihm. Nach meinen Worten öffnete er seine müden Augen und sah mir tief in die meinen. Ich hatte seinen strahlenden Blick vom ersten Moment an gemocht. Mit seinen letzten Kräften hauchte er mir einen zärtlichen Kuss auf meine Lippen. Dann schlief er fix und fertig ein.

Kurz bevor die Sonne aufging, wollte Simon aufbrechen. Der Wecker klingelte um 05.30 Uhr. Meine Seele schmerzte; es gab kein Hinauszögern mehr. Es würde für lange Zeit keine weitere Minute auf eine andere folgen, die ich mit Simon verbringen durfte. Ich vermisste ihn jetzt schon. Wie sollte ich ohne seine Berührungen auch nur einen Tag überstehen?

»Ich weiß noch nicht, wann ich dich besuchen kann. Aber ich werde, sobald es geht, zu dir kommen«, versprach er mit beiden Händen zaghaft mein Gesicht haltend.

Ich nickte verständnisvoll. Ein unangenehmes Ziehen machte sich in meiner Brust bemerkbar, als wäre mein Herz in Ketten gelegt worden.

»Alisa ...«, flüsterte er und zwang mich, ihm in die Augen zu sehen. Er verwandelte sich in seine Engelsgestalt. Ein leicht bläulicher Schein umgab ihn. Es tat unglaublich gut, ihn so zu sehen. Mein Körper prickelte von Kopf bis Fuß.

Dieses Blau war definitiv meine Lieblingsfarbe.

»Alisa, ich schwöre dir, ich werde dich heilen! Ich werde alles tun, um dich zu retten, hörst du?«

Ich nickte abermals. Meine Sicht war nur noch verschwommen.

»Ich verspreche es dir! Du wirst noch viele wunderschöne Tage haben.«

Tränen rannen mein Gesicht über seine leuchtenden Hände hinunter. Simon strahlte immer heller. Seine Augen funkelten in dem reinsten Blau, das ich je gesehen hatte. Dann küsste er mich, presste seine Lippen fest auf meine. Mein Körper durchfuhr ein explosionsartiges Feuerwerk. Simons Energie war so ungeheuerlich stark geworden. Es war für so einen schwachen, unbedeutenden Menschen wie mich schier nicht zu ertragen. Plötzlich war er verschwunden. Ich konnte seine Lippen noch auf den meinen spüren, ein Windhauch ließ meine Haare sanft wehen. Doch Simon war bereits fort.

Meine Lippen prickelten vor Energie.

Ich fühlte mich unglaublich belebt.

Ein Hauch von Glückseligkeit legte sich um mich.

Nur langsam verflog dieses Gefühl und ließ mich alleine zurück.

Für eine Millisekunde brach die Einsamkeit über mich herein, da hörte ich ihn in meinem Geiste sprechen: »Ich rette dich! Und wenn es das Letzte ist, was ich tue!«

Simon hatte sein Shirt bei mir liegen lassen. Ich wusste, dass es kein Versehen war. Er ließ es mir als Erinnerung an ihn da. Ich legte mich wieder auf mein Bett und kuschelte mich an sein Shirt. Noch nie hatte ich mich so allein gefühlt wie in diesem Moment.

Meine Augen starrten auf meinen Wecker – wie Sekunde um Sekunde verging. Langsam ging die Sonne auf; sie tauchte alles in ein rosafarbenes Licht. Gleich würden mich meine Eltern wecken kommen. Ich würde ein üppiges Frühstück kriegen und dann würden sie mich ins Krankenhaus verfrachten. Scheiße! Ich verspürte schreckliche Angst. Meine Finger krallten sich fest in Simons Shirt. Sein Geruch daran beruhigte mich.

Kapitel 64 – Simon

Ich packte ein paar Kleidungsstücke in meine Umhängetasche und band diese an mir fest. Die Tasche musste gut fixiert werden, damit ich sie bei meiner rasanten Fluggeschwindigkeit nicht verlor. Fliegen fiel mir seit der Vereinigung mit Cassiel kinderleicht. Wenigstens etwas, das gut funktionierte. Andere Fähigkeiten hatte ich bis jetzt noch nicht entdeckt. Keinerlei weitere Erinnerungen kamen zurück. Ein schlechtes Gewissen plagte mich; hatte ich Cassiel so weit in mir zurückgedrängt, dass nur so wenig von ihm übrig geblieben war?

Vor dem Aufbruch nach Kanada aß ich bis auf einen Apfel noch alles auf, was in meiner Wohnung an Essbarem herumlag. Es würde sowieso schlecht werden. Ich brauchte eine gute Stärkung, schließlich würde ich gleich Unmengen an Energie verballern. Den Apfel packte ich als Notproviant in meine viel zu volle Tasche. In mir brodelte es. Ich konnte gar keinen klaren Gedanken fassen, alles in mir war ein reges Durcheinander.

Konnte ich Alisa wirklich allein lassen? Hielt ich es auch nur einen Tag ohne sie aus? Würden meine Kräfte bis zum Versteck ausreichen? Schließlich war ich noch nie so weit geflogen. Nicht einmal den genauen Standpunkt des Verstecks kannte ich. Ich hatte überhaupt keinen richtigen Plan. Meine einzige Hoffnung lag darin, Melioths oder Darels Aura ausfindig machen zu können. Ich ging nach draußen und stapfte über die Wiese hinter meiner Wohnung.

Der Morgentau blieb an meiner Hose haften und durchtränkte

sie hinauf bis zu meinen Knien. Weit genug von den Gebäuden entfernt verwandelte ich mich und flog senkrecht nach oben. Je schneller ich an Höhe gewann, desto geringer war die Wahrscheinlichkeit, dass mich jemand beobachten konnte. Als ich weit über der maximalen Höhe für Flugzeuge dahingleitete, gab ich Tempo in Richtung Westen.

Es war ein unbeschreibliches Gefühl, so weit oben zu fliegen. Über mir breitete sich bereits der dunkle Orbit aus. Als einfacher Nephilim hätte ich es niemals geschafft, so weit und so lange in diesen Höhen zu fliegen. Es war viel zu kalt und der Sauerstoffgehalt lag gen null. Meiner Engelsgestalt machte das durch die Verbindung mit Cassiel nichts weiter aus. Ich bildete wie von selbst eine leuchtende Schutzschicht um mich. Es stimmte mich zuversichtlich, dass ich von Cassiel beschützt wurde. Vielleicht war doch mehr von ihm in mir übrig als gedacht und ich konnte Alisa bald selbst heilen.

Während meines Flugs dachte ich über Alisas plötzliche Erkrankung nach. Immer wieder kam mir das Bild in den Sinn, als dieser Exusiai sie angegriffen hatte – wie sie ohnmächtig wurde und Nasenbluten bekam. Und dann war da diese verbrannte Stelle an ihrem Handgelenk …

Warum hatte er sie attackiert?

Es mochte Zufall gewesen sein, darum hatte ich diesen Gedanken noch niemandem gegenüber geäußert aber hatte dieser Angriff etwas mit Alisas Krankheit zu tun?

Nach geraumer Zeit verließ mich meine Energie spürbar. Mir ging allmählich die Puste aus. Ich konnte nicht einschätzen, wie lange ich bereits geflogen war. Waren es zwei Stunden gewesen oder mehr? Die Wolkendecke unter mir war extrem dick, sodass ich etwas tiefer flog, um zu erkennen, ob Land in Sicht war. Ich brauchte unbedingt eine Pause. Und tatsächlich konnte ich in weiter Ferne eine Küste ausfindig machen. Mit meinen letzten

Reserven flog ich dorthin. Als ich landete, verwandelte ich mich sofort in meine menschliche Gestalt zurück. Ich war restlos k. o.; legte mich in den Sand und streckte alle Viere von mir.

Das Versteck war bestimmt noch weit entfernt. Kanada war groß. Verdammt groß. Und ich hatte einen unglaublich schlechten Orientierungssinn. Ich wusste nicht einmal, in welchem Land ich jetzt gerade war. Erschöpft schloss ich meine Augen und genoss den kalten, feuchten Sand auf meiner Haut. Die Luft roch unheimlich gut nach Meer. Der Sandengel, den Alisa im pudrigen Sand gemacht hatte, kam mir wieder in den Sinn; die vielen Fotos, die Sandburg und die Muschel. Und natürlich erinnerte ich mich an mein pochendes Herz.

Ich würde mir definitiv irgendwann ein Haus am Meer kaufen.

Lächelnd machte ich abermals einen Sandengel; schwang meine Arme und Beine rauf und runter. Ich war von oben bis unten vollgekrümelt mit Sand.

Auch wenn aktuell wieder alles aus dem Ruder lief, war ich doch glücklich. Erschöpft schlief ich am Strand ein und träumte von Alisa und von Sandengeln.

Kapitel 65 – Alisa

Als mich meine Eltern ins Krankenhaus fuhren, sprach keiner ein Wort im Auto. Mein Vater drehte das Radio an. Ein Nachrichtensprecher verkündete rauschend die aktuellen Neuigkeiten.

Da es in unserer kleinen Stadt keine Spezialklinik für Leukämie bei Kindern und Jugendlichen gab, mussten wir zwei Stunden mit dem Auto in ein Krankenhaus fahren. Das war auch der Grund, warum ich erst einmal stationär aufgenommen wurde. Sie wollten Tests machen und dann einen Behandlungsplan ausarbeiten. Tatsächlich war mir das gerade im Moment total egal. Ich fühlte nur Passivität, grenzte mich von dem Thema ab. Wahrscheinlich war das eine Schutzreaktion von mir. Ich wollte diese verdammte Scheiße nicht! Ich wollte bei Simon sein! Ich wollte endlich glücklich leben!

Als wir am Klinikum ankamen, nahm mich meine Mutter nach dem Aussteigen in den Arm. Sie schluchzte und drückte mich so fest sie konnte. Ich erwiderte ihre Umarmung nicht, ließ sie aber machen. Mein Vater holte meine Sachen aus dem Auto, dann animierte er uns zum Weitergehen. Es war eine komische Stimmung.

Die Klinik war wie jedes andere Krankenhaus, weiß und steril. Alle paar Meter hing als Dekoration ein hässliches Bild an der Wand. Überall roch es nach kranken Menschen und Desinfektionsmittel. Ich hasste Krankenhäuser einfach.

Wir gingen zur genannten Station und setzten uns in den

Wartebereich; schwiegen uns weiterhin an.

Mein Vater las ein herumliegendes Gesundheitsmagazin. Als er durch war, las er es noch mal. Meine Mutter starrte im Sekundentakt auf ihre Armbanduhr. Ich holte meine Ohrstöpsel heraus und machte meine Musik an. Das Einzige, was mich jetzt noch retten konnte, war meine Musik. Ich drehte so laut auf, wie es nur ging, um die Situation erträglich zu machen.

Nach gefühlten hundert Stunden kam endlich eine Krankenschwester und hielt mir freudestrahlend ihre Hand hin zum Gruß. Ihre Lippen bewegten sich, doch ich konnte sie nicht hören, da meine Musik zu laut war. Langsam und monoton nahm ich einen der beiden Hörer aus meinem Ohr. Sie wiederholte ihre Worte aber nicht und meinte nur: »Komm, lass uns gehen, deine Eltern können hier warten.« Ich folgte ihr. Wir gingen in ein kleines mit Krankenhausutensilien vollgestopftes Zimmer. Dort bat mich die Schwester, Platz zu nehmen. Also setzte ich mich auf den Hocker. Sie nahm wortlos meinen Arm und fing an, ihn genauestens zu betrachten.

»Du hast gute Venen. Da tu ich mich schön leicht«, sagte sie lächelnd, dabei holte sie eine noch verpackte Kanüle aus ihrem Kittel. Dann schnürte sie meinen Arm mit einem Stauschlauch ab. Es wurde mir mal wieder Blut abgenommen. Kein Wunder, dass ich so schwach war.

»Wir werden dich die nächsten Tage so richtig durchchecken. Und dann schauen wir, wie wir dir helfen können.«

Ich empfand ihre extreme Fröhlichkeit unangebracht – es nervte mich total. Bis jetzt hatte ich kein Wort erwidert. Langsam füllte sich das Röhrchen mit meinem dunkelroten Blut. Insgesamt befüllte die Krankenschwester acht Stück, dann drückte sie mir freudestrahlend eine Kompresse auf die Einstichstelle und klebte ein kleines Pflaster darüber.

»So, geschafft. Du kannst zurück zu deinen Eltern«, verabschiedete sie mich und zeigte auf die Tür. Und wieder hieß es warten.

Als die Sonne schon unterging, bekam ich endlich mein Zimmer zugewiesen. Meine Eltern begleiteten mich – meine Mutter räumte sorgsam meine Sachen in den Schrank. Wenn es nach mir gegangen wäre, hätte ich die Reisetasche einfach so, wie sie war, in den Schrank geschmissen. Als das Abendessen kam, verabschiedeten sich meine Eltern schweren Herzens von mir. Ihnen fiel es sichtlich schwer, mich hier allein zu lassen. Ich hingegen war einfach nur froh, als sie endlich weg waren und die Tür hinter sich schlossen. Morgen würde meine Mutter wiederkommen und mich weiterhin nerven mit ihrer Fürsorge.

Yeah!

Ich konnte es kaum erwarten.

Mein Essen rührte ich nicht an. Es gab trockenes Brot und Käse – igitt. Mein Zimmer war für zwei Personen ausgelegt. Noch war ich allein. Ich hoffte, es würde so bleiben. Ich schnappte mein Smartphone und starrte auf das Display. Es waren tausende Nachrichten von Jana und Sandra eingegangen; von Simon leider keine. Wahrscheinlich war er schwer beschäftigt. Oder er war noch gar nicht angekommen. Ich hoffte inständig, dass es ihm gut ging. Immer und immer wieder nahm ich mein Handy in die Hand in der Hoffnung, eine Nachricht von ihm bekommen zu haben. Doch, nichts. Hatte er mir nicht gesagt, er würde es spüren, wenn ich ihn brauchte? Warum schrieb er mir dann keine beschissene SMS?

Gerade wollte ich voller Wut mein Smartphone gegen die Wand pfeffern, da ging die Tür auf und ein Mädchen, schätzungsweise zwölf Jahre alt, betrat das Zimmer. Sie schaute mich verdutzt an, lächelte dann und sagte: »Hallo, ich bin Tamara.«

Sie trug ein Tuch über ihrer hervorscheinenden Glatze, hatte weder Augenbrauen noch Wimpern. Geschockt vergrub ich mein Gesicht in meinen Händen und heulte bitterlich.

Kapitel 66 – Simon

Orientierungslos wachte ich auf. Die Sonne war bereits untergegangen. Das Einzige, was ich hörte, waren das Rauschen des Meeres und mein Magenknurren. Ich holte den Apfel aus meiner Tasche und biss hinein.

Hier und jetzt – nachts allein am Strand fühlte ich mich schrecklich einsam. Ich wünschte mir endlich eine Nachricht von Melioth, aber sie kam nicht. Was machte ich nun bloß? Warum war ich einfach so drauflosgeflogen, ohne mir einen richtigen Plan gemacht zu haben? Ich ärgerte mich über mich selbst und meinen naiven Optimismus.

Genervt von mir selbst stand ich auf und klopfte mir den Sand vom Körper. Gerade wollte ich mich verwandeln und planlos weiter gen Westen fliegen, da tauchte eine Gestalt vor mir auf. War das Melioth oder sogar Darel? Ich konnte durch die Dunkelheit nichts erkennen. Die Person kam langsam auf mich zu. Es war keiner von beiden, die Energie passte nicht zu ihnen. Dennoch konnte ich spüren, dass es ein Engel in Menschengestalt war. Seine Aura kam mir vertraut vor. Trotzdem erkannte ich sie nicht.

»Wer bist du?« Instinktiv nahm ich eine verteidigende Haltung ein.

»Cassiel, schön dich zu sehen. Ich bin es, Oriel«, begrüßte mich die Person. Abermals kam er näher. Nun konnte ich ihn gut erkennen. Sein helles gelocktes Haar hing ihm seitlich in sein feminines Gesicht. Ein goldenes warmes Licht umgab ihn. Er wirkte so zierlich wie eine Porzellanpuppe; als würde er zerbrechen, wenn ich ihn nur berührte.

»Was willst du von mir?«, fragte ich forsch. Ich wusste nicht, ob ich ihm trauen konnte.

»Darel hat mir von deiner Freundin erzählt, deren Name ich in das Schicksalsbuch geschrieben habe.« Er sprach über Alisa, meine Augen weiteten sich erschrocken.

Als ich keinerlei Reaktion zeigte, erklärte er sich genauer: »Cassiel, ich weiß nicht, wie viel von dir vordergründig vorhanden ist, aber ich hoffe, du weißt noch, was es bedeutet, wenn ich einen Namen in das Schicksalsbuch schreibe.« Während er sprach, machte Oriel einen weiteren Schritt in meine Richtung. Er streckte seinen rechten Arm in meine Richtung aus und wollte mich besänftigend an meiner Schulter berühren, doch ich zog sie vorher weg.

Ich kannte ihn nicht, auch wenn ich mich noch so anstrengte, um mich zu erinnern. Es machte mich traurig, dass Cassiels Erinnerungen einfach nicht wiederkamen. Er zog seinen Arm sofort zurück, als er merkte, dass ich nicht von ihm berührt werden wollte.

»Cassiel, ich …«

»Ich heiße Simon!«, unterbrach ich ihn. Ich wusste nicht, warum ich gerade so sauer auf diesen Engel war. Er wollte mir nichts Böses. Offensichtlich war er sogar hier, um mir zu helfen. Aber es machte mich wütend, dass er über Alisa reden wollte. Ich musste mich zwingen, meiner Aggression nicht freien Lauf zu lassen.

Oriel schloss resigniert seine Augen.

»Simon! Hör zu, ich möchte dir erklären, warum die anderen Engel dir nicht helfen. Und warum du dieses Mädchen nicht retten darfst! Alisas Tod wird ein fixer Moment auf der Zeitachse sein. Er muss geschehen. Darum wurde ihr Name bereits vor dem Eintreten ihres Todes in das Schicksalsbuch geschrieben. Du darfst nicht eingreifen, verstehst du?«, er sprach seine Worte leise, jedoch gestochen scharf und eindringlich.

Fixer Moment auf der Zeitachse, so ein Quatsch. Was sollte denn ausgerechnet an Alisas Ableben so bedeutsam sein? Ich kam mir verarscht vor.

»Was ist denn an ihr so besonders? Wer entscheidet denn so einen Blödsinn?«, wollte ich von Oriel wissen.

Er sah mich trotz meiner leicht provokanten Art weiterhin ruhig und sanft an. Ich wusste, dass er nicht mein Feind war. Aber ich war so unglaublich aufgebracht, dass ich keine Muse für Nettigkeiten fand.

»Ich entscheide solche Dinge nicht. Warum ausgerechnet ihr Tod ein Fixpunkt ist, kann ich dir nicht sagen. Ich weiß nur, dass die höchste Strafe darauf steht, wenn man sich dem Schicksal widersetzt und einem Menschen das Leben rettet, obwohl dessen Name bereits im Schicksalsbuch geschrieben steht. Und ich möchte dich warnen, Undurchdachtes zu tun. Du bist zu wichtig für uns alle, als dass du als Gefallener enden solltest.«

»Ich werde doch sowieso schon von allen gejagt. Was interessiert es mich da noch, ob ich als Gefallener ende, oder nicht? Ich werde ihr helfen! Und wenn es das Letzte ist, was ich tue!«

»Gefallene werden nicht mehr gejagt. Gefallene fallen. Und zwar sofort und unumgänglich in den Höllenschlund. Da kannst du dich nicht gegen wehren. Simon, nimm das bitte ernst. Ich bin auf deiner Seite; das sind wir alle. Du bist als Cassiel unser aller Prinz. Doch wir können Alisa nicht helfen. Wir dürfen es nicht.«

»Hast du mir nicht zugehört? Ich sagte, ich werde ihr helfen und wenn es das Letzte ist, was ich tue! Es ist mir scheißegal, was mit mir passiert. Sie hat das nicht verdient. Und auf eure angebliche Hochachtung kann ich pfeifen!«, schrie ich Oriel an, während ich mich in meine Engelsgestalt verwandelte. Ich wollte nicht weiter herumdiskutieren.

Die anderen Engel würden mir nicht helfen. Das hatte mir Oriel klargemacht. Aber keiner konnte mich davon abbringen, Alisa zu retten. Das begriff offensichtlich auch Oriel. Er wandte seinen Blick traurig von mir ab und schwieg. Ich war noch nie in meinem Leben so wütend gewesen, wie gerade in diesem Augenblick.

Mir war endlich bewusst geworden, dass Alisa ohne meine Hilfe definitiv sterben würde. Schließlich stand ihr Name schon in diesem beschissenen Buch. Ihre Behandlung war für die Katz. Sie würde einfach so sterben! Die Erkenntnis riss mir den Boden unter den Füßen weg. Warum hatte mich Cassiel nicht an seinem Wissen teilhaben lassen? Er schien vollkommen verschwunden zu sein, seitdem ich von Alisas Krankheit erfahren hatte. Dabei brauchte ich seine Kenntnisse aktuell mehr denn je. Warum ließ er mich so allein? Was sollte ich bloß machen? Sollte ich gleich wieder umkehren und zu Alisa zurückfliegen? Und was dann? Die letzten Monate, Wochen, Tage mit ihr genießen, bis sie starb? Mein kompletter Körper bebte vor Wut.

Ich krallte mir energisch meine Tasche und flog einfach davon. Kein Wort mehr wollte ich von Oriel hören!

So schnell ich konnte jagte ich weiter in Richtung Westen. Trotzdem vernahm ich Oriel noch einmal in meinen Gedanken.

Er gestand mir: »Cassiel, das Himmelsgericht persönlich hat mich den Namen in das Buch schreiben lassen. Hege keinen Groll gegen mich!«

Ich ignorierte die Stimme in meinem Kopf einfach und flog weiter. Vor lauter Wut war ich schneller als je zuvor. Keine Ahnung, woher diese Kraftreserven auf einmal kamen. Sie überraschten mich. Eigentlich war ich noch ziemlich ausgelaugt gewesen, bevor Oriel aufgetaucht war. Nun fühlte es sich so an, als könnte ich problemlos die Erde einmal umrunden. Die kühle Luft auf meinem Gesicht tat gut. Sie ließ mich wieder klarer denken.

Nach einiger Zeit reduzierte ich mein Tempo, ich konnte etwas fühlen – es aber noch nicht deuten. War ich dem Versteck der Nephilim näher gekommen?

Ich flog weiter in die Richtung in der Hoffnung, Melioth bald deutlich spüren zu können. Er war der menschlichste Engel von allen. Wenn er schon Alisa nicht heilen durfte, zeigte er mir bestimmt, wie es ging. Wenigstens er musste meinen Standpunkt einfach verstehen. Ich konnte nicht tatenlos zusehen, wie meine Liebe dahinvegetierte.

Ob ich ewiglich im Raqia endete, weil ich den Nephilim geholfen und mehrere Exusiai getötet hatte oder als Gefallener in der Hölle landete, weil ich meiner Liebsten das Leben rettete, spielte keine Rolle.

Ich war der pulsierenden Energie, die ich wahrnahm, gefolgt. In weiter Ferne konnte ich endlich das Versteck ausfindig machen. Der Berg, der als Tarnung diente, passte nicht hundertprozentig in das Bild dieser Vegetation. Sofort erkannte ich ihn wieder. Und wie bei meiner letzten Ankunft traf ich auf Exusiai.

Doch dieses Mal waren es Hunderte von ihnen. Sie nahmen mich gar nicht wahr, sondern legten ihren Fokus auf den Schutzschild. Mit ihren Lanzen stachen sie wie in Raserei auf ihn ein. Ich flog so schnell ich konnte an ihnen vorbei durch den Schild hindurch. Es hätte nichts gebracht, die Exusiai planlos anzugreifen; es waren zu viele von ihnen. Ich musste zuerst mit Melioth und den anderen sprechen.

Melioths Energie machte ich östlich bei den anderen Nephilim ausfindig. Sie pulsierte nur sehr schwach. Westlich der Hütte konnte ich noch zwei weitere Engel wahrnehmen. Ich kannte deren Energie nicht, spürte aber eine bemerkenswerte Kraft. Das war die Energie, die mich zu dem Versteck geführt hatte. Sie war so stark, dass sie sich wie kleine elektrische Blitze auf der Haut entlud – überlagerte die Energie von Melioth förmlich. Kein Wunder, dass ich ihn so lange nicht hatte ausfindig machen können.

Melioth stand gemeinsam mit der restlichen Truppe vor der Hütte. Die Nephilim hielten ihre Waffen fest in der Hand und sahen interessiert auf Melioth, der ihnen gerade etwas zu erklären versuchte. Noch halb im Landeanflug begrüßte ich sie lauthals: »Ich habe euch gefun...«

Dann schlug ich neben ihnen, ungebremster als beabsichtigt, auf dem Boden auf.

Der Schnee schmolz sofort um mich herum, ein paar kleinere Steine wurden davon katapultiert.

Alle starrten mich an.

Die verpatzte Landung war mir peinlich. In den Augen der Nephilim konnte ich jedoch reine Ehrfurcht erkennen. Melioth ließ sein Schwert verschwinden und umarmte mich herzlich. Er war sichtlich erleichtert, mich zu sehen. Seinen knochigen Körper dicht an meinem zu spüren, war mir unangenehm. Er fühlte sich an wie ein Skelett.

»Simon, du bist gekommen! Gerade jetzt, wo wir jede helfende Hand brauchen – es gleicht einem Wunder. Wir haben allerhand zu tun.«

»Ja, das habe ich gesehen. Es sind hunderte Exusiai da draußen!«, erklärte ich, wissend, dass er diese Information bereits kannte.

Auf einmal schmiss sich jemand von hinten an mich.

»Simon!«, kreischte es hinter mir. Ich erkannte sofort ihre Stimme; es war Natalia. Die anderen Nephilim ließen nicht lange auf sich warten und begrüßten mich ebenfalls aufgeregt. Ich wurde umarmt, geknufft, geboxt; sie waren sichtlich froh, mich zu sehen.

Meine Wut, die sich durch Oriel aufgestaut hatte, war von einer Sekunde auf die nächste komplett verflogen. Die Leute, die sich hier gerade um mich scharten, waren allesamt zu meinen Freunden geworden. Ich hatte einen ganzen Haufen richtige und echte Freunde. Es tat gut, so aufrichtig gemocht zu werden. Ein breites Lächeln machte sich auf meinem Gesicht breit.

»Oh Mann, Simon. Wir sind so froh, dass du doch lebst!«, wimmerte Nick, während er mir freundschaftlich den Oberarm tätschelte.

Stimmt, das Letzte, was sie von mir gesehen hatten, war meine blutüberströmte Leiche. Das war bestimmt keine schöne letzte Erinnerung an mich.

»Wir haben dich neben dem Wasserfall bei Aaron begraben. Das war so hart«, erklärte Jaspal schluchzend. Bei der Vorstellung an mein Begräbnis musste ich schlucken. Meine Leiche lag nur ein paar Meter von hier entfernt und verweste gerade vor sich hin. Gänsehaut breitete sich über meinem Körper aus.

Die beiden Mädchen weinten, während sie sich fest an mich drückten. Valentina schien am emotionalsten auf mich zu reagieren; sie heulte wie ein Schlosshund.

»Ist gut, ich bin doch am Leben. Wieder«, beruhigte ich sie und versuchte, alle von mir loszukriegen.

»Wo kann ich denn am besten helfen?«, wollte ich von Melioth wissen, nachdem die anderen Nephilim endlich von mir ließen. Meine Worte brachte allen den Ernst der Lage zurück. Jeder erinnerte sich, dass sie gerade angegriffen wurden und es schlecht um sie stand.

Melioth gab mir einen kurzen Lagebericht: »Nemamiah und Phanuel halten den Schutzschild aufrecht und vernichten die Exusiai, die es doch durch das Loch hindurchschaffen. Ihnen kannst du am besten helfen. Ich bereite die anderen Nephilim gerade auf den Kampf vor. Sie sind allesamt unerprobt, aber für den Fall der Fälle zeige ich ihnen noch ein paar Tricks. Wollen wir einfach nicht hoffen, dass wir überrannt werden und es zu einem großen Kampf kommt!«

»Gut, dann gehe ich zu den anderen beiden. Viel Glück euch«, verabschiedete ich mich von ihnen und wollte gerade losfliegen. Doch Natalia hielt mich plötzlich fest umschlungen.

»Pass bitte auf dich auf!«, flüsterte sie leise, sodass nur ich sie hören konnte. Ich drehte mich leicht in ihre Richtung und tätschelte ihr beruhigend den Kopf: »Ich bin nicht kaputt zu kriegen, siehst du doch.«

Als Natalia mich mit Tränen in den Augen ansah, zwinkerte ich ihr zu. Dann drückte ich mich sachte weg von ihr, um mich aus ihrer Umarmung zu lösen. Ich musste jetzt schnell zu Nemamiah und Phanuel.

Die beiden strömten eine so starke Energie aus, dass ich genau wusste, wo sie zu finden waren. Binnen weniger Sekunden war ich bei ihnen. Wie Melioth erzählt hatte, versuchten sie, die Exusiai daran zu hindern, die Barriere zu zerstören. Der Schutzschild sah an vielen Stellen verändert aus. Es glich gesprungenem Glas, das jeden Moment bersten konnte. Wie man solch einen Schutzschild errichtete, wusste ich nicht, aber ich konnte kämpfen; zumindest ein klein wenig.

Als ich die beiden Engel erblickte, erinnerte ich mich durch Cassiel sofort wieder an sie. Ihre leuchtende grüne Aura war getränkt von Glückseligkeit und Zuversicht. Nemamiah hatte sich damals sofort auf Cassiels Seite geschlagen, als dieser seinen treusten Engeln den Plan darlegte, den Nephilim zu helfen. Er war also der Erste, den ich ins Boot holen konnte. Meine Lippen formten sich zu einem melancholischen Lächeln.

Ich landete dicht neben Nemamiah. Er bekämpfte gerade die aus dem Loch strömenden Exusiai. Die beiden Engel sahen mich entschlossen an und nickten mir zu. Kurz ließ ich meinen Blick über die Lage schweifen. Nemamiah schien die Exusiai gut im Griff zu haben. Das Loch war noch klein genug, sodass nur wenige Exusiai gleichzeitig eindringen konnten.

Phanuel kümmerte sich um die Barriere. Er trug einen Stab aus gleißend grünem Licht, den er auf die Barriere gerichtet hielt. Die Energie, die er ausstrahlte, war unfassbar mächtig. Ihn umgab eine so starke Aura, dass grünlich leuchtende Blitze sich um ihn herum entluden. Alles vibrierte in seiner Umgebung. Das Licht schmerzte in meinen Augen. Dennoch konnte ich erkennen, dass es selbst für diesen starken Engel kein Kinderspiel war, die Barriere aufrechtzuerhalten oder sie gar zu reparieren. Was war ich bloß für ein kleines Licht neben ihm! Ich hätte alles für seine Kraft gegeben.

Ich schluckte meine Emotionen hinunter und konzentrierte mich wieder auf meine Aufgabe – die Exusiai davon abhalten, meine Freunde zu töten.

Nemamiah hielt die Exusiai in Schach, die es bereits durch die bröckelige Barriere geschafft hatten. Darum beschloss ich, mich um die Exusiai außerhalb des Schutzschilds zu kümmern. Sie schlugen von außen wie besessen auf die Barriere ein. Damit Phanuel den Schutzschild reparieren konnte, musste ich die Exusiai dazu bringen, damit aufzuhören. Ich beschwor mein Schwert und flog aus der löchrigen Barriere. Für wenige Sekunden starrte ich die Horde an Exusiai einfach nur an. Sie nahmen mich gar nicht wahr, stachen irr mit ihren Lanzen immer und immer wieder auf die Barriere ein. Meine Hände zitterten. Das würde nun richtig unangenehm für mich werden. Aber mir blieb keine andere Wahl.

Erst als ich den ersten Exusiai angriff, bekam ich die Aufmerksamkeit von einigen dieser Wesen. Die Mehrzahl kümmerte sich weiterhin um den Schutzschild. Wenn sie mich alle gleichzeitig angreifen würden, hätte ich keine Chance. Trotzdem kamen nur vier Exusiai auf mich zu. Eine strahlende Lanze zischte dicht an meinem Kopf vorbei. Ich konnte den Windhauch der Waffe in meinem Gesicht spüren.

Sofort erschuf Cassiel wieder eine schützende Hülle um mich. Das war verdammt knapp gewesen.

Ich atmete tief ein und wieder aus.

Dann griff ich an.

Die vier hatten keine Chance gegen mich. In Windeseile besiegte ich einen nach dem anderen. Meine Kräfte hatten sich seit dem letzten Kampf enorm gesteigert. Dankend nickte ich Cassiel innerlich zu.

Mein Blick wanderte einmal um mich herum. Keiner der übrigen

Exusiai griff mich an. Sie schienen sich von mir kaum von ihrem Vorhaben abbringen zu lassen. Mit voller Wucht flog ich in eine Traube von ihnen. Zwei Exusiai lösten sich sofort auf. Der Rest wurde einige Meter von mir weggeschleudert. Als sie sich von meinem Angriff erholt hatten, griffen sie mich vereint an.

Nun hatte ich ihre Aufmerksamkeit.

Es waren mindestens zehn an der Zahl, die mich gleichzeitig attackierten. Den ersten Angriff konnte ich mit meiner Klinge abwehren. Der Exusiai wurde zurückgeschleudert. Wie von Intuition gelenkt wehrte ich einen Exusiai zu meiner linken Seite ab. Ein strahlendes Licht entwich meiner Hand und durchdrang den Angreifer. Bis jetzt hatte ich noch gar nicht gewusst, dass ich so etwas konnte.

Verdutzt starrte ich auf meine Handfläche. Ich war nur kurz abgelenkt, da griffen mich drei Exusiai gleichzeitig von hinten an und verletzten mich. Sie hatten meine Schutzschicht durchbrochen.

Ich schrie laut auf, als mich der Schmerz durchfuhr. Es fühlte sich an, als würde ich verbrennen.

Sofort drehte ich mich um und tötete nacheinander auch diese drei mit meinem Schwert.

Wieder flog eine Lanze dicht an mir vorbei.

Ich drehte mich in die Richtung, aus der sie gekommen war; rammte dem Exusiai mein Schwert in den Körper. Kleine Lichtfunken sprühten, während der Exusiai sich auflöste.

Ein weiterer kam von oben.

Er konnte mich an der Schulter verletzen. Zum Glück nur leicht.

Ein anderer versuchte, mich festzuhalten. Seine Berührung fügte mir immense Schmerzen zu. Ein lautes Stöhnen entwich meiner Kehle.

Ich tötete beide unmittelbar.

Endlich hatte ich ein paar wenige Augenblicke zum Verschnaufen. Der Schmerz durchzog meinen kompletten Körper.

Mir ging jetzt schon die Puste aus.

Mein Handeln hatten nicht viel an der Situation geändert; es war wie ein Tropfen auf den heißen Stein.

Wie erbärmlich.

Doch es half nichts, ich musste weitermachen. Ich musste meine Freunde beschützen, egal wie.

Erneut griff ich einige Exusiai an, die gerade konzentriert dabei waren, die Barriere zu zerstören. Dieses Mal attackierte mich daraufhin ein riesiger Pulk.

Sofort kassierte ich schmerzhafte Treffer.

Vor Erschöpfung konnte ich mein Schwert kaum noch obenhalten. Ich versuchte, einen Gegner abzuwehren.

Einer erwischte mich am linken Oberschenkel, einer an meiner rechten Schulter. Ein Treffer galt meinem rechten Flügel.

Ich geriet ins Straucheln; verlor ein paar Meter an Höhe. Es waren höllische Schmerzen. Meine Jeans hing zerrissen und blutig an meinem linken Bein herunter.

Trotz der Verletzungen konnte ich zwei Exusiai mit meinem Schwert besiegen und rasch Abstand von den restlichen Angreifern gewinnen. Sie folgten mir sogleich und starteten einen weiteren Schlag gegen mich. Ich versuchte, noch einmal diesen Lichtstrahl zu erzeugen. Er war jedoch viel schwächer als der Erste, kratzte einen Exusiai nur etwas am Bein. Schöner Mist.

Eine Lanze streifte meinen rechten Oberarm.

Erneut durchfuhr mich ein brennender Schmerz.

Meine Energie war erschöpft, die schützende Hülle um mich herum war komplett verschwunden. Ich wollte meinen bläulich schimmernden Schild wieder erzeugen, doch meine Kräfte reichten nicht mehr aus.

Ein resigniertes Schmunzeln bildete sich auf meinen Lippen.

Das wars dann wohl.

Was war ich nur für ein Versager!

Ich sah zu den restlichen Exusiai, die weiterhin auf die Barriere einschlugen, ohne mich wahrzunehmen. Ich hatte fast nichts ausrichten können. Nemamiah und Phanuel war ich kaum eine Hilfe gewesen. Hoffentlich konnten wenigstens sie die Nephilim beschützen.

Die angreifenden Exusiai flogen rasant auf mich zu.

Ich schloss die Augen und machte mich auf den eintretenden Schmerz bereit. Mein Herz schlug in mir so laut und wild wie eine Kriegstrommel. Mein Körper war durch und durch angespannt. Doch es passierte nichts.

Stattdessen fühlte ich mich von einem brennenden Licht umgeben, als würde sich mir ein heißer Feuerball nähern. Ich konnte durch meine geschlossenen Lider ein rötliches Lodern wahrnehmen.

Rasch öffnete ich meine Augen und sah mich umhüllt von purpurnem Licht. Nur wenige Millimeter trennten mich von dieser vernichtenden Feuersbrunst. Die mich angreifenden Exusiai lösten sich kreischend allesamt um mich herum im Nichts auf. Als sich meine Augen an das grelle Licht gewöhnt hatten, konnte ich ihn erkennen – es war Darel!

Er war mir zu Hilfe geeilt. Darel war der Letzte, den ich erwartet hatte. Noch nie war ich glücklicher, ihn zu sehen. Verhalten lächelte er mich an, dann wandte er sich den restlichen Exusiai zu. Er zückte sein Schwert und vernichtete in Windeseile einen Exusiai nach dem anderen – bis ihm die vollkommene Aufmerksamkeit aller anderen Exusiai zuteil wurde.

Dann ließ Darel, ohne ein Wort zu verlieren, sein loderndes Schwert fallen, woraufhin es einfach verschwand.

Was hatte er vor?

Er umschlang sich selbst mit seinen Armen und kauerte sich wie ein Embryo in der Luft zusammen. Wie eine große Traube griffen ihn die Exusiai nun alle gleichzeitig an. Mich ignorierten sie dabei völlig. Darel verschwand in der Vielzahl der Lichtgestalten. Ich hielt mitgerissen den Atem an – war zu überwältigt, um zu reagieren.

Ein riesiger Feuerball entstand schließlich aus der Traube heraus und verbrannte die Wesen alle auf einmal. Die Luft um mich herum kochte förmlich. Instinktiv hielt ich meinen Arm vor mein Gesicht, um mich vor der Hitze zu schützen. Als die Flammen langsam nachließen und ich wieder einen Blick riskieren konnte, waren alle Exusiai verschwunden. Nur Darel schwebte noch vor mir. Er glühte wie flüssige Lava.

Ich flog taumelnd mit meinen letzten Kräften zu ihm, um nach ihm zu sehen, konnte mich ihm jedoch bis auf einen Meter nicht nähern. Er strömte eine zu immense Hitze aus.

»Darel, bist du in Ordnung?«

Seine Augen glühten wie zwei Sonnen. »Was kümmert mich das? Ich werde sowieso verbannt. Aber weißt du was, Kleiner? Das war es mir wert. Und jetzt ...«, Darel legte eine kurze Pause ein und richtete seinen Blick auf mich, »werde ich dein Schätzlein retten! Denn, Cassiel, du hast es dir verdient, endlich glücklich zu werden.«

Seine Gesichtszüge waren noch voller Kampfeslust. Darel war ein wahrhaftiger Kriegsengel. Seine feuerrote Aura passte perfekt zu ihm. Wahrscheinlich konnte er es sogar mit Erzengel Michael aufnehmen.

Trotzdem spürte ich die unsagbar starke Liebe, die er für mich empfand.

Ich war total überrumpelt.

Seine Worte klangen in meinen Ohren nach. Es fühlte sich an, als wäre die Zeit stehengeblieben. Ich war regelrecht gelähmt, konnte nicht auf Darels Äußerung reagieren. In meiner Brust machte sich ein unangenehmes Gefühl breit.

Er lächelte mich an, sein langes schwarzes Haar wehte im Wind. Er sah unglaublich erhaben und mächtig aus. Die Luft kühlte langsam ab; die pulsierende rötliche Energie um ihn herum verschwand allmählich. Trotzdem strahlte er noch immer eine unglaubliche Hitze ab.

»Darel«, flüsterte ich. Mein Blick verschwamm, ich war den Tränen nahe.

Ich wollte ihn aufhalten.

Ich wollte ihm danken.

Ich wollte ihn fest in meine Arme nehmen!

Sollte ich mich doch an ihm verbrennen, das war mir egal. Meine zittrige Hand wanderte in seine Richtung. Doch Darel schloss die Augen und wich mir sanft aus. Er drehte mir den Rücken zu, damit ich sein Gesicht nicht mehr sehen konnte.

»Darel, warte ... bitte!«, flehte ich ächzend.

Er flog schneller, als es meine Augen wahrnehmen konnten, auf und davon. Nur etwas seltsam Funkelndes blieb an der Stelle zurück, wo er zuvor geschwebt war. Ich flog zögernd darauf zu und entdeckte eine schwebende Silbermünze mit eingravierter Sonne. Auf der anderen Seite waren runenartige Symbole und eine Feuerflamme zu sehen. Sollte diese Münze ein Abschiedsgeschenk von Darel sein?

War das sein verdammter Ernst? Er konnte sich doch nicht einfach so aus dem Staub machen und mir eine olle Münze als Andenken hinterlassen. Ich fühlte eine tiefe innere Leere, die sich in mir ausbreitete.

Allein und total fertig kehrte ich zurück zu den anderen. Nemamiah und Phanuel waren noch nicht zurück im Lager der Nephilim. Ich konnte ihre Präsenz jedoch deutlich spüren. Offensichtlich reparierten sie noch die beschädigte Barriere. Als ich neben meinen Freunden landete, umarmten sie mich sofort freudestrahlend und jubelnd. Melioth hingegen starrte nur ins Leere. Er wusste wahrscheinlich, welche Konsequenzen auf Darel warteten. Schließlich hatte er die komplette Armee der Exusiai mit einem Mal vernichtet. Michael würde ihn hochkant aus dem Himmel verbannen.

»Das war nicht ich«, sprach ich zu den erleichterten Nephilim.

»Darel hat uns alle gerettet. Er hat die Exusiai besiegt.« Schnell wich ihre Freude der Neugier.

»Darel? Wo ist er?«, fragten alle mehr oder weniger gleichzeitig.

Mein Blick blieb starr auf den Boden gerichtet während meiner Worte: »Wir werden ihn wohl nicht wiedersehen.« Abermals stieg Wut in mir auf. Ich musste Darel unbedingt helfen! Er war mein Freund, er hatte so viel für mich getan. Ich war es ihm verdammt noch mal schuldig, ihm zu helfen. Meine geballten Fäuste zitterten vor Anspannung.

»Was?«, riefen alle gleichzeitig.

Die letzten Tage hatte ich nicht viel von Darel gehalten. Im Gegenteil, ich hatte auf ihn wie auf alle anderen Engel sogar eine schreckliche Wut im Bauch gehabt. Schließlich wollte er Alisa nicht heilen. Doch ich hatte mich in Darel getäuscht. Er war ein guter Freund – mein bester Freund. Er hatte sich für uns alle geopfert. Man wollte mir Glauben machen, dass Engel keine intensiven Gefühle besäßen. Aber dem war nicht so. Melioth, Darel, Nemamiah und Phanuel halfen den Nephilim vollkommen selbstlos. Sie gingen hohe Risiken ein. Cassiel und all die Engel, die in uns Nephilim ruhten, hatten sich geopfert. So emotionslos konnten sie also nicht sein, auch wenn sie keine richtige Seele besaßen. Die Erkenntnis machte mir Hoffnung. Vielleicht konnte ich die anderen Engel doch noch überzeugen, dass die Nephilim keine vermeintliche Bedrohung waren, die es auszulöschen galt.

Ich blickte noch einmal auf Darels Münze. Vielleicht war sein Schicksal noch nicht besiegelt und ich konnte ihm helfen. Ich würde alles versuchen, um ihn zu retten, das nahm ich mir fest vor.

Langsam schwand das Adrenalin aus meinen Adern und ich spürte quälende Schmerzen überall im und am Körper. Erschöpfung, Durst und Hunger machten sich bemerkbar. Ich war total am Ende. Mein Kreislauf brach zusammen und ich sank auf die Knie. Sowohl mein Schwert als auch meine Flügel verschwanden. Natalia beugte sich über mich und strich sanft über meinen Rücken: »Alles in

Ordnung? Du siehst mitgenommen aus.«

Yao und Jaspal halfen mir auf die Beine und stützten mich. Sie brachten mich in die Hütte und gaben mir zu essen und zu trinken. Ich schlang alles so schnell es ging in mich hinein. Die anderen Nephilim führten derweil eine angeregte Unterhaltung. Alle plapperten mehr oder weniger durcheinander. Auch mir stellten sie Fragen, die aber allesamt unbeantwortet blieben. Ich konnte ihnen nicht mehr zuhören, war einfach zu schwach und durcheinander.

Nach dem Essen legte ich mich auf meinen früheren Schlafplatz, drapierte eine Decke schlampig über mich und schlief, dem Starren der anderen zum Trotz, sofort ein.

Kapitel 67 – Alisa

Meine Mutter war bereits kurz nach dem kargen Frühstück gekommen und folgte mir auf Schritt und Tritt. Eine Krankenschwester nahm mir mehrfach Blut ab, danach führte ich ein erstes Aufklärungsgespräch mit einem Arzt. Das alles hier fühlte sich für mich bloß wie ein Traum an. Wie ein schrecklicher Albtraum, aus dem ich hoffentlich bald erwachen würde.

Das kleine Mädchen aus meinem Zimmer hatte sich in mein Gehirn gebrannt. Ihr Bild ließ mich nicht mehr los. Dieses freundliche Lächeln und diese offenen und ehrlichen Augen zerfraßen mein Herz. Wie konnte sie so glücklich wirken mit ihrer Glatze, ihren fehlenden Augenbrauen und ihrer fahlen, blassen Haut? Ohne mich für meinen emotionalen weinerlichen Ausbruch entschuldigen zu können, verließ sie am nächsten Tag die Klinik. Sie musste nur alle paar Wochen zur Untersuchung herkommen.

Seit ich hier war, verschlechterte sich mein Gesundheitszustand stetig. Wie konnte es nur sein, dass es mit mir in kurzer Zeit so rapide bergab ging? Ich war kraftlos, bekam permanent Nasenbluten und verspürte keinerlei Appetit. Mein Körper war übersät mit blauen Flecken und ich bekam zudem Zahnfleischbluten.

Erst kurz vor dem Mittagessen brachte ich meine aufdringliche Mutter dazu, mich endlich in Ruhe zu lassen und heimzufahren. Sie konnte hier eh nichts beitragen, außer mich zu nerven.

Nach einer dürftigen Mahlzeit, bei der ich nur einen Schluck klare Brühe angerührt hatte, verbrachte ich die restliche Zeit des Tages in meinem Bett. Ich hörte Musik und las mich zur

Ablenkung durch sämtliche Nachrichtenportale. Immer wieder döste ich ein. Meine Bewegungen bestanden dabei maximal aus dem Rollen von der einen Bettseite zur anderen. Ich fühlte mich wie ein Faultier, das den ganzen Tag auf einem Baum chillte.

Morgen wollten sie mir die erste Dosis der Chemotherapie verabreichen. Ich hatte so unbeschreiblich große Angst davor, dass mich allein der Gedanke daran erstarren ließ.

Wenn dieses kleine Mädchen das offensichtlich so gut wegstecken konnte, dann musste ich das doch auch irgendwie schaffen. Oder?

Ich musste das einfach durchstehen!

Der Arzt hatte mir genauestens erklärt, was die Chemotherapie mit meinem Körper anstellte, was es für Nebenwirkungen und Risiken gab. Doch ich hörte nur halb zu. Ich kapselte mich bei dem Gespräch ab, sonst hätte ich wahrscheinlich Rotz und Wasser geheult. Er teilte mir am Ende des Gesprächs mit, dass meine Blutwerte alles andere als berauschend aussahen. Er drückte zum Abschied fest meine Hand und wünschte mir viel Glück.

»Du packst das!«, waren seine Worte. Doch in seinen mitleidigen Augen konnte ich erkennen, dass es vergebene Mühe war. Diesen Blick würde ich nie mehr vergessen können.

Es klopfte an der Tür und ein junger Arzt betrat mein Zimmer. Er trug in der rechten Hand ein Klemmbrett mit Papieren, an dem ein Kugelschreiber baumelte. Innerlich war ich sofort genervt, konnte ich nicht einmal kurz meine Ruhe haben?

Doch gleich im nächsten Augenblick erkannte ich den vermeintlichen Arzt. Es war dieser Freund von Simon; es war Darel. Er trug einen Arztkittel und eine Brille. Seine Haare waren kürzer, sein Kinn mit einem Stoppelbart bedeckt, aber sein Gesicht war dasselbe.

Überschwänglich freundlich begrüßte er mich: »Hallo, junge Dame.« Er kam auf mich zu, setzte sich neben mein Bett auf einen Stuhl und starrte auf die Unterlagen.

»Was machst du denn hier, ist mit Simon alles in Ordnung?«

Darel schmunzelte: »Ich bin Dr. Kowaltzik und möchte mit dir ein Patientengespräch führen.«

Bei seinen Worten deutete er mit seinem Finger auf sein Namensschild, das an seinem Kittel hing.

War das sein verdammter scheiß Ernst?

Wollte er jetzt echt blöde Scherze machen? Ich war total verwirrt von seiner schrägen Art.

Er klickte mehrmals mit dem Kugelschreiber und füllte seine mitgebrachten Unterlagen aus.

»Also, deine Blutwerte bei der ersten Auswertung waren exorbitant schlecht. Sie wirkten auf mich suspekt, sodass ich noch einmal ein Blutbild veranlasst habe«, erklärte Darel schauspielernd, während er weiter auf seinen Zetteln herumkritzelte.

»Darel, was willst du? Mir ist echt nicht nach solchen Späßen. Was ist denn nun mit Simon, ist er auch da?«, wollte ich von ihm wissen. Mein Ton war eindringlich, er sollte verstehen, dass ich es ernst meinte. Ich wollte keine Scherze über meine Lage machen. Mir war nicht nach herumblödeln.

»Dr. Blessing hat aktuell leider keine Zeit für dich. Doch er wird dich in Kürze bestimmt aufsuchen. Weiter mit unserer Besprechung, Alisa.«

Ich schlug mit einem Kissen nach ihm, verfehlte jedoch sein Gesicht knapp. Darel lachte und sprang von seinem Stuhl auf. Sein Klemmbrett warf er lässig auf meine Bettdecke.

»Ich habe mir gleich gedacht, dass hier eine Fehldiagnose vorliegen muss. Bei nochmaliger Analyse haben sich die Laborwerte als falsch herausgestellt. Das sind deine Entlassungspapiere, du darfst noch heute die Klinik verlassen«, erklärte er mir übertrieben euphorisch.

Ich sah ihn perplex an.

Was wollte dieser Idiot von mir? Warum hörte er nicht auf, mich zu verarschen?

Ich spürte doch, wie krank ich war. Was sollte sein Schauspiel mit dem Arztkittel? Ich wurde langsam wirklich sauer.

Darel schmiss sich auf mein Bett dicht neben mich und gab mir einen Handkuss. Er strahlte eine unangenehme Hitze aus. Sein Kuss brannte förmlich auf meiner Haut.

»Liebes, ich werde dich jetzt heilen«, sagte er sanft. »Du wirst davon niemandem erzählen, hörst du? Es bleibt unser Geheimnis, nur du und ich und unser Freund Simon.«

Simon, da war endlich sein Name, er klang wie Poesie in meinen Ohren.

»Aber du darfst mich doch nicht heilen.«

Darel schlang seine Hand in meine und drückte sie fest zusammen. Seine Haut fühlte sich unnatürlich heiß an.

»Ich habe meine Meinung eben geändert, tja, so bin ich eben«, erklärte er. »Ich kann Cassiel keinen Wunsch abschlagen, das konnte ich noch nie. Du wirst gleich wieder gesund sein, wenn ich mit dir fertig bin.« Seine Mimik änderte sich bei seinen Worten schlagartig von heiter zu nachdenklich.

Dann stand er abrupt von meinem Bett auf und verwandelte sich in seine Engelsgestalt. Er leuchtete in einem strahlenden Rot, schien dabei beinahe durchscheinend. Seine schwarzen Haare reichten bis zum Boden und wehten sachte, wie im Wind. Die Zeit schien förmlich stehen zu bleiben.

Ich riss meine Augen weit auf, war zu überrumpelt von dem Ereignis. Das war kein Vergleich zu dem, was ich bei Simon spürte, wenn er verwandelt war. Darel war vollkommen – ein wahrhaftiger Engel.

Er richtete seine Hand auf mich. Eine weiße leuchtende Kugel formte sich darin. Ich konnte die Energie in seiner Hand förmlich wabern sehen. Sie strömte langsam in meine Richtung, beinahe wie Nebel, nur leuchtend.

Dann hüllte mich dieses Licht ein, legte sich um meinen kompletten Körper. Es fühlte sich unglaublich gut an.

Wie an einem warmen Frühlingsmorgen, wenn mich die ersten Sonnenstrahlen in meinem Gesicht kitzelten. Mein ganzer Körper kribbelte, es stellten sich all meine Härchen auf. Vor lauter Glücksgefühl schloss ich meine Augen und genoss die sanfte Umarmung dieses Lichts. Es fühlte sich so unbeschreiblich schön an, dass ich hoffte, es würde nie mehr enden. Ich dachte an all die schönen Momente in meinen Leben. Sie erfüllten mich mit Liebe und Zufriedenheit. In meinen Gedanken waren meine Eltern, meine Freunde und Simon mit all seiner Liebe.

Als hätte ich meinen Körper verlassen, konnte ich mich selbst von außen wahrnehmen. Plötzlich sah ich mich als kleines Mädchen, das lachend über eine Blumenwiese lief. Ich trug ein hübsches weißes Kleid und einen Strohhut. Was für ein toller Sommer das gewesen war. Ich musste an meinen ersten Kuss mit Derek denken; konnte spüren, wie mein Herz aufgeregt geschlagen hatte. Da war meine Oma, die mir stets einen riesigen Schokokeks schenkte, wenn ich sie besuchte.

So viele warme Gefühle und Erinnerungen überschwemmten mich gleichzeitig. Wenn ich in diesem Moment einfach gestorben wäre, dann wäre ich zufrieden von dieser Welt gegangen. Ich hätte keinerlei Groll empfunden, nur reine Liebe und Glückseligkeit.

Irgendwann wachte ich auf. War das alles nur ein Traum gewesen? Es war viel zu schön, um wahr zu sein; schlichtweg surreal. Ich richtete mich ruckartig auf und schaute mich um. Es schien nicht viel Zeit vergangen zu sein. Zumindest war es draußen noch hell. Darel saß wieder in Menschengestalt auf dem Stuhl neben meinem Bett. Er lächelte mich verschmitzt an, als er meinen Blick bemerkte.

»Wie fühlst du dich, Kleines?«, wollte er leise von mir wissen.

Mein Blick wanderte an meinem Körper hinunter.

Ich fühlte mich gut!

Ich fühlte mich sogar ausgesprochen gut. Ohne etwas zu sagen, sah ich abermals Darel an.

Er lächelte wieder und sagte:»Alisa, tust du mir einen Gefallen? Als, sagen wir, Gegenleistung?«

Er verlangte also eine Gegenleistung? Ich schluckte leicht geschockt und nickte eingeschüchtert.

»Genieße dein Leben, jede einzelne verdammte Sekunde, hörst du?« Er stand vom Stuhl auf, dann drehte er sich von mir weg. »Versprichst du mir das?«, fragte er mich eindringlich, ohne mich anzusehen.

Aus mir wich nur ein kratziges und verzagtes »Ja«.

Noch bevor ich mich bei Darel bedanken konnte, verabschiedete er sich:»Ich muss jetzt gehen, ich werde bereits erwartet. Lebe wohl, Liebes.«

Dann verschwand er einfach vor meinen Augen.

Ich begriff noch gar nicht, was um mich herum geschehen war. Doch als ich mich endlich wieder rühren konnte, flüsterte ich:»Danke.«

Ich holte tief Luft und rief aus voller Brust:»DANKE!«

Und noch einmal:»DANKE!«

Eine Freudenträne kullerte meine Wange hinab. Von meinem Geschrei aufgeschreckt kam eine Krankenschwester herein, um nach mir zu sehen. Sie blickte mich erschrocken an und wollte wissen, ob alles in Ordnung sei. Ich wischte mir die Tränen aus dem Gesicht und nickte nur. Dann hielt ich ihr meine Entlassungspapiere entgegen. Sie nahm das Klemmbrett in die Hand und las alles aufmerksam durch.

Nach einem langen prüfenden Blick sah sie mich freudestrahlend an.»Kind, das sind ja wunderbare Neuigkeiten!«, bemerkte sie aufgeregt.»Ich rufe sofort deine Eltern an. Dass mir das bei der Visite nicht mitgeteilt wurde ...«

Dann nahm sie die Unterlagen mit und verließ hektisch mein Zimmer.

Ich schaute aus dem Fenster, es war ein herrlicher Nachmittag. Der schönste Tag von allen. Der Wind wehte in den Bäumen, ließ die Blätter sanft hin und her tanzen. Sonnenstrahlen flimmerten durch das hellgrüne Blättermeer.

Ich schloss die Augen, genoss den Moment.

Ab heute würde jeder einzelne Tag für mich so schön werden. Jedes kleine Bisschen auf dieser Welt würde ich genießen. Das hatte ich Darel versprochen.

Ich stand auf und zog mich um, tanzte wild in meinem Zimmer herum, drehte mich, bis mir schwindelig wurde und schmiss mich lachend auf mein Bett.

Ein paar Mal wagte ich den Blick auf mein Smartphone in der Hoffnung, Simon hätte sich gemeldet. Doch nichts. Meine Mutter schrieb mir, dass sie bereits auf dem Weg waren. Sie hatte fünfmal versucht anzurufen, doch ich ging nicht ran. Ich fühlte mich nicht in der Lage, mit ihr zu reden. Noch war ich viel zu verwirrt von den Ereignissen. Was sollte ich meinen Eltern erzählen? Ob es wirklich jeder glauben würde, dass sämtliche Bluttests falsch gewesen waren? Wäre es glaubhaft, dass ich auf einmal wieder gesund war? Ich konnte es mir kaum vorstellen.

Nach einiger Zeit kam mein behandelnder Arzt von heute Vormittag in mein Zimmer. Er trug seine private Kleidung und einen Rucksack. Offensichtlich war seine Schicht zu Ende und er im Begriff, nach Hause zu gehen. In Zivil machte er auf mich einen viel sympathischeren Eindruck.

Er sah mich mit zusammengezogenen Augenbrauen an. »Geht es dir gut? Ich habe gerade von deiner Entlassung erfahren und kann es ehrlich gesagt kaum glauben.«

»Ähm. Mir gehts gut, ja.« Die Röte stieg mir ins Gesicht, als hätte ich ihn belogen. Doch das hatte ich nicht; mir ging es blendend.

Der Arzt nickte freundlich, sein Blick war jedoch voller Skepsis. Er prüfte meine Unterlagen, die am Bettende klemmten, murmelte dabei leise vor sich hin. In seinen Augen konnte ich die blanke Irritation sehen. Ein paar Mal schüttelte er den Kopf, offensichtlich konnte er nicht glauben, was er da las. Sein nachdenklicher Blick wanderte zu mir. Kurz starrte er mich intensiv an. Dann nickte er mir abermals zu und lächelte.

»Da hast du noch mal Glück gehabt, was?«, fragte er rhetorisch. Ich lächelte verlegen zurück. Ohne ein weiteres Wort zu sagen, drehte er sich winkend um und ging.

Puh.

Wenn er es mir abkaufte, dann würden es meine Eltern auch glauben müssen. Schließlich hatte ich einen Entlassungsbrief der meine Gesundheit bestätigte.

Meine Eltern waren schneller da als gedacht. Sie mussten viel zu schnell gefahren sein. Meine Mutter war erneut tränenüberströmt, als die beiden in mein Zimmer stürmten. Sie warf sich mir sofort um den Hals und erdrückte mich beinahe. Mein Vater kam ebenfalls dazu und umarmte uns beide. Normalerweise wäre mir diese Nähe und Emotion meiner Eltern zu viel gewesen. Doch gerade musste ich an dieses angenehme Licht von Darel denken; an die wunderschönen Momente meines Lebens, die ich noch einmal durchlaufen durfte. Ein ähnliches Gefühl regte sich jetzt gerade in mir. Für heute war es okay, wenn meine Eltern mir so nah kamen. Ich genoss ihre Liebe und erwiderte ihre Umarmung. Vielleicht war es morgen ja immer noch okay – und nächste Woche.

Kapitel 68 – Simon

Unsanft wurde ich von Melioth geweckt. Er rüttelte an meiner linken Schulter, bis ich endlich meine Augen öffnete. Meine Wunden waren über Nacht allesamt verheilt, mir ging es körperlich wieder gut. Nur mein schlechtes Gewissen Darel gegenüber war noch stärker geworden. Ich schämte mich, schlecht von ihm – treuer Freund und Helfer Cassiels – gedacht zu haben.

Melioth sah mich an. »Es ist so weit. Wir müssen aufbrechen.« Ich verstand sofort, was er meinte. Wir mussten in den Himmel. Dort fand die Verhandlung von Darel statt. Und wahrscheinlich würde er heute nicht der einzige Verurteilte bleiben. Ich musste besorgt an Nemamiah, Melioth und Phanuel denken. Und an mich.

Plötzlich verspürte ich ein Kribbeln in mir. Der Himmel rief mich, er rief Cassiels Namen. Ich musste unbedingt versuchen, Darel vor seiner sicherlich schweren Strafe zu retten. Die anderen würden wahrscheinlich auf ungewisse Zeit ins Raqia verbannt werden, was schlimm genug war. Doch für Darel würde es wohl mit einer Verbannung auf ewig enden. Sie würden ihn als Gefallenen brandmarken und aus dem Himmel dirigieren. Das musste ich verhindern. Cassiel regte sich in mir mehr denn je. Er wollte seinen Freund retten.

Ohne mich von den anderen Nephilim zu verabschieden, verwandelte ich mich und ergriff Melioths ausgestreckte Hand. Ich mobilisierte all meine Kräfte, die mir zur Verfügung standen, und leitete sie zu Melioth, damit er mich in den Himmel bringen konnte.

Ein gleißendes Licht umgab uns. Es fühlte sich anfangs wie tausende kleine Nadelstiche auf der Haut an. Das Gefühl wurde immer stärker, als würde ich bald zerreißen. Dann verschwanden wir beide.

Grelles Licht blendete mich für einige Augenblicke. Ich musste mich erst wieder an die andersartigen Verhältnisse hier oben gewöhnen. Wir standen vor den Toren des Himmlischen Gerichts. Man konnte bereits ein aufgeregtes Gemurmel dahinter vernehmen. Erinnerungen von Cassiel blitzten in meinen Gedanken auf; ich kannte diesen Ort sehr gut. Ich sah Melioth an, er war total ausgelaugt; genau wie ich. Es hatte uns all unsere Kraft gekostet, mich hierherzubringen. Er sah älter und abgemagerter aus denn je. Seine Flügel schmückten kaum noch Federn. Sein Strahlen gehörte der Vergangenheit an. Die prachtvolle Aura um ihn herum war verschwunden; als löse er sich langsam auf. Ich machte mir Sorgen um Melioths Zustand. In Cassiels Erinnerung konnte ich ihn sehen, wie strahlend und rein er einst ausgesehen hatte. Wie lange wollte er so weitermachen? Er musste doch selbst merken, dass ihm sein stetiges Wandeln auf der Erde nicht guttat; auch wenn es zu seiner Aufgabe gehörte. Melioth blickte mir tief in die Augen, er kannte meine Gedanken.

Wir betraten die Haupthalle des Gerichts. Es war ein prachtvoller hoher Saal mit golden verzierten Wendeltreppen. Die Decke bestand aus einem dahinziehenden Wolkenpanorama. Alles hier fühlte sich erhaben an. Langsam kamen wir den Stimmen näher.

Die Engel hatten sich bereits im größten und am höchsten gelegenen Raum versammelt. Als wir das Ende der Wendeltreppe erreichten, war der Lärm kaum zu ertragen. Alle redeten wild durcheinander. Hinter der großen Traube aus Engeln konnte ich Darel erkennen. Er kniete allein vor dem Richterpult. Seine Hände waren mit leuchtenden Bändern gefesselt. Fürchtete das Gericht etwa, dass er sein Schwert zücken wollte? So töricht war nicht mal Darel. Hinter dem Richterpult stand Erzengel Michael. Er kniff seine Augen zu breiten Schlitzen zusammen. Ein verhöhnender Ausdruck lag in seinem Gesicht. Endlich hatte er Darel dort, wo er ihn haben wollte. Rechts und links neben diesem erstreckten sich prachtvoll verzierte hohe Bänke, auf denen die Geschworenen saßen; drei auf jeder Seite.

Tock, tock, tock.

Michael pochte mit seinem langen Zepter auf den Boden, um die Aufmerksamkeit zu bekommen. Er bat die aufgebrachten Zuschauer um Ruhe; dann begann die Verhandlung.

»Darel, du wirst mehrerer Vergehen angeklagt.« Michael sprach seine Worte mit erhobenem Zeigefinger. »Du hast diesen Nephilim geholfen, ihr Leben zu retten. Hierfür hast du sogar deine heiligen Pflichten im Himmel vernachlässigt. Du hast uns alle, deine treuen Freunde, belogen und betrogen. Manch einen von uns konntest du sogar anstiften, dich bei deinen Untaten zu unterstützen. Du hast Exusiai, unsere treuen Gehilfen, bei ihren Aufgaben behindert und eine komplette Armee von ihnen vernichtet.«

Bei Michaels Worten konnte ich mir ein sarkastisches Lächeln nicht verkneifen. Leises Getuschel zog durch den Saal. Darel rührte sich keinen Millimeter. Er sah Michael nicht einmal an, sondern starrte zu Boden.

Michael setzte ein finsteres Lächeln auf. »Doch dein schlimmstes Vergehen war die kürzliche Errettung eines Menschen, dessen Namen bereits in das Schicksalsbuch notiert worden war. Dies ist eines der höchsten Vergehen und muss mit vollen Konsequenzen geahndet werden. Was sagst du zu deiner Verteidigung?« Man konnte es Michael ansehen, dass er seine erhobenen Anschuldigungen gerade überaus genoss.

Bei jedem seiner Worte spürte ich Cassiel mehr in mir pulsieren. Er wollte Darel zur Seite stehen, alles aufklären; den anderen Engeln die Sachlage darstellen. Ich vernahm ihn deutlich.

Normalerweise nahm Cassiel die passive Rolle ein. Er beschützte mich, schickte mir hier und da Fragmente von Erinnerungen oder bot mir sein Wissen dar. Jetzt gerade war er präsenter denn je in mir. Das hier war sein Refugium. Er wollte von den anderen unbedingt gehört werden. Die Engel liebten Cassiel, doch Simon, den schwächlichen Nephilim, kannten die meisten von ihnen nicht. Für sie war ich unbedeutend; wie Luft. Keinem fiel ich auf.

»Lass uns das abkürzen. Schuldig im Sinne der Anklage, sagt man, oder?«, scherzte Darel mit bitterer Miene, während er weiter auf dem Boden kauerte. Er machte einen geschwächten Eindruck, wahrscheinlich hatten sie ihn vor der Verhandlung gefoltert. Die energieraubenden Fesseln gaben ihm den Rest.

Ein Raunen ging durch den Saal. Wut stieg in mir auf. Wieso machte dieser Idiot das?

»Halt!«

Alle Engel verstummten und richteten ihre Blicke irritiert nach vorn.

Die Worte kamen aus meinem Mund. Selbst überrascht darüber stand ich nun neben Darel und richtete meinen Blick auf die Engel. Was sollte ich jetzt tun? Ich war überrumpelt von meinem Einschreiten. Alle starrten mich an. Es herrschte totale Stille. Ich schloss kurz meine Augen und nickte mir innerlich zu. Ich wusste, dass Cassiel sprechen wollte. Er allein war dazu imstande, Darel zu retten. Darum versuchte ich, mein menschliches Ich so gut es ging nach innen zu kehren.

Ein helles blaues Licht umgab meinen Körper. Die Energie von mir schien stärker zu werden; sie hüllte mich komplett ein. Nach kurzer Zeit verschwand das blau scheinende Leuchten um mich herum. Mein Äußeres hatte sich verändert. Zwar konnte ich mich selbst nicht sehen, aber ich spürte, dass ich ein anderer war. Ich sah an mir hinab und begutachtete mich. Meine Körper war lichtdurchflutet. Lange seidenartige Haarsträhnen hingen mir ins Gesicht. Eine strahlende bläuliche Aura umgab mich.

Abermals ging ein lautes Raunen durch den Saal. Alle waren überrascht, mich – Cassiel, ihren Prinzen – zu sehen. Ein paar Engel flüsterten freudig meinen Namen. Ich war beliebt bei ihnen, hatte ich sie doch stets voller Respekt behandelt.

Sofort kniete ich mich neben Darel, um ihm seine Fesseln zu lösen.

Er sah mich erstaunt an. Ich nahm meinen Freund an der Hand, um ihm aufzuhelfen. Dabei schenkte ich ihm ein sanftes Lächeln, das er erwiderte. Dann wandte ich mich wieder den anderen zu.

»Seht mich an, ich bin Cassiel, euer Prinz des siebten Himmels. Ihr wollt heute über meinen ergebenen Freund Darel richten. Die Anschuldigungen sind durchaus allesamt wahr. Doch hat er seine Taten nur meinetwegen begangen!«, sprach ich laut.

Michael sah mich erbost an. »Misch dich nicht ein. Du bist noch früh genug dran, deine gerechte Strafe zu empfangen.«

Ich ignorierte ihn einfach. Die Engel hatten Respekt vor mir und wollten hören, was ich weiter zu sagen hatte.

»Ich habe mich für die Geburt eines Nephilim geopfert. Die menschliche Seele hat sich mit meiner verbunden, wir sind nun auf ewig eins. Und das tat ich, um euch die Augen zu öffnen. Jetzt, wo ich hier vor euch stehe, als unreines Wesen, wollt ihr mich da töten?«

Aufgeregtes Getuschel ging durch die Reihen. Ich konnte Michaels verachtenden Blick auf mir spüren.

»Ein Engel aus unseren Reihen hat ein Kind mit einem Menschen gezeugt. Dieser Engel wusste, dass er dafür auf ewig ins Raqia verbannt werden würde. Er wusste, dass die Frau bei der Geburt sterben würde. Er wusste, dass das Kind von Geburt an dem Tode geweiht war. Und doch hat dieser besagte Engel es getan; so wie auch andere Engel vor ihm.«

Während meiner Worte konnte ich vermehrt Habbiels Namen vernehmen. Sie wussten alle, wer mein Vater war. Doch ich nannte seinen Namen nicht; wollte ihn nicht persönlich anprangern. Ich trat ein paar Schritte nach vorn, um besser gesehen zu werden. »Ich bin der festen Überzeugung, dass kein Engel dies mit törichter Absicht tat sondern aus Liebe. Darum möchte ich euch etwas vorschlagen.«

Michael stieß mit seinem Zepter auf den Boden, um sich wieder Gehör zu verschaffen. »Du hast hier gar nichts vorzuschlagen. Du bist bloß noch ein schwächlicher kleiner Nephilim. Deine Macht ist nur mehr ein bedauernswerter Schatten deines alten Ichs. Beende deinen Monolog und lass das Himmlische Gericht endlich weiterarbeiten!«, fuhr mich Michael an. Ich ließ mich jedoch nicht einschüchtern und sprach weiter: »Dies ist mein Vorschlag ...«

»Sei jetzt endlich still!«, rief Michael. Eine handvoll Gardisten tauchten an den Seiten auf und starrten mich ernst an. Sie warteten auf den Befehl, mich zum Schweigen zu bringen. Sie würden es niemals wagen, ohne ausdrückliche Order mich, ihren Prinzen, anzugreifen.

»Wenn einer von euch wirklich in die missliche Lage gerät, mit einer menschlichen Frau ein Kind zu zeugen, so soll dieser nicht mehr ins Raqia verbannt werden!«

Erneut ertönte ein lautes Raunen. Michael lachte lauthals los. Die Worte Bordell, Hurenhaus, Sodomie und Blasphemie wurden empört gerufen. Die Engel schienen meinen Vorschlag sofort zu verurteilen.

»Hört mich weiter an. Bitte.«

Ihre Stimmen wurden etwas leiser, verstummten jedoch nicht vollends.

»Seine Verwandlung zu einem Nephilim hat ihn offensichtlich in den Wahnsinn getrieben,« schrie Michael amüsiert. Der Rat stimmte in sein Lachen mit ein. Ich erhob so laut ich konnte meine Stimme, um wieder angehört zu werden: »Sie sollen anstatt ins Raqia in ihren gezeugten Nephilim verbannt werden. Anstelle einer heimlichen Geburt sollte die Mutter dabei beschützt und geheilt werden von uns Engeln. Außerdem sollen die Nephilim nicht mehr gejagt und getötet werden. Ich will ihnen die Möglichkeit auf ein freies Leben geben. Sie sollen einen Mentor an die Hand bekommen, der ihnen hilft, ihre Energie schnellstmöglich kontrollieren zu können. Ich bin mir sicher, dass wir alle, sei es Engel, Mensch oder Nephilim, von meiner Idee profitieren.«

Um mich herum herrschte nun Stille. Keiner traute sich, nach meiner Rede etwas zu sagen. Die Sekunden vergingen – keinerlei Reaktion. Ich schluckte. Hatte ich es verbockt?

»Das wars dann wohl!«, raunte mir Darel ins Ohr.

»Scheint so«, gab ich mit einem Seufzen zurück.

Plötzlich trat ein Engel aus der Menge und stellte sich zu uns. Es war Kokaviel.»Ich war selbst in einen Nephilim gesperrt. Ich habe mich damals ebenfalls freiwillig gemeldet. Leider konnte ich mich nicht mit meiner menschlichen Seele verbinden. Aber ich machte viele Erfahrungen und kann die Menschen dadurch viel besser verstehen.« Kokaviel drehte sich zu mir und meinte: »Cassiel, ich war in Aaron, wir kennen uns aus dem Versteck. Ich habe viel Schmerz und Leid erfahren. Vor allem die Selbstzweifel haben mich in meiner menschlichen Gestalt zum Schluss übermannt. Aber ich habe genauso Wunderbares erlebt; beispielsweise die tiefgehende Freundschaft zu den anderen Nephilim wie dir.«

Ich war erstaunt. Es machte mich betroffen, dass ausgerechnet Aarons Engel, Kokaviel, aus der Menge herausgetreten war, um mich bei meinem Vorhaben zu unterstützen.

»Danke dir, Kokaviel.« Ich war ihm unendlich dankbar für seinen Beitrag.

Dann wandte er sich zu den anderen Engeln und sprach: »Die Nephilim können nichts für ihre Existenz. Warum sollen sie umgebracht werden?«

»Sie sind eine Gefahr für die Menschheit!«, hallte eine Stimme aus der Menge.

»Sie sind eine Schande!«, ertönte eine andere.

Meine Hoffnung schwand. Die Engel schienen sich nicht umstimmen zu lassen. Sie wollten den Tod der Nephilim.

»Die eigentliche Schande seid ihr. Ihr alle!«, schrie Darel plötzlich.

Mein Blick wanderte erstaunt zu ihm.

»Ihr schämt euch für euer Verlangen nach Liebe. Ihr tut alle so, als wärt ihr emotionslose Wesen, die stets rational handeln. Aber ihr seid verdammte Heuchler, mehr nicht. Was haben die aktuellen Gesetze denn gebracht? Es werden immer wieder neue Nephilim gezeugt werden. Seht der Tatsache ins Auge. Ihr habt euch nicht so unter Kontrolle, wie ihr es gerne hättet, und dafür müssen diese Nephilim leiden.«

Totale Stille trat nach Darels ungeschönten Worten ein. Sogar mir war seine Direktheit etwas unangenehm.

»Alles, was Cassiel will, ist, dass nicht die Nephilim und die Frauen eure Scheiße ausbaden müssen!«, fuhr Darel eindringlich fort.

Ich wollte seine Worte etwas abschwächen, damit sich die Engel nicht zu sehr angegriffen fühlten: »Die Nephilim sind da und werden es immer sein. Anstatt sie umzubringen, können sie uns und den Menschen helfen. Sie können eine Art Bindeglied werden.«

»Cassiels Plan ist nicht in Stein gemeißelt«, fügte Kokaviel an. »Wir können es doch wenigstens ausprobieren. Lasst den Nephilim ihr Leben, bindet sie mit ein. Wir können die Situation für alle verbessern. Ich stimme für Cassiels Idee!«

Kokaviel streckte seinen Arm hoch in die Luft, um seine Zustimmung zu zeigen.

»Das ist doch Idiotie, ihr glaubt doch nicht allen Ernstes, dass wir uns auf solch einen Schwachsinn einlassen, oder?«, unterstrich Michael seine ablehnende Haltung.

Doch das Getuschel der anderen Engel wurde lauter. Man konnte Michael kaum noch verstehen. Er verzog darüber irritiert sein Gesicht. Die Stimmung kippte. Die Engel dachten also ernsthaft über den Vorschlag nach.

»Ich bin auch so was von dafür!«, schrie Darel laut, damit ihn die anderen Engel hören konnten.

Weitere Hände erhoben sich. Es waren Nemamiah, Melioth, Oriel und Phanuel. Weitere hoben ebenfalls zögernd ihre Hände. Ich konnte es kaum fassen.

»Lasst es uns versuchen!«, hörte ich eine Stimme aus der Menge rufen. Immer mehr Engel hoben ihre Hand, bis sich eine Mehrheit für meinen Vorschlag aussprach. Darels Worte bewirkten ein wahres Wunder.

»Das ist doch töricht!«, brüllte Michael wutentbrannt. Ein Engel aus dem Rat hob zögerlich seine Hand. Michael starrte ihn entsetzt an. Er hämmerte erneut mit seinem Zepter auf den Boden, um für Ruhe zu sorgen, doch es gelang ihm nicht. Keiner hörte ihm mehr zu.

Ein Grinsen machte sich in meinem Gesicht breit. Wir hatten es tatsächlich geschafft! Ohne die Hilfe meiner Freunde wäre das niemals möglich gewesen. Ich war gerührt.

Doch ich wusste, dass ich noch einen Schritt weiter gehen musste, um die Situation ein für alle Mal zum Guten zu wenden.

Ich musste Michaels Stellung schwächen. Er besaß zu viel Macht und hielt zu viele Hebel in der Hand.

»Dann ist es beschlossen. Die Nephilim werden hiermit nicht mehr gejagt und getötet«, sprach ich euphorisch in Michaels Richtung. »Ich werde die Aufgaben des ersten Mentors übernehmen und ihnen zur Seite stehen.«

Dann ging ich ein Stück auf Michael zu und sah ihn ernst an. Meine Gesichtszüge wurden hart. Er erwiderte meine abgeneigte Mimik. Hätten Blicke töten können, wäre ich auf der Stelle umgefallen.

Michael wusste selbst, dass er nicht gerade beliebt war.

Er konnte seine Autorität nur mit überzogenen Bestrafungen festigen. Für seine einst großen Taten in der Schlacht gegen das Böse feierten ihn nur noch wenige. Jeder Engel hier im Raum wünschte sich meine Wenigkeit zurück in den Araboth. Ich konnte ihre Ehrfurcht vor mir deutlich spüren.

»Ich muss dennoch etwas anklagen.« Meine Augen waren fest auf Michael gerichtet. Die Menge verstummte abermals. Michael sah mich erschrocken an. Er ahnte, was folgte.

»Macht geht mit vielen Pflichten einher. Und ich muss Erzengel Michael, Richter des Himmelsgerichts, Feldherr unserer Armee und Substitut meines Amtes, anprangern, gegen essenzielle Regeln verstoßen zu haben.«

»Das ist eine Lüge!«, schrie Michael entsetzt. »Was fällt dir ein?« Seine Augen quollen heraus. Er richtete mit aggressiver Haltung sein Zepter auf mich.

Seine Garde wandte ihre wachsamen Blicke von mir zu ihm. Michael zuckte entrüstet zusammen, als er dies bemerkte. Seine Macht bröckelte zusehends.

»Du, Erzengel Michael, hast grundlos den Exusiai befohlen, einen unschuldigen Menschen anzugreifen. Und du warst es, der es veranlasst hat, dass der Name dieses Menschen in das Schicksalsbuch notiert wurde. Du gabst den Auftrag dafür! Das ist ein großes Vergehen!«

Michael erstarrte wie zu einer Steinstatue. Er wusste, dass es jetzt gefährlich für ihn wurde. Er würde versuchen, sich herauszuwinden, aber ich wollte, dass die Wahrheit ans Licht kam. Alle Engel hier sollten wissen, zu welchen Mitteln er gegriffen hatte, um mich zu schwächen.

Oriel stellte sich neben mich. »Cassiels Worte sind wahr! Michael kam einst zu mir und ließ mich den Namen des Menschen in das Buch schreiben. Ohne Begründung, warum. Das passiert nur selten und nur bei Menschen, dessen Ableben entscheidenden Einfluss auf die Menschheit und die fortlaufende Geschichte hat.«

Oriel half uns. Ich hatte ihn am Strand so schlecht behandelt, dass ich mich nun in seiner Nähe richtig unwohl fühlte. Ich hatte mich verhalten wie ein dummes Kind. Reumütig sah ich ihn an, doch er schien keinerlei Groll gegen mich zu hegen.

»Dieser Mensch, von dem wir sprechen, ist mir sehr wichtig«, fuhr ich fort. »Michael wollte mich schwächen. Er wollte, dass ich diesen Menschen aus Liebe heile, obwohl dessen Name bereits von Oriel in das Schicksalsbuch geschrieben wurde. Wie ihr alle wisst, folgt auf diese Handlung die Verbannung aus dem Himmel. Michael wollte, dass ich in die Hölle verstoßen werde. Er wollte mich beseitigen, damit ich meine Position als Prinz des Araboth nicht mehr von ihm zurückverlangen kann.«

»Das ist absurd! Das sind alles nur wirre Behauptungen!«, wehrte sich Michael. Er schüttelte verneinend den Kopf, seine Hand war zu einer Faust geballt.

»Zu dumm, dass ich mich als Nephilim nicht daran erinnern konnte, meine heilenden Kräfte einzusetzen«, sprach ich weiter. »Ich, Engel Cassiel, habe es meinem menschlichen Wesen absichtlich verschwiegen. Es war die schrecklichste Entscheidung, die ich bis jetzt treffen musste.« Mein Geständnis galt nicht nur der Menge, sondern vor allem mir selbst. Ich hatte Simons Flehen ignoriert, um uns zu schützen. Es wäre ein Leichtes für mich gewesen, Alisa zu heilen. Bereits als die Exusiai sie grundlos angegriffen hatten, sah ich einen Komplott gegen mich.

»Dass Darel diese Rolle für mich übernimmt, konnte ich nicht ahnen«, berichtete ich weiter. »Er heilte dieses Mädchen für mich. Dafür bin ich ihm unendlich dankbar.« Ich drehte mich bei meinen Worten zu Darel; meinem treuen Freund. Er sah verlegen weg.

Die Engel wurden noch lauter um uns herum. Sie konnten nicht fassen, dass Michael zu solchen Mitteln griff.

Er selbst sagte nichts mehr. Seine Augen waren geschlossen, seine Mundwinkel formten ein resigniertes Lächeln. Er wusste offensichtlich, dass es für ihn vorbei war. Seine höchste Aufgabe war es gewesen, allen Menschen und allen Engeln Gerechtigkeit zukommen zu lassen. Es war seine Pflicht, neutral und gerecht zu handeln. Er hatte seine Position missbraucht.

Alisas Namen in das Schicksalsbuch schreiben zu lassen, brach ihm das Genick.

Ich machte einen Schritt auf ihn zu. »Michael, wir alle hier kennen deine glorreichen Taten. Dennoch werden mir viele zustimmen, dass deine Stärke nicht darin liegt, ein neutrales Urteil zu fällen. Exekutive und Judikative sollten nicht in einem einhergehen. Wir alle haben gelernt, dass selbst uns Engeln es manchmal schwerfällt, beides zu trennen. Trotzdem schätze ich dich für das, was du für uns in der fernen Vergangenheit getan hast.«

Er sah mich skeptisch an. Meine sanftmütigen Augen und meine besänftigenden Worte machten ihn offenbar stutzig. Die Engel waren angeheizt und glücklich, mich, ihren Prinzen, zu sehen. Ich hätte wahrscheinlich jede erdenkliche Strafe für Michael vorschlagen können, sie hätten mir zugestimmt. Zumal die meisten Engel Michaels Art satthatten.

»Ich habe darüber sinniert und möchte, dass du meinen Posten als Bewacher der Seelen weiterhin ausübst. Du hast die Aufgabe überzeugend bewerkstelligt, und da ich für immer an eine menschliche Seele gebunden bin, werde ich keine hohen Positionen mehr im Himmel bekleiden.«

»Was?«, riefen einige Engel erschrocken; so auch Darel.

»Ich werde für einige Zeit auf der Erde verweilen, die Nephilim unterstützen, ihnen als Mentor beistehen. Und ich übernehme gern die Kommunikation zwischen ihnen und euch. Aber als Prinz kann ich euch nicht mehr dienen.«

Die Euphorie der Engel schien auf der Stelle verflogen. Die Menge stand wie gelähmt da und starrte mich entsetzt an. Keiner von ihnen hatte mein jetziges Abdanken auch nur geahnt.

»Ich fordere dich also auf, Michael, dass du deine Ämter als Richter des Himmlischen Gerichts und Anführer unserer Streitmacht niederlegst und dich allein und aufopfernd um dein neues Amt als Prinz des siebten Himmels kümmerst. Ich ernenne dich von meinem Stellvertreter zu meinem Nachfolger. Und an deiner Stelle soll Melioth deinen Platz als Richter einnehmen. Darel soll unsere Streitmacht anführen. Er ist ebenso wie du ein Kriegsengel und wird dies tugendhaft bewerkstelligen, da bin ich mir sicher«, rief ich so laut ich konnte, um in dem entsetzten Getuschel der Engel nicht unterzugehen.

»Aber warum ausgerechnet ich? Ich habe bisher nur eine niedere Tätigkeit ausgeübt, wandle auf der Erde und kümmere mich um die armen Seelen dort.« Melioth runzelte die Stirn. Er konnte seine Ernennung nicht nachvollziehen. Schließlich war das Amt als Leiter des Himmlischen Gerichts das zweithöchste im Himmel.

»Weil du die menschlichen Seelen besser kennst als alle anderen hier Versammelten. Du kannst gütige und dennoch gerechte Urteile fällen, denn du weißt um deren Schmerz und Leid. Du bist der menschlichste Engel, den ich kenne. Das sind Eigenschaften, die durchaus einen guten Richter ausmachen. Außerdem übernehme ich jetzt deinen Platz auf der Welt und du wärst sonst ohne Aufgabe«, meinen letzten Satz äußerte ich mit einem Augenzwinkern. Er schüttelte nur ungläubig den Kopf. Aber er lächelte dabei, um mir zu zeigen, dass er damit einverstanden war. Ich ging zu ihm und legte meine Hand auf seine Schulter. Ein helles Licht umgab ihn. Ich heilte seine alten knochigen Flügel. Sein grauer Schleier verflog. Seine Aura erstrahlte wieder in reinstem Weiß. Melioth hatte schon zu viel Zeit auf der Erde verbracht. Seine neuen Aufgaben hier im Himmel würden ihm sicherlich guttun.

Keiner der Engel widersprach. Michael war fassungslos, dass ich meine Position nicht ausgenutzt hatte, um ihm zu schaden. Im Prinzip beförderte ich ihn sogar.

Michael legte sein langes Zepter – Reliquie des Himmlischen Gerichts – nieder und stieg zu uns herab. Er blieb direkt vor mir stehen mit ernstem Blick. Ich ließ meine mit Blüten verzierte, goldene Krone, die ich nie wirklich getragen hatte, in meiner rechten Hand erscheinen und überreichte sie offiziell Michael. Er nickte nur kurz und verkroch sich zurück in den Araboth.

»Schade um die Seelen. Bei dir haben sie mir glücklicher ausgesehen«, meinte Darel zu mir, während er Michael hinterherblickte.

Ich lächelte. »Er wird an seiner Aufgabe wachsen.«

Melioth ging hinauf zum Richterpult. Er hob das Zepter auf und schaute uns skeptisch von oben herab an. Wir grinsten ihn gemeinsam an; Darel winkte übertrieben freudig wie ein kleines Kind.

»Ich komme dich besuchen!« Melioth lächelte sanft. Ich würde mich freuen, mit ihm wieder Paella zu essen.

»Hol Ambriel aus dem Raqia«, bat ich Melioth. »Der Arme denkt sonst, wir haben ihn vergessen. Und grüße Habbiel von mir. Er soll mich bald besuchen kommen.«

Auf ewig würde ich Melioth für seine Hilfe dankbar sein. Genau wie Darel, meinem besten Freund.

»Du auch, hoffe ich«, flüsterte ich zu ihm. Ich schnippte ihm seine Münze, die er mir als Abschiedsgeschenk gegeben hatte, entgegen.

Er nickte und zwinkerte mit einem Auge. »Ich muss mir doch dieses schnulzige Liebesglück zwischen dir und Alisa reinziehen. Wofür wären sonst all die Mühen gewesen?«

Nemamiah und Phanuel kamen ebenfalls zu mir, um sich bei mir zu bedanken. Dabei hatte ich den beiden noch viel mehr zu verdanken. Sie versprachen mir, sich weiterhin mit um die Nephilim zu kümmern und ihnen zu helfen.

Langsam lichtete sich die Traube an Engeln, bis nur noch meine engsten Freunde und ich übrig waren. Ich konnte nicht fassen, dass alles gut ausgegangen war.

Darel sah mich skeptisch an. »Sag mal, Cassiel, willst du in deiner jetzigen Gestalt vor Alisas Augen treten? Sie steht, glaube ich, mehr auf den blonden Typen.« Er fuhr mir mit seiner Hand durch mein langes weißes Haar.

Stimmt, das hatte ich vergessen.

»Ich gehe jetzt nach Hause. Ich bin müde und habe Hunger. Wenn dir Cassiel mehr zusagt, komme ich dich ab und zu in dieser Gestalt besuchen. Auf der Erde musst du mit Simon vorliebnehmen.«

»Sag deiner Kleinen liebe Grüße von Dr. Kowaltzik. Ich schicke ihr noch eine Rechnung«, meinte Darel schmunzelnd und winkte mir zum Abschied.

Ich packte ihn aber noch und umarmte ihn fest. »Komm, wann immer du willst, zu mir«, flüsterte ich ihm ins Ohr. Darel sah mich ergriffen an. Erst durch Simon verstand ich, wie viel ich ihm bedeutete.

Da Cassiel in mir so weit im Vordergrund stand, war es für mich ein Leichtes, zurück auf die Erde in meine Wohnung zu finden und meinen Körper zu materialisieren.

Glücklich schmiss ich mich nackt auf meine Matratze und erholte mich von den Anstrengungen.

Ich konnte spüren, wie zufrieden Cassiel war. Er hatte alles erreicht, was er wollte. Es blieb nur zu hoffen, dass die Engel mit den neuen Regeln klarkamen. Aber ich war mir sicher, dass Melioth dafür eine Lösung finden würde. Er war wie geschaffen für seinen neuen Posten.

Jemand strich sanft über mein Haar. Mühselig öffnete ich die Augen und sah mich um. Es war ziemlich düster, die Sonne schien gerade unterzugehen und tauchte den Raum in ein dunkles Violett. Trotzdem erkannte ich den Ort sofort wieder. Ich war in meiner Wohnung, nackt, auf dem Fußboden zusammenge-kauert. Alisas altes Handy lag auf meiner Umhängetasche neben mir und blinkte grün. Mit zugekniffenen Augen hielt ich es dicht vors Gesicht. Eine Nachricht war geöffnet: »Ab jetzt spiele ich kein Kindermädchen mehr! Lass nicht immer alles herumliegen – Darel.« Meine Mund formte ein breites Grinsen, während ich den Arm über meine geschlossenen Augen legte.

Abgeschlafft stand ich auf und zog eine saubere Boxershort an. Wie lange ich wohl schon so hier gelegen hatte? Mir schmerzte jeder Millimeter meines Körpers. Cassiels starke Präsenz und die Reinkarnation in meinen menschlichen Körper hatten mich komplett ausgelaugt. Ich fühlte mich tausend Jahre älter. Meine langsamen, steifen Bewegungen sahen aus wie die eines alten Mannes.

Sogar jetzt noch konnte ich Cassiel mehr denn je in mir spüren. Doch das war in Ordnung für mich. Er war ein Teil von mir und ich von ihm. Durch ihn fühlte ich mich stärker und reifer als je zuvor. Ich war stolz, dass ausgerechnet er sich mit meiner menschlichen Seele verbunden hatte.

Mein Kopf dröhnte. Ich brauchte Ruhe; viel Ruhe und Zeit, um mich erneut an mein menschliches Ich zu gewöhnen. Zufrieden legte ich mich auf meine Matratze und schloss meine Augen. Heute würde ich so tief und fest schlafen wie ein Baby.

Kapitel 69 – Alisa

Zu Hause fühlte sich alles surreal an. Meine Eltern durchlebten einen euphorischen Höhenflug. Sie strahlten über beide Ohren und sangen und scherzten herum. Beide gaben mir permanent Küsschen auf die Wangen oder klapsten mir auf den Po. Ab jetzt wollte ich ja alles genießen, aber das war definitiv zu viel.

Meinen beiden lieben Freundinnen Jana und Sandra schrieb ich die frohe Botschaft, während ich schon im Bett lag und versuchte, zu schlafen. Sie flippten total aus und kündigten sich für morgen an. Mehrere Male versuchte ich, Simon telefonisch zu erreichen, doch nichts. Kein Lebenszeichen von ihm. Ich machte mir solche Sorgen um ihn.

Am nächsten Tag feierte ich mit meinen beiden Freundinnen eine fette Party. Simon war leider nicht dabei. Er fehlte mir, ohne ihn war es für mich kein richtiger Neuanfang.

Abends schmiss mein Vater seinen Grill an. Meine Mutter schmückte den Garten mit Lampions. Jana und Sandra brachten einen Bluetooth-Lautsprecher für Musik mit; es schien ein perfekter Abend.

Ich war wirklich glücklich. Trotzdem musste ich permanent auf mein Smartphone starren. Immer und immer wieder nahm ich es in die Hand und sah nach, ob eine Nachricht von ihm angekommen war.

Nichts!

Warum meldete sich dieser Idiot einfach nicht?

Ich seufzte und legte das Smartphone wieder weg, um nach

wenigen Minuten mein Handeln zu wiederholen.

Nach dem Essen legte Jana Musik auf und wir becherten alle gemeinsam ein paar Cocktails. Sogar ein paar »Oldies« für meine Eltern waren auf der Playlist. Es war mir unbeschreiblich peinlich, als die beiden zu tanzen anfingen. Am liebsten wäre ich im Boden versunken. Jana stupste mich an, während ich mal wieder auf mein Smartphone schaute. Sie griff nach meiner Hand und zerrte mich auf die Rasenfläche, wo bereits meine Eltern und Sandra tanzten. Augenrollend folgte ich ihr. Eigentlich hasste ich solche Mainstream-Musik. Heute aber war es okay für mich. Ich gab mir einen Ruck und hampelte übertrieben albern herum. Sandra kam sofort dazu, legte ihre Arme um meine Schultern und kreiste ihre Hüften im Takt. Wir gackerten wie die Hühner.

Nach ein paar Liedern räumten meine Eltern den Tisch ab und ließen uns drei allein. Wir tanzten noch bis in die Nacht hinein.

Jana legte mir eine Federboa um den Hals und zog mich verführerisch an sich. Sie grapschte mir an den Po, zog einen gekünstelten Kussmund. Ich bekam mich vor lauter Lachen nicht mehr ein. Freudentränen rannen mir hinunter, die Luft ging mir aus. Wir schmissen uns kichernd auf den Rasen. Was für ein genialer Abend!

Ich war am Leben. Und verdammt fidel.

Als Jana ihre Bluethooth-Box wieder in den Rucksack packte und beide im Begriff waren, nach Hause zu gehen, fiel es mir wie Schuppen von den Augen.

»Mein Handy!«, stieß ich laut und erschrocken aus.

Ich rannte ins Haus, um es zu suchen. Jana und Sandra verabschiedeten sich von mir, sie mussten morgen früh aufstehen und in die Schule. Ich durfte zum Glück die Woche noch zu Hause bleiben, um mich von der Aufregung zu erholen.

Als Jana und Sandra gegangen waren, fand ich mein Smartphone endlich auf dem Tablett in der Küche. Meine Mutter hatte es wohl mit den anderen Sachen ins Haus geräumt.

Hektisch nahm ich es in meine zittrigen Hände. Es blinkte, jemand hatte mich kontaktiert. Ich entsperrte das Display. Vor Aufregung gab ich zweimal ein falsches Passwort ein. Mein Herz blieb stehen. Ein Anruf in Abwesenheit – Simons Name auf dem Display! Dann sah ich eine SMS, ebenfalls von Simon: »Ich bin zurück.« Die Nachricht hatte ich vor einer knappen Stunde erhalten. Unverzüglich rannte ich so schnell ich konnte raus in Richtung seiner Wohnung. Warum war er denn nicht einfach vorbeigekommen, wenn er zurück war? Dachte er, ich wäre noch im Krankenhaus? Vor seiner Haustür merkte ich, dass ich total aus der Puste war. Kein Wort brachte ich heraus, mein Körper war beschäftigt mit Atmen. Schweiß tropfte in meine Augen und ich bekam Seitenstechen. Ächzend stemmte ich meine Arme in die Hüfte und rang nach Luft. *Simon.* Einatmen. *Simon ist zurück.* Ausatmen. Als sich mein Körper von der Anstrengung endlich wieder erholt hatte, läutete ich. Mein Herz machte einen aufgeregten Sprung, als ich auf den Knopf drückte. Freudestrahlend stand ich da und wartete, doch es passierte nichts. Keiner machte mir die Tür auf. Aufgeregt wie ein kleines Kind hüpfte ich auf und ab. Ich klingelte nochmals. Keine Reaktion. Enttäuschung machte sich in mir breit. Wo steckte er bloß? Ich lief um das Haus herum, um in sein Wohnzimmer gucken zu können. Nichts rührte sich. Kein Laut drang aus seiner Wohnung. Entweder er schlief oder er war nicht zu Hause. Eine angenehme Sommerbrise wehte von der Wiese mit dem kleinen Teich in meine Richtung. Er ließ genüsslich meine Augen schließen. Ich atmete die frische Luft tief ein und wieder aus. Dann richtete ich meinen Blick auf den idyllischen Ort. Die Bäume, der Teich, die Wiese – das hier war der schönste Ort, den es auf der Welt gab. Hier hatte mich Simon zum ersten Mal geküsst. Eine

Gänsehaut breitete sich auf mir aus.

In der Ferne war ein kaum sichtbares, bläuliches Licht zu sehen.

Oder bildete ich mir das nur ein?

Ich war mir nicht sicher.

Zögernd ging ich durch das hohe Gras in Richtung des Teichs. Das Licht wurde deutlicher. Das war Simon! Als ich näher kam, konnte ich seine Umrisse erkennen. Er saß dort neben dem Baum, den wir damals mit Lampions behangen hatten, und starrte in den Himmel. Mein Herz raste schnell, als ich ihn dort so sah. Am liebsten wäre ich schnell zu ihm gerannt und ihm in die Arme gesprungen. Doch ich erinnerte mich, wie seltsam er nach seiner letzten Wiederkehr gewesen war. Langsam schlich ich mich also heran und setzte mich wortlos neben ihn. Seine blau leuchtende Aura ließ er in dem Moment verschwinden, als ich meinen Kopf an seine Schulter lehnte.

Simon rührte sich kein Stück. Er starrte hinauf in den sternenklaren Himmel.

»Du bist zurück. Ich bin so froh«, flüsterte ich kaum hörbar. Sofort sammelten sich Tränen in meinen Augen.

Er gab mir keine Antwort – saß einfach nur da und schaute mit seinen wunderschönen Augen die Sterne an.

Nach einiger Zeit unterbrach ich abermals das Schweigen: »Ich habe mir solche Sorgen um dich gemacht.«

Simon seufzte. »Du dir um mich?«

Endlich, da war seine Stimme, seine so lang ersehnte, wunderschöne Stimme. Mein Herz sprang mir förmlich aus der Brust vor Freude.

»Weißt du was?«, fragte er mich flüsternd. Dabei wandte er seinen Blick nicht von den Sternen ab.

»Was?«

»Es wird alles gut. Zum ersten Mal wird endlich alles gut!«

Ich nickte, ohne ein weiteres Wort zu sagen.

Simon ließ sich rückwärts in die Wiese sinken, seinen Blick

noch gedankenverloren Richtung Himmel gerichtet. Ich war mir sicher, dass er wieder einiges erlebt hatte. Mehr, als ich mir wahrscheinlich ausmalen konnte. Ich pflückte eine Pusteblume, die neben mir wuchs, und pustete sie in sein Gesicht. Endlich wanderten seine Augen von den Sternen zu mir. Er sah zufrieden aus. Gleichzeitig auch unglaublich erwachsen. Ich erinnerte mich an unsere erste Begegnung; wie unsicher und naiv Simon früher gewirkt hatte.

Er lächelte mich sanft an, als hätte er meine Gedanken gehört. Seine Augen leuchteten auf einmal in dem reinsten Blau. Da umgab uns ein Windhauch und abertausende Pusteblumenschirmchen schwirrten um uns herum. Sie leuchteten in einem sanften Marineblau und tanzten im Kreis. Es war atemberaubend schön.

Dann zog mich Simon sanft zu sich hinunter. Unsere Gesichter waren sich ganz nah. Wir mussten beide grinsen. In seinen Augen lag so viel Liebe und Glück, dass es mir beinahe den Verstand raubte. Simon war endlich glücklich. Und ich war es auch. Seine Augen schlossen sich, genau wie die meinen, als er mich küsste.

Printed in Poland
by Amazon Fulfillment
Poland Sp. z o.o., Wrocław
18 February 2022

e5893743-4b9b-4d77-9296-2ca26b30be89R01